本丛书获得北京市重点学科共建项目（XK100320461）资助

生态美学及其在当代中国的建构

张　华　著

比较文学与文化新视野丛书

高旭东　主编

中　华　书　局

图书在版编目(CIP)数据

生态美学及其在当代中国的建构/张华著,高旭东主编. −北京:中华书局,2006
(比较文学与文化新视野丛书)
ISBN 7 − 101 − 05136 − 7

Ⅰ. 生⋯　Ⅱ. ①张⋯②高⋯　Ⅲ. 生态学:美学 −研究　Ⅳ. Q14 − 05

中国版本图书馆 CIP 数据核字(2006)第 046731 号

书　　名	生态美学及其在当代中国的建构
丛 书 名	比较文学与文化新视野丛书
著　　者	张 华
责任编辑	张彩梅
出版发行	中华书局
	(北京市丰台区太平桥西里38 号　100073)
	http://www.zhbc.com.cn
	E − mail:zhbc@zhbc.com.cn
印　　刷	北京市白帆印务有限公司
版　　次	2006 年 5 月北京第 1 版
	2006 年 5 月北京第 1 次印刷
规　　格	开本/880 × 1230 毫米　1/32
	印张 11　插页 2　字数 270 千字
印　　数	1 − 3000 册
国际书号	ISBN 7 − 101 − 05136 − 7/I·707
定　　价	25.00 元

比较文学与文化新视野丛书

顾　问：**乐黛云**　北京大学教授
　　　　　　　　中国比较文学学会会长
　　　　佛克马　欧洲科学院院士
　　　　　　　　前国际比较文学协会主席

主　编：**高旭东**

总　序

　　文学研究从来没有像今天这样与文化研究紧密结合在一起，而由于异质于西方文化的东方各国的介入，比较文学也从来没有像今天这样与比较文化紧密联系在一起。本来，中国在文学与文化上的对话与比较意识是在与西方文化接触后被逼出来的；而今，面对西方文化的强势姿态，中国主动认同文化的多元化，并且以多元之中的一元寻求与世界各国文化的对话。中西比较文学作为跨文化的文学对话，首先应该寻找二者之间的共同话语，否则，对话就没有契合点，就会各说各的。钱锺书、叶维廉、刘若愚等学者在这方面已取得了一些成绩。不过，随着对话的深入，跨文化的中西文学展现出来的更多的将是差异性，甚至一些基本概念也具有不可翻译性。因此，如何站在当代学术的前沿，对中西文学进行整合，并从中概括出真正意义上的"总体文学"，将是跨文化的中西比较文学的主旋律，也是我们这套丛书的宗旨。

　　我们这套丛书也有拨乱反正的意图。一般来讲，文明之间的碰撞、冲突与交融，有一个规律性的过程，就是从一厢情愿的生搬硬套到较为客观的对话与比较。譬如，佛教初入中国，一般人就以道家的语汇去生搬硬套，后来才发现佛学与道家的差异。遗憾的是，中西文化的碰撞与交融已有几个世纪了，我们仿佛还没有走出文化认同的生搬硬套的"初级阶段"。在历史学与社会学领域，西方社会从奴隶制、封建制、资本主义发展而来的社会演进模式，被原封不动地照搬过来。在哲学上，西方的唯物论与唯心论之争，也成了剪贴中国哲学一套现成的方法。而文学上的生搬硬套更是无孔不入：屈原、李白被说成浪漫主义者，《诗经》与杜诗则被说成是现实主义的，在对中国叙事文学的阐释中，西方的典型、类型、悲剧、喜剧等概念简直是铺天盖地，结成一张生搬硬套的大网，使我们的受教育者无法从这张谬误之网中逃遁。问题的严重性在于，尽管在20世纪80年代，一些先觉的学者开始批判反省这种生搬硬套的学术模式，但时至今日，这张谬误之网仍在遮蔽着中国古典文学的真面目，使之难以恬然澄明，将特点呈现于受教育者之前。试想，《诗经》是中国抒情诗传统的正宗，是使中国文学在源头上就与西方形成的史诗传统不同的开山之作，而将之说成是现实主义作品，岂非有意遮蔽中国古典文学的特点？因此，以跨文化的文学对话来取代这种生搬硬套模式，已是刻不容缓的事了。

从某种意义上说，生搬硬套模式的生成与文化选择的取向并无必然的联系。胡适是"全盘西化"论的倡导者，但他却在戴震那里发现了"实验主义"，在王莽那里发现了"社会主义"。郭沫若既尊孔又推崇庄子，但他与胡适一样，在孔子那里发现了康德与歌德之人格，在庄子那里发现了"泛神论"，并以西方社会的历史演进模式来套中国古代社会。而鲁迅与梁漱溟，虽然一个具有浓重的西化倾向，一个以为世界最近之将来必是中国文化之复兴，但是二者的共同之处，则在于对中西文化和文学的差异有清醒的认识。鲁迅西化的文化选择取向并没有使他把西方的话语生搬硬套到中国的文化与文学中来。他从来没有用"封建主义"

等西方词汇来解释中国古代社会,也没有用浪漫主义、现实主义来解释中国古代文学。他指出中国没有"悲剧"观念,对于林语堂得意洋洋地将 humor 译成"幽默"并在中国文学中寻找"同党"也不以为然。1932 年,针对日本人要编《世界幽默全集》,他在《致增田涉》的信中说:"所谓中国的'幽默'是个难题,因'幽默'本非中国的东西。也许是书店迷信西洋话能够包罗世界一切,才想出版这种书。""中国究竟有无'幽默'作品? 似乎没有。"①就此而言,鲁迅较之生搬硬套的同代人,显然要清醒得多。可以说,生搬硬套体现了文化碰撞之初对异质文化的认同性变异。因为人们对于陌生的对象,往往喜欢从自己已有的经验去想象它;而另一方面,则是媒介者考虑到本土的便于接受而故意"误读",就像近代那些"豪杰译",将西方小说翻译成中国式的章回小说一样。而我们的这套丛书,就是想在纠正这种生搬硬套的学术研究模式上有所贡献。

在比较文学与文化研究领域,值得注意的另一种研究倾向是对"中西"概念的颠覆与取消。一些学人认为,"中"与"西"不是对等的,"西"有许多国家,法国与德国、英国不同,与美国更不同,把这么多不同国家的文学放在一起与中国文学比较,有什么科学性? 能够把法国一个历史阶段产生的文学研究好就很不错了,现在居然将西方那么多国家的文学与中国文学相比,又有什么科学性?

先看"中西"这个概念有没有使用的有效性。事实上,非但"西"有很多国家,即使"中"也不尽相同——中原文学与楚文学、北方文学与南方文学,但是,无论是中原文学还是楚文学,无论是

---

① 《鲁迅全集》第 13 卷第 499 页,485 页,人民文学出版社 1981 年。

南方文学还是北方文学,都祖述尧舜,都深受儒家与道家文化的影响并且成为其重要的组成部分,从大的方面说是一个大文化统一体之内的文学。西方虽然国家众多,但是这些国家都祖述希腊、罗马的遗产,中古以降都以基督教为国教(尽管又有罗马公教与东方正教的差异,有天主教与新教的差异),在现代都面临着"上帝死了"的文化困境,因而也是一个大的文化统一体。正如韦勒克(R. Wellek)所说的:"西方文学是一个整体。我们不可能怀疑古希腊文学与罗马文学之间的连续性,西方中世纪文学与主要的现代文学之间的连续性。"①而将中国和西方这两种大文化中的文学进行比较研究,是真正跨文化的文学对话。至于是研究一个国家的一个历史阶段的文学好,还是研究"总体文学"好,这要看各人的本领。研究一个国家一个历史阶段的文学可以研究得很细很深,也可能研究得琐碎平庸;研究"总体文学"可能大而无当,空疏浅薄,也可能成为康德、海德格尔式的学术大师。比较而言,理论大师皆出自后者,细密的专家则多出于前者。尽管如此,我们一向反对"比漂"——即古今中外,天马行空,什么都知道一点,什么都不深入。我们希望的是扩出去是学贯中西、博古通今,收回来要成为一个研究专家。这也是我们对于这套丛书作者的期待。

这套丛书得到了北京市重点学科基金的资助。我们对北京市教育委员会促进学科发展与学术繁荣的用心,对北京大学乐黛云教授对北京语言大学比较文学学科发展的关怀,对国际知名学者佛克马教授对中国比较文学事业的关心,表示深深感谢。特别需要一提的是,王宁教授虽然已是清华大学外语系的学术带头

---

① 韦勒克、沃伦《文学理论》第 44 页,三联书店 1984 年。

人,但他作为北京语言大学比较文学研究所的名誉所长和博士生导师,对这一重点学科的发展发挥了重要作用;中华书局的张彩梅女士对于学术的热忱和认真负责的精神,令我们深深感动,在此一并表示衷心的谢忱。

高旭东

2006 年 1 月 16 日于北京天问斋

目 录

上编　大地之声

中编　大地之歌

下编　大地之梦

附录

大 地 之 声

　　现代文明是一把双刃剑,它在给人类世界带来物质利益和享受的同时,也冲击着曾经美丽的大自然。人类在满怀信心地沿着理性的文明之路一路高歌的进程中,意外地发现自己赖以生存的大地逐渐走向了枯萎和衰竭。人类视大地为母亲,而今,大地母亲却在人类面前痛哭失声。

曾几何时，人与自然多么亲近，多么和谐，多么温馨，多么诗意地不弃不离，生态和美也是亲切而紧密地维系在一起的①。然而，考察整个学术思想领域，我们不难发现，在这一领域其实始终存在着对人类曾经有过的美好的眷恋和对这种美好的质疑两种路径。前者诉诸于情感的需求，对古典和过去，对人类的童年时代，充满无尽的怀旧和复古之情，无能为力地感叹历史的车轮碾碎人类童年的质朴和天真，留恋于人与自然的百年好合，发出"回归古典"的吁求②；后者则对人的理性充满信任，永远对未来充满向往，蔑视和否认人类曾经有过的美好，甚至鄙夷人类历史，却始终追索预设的目标，崇尚前进的理想。于是，思想史上就有了反复的古今之争，有了过去、现实和理想的矛盾，而这还不仅仅表现在思想领域，在文学领域也有大量的叙述③。人类文明进程中的现代性危机的不断呈现，人类中心主义带来的恶果，地球生态环境的恶化，现实社会生活中不健康的文化状态，以及文学艺术作品中对这一系列现象的描述、描写，如同自然的呻吟，大地的哀鸣，呼唤着一种重视自然、保护环境、倡导人与自然复合的思想来拯救人类面临的空前灾难。

---

① 这完全可以通过马克思关于人类童年神话的论述以及历史上诸多理论家——比如英国当代生态批评和生态美学先驱 Jonathan Bate——有关文化与自然的描述中得以证实。曾繁仁先生认为，人类与自然的疏离和非和谐状态只是进行大规模工业化以来至今 300 年的事情。参见《〈政治经济学批判〉导言》，《马克思恩格斯全集》第 12 卷第 733—762 页，人民出版社 1979 年；Jonathan Bate: *Culture and Environment: from Austen to Hardy*, New Literary History, 30.3, Summer 1999；曾繁仁《生态存在论美学论稿》第 4 页，吉林人民出版社 2003 年。

② 参见李泽厚《说巫史传统》，载《依旧悠然见南山》，香港城市大学出版社 2004 年。

③ 参见姚文放《当代性与文学传统的重建》第 58—75 页，人民文学出版社 2004 年。

一 生态美学与现代性

生态美学的提出及其研究被公认为近 10 年来中国美学界对世界美学的最突出贡献。在这里我们首先应该对生态美学有个基本的界定，以便能够大致把握本书是在何种意义何种理解以及何种语境下使用生态美学概念的。我认为，生态美学应该是突破了主客二分二元对立的认识论思维模式的，是以人与自然整体和谐关系为原则的哲学思想和价值观念，它应该是高于生态实践的精神理念，在哲学层面上它是一种世界观和价值观，在文学艺术层面上它是艺术哲学，归根结底，生态美学研究的仍然是人的生存问题。近年来，著名学者曾繁仁提出的生态存在论美学观很有参考价值。在这一点上，生态美学更接近哲学美学，涉及人与社会、人与宇宙以及人与自身等多重审美关系，但由于文学艺术是颇为广阔的审美对象，是产生美感和进行美育的精神领域，是具有丰富人文内涵的世界，美学必然要予以关注，而以生态的世界观和价值观为原则，以生态的观念、思想为指导去看待和研究文学艺术，就形成文艺学意义上的生态美学，或称生态文艺美学，也有人称作生态文艺理论、生态文艺学等。

与此相关，生态批评，则应该是一种可与精神分析批评、原型批评、形式主义批评、新批评、女性主义批评、新历史主义批评等批评方式并列的新兴的批评方法,它和许多批评流派一样,兴盛于北美文学批评界并很快为世界所接受。生态批评作为一种批评方法,使用了生态学、环境论和文学的术语,以生态文学为批评对象,以生态意识,生态思想,生态观念作为切入文学艺术作品的视角进行批评。当然,一种批评方法最终形成一门学科的先例在批评史上也有,比较文学就是其一,而且至今很有生命力。生态批评,上与作为批评原则的生态美学理论,下与作为生态批评对象的生态文学,共同构造宏观的文学生态研究,或者说构成整体的生态美学系统。

生态文学,指明确灌注了生态思想、生态观念的文学文本,如徐刚的《伐木者,醒来》、《中国风沙线》、《世纪末的忧思》、《绿色宣言》、《守望家园》、《拯救大地》、《地球传》、《长江传》等,苇岸的《去看白桦林》、《美丽的嘉荫》、《大地上的事情》等,张炜的《关于乡土》、《融入野地》、《羞涩和温柔》、《三想》、《你的树》、《秋日二题》、《激情的延续》等,以及其他作家,如郭耕、莽萍、周晓枫、赵鑫珊等的作品。这仍然是从传统文本的意义上理解文学作品,如果以当代颇具前沿性的"文化文学观"——即打破文学只有小说、诗歌、戏剧"三大件"的文学观念——来看,文学还应当涵盖影视、音乐、建筑、网络等在内的一切文化产品,那么,生态文学也就应当是所有明确灌注了生态思想、生态观念的文化产品。总之,应该体现明确的生态世界观和价值观,体现明确的生态思想、生态意识。近些年来,随着生态批评和生态美学研究的开展和深入,大家发现包括我国古典文学、古典哲学在内的许多古代典籍和作品中存在着大量的关于人与环境关系的描述,存在着一些"生态"智慧,"生态"资源,这是很可喜和具有借鉴意义的研究成果,但我认为,可以用生态批评的方法对这类典籍和作品进行生态批评,却不能把这些典籍和作品一概称作生态文学。

这个意义上的生态美学和生态批评的观念是伴随着思想界对现代性延伸的审视和反思,对人类中心主义问题的讨论,文学艺术对田园牧歌式的生活的追忆等思想背景应运而生的。我想在这里提出考察生态美学发生的神学的和文学的两个维度,在本编提出这两个维度主要出于这样的考虑:一,因为神学所关注的是对人和世界终极问题的思考,这与以神为中心还是以人为中心,与所谓"生态中心"均有非常密切的联系;二,文学艺术,正如上文所述,具有丰富的精神与情感内涵,是对人类生活如歌如咏、如泣如诉的反映,是美学研究和审美观照的对象,而且,其本身也是构成人的个体世界的一个重要方面,并由此成为人类整体社会生活中一个不可或缺的组成部分。因此,沿着这样两个维度,因循西方文明现代性危机的根源和进程,探讨美学对其作出的回应,并分析人类中心主义的演进过程,以及美学对其所进行的反思,梳理生态美学思想在现代性语境中何以发生及其具有的思想意义,是这部分的主要内容。当然,由于神学、文学与哲学社会科学,与人文学之间固有的本质关系,也就决定了这两个维度的探讨并非单一的或单项性的,它们与其他相关视阈之间一定是相互交叉的。因此,这两个维度或视角也就不会仅仅局限于纯粹的神学理论和文学作品。

(一)考察生态美学发生的两个维度

如果狭义地看待生态,它往往与自然和环境联系在一起,类似地,如果狭义地看待美,它就顺理成章地和文学艺术相关联。

生态美学的发生离不开生态与美、自然与文学艺术的历史因缘关系。在探讨现代文明过程中的生态危机时，思想界对基督教神学创世论中有关人与自然的关系多有诘难，鉴于这种思路，我们至少可以沿着两个维度来考察生态美学发生的现代性语境：一是神学的，一是文学的。从神学之维度的探讨，我主要侧重于基督教神学①，因为在这里首先要探讨的主要是西方文明进程中的现代性问题，基督教神学的维度兴许可以使我们更清晰地了解西方现代性的发生，人类中心主义的形成，生态状况的恶化，以及人类文明的演进过程。从文学的维度来看，它为我们提供的是另一个人类文化和文明的进度空间。文学作品和文学批评有现实主义的、浪漫主义的、现代主义的和后现代主义的，按照新历史主义的观点，文学与历史的互文关系更凸显了文学维度的价值。可以说，前一个维度衍生出生态神学的思想，后一个维度衍生出生态批评观念，这对我们如何理解和解释生态美学的产生是相当关键的。生态美学作为哲学美学的概念和体系，系统整合了各方面的生态思想和观念，形成了一种精神理念或思想意识形态。实际上，不仅文学的维度必然关联着美，神学的维度也关联着美，而且，神学的维度和文学的维度本身就是相互关联、相互影响、相互作用，甚至是可以相互诠释的。欧洲启蒙运动，强调人的理性主义精神，对基督教神学思想产生了极大影响和挑战。在此之前，如果撇开古希腊罗马思想不说，则是长达千年之久的基督教神学思想的传播和发展阶段，和以意大利为领导的文艺复兴时代，以及法国的新古典主义和英国的经验主义，等等。关于此时的基督教教义有

① 本书所及之神学，除特殊注明外，一般指基督教神学思想，因为整个西方文学和文化的历史是以基督教思想为根基并以基督教思想所规定着的。参见张秉真、章安祺、杨慧林著《西方文艺理论史》，中国人民大学出版社1994年。

着不同的说法,比如,朱光潜先生认为基督教的基本教义是神权中心和来世主义,现世就是孽海,一切罪孽的根源在肉体的要求或邪欲。服从邪欲,灵魂就会堕落,就会远离上帝的道路而遭到上帝的严惩。所以人应当抑肉伸灵,抛弃现世的一切欢乐和享受,刻苦修行,以期获得上帝的保佑,到来世可登天国,和上帝一起同享永恒的幸福。由此,人类整个的现世生活过程就应该是效仿和跟随耶稣基督,追寻与上帝"重归于好"的过程。而且,来世主义是与禁欲主义分不开的,现世的禁欲就是为着来世的快乐,归到神的怀抱是人生的终极目的①。美国得克萨斯州贝勒大学神学教授罗杰·奥尔森(Roger Olson)则描述说,三位一体和耶稣基督神人二性是为大多数尽管各自为政的教派无可争议的教义。事实上,许多教会即使对这些教义所知不多,也把这视为理所当然②。无论怎样,"对于一位神学家,救恩论——救恩的教义——通常是他打造其他教义的基础"③。因此,贯穿整个基督教神学的单一大叙事或元叙事就会有一个脉络,而这个脉络就成了所有基督教神学家或思想家对于救恩的共同关怀,即上帝赦免并改变有罪的人类的救赎行为。上帝的救赎人类,可以救赎人类原有的罪,人类自作的孽,人类的灾难,人类的危机,包括生态的危机和人类失却的美。在基督教神学关于生态和美的关系上,恐怕最有必要研究和探讨的还应该在创世论以及所谓上帝与人和自然同等立约。对这一问题的探讨在神学这一维度中至少又可以分为两种路径,即对创世观念的评说和对救赎观念的解释,也就是说

---

① 朱光潜《西方美学史》上卷第 125 页,人民文学出版社 1963 年。

② Roger E. Olson：*The Story of Christian Theology*：*Twenty Centuries of Tradition & Reform*. pp. 13—15，InterVarsity Press, 1999.

③ J. G. Sikes：*Peter Abailard*，p. 179，New York：Russell & Russell, 1965.

生态状况恶化、生态危机的哲学根源、思想和文化根源到底在哪里？谁以及如何救治这些灾难，解决这些危机？这一点倒类似科学技术与人的异化的悖论：一方面科学技术的发展造成了人的异化，另一方面人的全面解放又不得不依靠科学技术。

实际上，在对基督教神学，基督教文化或基督教思想关于生态与美，自然与人的评价上，学术界一直存在很大的分歧。有学者在对征服自然和统治自然的观念进行严厉批判的同时，把这种观念追溯到基督教《圣经》。认为按照《圣经》的思想，上帝创造人与万物的同时，还赋予了人管理万物的职能，所以人管理自然，利用自然，开发自然，甚至盘剥自然，向自然疯狂掠夺都是上帝赋予的权利和责任，因此，基督教思想被看成是"人类中心主义"的，是"生态危机的思想文化根源"，"构成了我们一切信念和价值的基础"，"指导我们的科学和技术"，鼓励人们"以统治者的态度对待自然"①。《创世记》"就像给人口爆炸的许可证，又像鼓励机械化和污染的许可证"②。西方对自然的"狂妄自大在基督教兴起后的世界里一直延续，它使人把自然当作'可蹂躏的俘获物'，而不是'被爱护的合作者'"，而《创世记》就是这样的起点。"基督教鼓励人们把自己当作自然的绝对的主人，对人来说所有的存在物都是为人安排的"，"基督教的这种对待自然的特殊态度在很大程度上来自它的人类中心"③。另有学者则认为，把人

---

① Lynn White: *The Historical Roots of Our Ecology Crisis*, Cheryll Glotfelty & Harold Fromm: *The Ecocriticism Reader*; *landmarks in literary Ecology*, pp. 6—14, The University of Georgia Press, Athens, 1996.

② David & Eileen Spring (ed.): *Ecology and Religion in History* (*Basic Conditions of Life*), p. 141, HarperCollins, 1974.

③ John Arthur Passmore: *Man's responsibility for nature*: *Ecological problems and Western traditions*, pp. 5—13, 2nd edition, Duckworth, 1980.

类征服自然和统治甚至向自然索取或掠夺的行为的思想文化根源完全归因于基督教未免有失公允,在某种意义和程度上,基督教思想与古希腊罗马哲学主客二分二元对立的认识论思维模式有承继关系,甚至整个西方哲学从新古典主义笛卡尔到德国古典哲学康德均深受这样的认识论模式影响,黑格尔也没有完全突破这种主客二分的哲学思潮。因此,从哲学美学观念的转变来看,生态美学是美学的认识论观念向存在论思想的转变,人与自然,主观与客观,主体与客体对立并继而在思想领域形成天地、生死、善恶、形而上与形而下、信仰与现实、理想与世俗、精神与物质、超越与沉沦等观念的根本哲学根源还在于二元对立的思维模式。曾繁仁教授近年来致力于生态美学和生态存在论问题的研究,他于 2004 年 8 月在日本广岛召开的中日韩美学研究会上的发言中说,我们不否认因为历史上的文艺复兴和启蒙运动,使得对基督教经典《圣经》的阐释被附加上了诸多"人类中心主义"的内容,但追寻《圣经》的本意,还是应该把它看作"上帝中心"的人与万物同造同在的追求生态圆融与和谐的神学审美观,这也正是著名宗教哲学家克尔凯郭尔(Soren Kierkegaard)和著名神学家梯利希(Paul Tillich)的观点。其最基本的主张是:上帝是最高的存在,是创造万有的主宰。基督教文化,特别是《圣经》经典的重要内容是上帝创造世界。《圣经》中有上帝要求人管理万物的记载,规定了人有管理万物的职能,有学者就此说明人类高于万物,并成为许多理论家认为基督教强调"人类中心"的重要依据。其实,从同为被造之物的角度来看,人类并没成为万物的中心,人类所担负的管理职能也并不必然意味着人类成为万物之主宰,而应该意味着人类承担着更多照顾万物的责任。因此,从人与万物作为存在者的角度来看,《圣经》的主张应该是,人与万物因道同造,因道同在,因道同有价值①。德国著名生态神学家于尔根·莫尔特曼(Jürgen Moltmann)认为,指责基督教的创世观,并把《创世记》解释为神对人的授权,允许人为了自己的目的征服、开发、利用自然,实际上是对这一诫命的错误诠释和误读,其实,从根本上讲,是人把"人具有上帝的形象"的主张无限夸大,随后转而成为人想要做上帝,因为上帝是万物的所有者、全能者,人的欲望的膨胀也就使人妄图成为大自然的统治者。这种误读诫命的行为,使得深置于基督教文化土壤中的西方在遭遇生态危机之时转来怀疑自己的信仰,也正是在这个意义上,莫尔特曼主张西方生态危机问题的根源在于宗教危机,也就是信仰危机②。的确,是否应该把人类中心主义的根源归结为基督教教义和基督教思想,把生态危机和灾难一股脑地归因于上帝,归结为《圣经》,仍值得探讨。本书将在其后关于人类中心主义和生态神学的章节中详述作者个人的观点,但是有必要提出的是,指责基督教关于创世记的观念也好,维护对这一信仰的虔诚也好,其实是另一种人类中心的反映,因为正是人对《圣经》文本所作出的不同解释或诠释,导致了人对自己认识和知识的混乱。同时,这也给我们带来本书前面提到的另一个路径的问题,即谁来拯救这满目疮痍的世界,是人类自救和重建美丽的家园,还是祈祷上帝的降临,等待上帝的救治或对人类生存世界的重造?

事实上,人类中心主义恰好是人自身以人性反对神性,张扬人自身认识能力和理性精神的结果。中世纪基督教神学之后的

---

① 参见曾繁仁《中国古代道家与西方古代基督教生态存在论审美观之比较》,载《中日韩美学研究会文集》,2004 年 8 月,日本广岛。后发表在《湖南师范大学学报》2004 年第 6 期。

② 莫尔特曼《俗世中的上帝》第 120 页,台北:雅歌 1999 年。

文艺复兴,人对神的反叛,是人学与神学对立在思想和精神领域
最早的大规模表现。当时对自然的观察与实验代替了经院派的
烦琐思辨,感性认识得到了空前的重视,逻辑归纳打破了演绎逻
辑的垄断,因果律代替了天意安排的目的论,人的理性代替了对
权威的盲目崇拜,精神解放了,人的地位提高了。人开始感觉到
自己的尊严与无限发展的潜能,人把个性自由,理性至上和人性
的全面发展悬为自己的生活理想,带着蓬勃之朝气向各方去探索
去扩张①。这是人本主义的开始,它以人的经验及历史的经历为
反思的起点,以人的价值与尊严为基本价值。而到了启蒙运动时
期,《圣经》是被人们看作与其他古典文学作品一样的人文经典
而进行阐释和批评的,而且许多基督教的根本性教义,如上帝形
而上学地存在,耶稣基督的复活,原罪说或神义论等,均遭受到启
蒙理性的质疑和否定,人类确信可以通过理性和经验两种途径获
得知识,无须信仰和追求"绝对真实"或"终极实在",而是把注意
力指向通过理性追求人类经验的历史。耶稣基督的形象不再是
传统教义中描述的那样死而复活,不再是神的形象,而是和孔子
一样,更像人类现实存在中的一位伟大的道德导师和楷模。这
时,人类所提倡的是一种以人为中心的世界观及人生观,是将人
自身上升为对象的另一种信仰,这种信仰对人性资源所作的是毫
无保留的终极性敬虔,是全心全意的信赖和依靠,从这时起,西方
文明开始了历时两个多世纪的现代性进程。此后的 20 世纪中后
期,与启蒙时代的现代性进程相对立,后现代思想却又纲领性地
解构了人的启蒙理性主义思想。具有世界性影响的后现代思想
家,如德语世界的马丁·海德格尔(Martin Heidegger)、路德维希·

---

① 参见朱光潜《西方美学史》上卷第 127 页,人民文学出版社 1963 年。

维特根斯坦（Ludwig Wittgenstein）以及法语世界的米歇尔·福柯（Michel Foucault）、雅克·德里达（Jacques Derrida）、让—弗朗索瓦·利奥塔德（Jean – Francois Lyotard）和让·鲍德里亚（Jean Baudrillard）等，在哲学界迅速地接受了原来属于艺术研究和建筑学的"后现代"概念，并由此被称为后现代哲学的代表人物，不仅对启蒙运动以来过分信任和依赖人类理性能力的乐观态度提出质疑，甚至对人类的整个知识体系都形成了解构的态势。

这些大师当中，海德格尔是当代西方哲学界最有创见的思想家之一，是最有影响的本体论和存在论学者，他在当代西方哲学界和思想界的重要地位是举世公认的，他的学说对于当代中国所倡导和建构的生态美学特别是生态存在论美学起到了重要作用。当然，要充分理解海德格尔的哲学思想决不是轻而易举之事，他的思想体系非常庞大，涉及的问题也很多，但在他的思想当中最应引起我们重视的，应该是他对传统语言观进行的解构，这种解构也是对人与世界关系的传统认识的解构。因为，按照传统的观点，人理所当然地是认知的主体，世界是人的认知的客体，人总是要面对着一个被动地等待着自己去认识的世界，在人与世界的这种关系中语言的功能是再现和表现，实际上"能够被理解的存在"只有"语言"①，语言成为人这个认知主体再现客体和表现主体的工具。如今，海德格尔则把这个问题上的传统的二元对立解构了，这样一来再也没有主体与客体之分，人向世界开放的同时，世界也向人显露，人与世界都是积极的和主动的，交流和存在都是相互的和一体的②。海德格尔的这种打破主客二元对立认识

---

① Gadamer: *Truth and Method*, translated by Garpett Barden & John Cumming, p. 432, New York: The Crossroad Publishing Company, 1975.

② 龚翰熊《20 世纪西方文学思潮》，河北人民出版社 1999 年。

论哲学的存在主义观点,对生态美学以一种哲学理念的姿态出现具有非常重要的影响。特别值得注意的是,当 20 世纪末期生态的观念在当代中国形成一种强大思潮时,在中国文艺理论界和其他学术领域一道开始关注来自西方特别是北美的生态批评方法时,中国本土的美学家综合深层生态学、生态哲学、生态社会学、生态伦理学、生态批评及生态神学等多个领域的生态思想,提出了存在论的生态美学概念,不仅在中国掀起了一股生态美学热,而且把这一概念贡献给了世界美学,为处于低迷和徘徊状态的美学注入了新鲜血液,并使得这一概念成为中国美学与世界对话和接轨的一个契机和媒介,为中国美学走向世界并最终与世界融合奠定了基础。海德格尔的存在论哲学美学对产生自中国本土的生态美学概念,特别是对生态存在论美学的构建过程,起到了重要作用,产生了重要影响。福柯的解构的后现代思想则有所不同,他以对人类历史和知识进行摧枯拉朽式的解构而著名。在他看来,历史是一种异己的陌生的东西,其中没有本质,没有常数,没有连续稳定的结构;知识——人类对世界的全部理解和把握,不是我们通常所说的各门学科中的具体的见解和认识——实际上也是人的理智按照一定的认识范式所进行的一种理性的实践活动的结果。福柯认为,所谓认知主体以及他们所具有的能力其实只是一种假定,值得重视的是在这种认知过程中,真正起作用的是权力,是秘密的力量关系。因此,在他看来,所谓知识只不过是某种特定力量的组合,其本质在于为某种特定的力量服务。这样一来,人们一直深信不疑的知识和它所依托的理性的必要性、普遍性以及由此产生出来的权威,就从根本上被解构了①。经过

---

① 龚翰熊《20 世纪西方文学思潮》。

福柯的整体解构,同时被解构的当然包括主体与客体之间的所谓认知关系。2004年10月去世的德里达以他世界性的知名度、哲学成就和知识分子良心被誉为"世界公民",他对以往哲学认识论的乐观态度亦进行了坚持不懈的批判。根据他的理解,哲学并非像以往我们一贯理解和信任的那样是绝对知识的一部分。他强调说,所谓的真实,所谓的社会、心理和历史条件,所谓的绝对知识都是不真实的,都是不可能的。我们的语言和我们的学术用语只不过是一些"符号",而"符号(能指)指涉概念(所指),概念又指涉世界",我们是通过符号—概念而得以把握世界。然而,能指与所指之间的区别,又意味着没有任何符号可以完全没有歧义地等同于它所指涉的对象;符号并非直接指涉事物,而是指涉其他符号,其他符号也同样是指涉另一些符号①,这形成"语言的间性"。因此,从根本上讲语言符号都是难以信赖而且是变动不羁的。德里达反对"逻各斯中心主义",将它称作"在场的形而上学"。逻各斯中心主义者认为存在着某种终极的绝对参照物,即关于世界的客观真理,科学和哲学依赖人类理性所建立,其任务就在于认识这种客观真理。德里达认为逻各斯中心主义在西方文化传统中一直占据着重要位置,而这一切传统思想都是在场的形而上学,解构它们就是要消解它们,颠覆它们。但是值得注意的是,这并不意味着德里达否定了世界之"意义"或者他所说的"他者"。对这一点也许德里达自己的表述更为清晰:"解构始终深深地关联于语言的他异性,我一直都对批评家们感到惊讶,他们居然以为我的著作是宣称语言之外没有任何东西存在,居然以

① See: Garrett Green: *The Hermeneutics of Difference: Barth and Derrida on Words and the Word*, Graham Ward: *Bath, Derrida and the Language of Theology*, p. 93, Cambridge: Cambridge University Press, 1995.

15

为我的著作是宣称我们处在语言的牢笼之中。实际上我的意思正好相反：对逻各斯中心主义的批判首先就是寻求'他者'，寻求'语言的他者'。"①这个"他者"在西方神学家的描述中带有某种"神圣性"。尽管如此，我们从包括利奥塔德和鲍德里亚在内的后现代思想家的思想中并不难发现，在他们看来，"宏大叙事"的人类思想在当代不再继续有效和合法，过去或宗教的或形而上学的或意识形态的，试图将整个世界界定为一种本质存在的思维系统已不合时宜，因循着线性地持续不断地获取客观知识和人类自由的梦想而信仰和追求共同真理的现代性，已被没有绝对尺度和标准来决定什么是真理什么不是真理的后现代性所消弭，"宏大叙事"已被今天碎片式的、暂时的、主观的和多元的真实性所取代，这些真实性或真理都有自己的规律和准则，而宗教的信仰正和对其他任何一种世界观的深信一样，是其中的一种。这样，后现代性对现代性的质疑和否定，尽管并不必然将人引向宗教信仰，但这种对基督教信仰"否定之否定"的解构意识和多元的真理观念，毕竟为人类重新思考宗教与人的关系，重拾宗教信仰的精神，并将其作为多元维度之一重建新的神学，提供了新的可能性。如此看来，拯救全球性危机，生态的危机，人的危机，世界的危机，信仰只能是多元中的一元，基督教神学也许只是一个方面的力量；从观念和思想上予以反思，上帝或对上帝的信仰也许只是拯救世界的思想和观念力量之一。事实上，在这样一个多元共生、多元共处、多元共信的时代，每一种思想观念均应发挥一份力

---

① 转引自杨慧林《神学的公共性与当代神学的人文价值》，载 *Regent Chinese Journal*，2003 年 12 月。J. Hillis Miller, *Derrida's Others*, see *Jacques Derrida: the Critical Assessments of Leading Philosophers*, edited by Aeynep Direk and Leonard Lawlor, volume III, p. 326.

量，来担当整治疮痍山河、抚平危机伤痕、重建诗意家园的重任。

生态文学是另一个维度。生态文学从实践上也有两个路径，一是文学创作，被称为绿色文学或生态写作、生态作品；一是文学批评，被称为生态批评。实际上，以生态美学的哲学理念所进行的生态创作决不仅仅局限于文学创作，相反，西方不仅在建筑设计、园林设计、水资源利用、森林保护、城市规划等领域广泛贯彻生态和环境保护思想，而且在传统艺术的创新和变革方面，生态观念也渗透其中，比如生态音乐、生态美术、生态舞蹈、生态文学，等等。因此，西方在谈论生态美学时更多地是在谈生态实践和生态观念的应用，我们所使用的生态美学概念更多地是指高于生态实践的哲学思想和观念，即一种精神理念或思想意识形态。正是在这种意义上，我们说中国美学在 20 世纪末和 21 世纪初对世界美学的最大贡献莫过于生态美学。生态的概念来自西方，生态的观念和思潮也首先兴起于西方。但 Ecological Aesthetics（生态的美学）这个概念在国外特别是英语世界多指景观设计、环境美化、水资源利用、森林保护以及城市建设的构思构图，带有很大的实践操作性，和中国学者贡献给世界的生态人文学中的"生态美学"完全是不同的路径，国外生态的美学与环境美学（Environmental Aesthetics）更为接近。但是，不管怎样，这种观念是西方的，概念体系也是西方的。本书所着眼的则是这种观念来到中国之后所体现的变异和扩充，进而建构成作为一种新形态的生态美学。

生态美学的观念被介绍到中国之后的近 10 年间，中国不仅在生态设计、生态工程和生态资源利用的实践方面（环境美学）取得了长足进展，在生态文学艺术创作方面也进行了有益的尝试，并取得丰硕的成果。前者如 20 世纪 80 年代林超、黄锡畴、陈昌笃等把景观生态学介绍到了我国之后,第一批结合中国实际进行研究的成果有:《地理学报》发表的黄锡畴等的《长白山高山苔原的景观生态分析》(1984)、景贵和的《土地生态评价与土地生态设计》(1986);《应用生态学报》发表的肖笃宁等的《沈阳西郊景观格局变化的研究》(1990)等论文。黄锡畴文章中关于应用景观地球化学的方法对我国极具特色的景观进行了别开生面的剖析;景贵和的文章则将景观生态学的思想应用到土地类型和评价的研究,反映出加拿大和澳大利亚土地生态学派的特点;其后傅伯杰、王仰麟等在这个方向先后开展了深入的工作,主要集中于黄土高原和华北地区的农业景观。肖笃宁的文章首次将美国景观生态分析的方法引入我国并运用于研究城郊景观,对于景观空间格局的指标提出了若干创见。其后景观格局的研究渐成热点,对农区、林区、城郊、城市以及风景名胜区景观格局的研究论文层出不穷①。这一类论文对我国长期习惯于关注文学艺术之审美因素和美感特征的研究者——包括从哲学意义上研究生态美学的学者——兴许比较陌生,以至于很难将此纳入生态美学的视野,但是,真正从观念形态或哲学理念上确立生态美学,以便于开展理论对话,却不应忽视这类与西方“生态美”概念更为相近的理解。我国台湾有关“生态美学”的理论也多立足于这个意义上。在这里,特别值得提出的是北京大学景观设计研究院院长、首位在哈佛大学获得设计学专业博士学位的中国人俞孔坚教授,他提出最理想的人居环境是“天地、人、神和谐”,倡导善待人与自然关系的景观生态学,呼唤从洪荒时代找回诗意居所的人类生态居所设计观念,他对一个时期以来在中国大地盛行的“城市化

---

① 武业纲、李哈滨《景观生态学的理论发展》,《当代生态学博弈论》第33—39页,中国科学技术出版社1992年。

妆运动"进行了直言抨击。他将这些理念直接应用于我国的景观设计实践,应用于城市建设和 2008 年奥运会景观设计,体现了完整的尊重自然和人这个文化整体的生态美学思想,很值得生态哲学美学借鉴和研究①。在生态的艺术创作方面,这些年我国艺术舞台上较为流行的"原生态"一语也是典型的例子。著名舞蹈艺术家杨丽萍的《云南印象》被称为原生态歌舞,在 2004 年的艺术舞台上引起极大轰动;沿着中央电视台"星光大道"走出的牧羊倌阿宝,也被称为"原生态"演唱。据当时的《北京青年报》载:《云南印象》中,70% 的演员都来自于田间地头,姑娘们穿着民族服装表演,濒于失传的绿春神鼓在舞台上敲响,而那些牛头、玛尼石、转经筒等都是真实的道具,的确让歌舞回归到了民间,回归到一种原汁原味的原始状态。主张原生态歌舞的艺术理论家们普遍认为,让诸神归位,让散沙凝聚,让艺术有魂、有精神,是如今艺术的最大水土流失,就如同恣意开放在原野的野花被插入花瓶,如同千奇百怪矗立的山石被摆成上水石,他们主张艺术回到艺术的出发地,把根重新扎向泥土,让它成为一种仪式,一种信仰,一种人们对自然、生命、精神的认知和表达;歌舞不是一种记忆,也不是一个工作,而是与天地人对话的一种从心底流淌出来的语言,是来自生命最朴素的情感表达。除此之外,大量音乐创作也秉承了生态观念,如声响音乐就是一种完全录自于自然声响如鸟鸣、流水、汽车噪音、工地噪声甚至日常生活的叫卖声、关门声等并加以处理播放的生态音乐,这不仅对传统的声乐器乐演唱演奏观念形成挑战,对文化研究领域带来新的生机,也为我们思考真

---

① 参见俞孔坚《景观:文化、生态与感知》,科学出版社 1999 年;《理想景观探源》,商务印书馆 1998 年;《生物与文化基因上的图式》,台北:田园文化出版公司 1998 年。

正的生态美学理论体系有很大帮助①。本书将在生态美学在文学艺术实践中的应用等章节对此有所涉及,这里,仅就文学创作实践中的绿色描写和生态批评的绿色意识进行一个概述性的梳理。

英国诗人吉纳德·曼勒·霍普金斯(Gerard Manley Hopkins)、威廉·华兹华斯(William Wordsworth),作家简·奥斯汀(Jane Austen)、托马斯·哈代(Thomas Hardy)等人的作品中体现了丰富的生态意识。其中,天主教诗人霍普金斯的诗歌从今天的生态美学角度观察,不仅表现出明显的生态文学、生态艺术观念,从神学的维度来分析,还有着强烈的生态神学意识。另外,大批北美现当代作家如《瓦尔登湖》(Walden)的作者亨利·大卫·梭罗(Henry David Thoreau),《细雨沃土》(*The Land of Little Rain*)的作者玛丽·奥斯汀(Mary Austin),《寂静的春天》(*Silent Spring*)的作者雷切尔·卡逊(Rachel Carson)等,更是经常为生态批评和生态美学研究者所提及。我们知道,暂且不论中国古代的天人合一、道法自然以及崇高美等哲学美学观是否蕴涵当代意义上的生态美学思想,仅就中国古代文学作品的描写来说,也蕴涵着极其丰富的生态资源。随着近些年来生态批评和生态美学的不断演进和深入,这些原有的未被从这样一个角度认识的宝藏被越来越多地发掘和研究。英国生态批评的先锋人物乔纳森·贝特(Jonathan Bate)在他著名的《大地之歌》第8部分的导语中就引用了中国唐代诗人杜甫《春望》的名句。实际上,我国古代文学艺术从开风气之先的《诗经》到陶渊明的田园诗,从唐代王维、孟浩然到文论家司

---

① See: Joel Chadabe: *Electric Sound: the Past and Promise of Electronic Music*, Prentice Hall, 1st edition, November 6, 1996.

空图、严羽的作品,均体现出鲜明的生态性或生态品质。"总的来说,古代艺术作品中所出现的自然景观和人之间是没有隔阂、没有疏离的,人们的眼光并不是要穿透自然,从中提取某种看不见的精神,或把他们弄成是遥远和不可企及的东西;而是和身边的自然亲切地融为一体,彼此信任和产生对话交流"①。但是,按照我前文中的界定,这类作品还远不能称作生态文学创作,只是从今天生态的视角来看,这类作品掩藏着某种程度上的生态智慧,富含某种意义上的生态资源而已。

在中国生态美学的建构过程中,许多从事文学艺术研究的学者对我国文学史上蕴涵生态智慧和生态资源作品的分析,以及由此进一步开展的对作家本人创作个性的研究,非常具有参考价值。姬学友对丰子恺的研究,裴毅然对沈从文的研究,以及近年来生态批评的主要倡导者韦清琦对这些研究的分析梳理都给人以很多启发。他们认为,现代文学当中,丰子恺、沈从文的作品可以看作生态文学描写的代表。他们的作品在我们现代文学的30年中尽管并不占据主导或中心地位,他们所留恋的佛门、乡土、竹林与多数文学史教科书中所注重的城市生活和革命号角的讲述相比,似乎格格不入,但是,如果我们用今天生态批评和生态美学的思想观念去重新诠释和解读这些文本,就会很容易发现这些所谓非现代态度反而表现出对生命对自然的尊崇。在中国现代作家中,很少有像丰子恺一样将文学、绘画、书法、翻译和音乐等门类融合成浑然天成的艺术天地来催化人之善心的。他把自己极高的艺术造诣都凝练在简约朴素的漫画和散文小品当中,把厚重的爱心贯注于看似随意的文字与绘画的速写当中。读者的目光

---

① 何怀宏主编《生态伦理——精神资源与哲学基础》第54页,河北大学出版社2002年。

在他的作品中驻留,可以感受他对自然、亲情、率真的美好赞颂。丰子恺的作品吸收和发扬了中国古代性灵派文学艺术传统,承载着庄子和陶渊明所具有的贵真尚情的美学思想,他的"文理上的贵率真、尊性情、重趣味、写世态的特征与他崇尚风格上的自然本色、质朴平淡,强调行文上的信婉直寄、直写性情的文风是互为表里的"①。丰子恺尤其"注意从日常生活的细微小事中得到启示,从大自然的陶冶欣赏中获得超悟"②。特别是他的动物散文,如《蜜蜂》、《蝌蚪》、《沙坪小屋的鹅》、《猎熊》等,表现了他护爱生命、珍视生灵的情趣和境界,不仅与当今生态思想非常吻合,而且深刻影响了当代绿色文学或生态文学的创作,比如莽萍就曾说过,她之所以喜欢丰子恺的作品,大概因为在丰子恺眼里,"每种动物都有可爱之处,都有同人一样的求生、不愿被欺凌的本能"③。苇岸对天真孩子的由衷欣赏,似乎也可以看到丰子恺笔下率真童趣的影子④。丰子恺作品中蕴涵的生态资源还有待于更进一步挖掘。沈从文也走了一条独具特色的艺术道路,他为读者构筑的那个美仑美奂的湘西,超越了平常的地域概念,代表作者心目中生活与生存的净土。他的《边城》,他的《凤凰》,他的《湘西》和《雨后》等,"对天人合一宇宙观的认可和凡生皆美的泛神艺术观"⑤,以及用湘西这样一个概念试图化解原始与现代、自然与文明的二元对立的努力,不仅与当代生态美学不谋而合,而

---

① 姬学友《真性情涵万里天》,载《文学评论》1998 年第 6 期。
② 同上。
③ 莽萍《绿色生活手记》第 92 页,青岛出版社 1999 年。
④ 参见苇岸《太阳升起以后》,中国工人出版社 2000 年;《我与梭罗》,载《世界文学》1998 年第 5 期。
⑤ 裴毅然《自然·人性·美》,载《名作欣赏》1994 年第 2 期。

且是生态文明的建设方向,是生态批评的宝贵资源①。当然,丰子恺、沈从文当时均游离于中国现代文学主流边缘地带,但是这并不是说,边缘化状态正是他们作品生态色彩的必然原因。

随着人们生态意识、环保意识的增强和学术界对生态美学和生态批评的倡导,当代文学作品中更是吹来缕缕不绝的绿色之风。比如,徐刚的《伐木者,醒来》、《中国风沙线》、《世纪末的忧思》、《绿色宣言》、《守望家园》、《拯救大地》、《地球传》、《长江传》等优秀作品表现出强烈的忧患意识,对人与自然进行深入的思索。他赋予江河以生命,并为其树碑立传,反映出自然观的复归。"乡土作家"张炜近年来创作的散文,如《你的树》、《融入野地》、《羞涩和温柔》、《三想》、《关于乡土》、《秋日二题》、《激情的延续》等作品中也非常集中地体现了他的生态审美情趣和思考,他把今天艺术的出路维系于土地和自然,并作为艺术复兴的全部寄托。再如,苇岸的《去看白桦林》、《美丽的嘉荫》、《大地上的事情》等,以及其他作家,如郭耕、莽萍、周晓枫、赵鑫珊等的作品,都是在潜移默化中传播着绿色观念的优秀文学作品。

作为生态文学实践另一条路径的生态批评,是一股文学研究和美学研究的新潮流,这一潮流目前在西方世界特别是北美非常活跃,在当代中国也已经有了充分的表现,形成我们所说的生态哲学美学理论建设的重要一元。生态批评汲取了生态学、环境论和文学批评的品格,是用生态的意识、生态思想、生态观念作为切入文学艺术作品的视角,或作为一种与文学上的精神分析批评、原型批评、新批评、新历史主义批评等批评方式并列的批评方法。生态批评在很大程度上给批评界吹入了一股新鲜空气,因为其中

---

① 参见石高来《追寻古老的精灵》,载《江苏社会科学》1998年第5期。

包含有强烈的社会责任感和人文精神,也有学者以大的"批评"概念来扩充它的内涵,即不仅仅满足于把它看作一种文学批评的方法,而是看作文化批评、社会批评,甚至政治批评。当然,注重社会现实和理论应用价值是文学批评的题中应有之义,因此对后殖民主义理论的代表人物爱德华·赛义德(Edward Said)、佳亚特里·斯皮瓦克(Gayatri Chakravorty Spivak)等比较确切的称呼不是文学批评家,而是"批评家"。在当代中国,生态批评之所以最应该引起学术界的重视,并不仅仅因为批评家们表达了对于自然、环境、生态和真实的吁求,而且因为它在利用新兴学科所取得的成就的同时,重新建立了文学理论、美学理论与现实世界的关系。但是,本书对生态批评已作了文学艺术上的严格限定,而且认为生态美学的内涵应该更广,它不仅关注文学艺术,而且关注人类生存的美学价值原则。所以,从文艺美学理论的观点来看,生态批评的批评风格尽管是写实主义的,是崇尚岩石、树木和江河,崇尚真实的宇宙而非语言的符号的文学批评,是一种可视、可感、可以触摸得到的真实,是对过度抽象的理论所造成的普遍虚无的反抗,这种批评方式,对于触及和蕴涵着现实内容的文学创作、文学作品来说,显然是具有非常重要的意义的,但是,它与作为哲学原则的生态美学仍应有概念上的不同。生态批评当然应该触及文学艺术与现实世界的关系,但它不能取代生态美学而对人的生存价值观念进行彻底颠覆。显然,我们所提倡的生态美学也不是仅仅停留在文学艺术与现实关系的外在探讨上,停留在外部研究的层面上。相反,作为一种哲学美学体系,生态美学应该是内外兼修的系统,既要有新的生态思想观念的渗入,又要有实践上的生态性的体现,从理论和实践、观念和形态上构成一种系统的生态美学架构。这正是本书介绍和研究生态美学及其在当代中国的建构的基本立意和思路。

（二）现代性危机和美学的回应

人类的经验和历史，人类的认识和感知，人类所有的理性和感性的活动，人类先前的"宏大叙事"，无论经历怎样的结构和解构，毕竟告诉了我们这样一个道理，即观念的或理念的形而上学，深刻影响着人类社会生活的实践进程，甚至直接改变着人和他周围的世界的进程。地球生态环境所出现的各种危机，无可否认地与人的哲学观念和思想意识相关联。因此，追根溯源地考察生态美学的发生，除了着眼于对现实环境恶劣状况的忧虑和身体力行地从事和参与到环保和修复的实践活动当中，更重要的，还要从观念和思维方式上加以反省、检修、改造甚至重建，这是当代知识分子的使命，是生态美学理应担当的责任。检视和反省人类的思想历史，是修复和重构的第一步。当我们这样做时，我们发现，现实形态的生态危机几乎与观念形态中的现代性危机相伴而生，如影随形。不过，危机尽管意味着最深的绝望，但它同时也"意味着一个转折点，暗示着某种转变"①。因为危机逼迫着人们更加广泛深入地检视现代性的实质、分析其产生的根源，并据此给出疗救的方案。

在广泛而深刻地检视人类文明进程中出现的观念性问题时，"现代性"概念无疑是思想学术界高度重视的一个"关键词"，同时，它也是一个颇有争议的概念：不同学科、不同派别、不同的思想家，对现代性有着不同的理解。尽管这个"关键词"已经被泛

---

① David L. Schindler：*Editorial：Christianity and the Question of Postmoderntiy*，*see Communio：International Catholic Review.* Summer，1990.

化泛用,成为一种随处可贴的思想标签,而且对它的具体内容的描述也可谓千差万别,但是我们至少在一点上可以达成共识,即:现代性是一种精神理念或思想形态。然而,这一点共识的达成同样经历了一个深刻的思想过程。为了更清晰地了解生态危机与人类思想观念的深层关系,在这里有必要借助国内学者对"现代性"的介绍和研究,对有关现代性问题进行一次系统梳理。

宋旭红博士是国内较早从神学角度梳理和研究现代性问题的青年学者之一,她在其博士论文《现代性视域下的巴尔塔萨神学美学》中对西方学术界关于现代性问题的讨论,现代性问题的实质内涵以及现代性的起始时间等,进行了详细的综合,并就神学界对现代性问题的反思进行了学术层面的深入研究。她说,反思现代性的第一步必然是追问其实质,探讨现代性概念指涉的社会实存要素及其实质性问题究竟是什么,因为关于这一问题的回答将直接决定对现代性危机根源的诊断以及相应解决方案的产生。法语学界解构主义者利奥塔德,从文本分析角度把现代性看作是一种宏大叙事,而德语思想界则素有将人类生活明确区分为精神、文化领域与社会物质生产实践领域的传统,因而从有着社会学之父盛誉的马克斯·韦伯(Max Weber)开始,就通过将"现代性"(Modernity)一词放在与之密切相关的另外几个同根词,如"现代"(Modern Age)、"现代化"(Modernization)和"现代主义"(Modernism)等,一起加以比较甄别来确定现代性的特殊性质。在韦伯看来,"理性化"和"合理性"是区分现代社会与传统社会的关键:所谓现代化就是理性化,而"现代性"就是"合理性"。现代社会结构特质的生成过程,实际上就是实现理性化的过程。韦伯还把合理性区分为工具合理性(形式合理性)和价值合理性(实质合理性)等理想类型。在他看来,工具合理性(形式合理性）主要是手段和程序的可计算性，是一种客观的合理性；而价值合理性（实质合理性）则以信念、理想、主观价值为目的，是一种主观的合理性。韦伯认为，"现代性"则主要表现为前者，即工具合理性或形式合理性，这在一定意义上更接近于"现代化"的内涵。根据韦伯的分析，从工具合理性或形式合理性的角度来看，现代社会结构中的市场经济、民主政治、科学技术和独立的个体等是具有高度合理性的，显然，在韦伯这里，"现代性"还不是主观和观念层面上的。然而，他的这种区分后经于尔根·哈贝马斯等当今最具影响力的现代性问题专家的发展和阐释，形成这样一种较为通行的观点："现代化"一词主要是一个社会学术语，指工业革命和法国大革命之后西方世界建立起来的资本主义政治经济社会制度体系；"现代主义"则由 19 世纪末 20 世纪初一个特定的文学艺术流派扩大为泛指所有精神文化生产领域的现代概念；而"现代性"则更多地用来指称社会现代化和文化现代主义背后所共有的哲学或形而上学基础理念，是一种精神的或意识形态的力量①。约翰·威尔森（John F. Wilson）也曾详细区分这几个词的意义，认为"现代"是一个相对于"古老"、"传统"而言的时空概念，因而是随时间而变迁的；"现代主义"是精神和文化领域对"现代"的自觉而明确的回应；"现代化"指社会政治经济秩序方面的回应，而"现代性"则是使这些回应具体化的力量②。因而，在更多时候人们倾向于在一种更广泛的意义上使用"现代

---

① See：John Thornhill：*Modernity：Christianity's Estranged Child Reconstructed*，William B. Eerdmans Publishing Company，Grand Radis，Michigan/Cambridge，U. K.，2000，chap. 1.

② See：John F. Wilson：*Modernity and Religion：A Problem of Perspective*，SR Supplements，vol. 19：*Modernity and Religion*，edited by William Nicholas，published for the Canadian Corportion for Studies in Religion by Wilfrid Laurier University Press，1987.

性",以之涵盖"现代化"和"现代主义",把这二者视为"现代性"精神在不同领域的不同表现方式。也就是说,在描述性意义上,现代性概念有其特定的指涉范围。

那么,这种现代性精神的具体内涵何在呢?李佑新教授的《现代性的含义及其实质问题》是回答这一问题的颇具代表性的论文。他认为现代性表明的是自启蒙运动以来所形成的现代社会整体结构的性质和特征。社会整体结构可以从各个方面进行考察和描述,但从总体上来说,可以分为外在的社会结构和内在的文化心理两个方面。现代性概念所指称的社会实存要素也因此可以分为两个方面:外在社会结构的现代性质和内在文化心理的现代性质。相应地,现代性概念也就具有了双重意蕴,即:社会结构层面的现代性和文化心理层面的现代性。在现当代文献中,前者被称之为启蒙现代性、理性主义的现代性等等,而后者则被冠以浪漫的现代性、审美现代性、文化现代性等名称①。哈贝马斯对此概括说:"18 世纪启蒙哲学家制订的现代性计划以这样的努力为主要内容:根据其自身的逻辑,发展客观性科学、普遍的道德和法律以及自律的艺术。"②社会结构层面的现代性,主要是指现代社会中的经济、政治和科学技术等因素。绝大多数社会理论家所关注和考察的主要是社会结构层面的现代性:"从上一代人开始,'现代性'逐渐被广泛地运用于表述那些在技术、政治、经

---

① 我在前文把生态美学也看作一种精神理念或思想意识形态,生态学是它的社会层面,生态创作和生态批评是它的实践层面,因而它就是一种哲学观念,曾繁仁教授称它为生态存在论美学。我们甚至可以称这种精神理念或思想意识形态为生态性。

② 转引自尼古拉斯·布宁、余纪元编著《西方哲学英汉对照辞典》第 630 页,人民出版社 2001 年。

济和社会发展诸方面处于最先进水平的国家所共有的特征。"①
这个意义上的现代性,在不同国家和不同时期具有不同的表现形
态,但是,从一般的意义上来说,将它概括为市场经济、民主政治、
科学技术、独立的个体等几个方面,应该是没有问题的。现代社
会结构的性质,就表现为经济市场化、政治民主化、知识科学化、
人的个体化,而与古代社会的自然经济、专制政治、宗教文化、传
统共同体等恰成对照。

李佑新教授认为,"现代性"无疑与时间意义上的"现代"密
切相关。但是,由于时间性的"现代"是一个恒久地发生着的事
情,每个历史时代相对于该时代的人来说都是"现代",如果仅仅
从时间维度去把握现代性概念,就失去了它的特定内涵,必须探
问现代性的特定内涵——现代社会的性质和质态,这才是更具有
意义的问题。关于现代性的起始时间,尽管学术界众说不一,但
是,在对现代性的本质特征进行分析和确定之后,我们也就不难
把握它。神学思想家路意斯·丢普瑞(Louis Dupre)认为现代性精
神萌生于14世纪末,社会学家安冬尼·吉登斯(Anthony Giddens)
认为现代性的社会生活组织模式出现于17世纪,而真正被学术
界普遍认可的,则是哈贝马斯等人以启蒙运动时期作为现代性精
神真正确立的时代的主张②。显然,这些理解均直接关联着对于
现代性精神的具体内涵把握。实际上,现代性精神的最基础、最

① 布莱克著,景跃进、张静译《现代化的动力:一个比较史的研究》第5页,浙江
人民出版社1989年。

② See:Louis Dupre:*Passage to Modernity*:*An Essay in the Hermeneutics of Nature and Culture*, Yale University Press, Reprint edition, September 15, 1995. Anthony Giddens: *Modernity and Self-Identity*:*Self and Society in the Late Modern Age*, Stanford University Press, August 1, 1991. Jürgen Habermas:*The Philosophical Discourse of Modernity*:*Twelves Lectures*, tran. Frederick Lawrence, Cambridge:Polity Press, 1987.

核心、也是最被广为接受的内涵应该是人的主体性。宋旭红博士分析说,所谓人的主体性在现代性语境中至少可以从以下两个方面来理解:首先,它标志着现代性是一种与前现代的那种以上帝为中心的意识形态模式相对立的"人类中心主义":具有天赋理性能力的人代替上帝成为思想的起点、世界历史的中心和价值判断的标准。无论是从历史上还是从逻辑上来讲,这一点都可谓是现代性的出发点,因为所谓现代性,其最初的规定性应该是在与前现代性的对比关系中产生的,而事实上也正是如此。尽管路意斯·丢普瑞等学者认为,"人类中心主义"的种子早已深埋在中世纪晚期,包括基督教经院哲学之中,但是,作为一种思想原则的"人类中心主义"必须是在"上帝中心主义"崩溃之后才真正确立起来的①。其次,这里的"人"不是现实意义上的活生生的个体存在,而是笛卡尔式的以精神和思想为本质特征、作为世界主体的抽象的人的概念,是一种"精神性自我",即主体的人。这种"精神性自我"和主体的人在德国唯心主义哲学中表现得淋漓尽致,它的根本规定性即是启蒙主义者极力推崇、作为人的本质规定性的理性。这样,以理性为基本素质的精神性主体对于自我作为世界历史主宰者的身份的充分自觉和自信就构成了现代性精神的核心内涵,其他有关现代性的种种界定,如进化论的历史观、非历史主义的真理观、追求同一性和确定性的思想方法、科学理性或称工具理性的胜利、甚至资本主义的政治与经济制度,其实莫不渊源于此,只不过是这种精神在人类生活各个领域中的表现而已。所以,就西方来说,现代性指"在启蒙运动中被建立起来的现代时期的中心特征",与"纯粹理性至上和现代自我的自主决断

---

① See: Louis Dupre: *The Enlightenment and the Intellectual Foundations of Modern Culture*, Yale University Press, June 10, 2004.

相联系。现代人以理性为武器，寻求一种基于统一形而上学架构的普遍观点来看待世界。他们寻求他们自己的主体性自律，并拒绝历史传统和文化的钳制"①。而在启蒙运动中，"一切都受到了最无情的批判；一切都必须在理性的法庭面前为自己的存在作辩护或者放弃存在的权利。思维着的知性成了衡量一切的惟一尺度"②。

以启蒙运动作为现代性的开端，宋旭红博士以神学思想为视角，探讨了天主教和基督教神学思想界对现代性问题的回应。从启蒙运动起，西方文明在现代性的道路上已经奔跑了两个多世纪，人们曾经深信沿着这样一条道路可以一直奔向理想的、终极的、永恒自由的王国。然而，近一个世纪，尤其是 20 世纪中叶以来，人们却发现这条道路远非想像中那样平坦笔直，文明的脚步已经屡屡被它束缚和困绊。而后现代，正是对它的深度反思和反省，是对它的检视和检修。在当代西方思想家中，很少有人能够完全不参与到反思、检视和检修现代性的工程当中，因为，现代性精神在成就西方现代文明辉煌成就的同时，它的过度膨胀也是造成该文明当前危机的最直接思想根源，它是一把双刃剑。一百多年来西方思想界对于危机的种种反思大体上都可以归结到上述现代性的两个基本内涵上。比如，尼采的"上帝之死"揭示出"人类中心主义"是现代世界的根本问题所在，有趣的是，20 世纪对这一论断回应最力的是卡尔·巴特（Karl Barth）。具有最坚定的信仰立场的神学家卡尔·巴特与被他定义为"敌基督者"的哲学天才尼采之间，在对现代性危机病因的诊断上达成了惊人的共

---

① 尼古拉斯·布宁、余纪元编著《西方哲学英汉对照辞典》第 630 页，人民出版社 2001 年。

② 《马克思恩格斯选集》第 3 卷第 355 页，人民出版社 1995 年。

识。同时,解构主义也把人类中心主义视为现代性的疽痈之祸。然而,不同的思想立场导致他们开出了截然不同的药方,分别代表了解决人类中心主义弊端的三种方案:尼采认为在上帝死了之后,人应该自己成为上帝;巴特疾呼人们严守神人间的绝对界限,认为人类应该回到"上帝中心主义";解构主义则试图彻底消解任何一种"中心",以期解决中心与边缘间的紧张关系。正如肯尼思·舒梅兹(Kenneth Schmitz)所总结的:"后现代主义——其激进形式称为'解构主义'——自觉地拒绝了现代性的自主的人类主体,却继续分享了现代性的人类中心主义视野,因为对于解构主义者来说,犹如对现代人一样,人类仍然是思想与行为的'暂时的然而却是最后的领域。'"①就其实质而言,批评"人类中心主义"必然是神学感兴趣的话题,20 世纪后期以来,基督教神学界对尼采和解构主义的思想投入了极大关注,实际上,在西方关于现代性问题的视阈中,基督教神学始终是一个特殊而重要的视角。这一视角的特殊性就在于,与哲学和社会学角度相比,神学由于其自身特质和历史原因,既深受现代性精神影响,又始终保持着根本性的批判立场;正因如此,它对现代性危机的认识以及相应的解决方案才更具有不可忽视的意义。当前西方思想界对宗教和神学的浓厚兴趣概因于此。所以,在探讨现代性危机时,我们难免再次回到神学的维度。

从基督教神学角度看,现代性的核心要义,无论是它的人类中心主义的世界观还是精神性主体笼罩下的意识形态,都应该是"世俗化",也就是:以对此世的关怀代替对天国的向往,以对人的信心代替对上帝的信仰,以自我拯救模式代替上帝的救赎。从

---

① See:David L. Schindler: *Editorial*:*Christianity and the Question of Postmodernity*, in *Communio* 17, summer 1990, by Communio:*International Catholic Review*.

这一意义来讲,基督教与现代性是彼此对立的两种意识形态。然而18世纪中叶以来的思想史却表明,二者之间的关系远非如此简单。面对世俗化浪潮,基督教神学内部的不同派别做出了各自不同的回应。比如,天主教保守主义认为,上述现代性与基督教之间的对立主要指天主教而言,因为现代性否定的"中世纪主义"的核心内容正是中世纪神学传统——上帝中心论的神学意识形态、圣经权威和教会权威等。现代罗马天主教会一直以坚持中世纪经院神学正统——托马斯主义为己任,因而始终以保守主义姿态处于与现代性的紧张之中。到第二次梵蒂冈会议前,这种紧张在现代性精神的强势话语下已经使天主教陷入严重的危机之中,正如新教神学家朗顿·吉尔奎(Langdon Gilkey)所指出的:"几乎在一眨眼之间,这个看上去似乎永远不会改变的整体,一个不会为外部攻击所损害的堡垒……发现自己已经屈服于剧烈的、不断升级的变化之中了。她的许多基本的宗教实践被抛弃,她最珍爱的教义和神圣权威遭到无数人的批评、忽视和质疑,她的永不改变的生活方式被一浪浪流行趋势所取代,她珍贵的统一性也被激烈的内部冲突打破了。"①面对这种危机,天主教会不得不在第二次梵蒂冈大公会议宣布一系列改革措施,以谋求自身在现代社会中的生存与发展的空间。而与天主教相比,新教神学与现代性精神之间的对立因素则远不如二者间的契合和相互影响那么醒目,甚至可以说在一定意义上新教神学是现代性精神的一种特殊表现。16世纪的宗教改革是直接针对中世纪罗马天主教传统的,它以信仰的个体性和内心化反对教会权威,从而为启蒙现代性的个人主义和理性主义奠定了基础,因而新教主义是现代性精

---

① Langdon Gilkey:*Catholicism Confronts Modernity: A Prostestant View*, The Seabury Press, New York, 1975, p. 2.

神的一个重要来源。所以,在启蒙主义话语取得主导地位之后,
新教神学非常自然地融入其中,到施莱尔马赫(Friedrich Schleier-
macher)和黑格尔时代,马丁·路德(Martin Luther)的较为保守的
新教传统已经被利用现代性思想原则和方法阐释神学主题、解读
信仰奥秘的自由主义神学所取代。自由主义神学(或称理性神
学、自然神学)否认超自然人格神的存在,主张从人的理性本质和
情感经验中解读宗教的奥秘,成为19世纪新教神学最重要、影响
最大、也最具代表性的型态,其结果是,现代性思想的世俗化本质
导致了神学的哲学化、世俗化,一切正如彼德·亨瑞兹(Peter
Henrici)所悲叹的那样:"基督教没有将自己的精神渗透到后基
督现代性中去,从而使它转向自身真理的根基,反而受到这种自
主文化的影响,并且让自己也成为现代的。"①

根据李佑新教授的进一步分析,以启蒙理性为基础的现代
性,在社会结构上又表现为社会秩序和行为规范的制度化。按照
吉登斯(Anthony Giddens)的看法,"现代性是一种后传统的秩
序"②,亦即制度化的秩序。吉登斯强调"我们必须从制度层面来
理解现代性"③。但是,现代社会秩序与传统社会秩序的区别,不
仅仅在于秩序和规范的制度化,更重要的还在于制度性规范本身
的形式化。与现代性的形式合理性相一致,现代性制度在很大程
度上也是一种形式化、程序化的规范,而法律则是这种制度性规
范的典型体现。没有这种程序化、合理化和形式化的法律,现代

---

① Peter Henrici: *Modernity and Christianity*, p. 150, in *Communio* 17, summer, 1990, by Communio: *International Catholic Review*.

② 吉登斯著,赵旭东等译《现代性与自我认同》第3页,生活·读书·新知三联书店1998年。

③ 同上书,第1页。

社会结构形态的存在就是不可能的。因此,从社会结构层面来看,现代性也就是社会秩序的制度化、形式化和程序化。但是,现代性又不仅仅表现在外在的社会结构层面,同时它还表现在内在的文化心理层面。如舍勒(Max Scheler)所指出的,从传统社会向现代社会的转变,不仅是环境和制度的转化,而且是人自身的转化,这是一种发生在人的"灵魂和精神中的内在结构的本质性转化"①。这就是说,随着外在的社会制度结构的转型,发生了一种更为深层的变化,即人的文化心理性质的变化,人的内在心性秩序的变化。其结果便出现了舍勒、齐奥尔格·西美尔(Georg Simmel)等社会理论家所着力揭示的"现代人"类型。"现代人"是一个哲学人类学的概念,指涉的是现代人的精神气质和心理结构,这是为韦伯等人的社会理论在某种程度上所忽视了的现代性的另一维度。与外在的社会制度结构层面的现代性一样,文化心理层面的现代性也是启蒙运动的结果。启蒙运动开启的理性化和合理化过程,同时也是一个世俗化的过程,韦伯称这一过程为"脱魅"或"祛魅",而特洛尔奇(Ernst Troeltsch)则称之为"凡俗化"。其要害在于,启蒙运动致使宗教性的超越秩序解体,从而使现实秩序的支撑和根据发生了根本性的变化,由此导致外在的社会秩序结构和内在的人心秩序结构(或心性结构)的世俗化。社会秩序结构世俗化的结果是理性化和形式化制度结构的建立,而人心秩序或心性结构世俗化的结果则是现代人精神气质的生成。现代人的这种精神气质,表现为现代型的价值选择秩序。按照舍勒的看法,现代性是深层的"价值秩序"的位移和重构,表现为工商

---

① 马克斯·舍勒著,罗悌伦等译《资本主义的未来》第 207 页,生活·读书·新知三联书店1997 年。

精神气质战胜并取代了超越性价值取向的精神气质①。也就是说，在主体心态中，实用价值与生命价值的结构性位置发生了根本性转换，愈来愈成为主体动机结构中的支配性标准和尺度，以至于韦伯所揭示的新教伦理的禁欲苦行主义让位于沃纳·松巴特（Werner Sombart）所揭示的"贪婪摄取性"。禁欲主义从杰尼米·边沁（Jeremy Bentham）开始就遭到了激烈的批判，而世俗的享乐则成为了正当合理的。除此之外，现代人的精神气质，还表现在主体心理体验结构的变化，这种心理体验的变化是由两方面造成的：一是社会环境的变化，二是观念和意识的变化。马克思把这种变化描述为："一切固定的僵化的关系以及与之相适应的素被尊崇的观念和见解都被消除了，一切新形成的关系等不到固定下来就陈旧了。一切等级的和固定的东西都烟消云散了，一切神圣的东西都被亵渎了。"②贝尔（Daniel Bell）则将这种变化概括为"由于通讯革命和运输革命带来了运动、速度、光和声音的新变化"，"宗教信仰的泯灭，超生希望的丧失（天堂或地狱），以及关于人生有大限、死后万事空的新意识"③，由此导致了主体心理体验结构的根本改变——没有了固定、永恒、神圣的东西，剩下的只有"现在"、"当下"、"瞬间"。这就是波德莱尔（Charles Baude-laire）的定义："现代性就是过渡、短暂、偶然"④，价值标准被置于变化无常、难以捉摸和转瞬即逝的事物之上。福柯对波德莱尔的这一看法颇为赞赏，称波德莱尔的"现代性"意识是"19 世纪最敏

①　参见刘小枫《现代性社会理论绪论》第 17 页，上海三联书店 1998 年。
②　《马克思恩格斯选集》第 1 卷第 275 页，人民出版社 1995 年。
③　丹尼尔·贝尔著，赵一凡等译《资本主义文化矛盾》第 94 页，生活·读书·新知三联书店1989 年。
④　波德莱尔著，郭宏安译《波德莱尔美学论文选》第 484—485 页，人民文学出版社 1987 年。

锐的意识之一"①。可以看出,这个意义上的现代性指的是现代人的生活态度和精神气质,是其心理体验结构所表现出来的特质。如果说社会结构层面的现代性就是理性化,那么,文化心理层面的现代性则是感性化。前者以理性为原则,后者则以感性为主导。无论是现代人的价值选择秩序还是体验结构,突出的都是感觉至上。边沁在抨击禁欲主义而倡导功利原则时,其立足点正是人的"自然天性"——本能地追求快乐,躲避痛苦,即以感性原则对抗禁欲主义背后的神性原则。而现代人的体验结构,本质上就是感觉性的,是"一种与传统的断裂,一种全新的感觉,一种面对飞逝的时刻的晕旋的感觉"②。在这种只剩下"现在"、"瞬间"的体验结构中,当下即时的心态必然以贝尔所描绘的感性的"及时行乐"为归宿③。"现代人"在失去彼岸的超越性秩序和神圣性意义的支撑后,个体生存必然走向此岸的世俗化的感觉和心理:"现代的本质根本上就是心理主义的,即依据我们的内在反映并作为一个内在世界来体验和解释世界,把固定的内容溶解到心理的流逝因素中,在心理中,一切实体都化解了。"④文化心理层面的现代性表现为"现代人"感性至上的精神气质,这个意义上的现代性又被称之为"审美现代性"⑤。但是,审美现代性并不仅仅是一个美学和哲学的概念,同时也是一个社会学概念。作为社会学的概念,审美现代性所指称的是一个社会学意义上的事实:文

---

① 参见汪晖、陈燕谷《文化与公共性》第430页,生活·读书·新知三联书店1998年。
② 同上书,第1页。
③ 丹尼尔·贝尔著,赵一凡等译《资本主义文化矛盾》第120页。
④ 西美尔《哲学文化》,见刘小枫《现代性社会理论绪论》第302页,上海三联书店1998年。
⑤ 参见刘小枫《现代性社会理论绪论》第307页。

化心理层面的感觉性质;而作为美学、艺术和哲学概念的审美现代性,则是对前者的反映,这就是各种各样的关于现代性的现代主义论述——在价值诉求上或肯定或否定的关于现代性的意识形态话语。现代主义的现代性论述不仅表现在审美现代主义文献和现代主义艺术领域,同时也表现在各种浪漫主义者的主张中,包括许多具有浪漫气质的哲学家和思想家,故审美现代性往往又被称为浪漫现代性。而名噪一时的后现代主义,则是从某些现代主义运动的更激进的派别中发展而来的,它强化了现代主义的感性原则。就其以感性原则激烈地对抗理性原则和社会制度结构而言,后现代主义无疑可以看作是现代主义的激进变种,即对审美现代性的极端化论述。所以,现代性明显具有双重意蕴:社会结构层面的现代性和文化心理层面的现代性。前者以形式化的理性为原则,后者以感性或感觉为主导;前者表现为社会性形式化制度规范的建构,而后者则呈现为个体感性和欲望的伸张。在历史和现实中,二者具有相互勾连对抗的错综复杂的关系。思想家们关于现代性的大量论述,概而言之,无外乎现代性的这两个方面,尽管他们在价值诉求上是有很大区别的。

"现代性"是以"现代性问题"的面貌吸引思想学术界的全力关注的。现代性之所以成为思想学术界的主题词和关键词,就在于它是一个问题丛生的领域。现代社会问题太多,以至于吉登斯将现代社会称之为"风险社会"。但是就现代性问题而言,最严重的就是社会秩序与人心秩序失范,价值虚无化,人生的无意义感。伯尔曼(Harold J. Berman)在谈到西方社会的危机时,将这种危机概括为"整体性危机",其根本含义是:"生活的意义何在,他们被引向何处去。"①伯尔曼认为这一问题不仅发生在个体层面,而且也发生在民族或各种群体的层面,它意味着"我们的全部文化似乎正面临一种彻底崩溃的可能"②。吉登斯注重于从制度结构层面研究现代性问题,但他也注意到:在"现代性背景下,个人的无意义感,即那种觉得生活没有提供任何有价值的东西的感受,成为根本性的心理问题"③。类似这样的论述,在现当代文献中,真可谓比比皆是。由此可见,现代性问题的聚焦点,乃是现代人的生存意义问题。而这一问题的实质,就是道德文化的危机:生存的孤独感和无意义感,并不仅仅是源于个体与他人的分离,"而是与实践一种圆满惬意的存在经验所必须的道德源泉的分离"④。导致这一状况的原因就在于:启蒙运动中断了超越性的道德源泉;理性化的现代性没有提供这种价值源泉;审美现代性则无异于釜底抽薪。

现代性社会秩序和心灵秩序生成之前,人类生活秩序及其意义是由整体性的超越秩序所提供和保障的。这种整体性超越秩序形成于雅斯贝斯(Karl Jaspers)所谓人类历史的"轴心期"⑤,这是一个从人类学家所谓的原始阶段突入高级文化阶段的时期。这个时期集中发生了"最不平常的事件",这就是在印度、中国和西方产生了一批思想家和哲学家,他们吸收和改造原始神话,使之"精神化",构筑起了人类进行自我理解和世界理解的基本框架,这种基本的理解框架一直延续到近代。对于这种"精神化"的过程,雅斯贝斯归结为"超越的突破",而韦伯和帕森斯(Talcott Parsons)则阐

---

① 伯尔曼著,梁治平译《法律与宗教》第35页,生活·读书·新知三联书店1991年。
② 同上。
③ 吉登斯著,赵旭东等译《现代性与自我认同》第9页。
④ 同上。
⑤ 雅斯贝斯著,魏楚雄等译《历史的起源与目标》第1章,华夏出版社1989年。

述为"哲学的突破"①。这种"突破"的含义是:这些文明地区的人类"全都开始意识到整体的存在、自身和自身的限度。人类体验到世界的恐怖和自身的软弱,他探询根本性的问题。面对空无,他力求解放和拯救。通过在意识上认识自己的限度,他为自己树立了最高目标。他在自我的深奥和超然存在的光辉中感受绝对"②。这种精神上的突破显然是一种"超越"的突破:人意识到自身的有限性而向往和感受到绝对。当然,"超越性突破"是否适合中国的轴心时代,是有异议的:"在中国的这一过程里,更多的似乎是认识到神与神性的局限性,而更多地趋向此世和'人间性',对于它来说,与其说是'超越的'突破,毋宁说是'人文的'转向。"③但是,如果我们对"超越"的理解,不局限于二元化世界观框架下的"外在超越"的意义,而充分考虑到中国的人文转向体现的是一种"内在超越",则"超越的突破"之说仍可适应于"轴心时期"的中国。尽管"外在超越"和"内在超越"的区别对于界定中西文化特质来说具有重要意义,但是,就其将现实的社会秩序和人心秩序归结为某种超越性的价值源头而言,就其将人生意义指向这种价值源头而言,则有着相当程度上的一致性。无论是"上帝"、"真主"、"佛陀"、"天"或"理",还是"天人合一"式的某种境界,都是某种意义上的超越性的整体:超越感性、超越个体、超越有限,而趋归于无限的整体。

这种超越性的整体,不仅是现实社会秩序的根据,而且是人心秩序和道德生活的价值源泉,是有限人生种种活动被赋予意义的终极关切。超越性的价值源泉与现实生活的关系,在不同的文化传统里呈现出非常不同的内涵,但其共同点是超越性价值与现实

① 参见余英时《士与中国文化》第 5 页,上海人民出版社 1987 年。
② 雅斯贝斯著,魏楚雄等译《历史的起源与目标》第 8—9 页,华夏出版社 1989 年。
③ 陈来《古代宗教与伦理》第 4 页,生活·读书·新知三联书店1996 年。

生活在某种程度上的分离与紧张,以确保其神圣性和对于现实秩序的支配作用。而基督教则把这种分离和紧张推向极端,将世界二重化为天国彼岸世界和世俗此岸世界:前者是圣洁的、至善的、崇高的理想世界,后者则是卑污的、恶劣的、充满情欲的现实世界;前者是精神的灵性世界,而后者则是感性的物欲世界;前者越高尚圣洁,后者就越显得低劣丑恶。基督教以这二者之间不可调和的尖锐冲突的形式,彰显彼岸世界的神圣与光辉。人的整个生命成了神性与情欲激烈鏖战的战场,人被尘世欲望与圣洁精神所撕裂:"一个沉溺在强烈的爱欲当中,以固执的官能紧贴凡尘;一个则强要脱离尘世,飞向崇高的先人的灵境。"①正是基督教的这种尖锐的二元对立和分裂,以及为摆脱分裂的痛苦而导致的普遍虚伪,成了近代文艺复兴和启蒙运动的深刻的文化根源②。有如黑格尔所指出的,文艺复兴和启蒙运动导致超越世界和超越秩序的逐渐消退,上帝经不起理性的推敲:人们发现,"圣饼"不过是面粉所做,"圣骸"只是死人的骨头③。彼岸世界消退之后,此岸世界开始凸显,现实秩序的价值源泉发生了根本性的位移:"早期的道德观点认为,与某个源头——比如说,上帝或善的理念——保持接触对于完整存在是至关重要的"④,而现在,理性、自然人性成了价值源头,人们开始把理性作为社会和道德的奠基原则:"'正义'和'道德'开始被认为在人类现实的'意志'中有它的基础","'精神'自己的内容在自由的现实中被理解",理性代替宗教信仰而成了"绝对的标

---

① 歌德著,董问樵译《浮士德》第58页,复旦大学出版社1983年。
② 参见赵林《西方宗教文化》,长江文艺出版社1997年。
③ 黑格尔著,王造时译《历史哲学》第452页。
④ 查尔斯·泰勒著,程炼译《现代性的隐忧》第30页,中央编译出版社2001年。

准"①。启蒙因此而成为现代性的开端:超越性的价值秩序根本性地位移至现实的生活世界之中,那个超越性的价值源头被定位在人自己身上。但是,超越性的价值源头消解之后,现代性自身并未产生和提供其有效的替代物。如前所述,现代性包含制度结构层面的现代性和文化心理层面的现代性,前者以理性化为原则,后者以感性为主导。这二者实际上都未能填补超越性价值源头消解之后所产生的价值真空。

先考察一下理性化的现代性与形成这种价值真空的关系。前文已指出,现代性的理性化层面,主要表现为工具理性与形式理性。按照韦伯的看法,工具理性所关心的主要是行动的效果和实现目的的手段的有效性,以及对手段和行为后果的计算。因而工具理性所关联的主要是"存在是什么"的事实判断,而不是"存在应该是什么"的价值判断。由此可见,工具理性的膨胀在相当大的程度上意味着价值理性的萎缩。与此相一致的则是形式理性的支配性地位的确立和实质理性的消解。在韦伯的解释性观念中,工具理性与形式理性、价值理性与实质理性本来就有密切的关系,有时甚至是互用的。但是,形式理性与实质理性的关系似乎更侧重于对社会秩序和制度结构的特征描述。形式理性关注秩序和规范的形式化,亦即秩序和规范的普遍性、程序性和可操作性,等等,而实质理性关注的则主要是特殊的目的、情感、信念、道德以及意义等实质性价值。依据韦伯的这种区分,形式合理性是一个无(道德)价值判断的理性化程序,而实质合理性则属于一种道德性的价值判断。现代性的理性化在表征为工具理性的同时,从社会结构和社会秩序的意义上来看,更是表征为理性的形式化和对实质性价

---

① 黑格尔著,王造时译《历史哲学》第452页。

值的漠视。在韦伯看来,资本主义现代法律和"官僚制",是典型的形式化理性的产物。马克思也指出现代资本主义官僚政治的"形式主义"性质:"官僚机构把自己的'形式的'目的变成了自己的内容,所以它就处处同'实在的'目的相冲突。因此,它不得不把形式的东西充作内容,而把内容充作形式的东西。"①

近代以来工具理性和形式理性的发展,使人类在有效地改造自然、建构社会制度等方面具有毋庸置疑的历史进步作用。但是,工具理性和形式理性的沙文主义式的扩张,无疑也是生态环境破坏、人际关系冷漠、人的片面发展以及各种社会冲突的深层根源。舍勒曾尖锐地指出,在现代性社会中,世界不再是精神的有机的"家园","而是冷静计算的对象和工作进取的对象,世界不再是爱和冥思的对象,而是计算和工作的对象"②;韦伯则概叹:"我们这个时代,因为它独有的理性化和理智化,最主要的是因为世界已被除魅,它的命运便是,那些终极的、最高贵的价值,已从公共生活中销声匿迹。"③可见,启蒙运动以来,理性化的现代性以其工具理性与形式理性建构了一个高效的生产体系和制度体系,但它未能填补由于超越性价值源头的消解而产生的价值真空。理性化的现代性是这样,文化心理层面的现代性更是如此。如前所述,文化心理层面的现代性就是所谓审美现代性。它以感性和感觉为主导,道德上的善恶价值被归结为感觉上的快乐和痛苦,人们甚至相信"单凭感觉就足以充实我们的心灵"④,而现代的货币经济特别是消费主

---

① 《马克思恩格斯全集》第 1 卷第 301—302 页,人民出版社 1995 年。
② 转引自刘小枫《现代性社会理论绪论》第 20 页,上海三联书店 1998 年。
③ 马克斯·韦伯著,冯克利译《学术与政治》第 48 页,生活·读书·新知三联书店 1998 年。
④ 卢梭著,徐继曾译《漫步退想》第 68 页,人民文学出版社 1986 年。

义的生活方式更加促使感觉至上成为人生的主导原则①。毫无疑问，感性和感觉欲望上的满足，对于人的生存具有至关重要的意义。但是，将人生的意义归结为感觉，实际上是消解人生的意义和价值。因为如果完全沉溺于感官世界，人就不能超越自然的直接性而形成人的意义与价值世界。如有学者所指出的："倘若人不能依靠一种比人更高的力量努力去追求某个崇高的目标、并在向目标前进时做到比在感觉经验条件下更充分地实现他自己的话，生活必将丧失一切意义与价值。"②从更特殊的道德价值和意义的角度来看，情况更是如此。在道德上对感性和感觉欲望的肯定，在反对中世纪极端的禁欲主义的意义上有其合理性。但是，道德本是社会对个体的规范和要求，当个体的利益或幸福与社会的利益发生冲突时，感性个体在某种程度上自觉牺牲自己的利益，道德的崇高价值和意义因此才真正地彰显出来。尽管康德伦理学具有为人多所诟病的形式主义性质，但是其深刻之处，也正是深刻地揭示了伦理道德的这种本质特征。而将人生置于感觉基础之上，生活"只是对外部刺激的反应"，"仅仅是对不断变化的环境的适应"③，从而人就"不能接受内在的友谊，不能接受互爱和尊重，无法抵制自然本能的命令，人们的行动受一种主导思想即自我保存的影响，这一动机使他们卷入越来越冷酷无情的竞争，无法以任何方式导致心灵的幸福"④。因此，在感觉至上的情况下，"不仅宗教在劫难逃，一切道德和正义也同样要毁灭"⑤。可以说，现代性的道德危机，深

---

① 西美尔著，陈戎女等译《货币哲学》，华夏出版社 2002 年。
② 鲁道夫·奥尼肯著，万以译《生活的意义与价值》第 41 页，上海译文出版社 1997 年。
③ 鲁道夫·奥尼肯著，万以译《生活的意义与价值》第 21 页。
④ 同上书，第 23 页。
⑤ 同上。

刻地表现为现代人的心性结构的感觉化。

现代主义和后现代主义非常敏锐地反映了现代人心性结构的这种感觉化趋势，并将其极端化。现代主义的文学、艺术以及散文诗式的哲学话语，突出的正是感觉和感性至上的原则："正是在对感性的处置上，特别是在性领域，现代主义与其他确信的观念发生了尖锐的冲突。"①现代主义的感觉原则是在与传统基督教道德观的对立中凸现出来的。尼采认为"基督教是人类迄今所听到的道德主旋律之最放肆的华彩乐段"，但是，"基督教义只是道德的，只想成为道德的"，它"发明出一个彼岸以便诽谤此岸"②。作为对基督教这种极端观点的反动，现代主义走向另一极端：崇尚感觉和感性，人的生存价值和意义因此被彻底地限定在感觉和感性的层次或范围内，这也就是所谓审美（感觉）或艺术的人生态度③。启蒙运动之后，随着宗教的逐渐式微和人的超越性精神维度的消失，有不少思想家提出以审美在功能上代替宗教的观点。但是，现代主义作为人生态度的审美，不但不具有宗教式的超越意义和功能，而且因为将感觉和感性置于至高无上的地位，恰恰从根本上消解了这种超越性的意义，同时也从根本上消解了宗教和道德，因为人类的价值世界是无法建立在缺乏通约性的感性自我之上的。贝尔曾深刻地指出："如果审美体验本身就足以证实生活的意义，那么道德就会被搁置起来，欲望也就没有任何限制了。"④而后现代主义则是现代主义感觉原则的极端发展，它把现代主义的逻辑推到了极

---

① 鲁道夫·奥尼肯《道德与艺术——生活的道德观与审美观》，见刘小枫主编《人类困境中的审美精神》第 181 页，东方出版中心 1994 年。
② 尼采著，周国平译《悲剧的诞生》第 276 页，生活·读书·新知三联书店1986 年。
③ 同上书，第 275 页。
④ 丹尼尔·贝尔著，赵一凡等译《资本主义文化矛盾》第 97 页。

端①。现代主义和后现代主义所极力张扬的就是审美现代性或文化心理层面的现代性。就其以感性原则来反抗现代社会理性化所带来的弊端来说，无疑具有其积极的意义。但毫无疑问的是，这种以片面的极端化的感性原则来治疗片面的理性化所带来的弊端的方案，本身已成为现代性的最大问题或弊端："审美现代性是人身上一切晦黯的、冲动性的本能的全面造反。"②审美现代性以及现代主义和后现代主义对审美现代性的极端化，消解了现代人心性结构的超越性维度，甚至是消解了现代人的一切精神维度，现代社会的价值世界的薄弱基础被釜底抽薪。

可以看出，现代性问题或现代性危机的实质就是道德文化危机与意义危机。现代性难题也因此在于，超越性的价值源头消解之后，现代人在合理地建构社会制度结构的同时，是否能并如何能重建人的心性结构？是否能并如何能重建人的精神家园与意义世界？在这样一种西方现代性思想的阐释框架中，审美范畴的核心意义不再是感性与理性的统一，而是感性反抗理性、拒斥理性、超越理性，感性在这里具有了更为个体化、非理性化和生存论的意义③。从这样的理解我们不难看出，神学思想和美学思想就从外部和内部分别形成压力和张力，对现代性危机进行回应、检视和修复。惟其如此，才为生态美学在现代性语境中的崛起提供了思想资源。

不厌其烦地引述在此领域卓有建树的研究者、学者对现代性问题的分析，概括来讲目的只有一个，即为了详细说明：现代社会

---

① 丹尼尔·贝尔著，赵一凡等译《资本主义文化矛盾》第98页。
② 刘小枫《现代性社会理论绪论》第348页。
③ 以上关于现代性的论述除注明外，均引自对现代性问题进行系统分析和总结的权威文章、李佑新教授的《现代性的含义及其实质问题》。

所出现的生态危机等现实危机首先来自于人类精神的危机、思想的危机、信仰的危机——一言以蔽之:现代性危机。现代性问题,的确是一个涵盖了几乎全部人类精神文化领域的巨大母题,20世纪几乎所有重要的思想家都涉足其间,无论西方还是中国,无论哲学领域、美学领域还是文学艺术领域,概莫能外①。在与神圣相对的世俗思想界,除了人自身之外不可能另有思想的依托点,因此,从哲学美学角度来看,整个20世纪的现代性反思和回应,同样集中于如何修正、克服现代性的精神性主体自我的弊病,以期可以最大限度地规避其自身缺陷带来的日益严重的危机上。在疗救文明创伤和现代性危机的过程中,审美在现代性作为一种内部制约的张力,其特殊地位日益凸现出来。在齐格蒙·鲍曼(Zygmunt Bauman)、厄佛曼(U. Oevermann)、哈贝马斯等人的现代性图景中,审美现代性被认为是启蒙现代性的对立面,一直担负着制约、反抗现代性理性专制的使命,二者共同构成现代性赖以发展的内部张力。这一洞见极其深刻和富有历史概括力,它从整个西方现代性视阈出发来描述审美现代性的内涵,用这一视角来确认审美现代性在整个现代性中的地位及其现状是再恰当不过的了。因为要求绝对自主的理性与要求自律的艺术之间虽有相同之处,但矛盾也相当明显,甚至十分尖锐。美国学者马泰·卡林内斯库(Matei Calinescu)在《现代性的五副面孔》(*Five Faces of Modernity*)中对此作了鞭辟入里的分析,他认为,在19世纪前半期,"在作为西方文明史一个阶段的现代性同作为美学概念的现代性之间发生了无法弥合的

---

① 关于现代性概念的中国本土意义问题,国内学术界异常关注,参见杜卫《审美功利主义》,人民出版社2004年。

分裂"①。审美现代性是一种自觉的意识,既是启蒙现代性的发展和延续,又是对启蒙现代性的反抗和批判。因此,现代性从总体上呈现出一种二元矛盾的、分裂的或张力的结构。启蒙理性注重逻辑、规则和秩序,肯定工具理性,追求普遍性、确定性和稳定性,而审美现代性则反其道而行之,它反抗统一的逻辑、规则和秩序,批判工具理性,追求个性和差异,肯定感性和欲望,一句话,西方的审美现代性是对启蒙理性所拥有的世界观和价值观的"公开拒斥"②。如果说康德提出的"审美无利害性"和"无目的的合目的性"命题为审美现代性奠定了哲学基础的话,那么,19 世纪一批先锋艺术家所倡导的"为艺术而艺术"则是拒斥启蒙现代性实用主义理性最为鲜明的口号。如有学者所指出的,"审美现代性是反抗市侩现代性的第一个产儿"③。

通过上面对现代性研究领域代表性论作的长篇引述,其实不难发现,我仍有意识地把对现代性问题的回应以及疗救方案归为神学和文学(艺术)两个路径:神学界以重树上帝尊严作为疗救方案对现代性危机予以回应,并为神学进入人文学领域找到了最直接的入口;文学艺术以其固有特性形成具有人文精神审美现代性张力,与把社会引向理性化、制度化、程式化的启蒙现代性相抗衡。这两种路径都可以说是自觉的,甚至是本能的。将古典主义与浪漫主义作出重要区别的席勒(Johann Christoph Friedrich Von Schiller)曾有一句特别耐人寻味的话:当神灵可能"成为笑柄"、信仰的形式可能有所改变的时候,"神庙在人们眼里依然是神圣的"。在

---

① 卡林内斯库著,顾爱斌等译《现代性的五副面孔》第 47—48 页,商务印书馆 2002 年。

② 同上书,第 52 页。

③ 同上。

席勒看来,文学艺术拯救了信仰的尊严,并"把它保存在有意义的石料中";从而"真理在虚构中永生"①。其实,在现代性之初,浪漫主义者已经最早意识到现代性主体的理性规定性与外部世界之间的对立,为了消解这种对立,感性审美成为最有力的武器。浪漫主义者相信审美想像力是沟通感性与理性、自由与必然的惟一桥梁,只有在审美中,精神才能以感性的形式显现出来,自我才能把世界的维度纳入自身之中。然而,浪漫主义的审美想像的主体仍然是现代性的精神性自我自身,并且只能在瞬间达到对主体与世界间的鸿沟的克服,因此并未真正触及该主体的实质性问题。与之相比,20世纪上半叶的现象学—存在主义哲学提供了一种从更根本性的角度解决自我与世界关系的模式。现象学方法试图把世界纳入主体性自身,在其影响下,存在主义更是把与世界的联系看作是主体存在的根基,海德格尔所谓"存在的遗忘"正是从这一角度深刻地揭示了现代性危机的根源。从某种意义上讲,自我与世界的关系问题始终是一个美学问题。因此现象学和存在主义与美学都有密切关系,在更广泛的意义上,它们和浪漫主义一起同属阿尔多诺(Theodor W. Ardono)所说的"审美现代性"之列。到20世纪后半叶,自我与他者的关系获得空前的重视,激进的后现代主义者以边缘性的"他者"消解"自我"中心,与此同时,温和派主张尊重"他者"的主体性,哈贝马斯的"交往理性"正是对以主宰者自居的启蒙理性的矫正②。

按照哈贝马斯的观点,现代性大致具有三个层面的内涵:精神层面上强调"主体性"、社会结构层面上的"合理性"原则,以及以各

---

① 杨慧林《"圣杯"的象征系统及其"解码"》,载《文艺研究》2005年第12期。
② 参见宋旭红《现代性视域下的巴尔塔萨神学美学》(国家图书馆博士论文文库)。

学科独立为特征的现代知识学谱系的建立①。很显然，这三个层面的特征都是因其与自身的前现代状态鲜明不同而被视为现代性标志的，即："主体性"的高扬是对古典时期与中世纪的神学世界观以神性压制人性的有力反抗；"合理性"原则对抗的也是与神学世界观相对应的封建专制体制；而在近代自然科学大发现推动下出现的知识的分化和体制化，更是与中世纪以前各知识门类混杂一体的情况判然有别。如上所述，哈贝马斯关于现代和现代性概念的理解被普遍认同，但是，美学现代性或审美现代性又具有怎样的特质？它又是怎样在美和美学的普遍而又独特的视阈内反思和回应现代性的呢？为此，我们有必要对美学现代性或审美现代性的历史性出场作一粗略的描画。

美学现代性始于何时？和有关现代性的所有讨论一样，西方学界关于这个问题的看法也因方法、角度、立场等各异而见仁见智。然而，就美学内部而言，我们仍然有理由把启蒙时代——既是美学作为一门独立学科的诞生时代，又是上述被普遍认可的整体现代性确立的时代——看作美学现代性的开端。原因有二：

第一，从整个现代性视阈来看，尽管有人据现代性的一些特征将其追溯至文艺复兴甚至更早的时代，但是，把启蒙时代看作是现代性真正的开端是目前学界逐渐达成的一个基本共识，因为只有在那个时代，西方文明才真正同时在思想领域和社会生活中完成颠覆旧的封建传统的任务、并且确立起现代思想文化和社会模式的基本精神原则，哈贝马斯也正是在此意义上总结出上述关于现代性的三大表征的。美学在这一时期的诞生可以说是现代性的产物。"美学之父"鲍姆加通（Alexander Gottlieb Baumgarten）于1750

---

① See：Jürgen Habermas：*The Philosophical Discourse of Modernity*：*Twelve Lectures*，*tran. Frederick Lawrence*，Cambridge：Polity Press，1987.

年发表《美学》一书,以"Aesthetics"为美学命名,其时距笛卡尔(1596—1650)时代已有百年之久,笛卡尔确立的"主体性"和"理性主义"原则经斯宾诺沙(Benedictus de Spinoza)、莱布尼兹(Gottfried Wilhelm Leibniz)等人的发展成为鲍姆加通最主要的知识背景。与此同时,康德正在构建他的伟大的批判哲学体系,启蒙运动晨光乍现。美学独立在这样的精神背景下出现,它至少在两方面回应了现代性的时代要求:首先,美学从哲学中独立出来是人文学科的分化结果,它与同在启蒙时代之初诞生的近代数学、物理学和化学等自然科学一起构成现代知识谱系雏形,这一谱系最终在康德对人类心智能力知、情、意三大划分中找到了坚实的理论根据;其次,美学被命名为"Aesthetics",正如许多研究者指出的,该词的希腊文词根意为"感觉"或"感性",在启蒙哲学发生"认识论转向"的理论背景下,鲍姆加通又将之转义为"感性认识",按笛卡尔认识论,这是低于理性认识的一种认识方式,美学因此成为"研究低级认识方式的科学",目的是"使感性认识本身得以完善"①。由此可见,作为"Aesthetics"的美学是文艺复兴之后人开始走出自己在神学世界观绝对统治下的失语状态、自我意识逐渐增强、精神主体地位日益得到确认的产物,对"感性"的空前关注是主体性高扬的一个重要部分,同时也为它日后反抗理性专制准备了条件。鉴于此,将美学独立的启蒙时代看作是美学现代性的起点不仅在理论逻辑上有利于把该问题与其现代性母题联系起来,而且也符合历史事实。

第二,从美学自身来看,启蒙时代的美学成就的确达到了除旧布新、继往开来的高度。美学获得"感性学"命名,这在一定意义上是与前现代美学传统的断裂;同时,继鲍姆加通之后,康德和席勒

---

① 刘小枫主编《现代性中的审美精神——经典美学文选》第 4 页,学林出版社1997 年。

成为启蒙时代最重要的美学家,他们的努力为美学现代性的成熟、为未来美学的发展开辟了广阔的可能性空间。

如果以哈贝马斯的标准,鲍姆加通美学还不具备严格意义上的现代性特征,因为他不是"以审美对抗理性",相反,审美或感性认识更多地被他看作是对理性认识的补充和完善,可以"为那些主要由理性来认识的科学提供良好的材料;使科学认识适合任何人的理解力;促进认识的改善,使之超出清晰可辨的东西的界限……"①然而,需要"补充"即意味着理性本身的缺憾,也意味着感性具有与理性截然不同的特质。因而,当思想家们意识到启蒙理性的迅速膨胀会给人类精神生活和社会发展带来或显或隐的危害时,感性审美自然成为他们逃避或消除这种危害的避难所和有效途径。在现代化及其现代性心性结构定型的 18 世纪,被艺术史家称之为大写的"Art"的纯艺术独立问世。艺术在这个高歌猛进的现代性进程中,被赋予了与理性抗衡的历史性使命。然而,由于美和艺术不能满足利益的需要,曾长期不入现世主流,这迫使艺术长期以非现实的基点庇护人的感性。这就是为什么在写出了《社会契约论》、《论人类不平等的起源》这样的启蒙主义奠基之作的卢梭(Theodore Rousseau)那里,会听到他对理性胜利的深深叹息和"回归自然"的强烈呼声。当然,卢梭对文明的抨击是偏激的,时下的艺术也被他视为社会腐败的帮凶,只有原始自然之美才是他所心仪的。比较之下,启蒙哲学巨人康德和席勒美学才是通向未来使命的先声。作为鲍姆加通的同代人,康德第一个沿用了鲍姆加通的"美学(Aesthetics)"概念,但他不满意鲍姆加通仅仅把审美看作是为理性认识做准备的一般感性认识。他在《判断力批判》中写

---

① 刘小枫主编《现代性中的审美精神——经典美学文选》第 1 页,学林出版社1997 年。

道:"为了判别某一对象是美或不美,我们不是把(它的)表象凭借悟性连系于客体以求得知识,而是凭借想像力(或者想像力和悟性相结合)联系于主体和它的快感和不快感。鉴赏判断因此不是知识判断,从而不是逻辑的,而是审美的。"①这样就纠正了鲍姆加通将审美视为理性认识附庸的局限。同时,他还区分了审美与道德实践。这样,通过对主体心灵能力的全面考察,他发现了审美的独特价值:以其无关概念而具普遍性、无关功利而能引起快感的特质,成为沟通认识领域与实践领域的中介。这就意味着美获得了可与真和善相比肩的地位,美学也与科学和伦理学一起成为现代知识谱系的三大支柱。与此相比,鲍姆加通的命名更多地只是在形式上使美学获得独立,而实质上的独立在康德这里才真正完成。尽管康德注重的是纯粹理性与实践理性在审美中的融通而非对抗,他的伟大体系赋予美的前所未有的重要地位,却在理论上为后世一切审美现代性设想提供了可能性根据。

如果说康德三大批判主要是在理论上推演出人从必然王国走向自由王国的过程,他的直接继承人席勒更为关注的显然是现实层面的完善。与一生深居简出的康德不同,激情的诗人、剧作家席勒对社会现实的庸俗堕落有着更深切的体验,他一生都在追求人性的完善,并把希望寄托在审美与艺术领域,视"完善"为"美学理论的第一原理"②。他出色地发挥了康德的美学精神,提出"审美游戏说",继康德之后更加鲜明地将感性审美与人的自由状态的实现关联起来,用以消除"形式冲动"(纯粹理性领域)和"物质冲动"(实践理性领域)在人身上造成的冲突和撕裂,从而建构了现代性

---

① 康德著,宗白华译《判断力批判》上卷第 39 页,商务印书馆 1985 年。
② L. P. 维赛尔著,毛萍、熊志翔译《活的形象美学:席勒美学与近代哲学》第 50 页,学林出版社 2000 年。

历史上第一个审美乌托邦。

尽管 18 世纪的美学还有其他许多重要人物,康德和席勒仍然是公认的这一时期的美学高峰。他们的成就为鲍姆加通创立的现代美学开辟了道路,那就是:以感性为基础的审美,以其既区别于认识又不同于道德实践,但又能同时与这二者相关联的特质,成为人实现自我完善的最佳途径。我们可以看到,紧随其后的马克思主义及其法兰克福学派传人,以及从尼采、克尔凯郭尔到海德格尔的存在主义美学,在某种意义上都是这条道路的延伸。正如 L. P. 维赛尔所指出的:"18 世纪美学理论的论述,展现出将会来临并从那时起就已作为欧洲人动力发生作用的时代前景和远见——并且引起一些不同的反响。"①因此我们可以说,美学的现代性是在启蒙运动的时代浪潮中诞生的,并且很快走向成熟,形成了它的第一个高峰——以康德和席勒为代表的德国古典美学②。

一般认为,真正对现代性信心产生怀疑,并真正自觉、全面地展开检修现代性工程,应该是在 19 世纪末到 20 世纪初。尼采从哲学层面反思现代性问题,得出了"上帝死了"这样振聋发聩的结论,率先揭露出现代性精神以人的主体性摧毁一切传统权威、导致现代人价值无序的状况;另一方面,马克思、西美尔、韦伯和托克维勒(Alexis de Tocqueville)等思想家主要从社会学角度解析现代性,深刻地揭露了启蒙主义工具理性的过度膨胀带来的人性的异化和社会制度的僵化,同时,现代性内部的制衡机制——以浪漫主义运动和现代主义艺术为代表的审美现代性对工具理性的反驳和否定——也开始被揭示出来。然而,人们真正普遍而深刻地感受到

① L. P. 维赛尔著,毛萍、熊志翔译《活的形象美学:席勒美学与近代哲学》第 28 页,学林出版社 2000 年。

② 参见宋旭红、张华《美学现代性:一种历史性描述》,载《文史哲》2003 年第 2 期。

现代性问题的严峻程度,以至于不得不用"危机"一词概括之是在20世纪的两次世界大战前后。奠基于启蒙时代的文明在残酷的现实中"跌倒",摔成了后现代主义的"碎片":启蒙主义者所鼓吹的"永恒的理性王国"以及随后两个世纪中的一切具有相同的宏大叙事性质的乌托邦幻想在血的现实面前土崩瓦解;黑格尔式的主宰着整个宇宙的无所不能的精神性主体如今在价值真空中颤抖,充满了对道德沦丧与精神虚无的恐惧;历史进步论也在严峻的社会现实问题的逼迫下遭到了全面的怀疑①。因此,从以上分析可以看出,神学的"后现代化"对现代性危机的检修和回应,与美学现代性或审美现代性自身作为整体现代性的一元对现代理性的检修和回应,存在着许多共同之处,至少,无论是重塑上帝中心的信仰,还是张扬感性的动力,都是对现代性核心内涵启蒙理性的质疑和反观。在整个现代性矛盾分裂或张力结构中的审美现代性呈现出与理性主义和资产阶级庸俗生活观念的对立,它起因于美学家和诗人对现代文化中感性缺席的危机感和对人的感性生存的本体论忧虑,因此竭力追求感性生命和诗意的生存方式,同时排斥理性特别是工具理性对人的生存的内在意义。刘晓枫在评论审美现代性时说,现代性"审美精神是一种生存论和世界观类型,它体现为对某种无条件的绝对感性的追寻和对诗意化生存秩序的肯定",现代主义"哲人和诗人关注的是感性生存的可能性,审美形态涉及个体生存意义的救护"②。

---

① 参见宋旭红《现代性视域下的巴尔塔萨神学美学》(国家图书馆博士论文文库)。

② 刘小枫主编《现代性中的审美精神——经典美学文选》第1—2页,学林出版社1997年。

（三）人类中心主义演进和美学的反思

我在上文中多次提到人类中心主义的概念，而且认为无论是生态危机的产生，生态危机的思想根源，还是现代性意义的安身立命，现代性进程的本质内涵，都毫不例外地与人类中心主义有关，甚至可以说，至今为止的西方的文明史正是围绕着上帝中心还是人类中心这样一个命题而展开的。恰如英国著名学者阿兰·布洛克（Alan Bullock）在描述西方人文主义时所说的，这是"一个思想和信仰的维度"，经历着"一场持续不断的辩论"。"在这场辩论中，任何时候都会有非常不同的、有时是互相对立的观点出现"，因为维系它们的不是"一个统一的结构，而是某些共同关心的问题"①。人类中心主义或许就是所有生态哲学、生态文艺学、生态美学和生态批评，或者说，所有关于生态思想的哲学研究——所共同关注的问题，所必然涉及而且出现频率最高的关键词之一。无论是生态实践，还是生态理论，在反省人与自然的关系时都会把人类中心主义作为批判的对象。毫无疑问，人类中心主义对于今天的生态灾难确实难逃其咎，生态美学的建构也会把对人类中心主义的反思作为立论的基础。因此，考察生态美学发生的现代性语境，有必要对它的来龙去脉作出明晰的梳理。或者换句话说，构建具有整体生态观念的非人类中心主义的美学，必须对其着力否定的人类中心主义的历史渊源和发展过程进行充分的讨论。

对人类中心主义的历史形成追根溯源，首先应该梳理某些与此相关的概念，比如，人文主义、人道主义、人本主义以及人文精

---

① Alan Bullock：*The Humanist Tradition in the West*，p. 36，Thames & Hudson，January 1985.

神、人文关怀等等。我们知道,古希腊哲学家普罗泰戈拉(Protago-ras)曾经提出一个著名的哲学命题,即"人是万物的尺度"。阿兰·布洛克在追溯古希腊思想的人文主义传统时也曾说过:"古希腊思想最吸引人的地方之一,在于它是以人为中心,而不是以上帝为中心。"①我们当然不能据此认为人类中心主义的思想起源于古希腊哲学思想,因为上述相关概念具有不同的含义②。在本书所涉及和研究的范围内,我认为,"人文精神"和"人文关怀"是一种社会层面上普遍的用法,含有对人的关怀、对人的心灵或精神世界的提升、对理想人格的教养及塑造、对普遍本质人性的重视、对人文学科及精神文明的强调以及以人自身为对象的信仰等多方面内涵,是广义的人性。人文主义和人本主义在汉语语境中有很大程度的混用,因为都是从西文 Humanism 翻译而来,但实际上这个词的出现是在 19 世纪的德国,反过来被用于对意大利文艺复兴的新文化和教育运动进行描述。人道主义只能是 humanitarianism 的中译,而不应与 Humanism 混为一谈③。朱光潜先生说,文艺复兴这个概念和人道主义是分不开的。西文"人道主义"(Humanism)一词有两个涵义。就它的原始的也是较狭窄的涵义来说,它代表希腊罗马

---

① Alan Bullock :*The Humanist Tradition in the West* , p. 64.

② 如果据此我们把今天所说的"以人为本"的社会经济思想或政治理想也追溯到古希腊,同样是不可取的。这不仅因为今天的社会经济思想或政治理想是对马克思主义的当代发展和重要体现,是与时俱进的思想;还因为"以人为本"的社会经济思想或政治理想坚持人是社会经济发展的本位,坚持 GDP 增长是为了人,而不是人的生活为了GDP 增长。提倡人是目的,不是工具。另外,这些或哲学或文学的概念与"人本心理学"和"人本教育"也无太多关联。

③ 香港浸会大学哲学系罗秉祥研究员持此看法,其观点发表于 2004 年 8 月"西方文学与文化的宗教诠释"裏樊国际研讨班。对于他提出的有关人文主义与人本主义之区别的其他看法,本书虽未予采纳,但有些地方转引了其中的经典文献。对他在是次研讨班上讲解,在此深表谢意。

古典学术的研究,所以有人把它译为"人文主义"。从 11 世纪开始,在僧侣学校以外,世俗学校也开始建立了。世俗学校原来只讲神学,世俗学校初建时,在"神学科"以外添设了"人文学科",内容是讲授希腊罗马传下来的各种世俗性典籍,包括文艺和自然科学。所以"人文学科"与"神学科"原本是对立的。历史学家们把文艺复兴时代的学者一概称为"人文主义者",就是指他们是古典学术的研究者和倡导者。其次,与这个意义密切相关的是与基督教的神权说相对立的古典文化中所表现的人为一切中心的精神。就这个意义来说,有人把 Humanism 译成"人本主义"和"人道主义"①。对此我认为,首先仍应该尊信前面的说法,把人道主义只作为 humanitarianism 的中译,拥有自己独立的概念内涵,带有社会和伦理意味,与人文关怀或人文精神更接近;其次,尽管我们今天的理解与近半个世纪前的朱光潜先生相比自然已经有了发展,同时也有着不同的政治历史社会文化背景,但是,如果仅就人文主义和人本主义的因素来说,朱光潜先生的论述仍很有说服力,它说明 Humanism 一词至少有两层含义:人文主义的和人本主义的。但是,我们应该注意到,近代以人文主义思潮兴起为标志的欧洲文艺复兴,更多地是通过文艺的手段在古典典籍中寻找人的因素、人的地位,更多地带有文学艺术和人文学色彩,可以说,关注人,对人带有精神关怀,提倡对人自身的崇尚是人文主义的本意,而通过极力推崇人的力量、人的意义和伟大,来对抗对神的崇尚,并由此确立对人自身的信仰则走向了人本主义。因此,欧洲文艺复兴是对古希腊罗马人文主义思想的复兴,尽管带有一定的人本主义因素,但人本主义思想的真正确立并延续为人的宗教和人类中心主义,应该仍是启蒙

---

① 朱光潜《西方美学史》上卷第 149 页,人民文学出版社 1963 年。

理性以后才真正发生的。

在这个意义上，古希腊罗马思想当中自然蕴涵人文主义精神，即使是其后的中世纪的基督教，也在某种程度上包含有人文主义思想，也没有完全消除这种人文内涵，《圣经》其实也是基于某种意义上对人的关怀这样一个主题（比如上帝的道成肉身，救赎，等等），特别是中世纪后期，人文的内容相当广泛。文艺复兴和启蒙运动之后的宗教变革，以及上一节所讨论的神学对现代性问题的回应等，都大量渗透了人文主义因素和人文主义思想。按照我们的理解，人文主义在文艺复兴过程中得到了极大张扬，莎士比亚（William Shakespeare，1564 — 1616）是一个代表，早他三年出生的弗兰西斯·培根（Francis Bacon，1561—1626）也常常被看作文艺复兴人文主义思想的灵魂人物之一，但在西方哲学史上，提出"知识就是力量"的培根更多地被人们注意到的还是他透过新兴科学来征服自然的主张，不过，他的这个主张与人本主义的关联却往往被忽略。实际上，尽管人本主义作为一种在西方历史上产生重要影响的观念和思想的真正确立，如上所述，是在启蒙运动之后，但是，任何一种思想都不可能凭空而立，空穴来风，既然古希腊罗马思想中带有人本主义因素，文艺复兴的人文主义思想中潜在地蕴涵人本主义也就不足为奇，而培根在这方面的作用不容忽视。他的名著《新工具》（*Novum Organum*，*The New Organon*）的副标题是"关于阐释自然和人的国度之语录"（*Aphorismi De Interpretatione Naturae Et Regno Hominis*），另外一部重要著作《伟大的复兴》（Great Instauration）也附有标题"论人的国度"（*De Regno Hominus*）[①]，培根所要

[①] See：Francis Bacon：*The Major Works*（*Oxford World's Classics*），Oxford University Press，September 1，2002；*Great Instauration and the Novum Organum*，Kessinger Publishing，March 1，1997.

建立的是有别于基督教上帝国度的人的国度,是一个与上帝国度旗鼓相当的人的国度,而进入这个国度大门的钥匙则是他所说的科学。他说:"我们不妨把人类野心的三个种类也可说是三个等级来区分一下。第一是要在本国之内扩张自己的权力……第二是要在人群之间扩张自己国家的权力和领土……但是如果有人力图面对宇宙来建立并扩张人类本身的权利和领域,那么这种野心(假如可以称作野心的话)无疑是比前两种较为健全和较为高贵的。而说到人类要对万物建立自己的帝国,那就全靠技术和科学了。因为我们若不服从自然,我们就不能支配自然。"①培根认为,这个人的国度与上帝的国度是平行的,而不是对立的。他还说:"人类在一堕落时就同时失去他们的天真状态和对于自然万物的统治权。但是这两种损失就是在此生中也是能够得到某部分补救的:前者要靠宗教和信仰,后者则靠技术和科学。"②不难看出,透过科学去支配自然,带有宗教上的拯救维度,这个人的国度是带有宗教性的,这为宗教人本主义的演进提供了支持。其后,经启蒙时代对人的理性的尊崇、张扬和膨胀,强调人的理性资源的充足和道德能量之充分,"所有的人都能够获得迄今为止我们所认识到的无限的完美,而这种完美以往只有靠上帝赐予给他的信徒,而且必须在他们死后"③。人们深信,"越来越多的迹象表明,人的进步的思想已不再是一个现代的理想,它将引导我们迅速地经过一两代人的时间到达一个充满幸福的没有邪恶的世界"④。的确,启蒙思想在当时

---

① 培根著,许宝骙译《新工具》卷一第103—104页,商务印书馆1984年。
② 同上书卷一第291页。
③ Clarence Crane Brinton: *Ideas and Men: The Story of Western Thought*, p. 289, Prentice Hall, 2nd edition June 1, 1963.
④ Clarence Crane Brinton: *Ideas and Men: The Story of Western Thought*, p. 296.

变成了一种信仰，一种与基督教同样的信仰①。

路德维希·费尔巴哈（Ludwig Feuerbach）这位在西方哲学思想史上产生过重大影响的德国思想家曾在 1841 年《基督教的本质》（The Essence of Christianity）中说，"神学的秘密就是人学"，"上帝就是放到了人以外的，客观化了的人的本质"。他还说："意识是自我确证、自我肯定、自爱，是因了自己的完善性而感到的喜悦。意识是完善的存在者所特有的标志；意识只存在于满足了的、完成了的存在者里面。即使是人的虚荣，也确证了这个真理。人在照镜子时，满意于自己的形态。这种满意，是他形态的完美之必然的、不由自主的后果。完美的形态在自身之中得到满足，它必然因了自己而感到喜悦，必然在自身之中映照出来。所谓虚荣，乃在于人只欣赏自己一个人的形态；如果他一般地赞美人的形态，那就决不是虚荣了。他理应一般地赞美人的形态，他不能设想还有比人的形态更美、更崇高的形态了。"②在他看来，"人的绝对本质，上帝，其实就是他自己的本质"，"上帝之意识，就是人之自我意识；上帝之认识，就是人之自我认识……人认为上帝的，其实就是他自己的精神、灵魂，而人的精神、灵魂、心，其实就是他的上帝：上帝是人之公开的内心，是人之坦白的自我；宗教是人的隐密的宝藏的庄严揭幕"③。正是在他这里，把人学（anthropology）上升到神学的位置，赋予了神圣和中心的地位，为从人本主义演变到人本主义宗教——人类中心主义（anthropocentricity 或 anthropocentrism）的最后形成奠定了基础。他说，"按照我的著作，则宗教是荒谬、虚无、纯粹的幻想了，

---

① See：Carl Becker：*The Heavenly City of the Eighteenth Century Philosophers*，Yale University Press，1932.

② 费尔巴哈著，荣震华译《基督教的本质》第 35 页，商务印书馆 1997 年。

③ 同上书，第 34、43 页。

这种责难仅仅在下述情形下会是有理由的,即按照我的著作,我把宗教还原到人、人本学,证明人、人本学是宗教之真正对象和内容,并把人、人本学也说成是荒谬、虚无、纯粹的幻想……",与其说"我使神学下降到人本学,还倒不如说是使人本学上升到神学了"①。他对自己的著作做了这样的评价:不要忘记,宗教本身,不是在表面上而是在根底里,不是在见解和想像上而是在内心和其真正的本质中,除根深蒂固地信仰属人的存在者之真理性和神性外,再不信仰别的了。只是对于宗教之非属人的本质来说,这本著作才是否定的,对于宗教之属人的本质,那它就不是否定的了②。这样,把人本上升到具有神学的内涵,"人本"才真正具有了"中心"和"主义"的内容,这也才具有了人类中心主义的性质。奥古斯特·孔德(Auguste Comte)发表于 1848 年的《实证主义概观》(*A General View of Positivism*)更是提出,要发展高级的宗教,也就是人的宗教,把崇拜上帝转变为崇拜人,打造人的宗教。他认为,人性,是"伟大的存有",是"至高无上的存有",是取代上帝的。人要以知、情、意向人性委身,犹如《圣经》中教导人要尽心、尽性、尽意、尽力爱主你的上帝一样。而且,这个人的宗教不是实证主义的附带物,恰恰相反,"依真正之字义,实证主义已成为宗教;其为宗教也,较之其他宗教更真实更完全"。孔德主张全人类都应该接受这个高等宗教,敬拜人的宗教,用诗词及其他艺术歌颂人的宗教,向人祈祷感恩;他甚至为这人道教订下节日、节期、仪式、圣事、圣人,设全职神职人员,建造圣殿,并把自己封为开设人的宗教的教主③。富兰克林·鲍默

---

① 费尔巴哈著,荣震华译《基督教的本质》第 19 页,商务印书馆 1997 年。
② 同上书,第 16 页。
③ Auguste Comte: *A General View of Positivism*, pp. 76—85, Robert Speller & Sons Publisher, 1975.

（Franklin L. Baumer）对此评论说："意味深长的是,这些著作中根本没有提到任何与原罪相当的东西。这个世界自有许多恶与痛苦,如贫穷、疾病、不义与疏离。但要点是人性中并没有任何东西妨碍我们去把他们改进或消除。因此,当克尔凯郭尔为人类永恒的有罪状态而苦恼不已时,施特劳斯（Levi—Strauss, Claude）却把'罪'归因于人类之有限（很幸运地,只是暂时的有限）;费尔巴哈则把它归因于人类爱上帝——这种爱贬低了对人的爱;马克思把它归因于过时的经济制度;穆勒（John Stuart Mill）把它归因于无知以及因无知而致的错误选择;斯宾塞（Herbert Spencer）把它归因于'体质对情况之不适应'……恶是可以治愈的:这正是启蒙运动给人的资讯。穆勒在《功利主义》（*Utilitarianism*）一书中说道:'略有见地的人,都不能怀疑世上大部分恶事的本身都可以由人类的关心和努力而加以清除和克服。施特劳斯以更富有形上意味的话,形容人类是'无罪者'。不洁可能还会留在个体的身上,但如果有限的精神'念念不忘自己的无限',不洁就会逐渐在人类里消失。"①

　　沿着这样一个轨迹,在人对自然的态度上就出现了变化。罗素（Bertrand Russell）1903 年的《一个自由人的崇拜》（A Free Man's Worship）表达了这样的观念,即自然对人而言是盲目的、无良的、不仁的,甚至敌对的;人要对这个不仁的天做顽强反抗及反叛。他提出,获得自由的人性,不是由于顺应天道,而是要逆天而行。人若要建立一个新的秩序（自由人的秩序）,就必须全面推翻旧的秩序（自然秩序）。逆天而行为之道! 人若要作自由人,必须扮演上帝!

---

　　① 参见鲍默著,李瞳译《西方近代思想史》第381—382 页,台北,联经 1999 年。我以本书依统一体例保留了英文版中的人名、书名,并作了些许改译。

自由人的崇拜对象就是自己①。这是典型的人类中心主义的思想，在这里，人类中心主义是一种新兴的宗教，因为，"人类宗教，不管是法国式或德国式的，显然以一种信仰为基础，就是信仰人之伟大，或信仰人自求多福的能力。就启蒙运动把以往只赋之于上帝的许多属性与力量都归于人（如果不是归于个体，也归于人类这物种）而言，可以说他几以将人加以神化了"②。由于这种演变为人类中心主义的人本主义思想，伴随现代性的进程给自然界和人类自身带来许多问题，带来生态危机，因此，思想界在20世纪提出类似诊治现代性危机一样的各种改良药方，包括美学在内，开始对人类中心主义进行反思。比如，自由的人本主义，浪漫的人本主义，存在的人本主义等等思潮，都是这种反思的结果。由于人本主义与人类中心主义"刺耳"的直接关联，人们更多地使用人文主义来试图调和和缓解对人的这种无限的信任和信仰。其中比较有借鉴意义的当属雅克·马里坦（Jacques Maritain）力图缓和矛盾救治危机的"整权的人文主义"（Integral Humanism）思想。21世纪，越来越多的思想家意识到人类中心主义的危害，甚至提出"人的死亡"，"共同人性的死亡"等"反人文主义"和"后人文主义"的观点，正是人自身对人类中心主义的批判，是对思维之矫枉过正所作的反思。

这里有必要对上文提到的阿兰·布洛克的观点再作一点提示。布洛克提出，要传承的人文主义传统，并不是以往一成不变的思想。他把他改良的人文主义称为"新版本的人文主义"（或新人文主义），他说这是一个"现实的人文主义"，是一个经过长期辩论后自我纠正的人文主义。它的要点是接受人的限制，承认人性的分

---

① See：Bertrand Russell：*Why I Am Not a Christian*：*And Other Essays on Religion and Related Subjects*，p. 104，Touchstone，October 30，1967.

② 鲍默著，李暲译《西方近代思想史》第374页。

歧,及承认非理性力量在个人及社会中的巨大影响力。他认为,人类历史中许多人为的大灾难,都是对过分乐观的人性论的当头棒喝,西方人文主义思想经三次升降循环,就是因为人屡次沉迷于崇高的理想,而理想又屡次幻灭;罪恶毕竟是植根于人性之中。他提出的现实的人文主义,就是要对人作出审慎的评价,不仅重视人性中无穷的潜能,更要重视人性中无法突破的局限。他认为,人文主义传统最重要和始终不变的特点有三个:集中焦点在人的身上,从人的经验开始,每个人在他或她自己身上都是有价值的(人的尊严),其他一切价值的根源和人权的根源就是对此的尊重,始终对思想十分重视[1]。另一位对这一问题作出积极的有意识的反思的思想家和神学家是雷因赫德·尼布尔(Reinhold Niebuhr)。他在很多著作中对人本主义向人类中心主义的演进进行过尖锐的批判,最有名的是《超越悲剧》(*Beyond Tragedy*)。尼布尔认为,西方历史中有太多时候,人把终极的信任放在人自身上;准确地说,是把终极的信任放在人性中某种能力上,或放在某些理应更纯洁的社会阶级上,比如,有充分教养的聪明人,发扬理性的知识分子、既纯洁又有热情的青年,等等,而实际上,"把一切希望寄托于人的人是值得诅咒的"。在尼布尔看来,人把终极的信任放在他们身上,是因为人以为他们人性中的真善美最能够得到扩充,他们的知情意最神圣。可是,历史显示,这些形形色色的终极信任都令人彻底失望,因为高贵的人性无可避免地——腐败。所以,尼布尔说,"不要信仰任何人。每个人皆有所长,也有所短。社会中每一阶层或群体皆可作出独特的贡献。然而,这世界没有任何形式的人的善(尤其在成功之日),是既不腐败也不可能会腐败的"。尼布尔认

---

① See: Alan Bullock: *The Humanist Tradition in the West*, Thames & Hudson, January 1985.

为，历史提供了最好的证据，"人性中没有任何生机是不会枯竭，没有任何美德是不会腐败的"。尼布尔还说，人本主义之以人为万物之尺度，正说明了保罗于《圣经·罗马书》第十章第三节所说："因为不知道神的义，想要立自己的义，就不服神的义了。"①

人本主义之所以走上这条傲慢的"人类中心"的罪恶路径，是因为人抗拒自己的受造物的地位及人的有限性。人本主义者本欲以理性取代上帝来解决问题，但这个不知自己有限的理性，却制造出了新的问题。人的"傲慢"，导致狂热及互相斗争，"对人的崇拜"很容易演变为"对己的崇拜"。光明的人类前景必须有赖吸取充足的养分，人性中有资源，但很不充分，人的生命之树要往深层扎根，要回到造化之源本身，与自然因道同造，才有足够资源去支持人有意义的存在②。恰如卡尔·巴特所评价的："其实，任何人知晓到我们人类从头到脚都是恶，任何人反思到我们人类必死，就会承认，认为神的本质就是人的本质这想法，是所有幻想中最虚幻的。"③

当代的生态观，生态价值观，生态伦理观和生态哲学、美学思想，毫无疑问是坚决反对人类中心主义的，是要建立非人类中心的价值体系、哲学体系和美学体系，即：既不能以上帝中心作为价值基础，也不能以人类中心作为价值标准，而应该是天地、人、神和谐并重浑然一体的。思想界、美学界对人类中心主义思想从各个方面作出了深刻反思。我们知道，在环境伦理学当中，人类中心主义

---

① See：Reinhold Niebuhr：*Beyond Tragedy*：*Essays on the Christian Interpretation of History*，Scribner Book，1979.

② See：Reinhold Niebuhr：*Beyond Tragedy*：*Essays on the Christian Interpretation of History*.

③ Karl Barth：*Introductory Essay*，in *The Essence of Christianity*，p. xxviii，by Ludwig Feuerbach，trans. George Eliot，Prometheus Books October 1，1989.

观点还包含有这样一种思想:"人是大自然中惟一具有内在价值的存在物,环境道德的惟一相关因素是人的利益,因此,人只对人类负有直接的道德义务,人对大自然的义务只是对人的一种间接义务。"①从以上的分析可以看出,人类中心主义用来证明人的优越性和人的特殊地位的证据,是人的理性或理性的变种,其核心观念是:人具有理性和内在价值,其他一切存在物都只有工具价值;非人类存在物的价值是人的内在情感的主观投射,人是所有价值的源泉;道德规范只调节人与人之间关系的行为准则,只关心人的利益。首先,当自然存在物在人类中心主义的目光下被剥夺了内在价值时,就变成了"物"或工具,成为资源。在操作层面上,把自然存在物当作资源便会遭遇难以克服的问题:哪些存在物今天看似没有价值明天却身价百倍?哪些东西今天看似增进了人类的福祉明天却成为灭绝文明的因素?其实,人类的知识和理性永远都是不完备的,人类的预知能力永远是有限的。人不可能成为全知全能的上帝,因此,人类中心主义不仅人为地制造自然中的等级,还在制造难以挽回的生态灾难。其次,具有某些生物学特征与有资格获得道德关怀之间其实并没有必然联系。人类中心主义把人所具有的某些特殊属性视为人类高于其他生物且有权获得道德关怀的依据,是用一种错误的逻辑起点进行推论的,这样的理论不仅容易造成人类中心主义,许多其他"应该祛除的中心",比如西方中心、男权中心等"中心主义"观念也很容易从这里滋生。再次,人类中心主义是一种整体形式上的利己主义,它只选择对自身有利的规则,自利是人这一行为主体所有行为的惟一动机。按照人的道德直觉,个体形式表现出来的利己主义肯定不能成为道德的标准

---

① 何怀宏主编《生态伦理——精神资源与哲学基础》第337页,河北大学出版社2002年。

和最终目的,那么以人类整体形式表现出的利己主义也应如此。进一步说,如果利他是个体的正确选择,那么它也应当成为整个人类相对于整个地球甚至宇宙生物圈环境下的终极道德追求①。也就是说,"一个人只有当他超越了自我中心的世界观时,他在道德上才是成熟的;对于作为个体人之集合的民族和人类整体,是否也应该作如是观呢?"②人类中心主义因为违背了历史发展的潮流,显然已成为众矢之的。

在思想界、美学界对人类中心主义的反思中,中国学者的努力和贡献,就如同中国学者对生态美学的努力和贡献一样不容忽视,而且在人类中心主义观点和非人类中心主义观点之间形成了广泛的讨论。曾繁仁教授认为,"生态美学最基本的原则是不同于传统的人类中心的","人类中心的哲学观已经统治人类几千年了……西方美学学科的产生与发展又与人类中心的哲学观紧密相联",因此,"生态美学从美学学科的发展来说最重要的突破,也可以说最重要的意义和贡献就在于它的产生标志着从人类中心过渡到生态中心、从工具理性世界观过渡到生态世界观,在方法上则是从主客二分过渡到有机整体。这可以说是具有划时代意义的,意味着一个旧的美学时代的结束和一个新的美学时代的开始。"当然,这里的生态中心观不是另建一个中心,而是指一种宏观的哲学转向,是针对人类中心主义而言的③。曾繁仁教授在后来的论文、论著中对此又作了些修正:以"生态圆融"或"生态整体"取代"生态中心"的

① 韦清琦《生态批评:完成对逻各斯中心主义的最后合围》,载《外国文学研究》2003年第4期。
② 苇岸《人道主义的僭越》,见《太阳升起以后》第359页,中国工人出版社2000年。
③ 曾繁仁《生态存在论美学论稿》第16—17页,吉林人民出版社2003年。

提法,这样做的原因一是为了避免被误解为另建中心,二是在后现代各种"去中心"理论甚嚣尘上的背景下,提出任何"中心"均似乎有点不合时宜。那么,如何理解人类中心并将之予以彻底解构呢?何怀宏主编的《生态伦理》提出了三种意义上的人类中心主义。一是认识论意义上:不存在自在的道德,任何一种环境道德都是人思考出来的,因而具有人的属性。二是生物学意义上:作为生物,人必然要维护自己的生存发展。三是价值论意义上:人是惟一具有内在价值的存在物,其他存在物都只具有工具价值;大自然的价值只是人的情感投射的产物,人也因此是惟一有权获得道德关怀的存在物。近些年关于人类中心主义的讨论和批判越来越多地集中到了价值论上的人类中心主义,这个层面成了被重点批驳的对象,因为在价值领域人类具有选择的自由和可能,也就是说人类完全可以不做出此类选择,而且不做此类选择并不必然妨碍人的生存。

18世纪法国哲学家霍尔巴赫(Paul – Henri Ditrich d' Holbach)曾经指出,人们之所以常常陷入谬误和不幸,主要是因为对自然缺乏认识。人们常醉心于某种超自然的虚幻事物,并用这种虚幻的事物欺骗自己,使自己陷于恐惧和不幸之中,却藐视对自然的深入研究。他说,"人必然使自己成为全部自然界的中心;事实上他只能按自己的感受来判断事物;他只爱自以为对他生存有利的东西;他必然恨和惧怕一切使他受苦之物;最终他称一切干扰他的为混乱,而且他认为,只要他不遭遇不适应他生存方式的东西,一切就都'正常'。根据上述思想,人类必然确信整个大自然系为他所造。自然界在完成它的全部业绩时心目中只有人,或不如说,听命于大自然的强大因果在宇宙中产生的一切作用都是针对人的。"①霍尔

① See:Paul – Henri Ditrich d' Holbach:*The System of Nature*,Kessinger Publishing,LLC,June,2004.

巴赫认为,自然是物质和运动构成的一个整体,无论是从整个宇宙来看,还是从各个个别事物来看,均是如此。自然包容一切,在自然之外,什么也不存在,什么也不能有。作为整个宇宙的自然和个别事物的关系是整体和部分的关系。个别事物依赖于宇宙这个大整体,必然地与宇宙这个大整体联系着。总之,自然是物质和运动的总汇。既然自然是惟一的存在物,那么,作为自然产物的人,也只能存在于自然之中,服从自然的法则,而不能超越自然。如果人的精神想要到有形的世界范围之外去寻求超自然的东西,那只能是徒劳无得的空想。因此,人类要想获得幸福,就应该彻底认识自然,确立正确的自然观。从霍尔巴赫这里我们不难看出人类中心主义从生物逻辑向价值论意义的演进过程,我们需要解构的正是其所谓"根据上述思想,人类必然确信整个大自然系为他所造。自然界在完成它的全部业绩时心目中只有人,或不如说,听命于大自然的强大因果在宇宙中产生的一切作用都是针对人的"这一重要环节。事实上,人如果真的具有优越性的话,那么他的优越就应该在于在价值系统内建立超越自我中心的世界观。这是从思想观念上解决生态危机问题,与信仰一道重整山河、挽救人类命运的基础,也是生态美学理论和生态批评、生态写作实践的共同选择。

生态美学思想在这样一个现代性危机和人类中心主义的演进中伴随着人类文明进程产生了。之所以说现代性危机和人类中心主义与人类文明相伴而生,其实也是一种辩证的和客观的评价,是反对从一种中心走向另一种极端的看法,因为,人类生存环境的恶化固然可以追溯到现代性的弊端和人类中心主义的偏颇,但是,毕竟现代性和人类中心主义并非一无是处,无论是在理论上还是实践上它们都促进了人类社会的文明进程。正如曾繁仁教授所言:"建构的后现代是一种对现代性反思基础上的超越和建设。对现代社会的反思是利弊同在。所谓利,是现代化极大地促进了社会的发展。所谓弊,则是现代化的发展出现危及人类生存的严重危机。"①实际上,当今世界的很多实际的生态问题恰恰是由于某些个体不以人类整体(中心)利益为重,放弃理性思考,为一己私利而不惜破坏整体利益的结果。生态思想是一种"整体的"、"圆融的"观念,它的发生是对过去先进思想某种程度的承继,又以对其弊端和危机的检视、克服和拯治为目的,而生态美学,作为汲取生态思想成果的审美哲学,也自有其自身发生发展的轨迹。

---

① 曾繁仁《生态存在论美学论稿》,第48页。

二　生态美学思想的现实环境

思想只有立足现实才能拥有光芒,理论离不开滋养它的土壤,离不开现实环境,就如同树木离不开大地,河流少不了源泉,否则它就是无本之木,无源之水;而且,理论又要回答现实问题,解决现实当中遇到的困难,也就是要回到现实当中,就如同参天的大树叶落归根,奔腾的河流汇聚大海。生态美学思想也不可能例外。事实上,生态美学就是立足于自然的现实、社会的现实和学术的现实而产生的符合当代思想状况和历史发展潮流的一种哲学思想和价值观念。本章通过对自然现实状况的描述,对美学状况的描述和生态学在人文领域的应用,探讨生态美学思想的现实环境。

(一)自然的哀鸣和美的失却

有一则公益广告是这样说的:在恐龙时代,平均每1000年才有一种动物绝迹;20世纪以前,大约每4年有一种动物绝迹;近150年来,鸟类灭绝约八十种;近50年来,兽类灭绝近四十种;现在,每年约有四万种生物绝迹。善待生命吧,与万物共存!

现代性危机从20世纪开始越来越明显地表现出来。20世纪世界发生了两次大的事件,使得人类的生存状况曾经面临两次大的挑战。这就是 20 世纪中期发生的第二次世界大战和 20 世纪中后期出现的全球性生态危机和资源匮乏。气候变迁、全球变暖、臭氧枯竭、酸化作用、土壤冲蚀、尾气污染、粉尘污染和生物多样性的日益丧失和减少,正严重威胁着我们共同的地球环境,我们人类共同的家园。自然在哀鸣。人们越来越清晰地认识到,大自然在不远的将来将无法继续满足人类不断膨胀的欲求,资源的有限与欲求的无限之间的尖锐矛盾已经清楚地摆在人类面前。不可再生资源的迅速枯竭,荒漠化和水资源极度匮乏,难以净化的环境污染,成为我们面临的最为紧迫的危机。

自工业革命以来,尤其是 20 世纪下半叶,全球环境遭到空前严重的破坏和污染,这被一些生态学家、政治家称为 20 世纪人类犯下的三大蠢行之一和“第三次世界大战”。“地球日”发起人盖洛德·纳尔逊(Gaylord Nelson)曾精辟地分析道:来自自然的威胁(生态危机)是比战争更为危险的挑战,从德国和日本我们知道一个国家可以从战争的创伤中复苏,但没有一个国家能从被毁坏的自然环境中迅速崛起①。20 世纪 50 年代以后,世界环境相继出现“温室效应”、大气臭氧层遭破坏、酸雨污染日趋严重、有毒化学物质扩散、人口爆炸、土壤侵蚀、森林锐减、陆地沙漠化扩大、水资源污染和短缺、生物多样性锐减等十大全球性环境问题。全球生态环境的严重破坏正残酷地撕毁人类关于未来的每一个美好愿望和梦想,这一影响不仅会殃及一代、两代人,而且将影响几代、甚至几十代人的生存繁衍。

---

① See: M. G. Wallace, H. J. Cortner etc. : *Moving toward ecosystem management*: *Examining a change in philosophy for resource management*, Journal of Political Ecology, 1996, Volume 3.

全球环境问题及生态危机从以下一些数据和事实就可窥见一斑。例如,目前地球上的动植物物种消失的速率较过去 6500 万年之中的任何时期都要快上 1000 倍,大约每天有 100 个物种从地球上消失。20 世纪以来,全世界哺乳动物 3800 多种中已有 110 种灭绝,另外还有 600 多种动物和 25000 余种植物正濒临灭绝。生态学家指出,迄今为止,人类对生物多样性的损害如要使其自我恢复至少需要一亿年以上。水污染使人类尤其是第三世界国家人民的生存环境不断恶化。据统计有 17 亿以上的人没有适当安全饮用水供应,30 多亿人没有适当的卫生设备。据另一则公益广告的描述,在第三世界因水污染导致每年 500 万人死亡,这则广告是这样说的:"In the third world, 5 million people die each year just from drinking water, please help us make the water safe!" 联合国环境规划署的调查数字更惊人(比广告保守数字多出近 1 倍):第三世界由水污染引起的疾病平均每天导致的死亡人数达 2.5 万人。再如 1983—1984 年埃塞俄比亚因植被破坏、土壤流失形成的特大旱灾使得 100 万人因饥饿而死亡,1991—1992 年,非洲大陆 12 个国家持续旱灾,使得约 3500 万人濒临死亡。因水土流失和沙漠化加重,中国古文明中心的发源地黄河,目前年断流最长达 227 天,与此同时,长江由于洞庭湖等大湖泥沙淤积加速,湖体面积和容量正逐年锐减,洞庭湖 1825 年面积约 6000 平方公里,1949 年减少到 4360 平方公里,到 1998 年长江特大洪灾时湖面面积仅为 2653 平方公里,据此缩减速度,洞庭湖将可能在不到 200 年的时间内成为又一个"罗布泊",从中国自然地理图册上消失。目前,长江中下游防洪大堤也逐年升高,古时"黄河之水天上来"的悲剧在不远的将来又将可能在长江重演。近年来我国北京、天津、上海等地多次发生的历史上罕见的沙尘暴天气,再次使中国人感受到了环境破坏程度之深和距离之近。

　　全球环境恶化的直接后果就是经济损失。据估计,我国每年因环境污染和破坏所造成的经济损失高达 2000 亿人民币,这相当于 20 个唐山大地震造成的经济损失。仅 1998 年长江洪水就造成直接经济损失达 1600 亿人民币,而全世界每年因环境污染和破坏所造成的经济损失不低于 2.5 万亿美元。因此,生态学家指出地球生态系统正在遭受有史以来最严重的污染和破坏,全球十大环境问题已直接威胁着人类的生存和文明的持续发展,生态危机已经超越局部区域而具有全球性质,来自于生态危机的威胁,已远远超过战争、瘟疫,保护地球家园已刻不容缓。

　　生态学理论认为,人类和其他任何生物一样,都必须以一定的生态环境、特定的生态系统作为其生存繁衍的基础,整个地球生物圈这个最基本、最重要的生态系统必须予以保护和维护。联合国环境规划署(UNEP)2002 年全球环境报告指出,目前世界上有 11000 种濒临灭绝的动物和植物,其中 1000 种哺乳动物,这几乎占整个世界哺乳动物种类总量的 25%。此外,还有 1/8 的鸟类面临灭绝,剩下的就是 5000 多种濒危植物了。比较著名的哺乳动物包括东北虎(西伯利亚虎)和黑犀牛。这份报告把过去 30 年称为“环境恶化的年代”,更令人担忧的是,造成环境持续恶化的因素在未来非但不会减少相反会更加严重。人们为了生存,将不断侵占野生动物的家园,其中包括对热带雨林和湿地的破坏,这些都极大地影响了动植物的生存与繁衍。

　　2004 年,全球自然保护组织世界自然基金会(WWF)的报告又提供了新的数据,警示全球环境状况继续令人担忧,人类消耗资源的速度大大超出了地球的负载能力。根据该基金会《2004 年地球生态报告》,人类现在消耗自然资源的速度超出了地球能够再生资源能力的 20%,在 1970 年和 2000 年间,陆地、淡水和海洋物种减少了 40%。"我们目前消耗自然资源的速度比大自然更新的速度要快",世界自然基金会总干事克劳德·马丁(Claude Martin)说:"除非各国政府重新恢复我们对自然资源的消耗和地球再生能力间的平衡,否则我们将无法偿还这些生态债务。"地球生态指数(Living Planet Index)显示,由于我们对于自然资源不断增加的消耗,地球生态环境状况正以非常迅速的速度恶化。我们的地球指数跟踪调查了 1000 多种物种种群数量的总体趋势。这一调查结果显示,在 1970 年到 2000 年间,陆地和海洋物种数量下降了 30%,而淡水物种数量下降了 50%。世界自然基金会认为,这是由于人类对于食物、纤维制品、能源和水资源需求量急剧增加的直接结果。新近的研究数据证实了前一份《地球生态报告》所显现的趋势。人类的自然资源消耗量("生态足迹",Ecological Footprint)——即人类活动对于地球造成的影响——自 1961 年以来增加了 2.5 倍。《2004 年地球生态报告》指出,尽管地球所能支持的人均自然资源消耗量仅为 1.8 公顷,而地球实际人均自然资源消耗量达到 2.2 公顷。这是将地球的 113 亿公顷富有生命力的土地和海洋区域除以全球 61 亿人口计算得出的。尤其严重的是人类能源消耗量("能源足迹",Energy Footprint)——由人类对化石燃料如煤、天然气和石油的使用量占据主导地位,这是在 1961 年和 2001 年间人类资源消耗增长最快的指数。世界自然基金会指出,对这些能源的过度使用正在使人类遭受气候变化的威胁。世界自然基金会认为,使政府、工业界和公众转向可再生能源、推广节能技术和节能建筑和交通系统具有至关重要的意义。这一报告显示,西方人正在以难以持续的极端水平消耗资源。北美人均资源消费水平不仅是欧洲的两倍,甚至是亚洲或者非洲人均资源消费的 7 倍。这一报告警告说,随着这些区域的发展及消耗更多的资源,对于地球资源的压力将会不断增加。该报告作者之一乔纳森·劳(Jonathan Loh)说:"可持续地生活和高质量的生活并不相匹配","我们需要停止对自然资源的浪费,重新恢复在发展中国家和工业化国家之间的平衡关系。"世界自然基金会致力于完成建立确保人类能与自然界和谐共处的未来的使命,同时呼吁各国政府采取行动,履行诺言,到 2010 年大幅度减少生物多样性损失的程度。

2005 年底,松花江、黑龙江水污染事件带给我们的阴霾至今还没有散去,事件带来的国际影响和长久经济损失也还不能明确计算,社会各界都在反思。现在让我们来看我国的生态状况。《2004 年中国环境状况公报》(2005 年公报尚未公布)统计的最新数字对我国的环境状况进行了描述,公报在导语中说:"2004 年度全国环境质量基本稳定。城市空气质量与上年相当,部分城市污染仍然严重。酸雨污染略呈加重趋势。地表水水质无明显变化,近岸海域海水水质与上年基本持平,东海和渤海污染严重。城市声环境质量较好,辐射环境质量基本维持在天然本底水平。耕地面积仍呈减少趋势。生态状况无明显改善。气候属偏好年份。"因此,2003 年度的《中国环境状况公报》应该是一个主要参考数据。经过综合《2005 年中国海洋环境质量公报》等各方面资料,我把它归纳为如下几个方面:

一、中国城市大气环境状况。中国城市整体空气污染水平仍非常严重。在受到监测的城市中,大气环境质量符合国家一级标准的城市不到 3%,空气污染指数高于三级的城市占到了 63.5%,其中有多个城市的平均污染指数达到了四级,属重度污染。目前严重影响中国城市空气质量的污染物为悬浮颗粒物(TSP)或称为可吸入颗粒物(PM10,即直径在 10 微米以内的悬浮颗粒物)。由于可吸入颗粒物上常常附着有害的重金属、酸性氧化物、有机污染物、细菌和病毒等,它们被人尤其是儿童吸入后,对健康的危害很大。

二、中国目前的酸雨问题。中国部分地区二氧化硫污染仍很严重,少数大城市氮氧化物的浓度较高。这些酸性气体导致了酸雨的形成。中国目前酸雨区面积占国土面积30%,主要分布在华中、华南、西南和华东地区,北方只有局部地区出现酸雨。酸雨会造成农田减产、森林生态破坏、城市设施锈蚀或老化、历史遗迹风蚀加剧等多种危害,因此带来巨大的经济损失。

三、中国的水:(1)水资源严重短缺,多年平均水资源总量为28124亿立方米。按2000年人口计算,人均水资源占有量为2221立方米,仅为世界人均占有量的1/5。全国300多个城市缺水,其中近百个城市严重缺水。中国地表水资源主要集中的七大水系长江、黄河、松花江、辽河、珠江、海河和淮河均不同程度地出现危机。(2)按照中国制定的水质标准《地面水环境质量标准 GB 3838—88》,中国把水分为五类,水质按一、二、三、四、五类而逐步下降。当水质下降到三类标准以下,即四类和五类,由于所含的有害物质高出国家规定的指标,会影响人体健康,因此不能作为饮用水源。《2003年中国环境状况公报》中记载:七大水系有机污染普遍,各流域干流只有57.7%的断面满足三类水质的要求,21.6%的断面为四类水质,6.9%的断面属五类水质,13.8%的断面属劣五类水质。(3)中国的主要湖泊富营养化问题突出。太湖流域总氮、总磷等超标突出,属富营养化状态。环湖主要河流及环湖交界水体污染严重。滇池为劣五类水质,处于重富营养化状态。巢湖属劣五类水质,总氮、总磷超标严重,属中富营养状态。其他大型淡水湖泊洱海、兴凯湖和博斯腾湖水质良好,湖体水质均达到三类水质标准。

洞庭湖、镜泊湖和洪泽湖水质达到四类水质标准;白洋淀、达赉湖和南四湖污染严重,均为劣五类水质。(4)中国的地下水资源和水质。东北、华北和西北地区地下水水位总体呈下降趋势。河北、河南的豫北地区和山东的西北地区的地下水位降落,漏斗区已连成一片,形成包括北京和天津在内的华北平原地下水漏斗区,面积超过4万平方公里。东南、中南和西南地区地下水水位变化较为平衡,但总体下降严重。全国多数城市地下水受到一定程度的点状或面状污染。局部地区地下水部分水质超标,主要有矿化度、总硬度、硝酸盐、亚硝酸盐、氨氮、铁、锰、氯化物、硫酸盐、氟化物、pH 值等。在污染程度上,北方城市重于南方城市,尤以华北地区污染较突出。(5)中国的污水排放状况。2003 年,中国全国污水排放总量为 415 亿吨(其中 COD 排放量 1445 万吨)。工业废水排放量 194 亿吨(COD 排放量 705 万吨),城市生活污水排放量 221 亿吨(COD 排放量 740 万吨)。生活污水的排放量超过了工业污水,成为影响水体的主要污染源。中国的工业污水主要来自化工、制药、石化、造纸、食品、制革、纺织、采矿和石油钻探等行业。城市生活污水中含大量的粪便、洗涤用品、化妆品、泔水,等等,多数未经任何处理而直接排入了江河湖泊。农业中过量使用的化肥和农药对水体也带来了相当大的污染问题。

　　四、中国的固体废弃物产生总量。据《2003 年中国环境状况公报》报告:中国工业固体废物年产总量为 8.2 亿吨,其中县及县以上工业固体废物产生量为 6.7 亿吨,乡镇工业的产生量为 1.5 亿吨。危险废物产生量为 830 万吨。随着中国化学工业的发展,有毒有害废弃物也有所增长。有毒有害固体废弃物都未经过严格的无害化和科学的安全处置,成为中国亟待解决并具有严重潜在性危害的环境问题。中国全国城市生活垃圾年产生量为 1.4 亿吨,城市人均年产生活垃圾 440 公斤(高于一些欧洲国家的人均垃圾产生量),但能达到无害化处理要求的还不到 10%,垃圾围城现象较为普遍。简单堆放的垃圾不仅影响城市景观,同时从垃圾中释放的气体和渗滤液污染着大气、水和土壤,成为中国城市面临的棘手的环境问题。由于综合利用和处置率低,工业固体废物和城市生活垃圾大都堆积在城市的郊区和河岸、荒滩上,已成为严重的污染源,累计堆存量达 65 亿吨,占地 5 万余公顷。

五、中国工业废弃物的来源和组成。中国的工业固体废弃物有 95% 来自以下行业:矿业、电力蒸汽热水生产和供应业、黑色金属冶炼及压延加工业、化学工业、有色金属冶炼及压延加工业、食品饮料及烟草制造业、建筑材料及其他非金属矿物制造业、机械电气电子设备制造业。目前中国的工业固体废弃物大致组成如下:尾矿 29%,粉煤灰 19%,煤矸石 17%,炉渣 12%,冶金废渣 11%,其他废弃物 10%,危险废弃物 1.5%,放射性废渣 0.3%。

六、中国固体废弃物资源利用状况。中国目前废旧资源的利用率只相当于世界先进水平的 1/4—1/3,大量可再生资源尚未得到回收利用,流失严重并造成污染。中国每年因再生资源未得到回收利用而造成的经济损失达 200—300 亿元。

七、中国的土地资源量。中国的土地总面积居于世界第三位,但人均土地面积仅为 0.777 公顷,是世界人均土地资源量的 1/3。《2003 年中国环境状况公报》指出:2003 年中国耕地总面积为 1.282 亿公顷,人均耕地面积为 0.101 公顷,不足世界人均耕地的一半。由于基本建设等对耕地的占用,目前全国的耕地面积以每年平均数十万公顷的速度递减。

八、中国的耕地。(1)中国耕地的土壤质量呈下降趋势。全国耕地有机质含量平均已降到1%,明显低于欧美国家2.5%—4%的水平。东北黑土地带土壤有机质含量由刚开垦时的8%—10%已降为目前的1%—5%;中国缺钾耕地面积已占耕地总面积的56%,约50%以上的耕地微量元素缺乏,70—80%的耕地养分不足,20—30%的耕地氮养分过量。由于有机肥投入不足,化肥使用不平衡,造成耕地退化,保水保肥的能力下降。2003年,西北、华北地区大面积频繁出现沙尘暴与耕地的理化性状恶化,团粒结构破坏有很大关系。(2)中国耕地的水土流失。中国约有1/3的耕地受到水土流失的危害。每年流失的土壤总量达50多亿吨,相当于在全国的耕地上刮去1厘米厚的地表土(50年来,水土流失毁掉的耕地达4000万亩),所流失的土壤养分相当于4000万吨标准化肥,即全国一年生产的化肥中氮、磷、钾的含量。造成水土流失的主要原因是不合理的耕作方式和植被破坏。(3)中国耕地目前面临的污染。2003年对30万公顷基本农田保护区土壤有害重金属抽样监测发现,其中有3.6万公顷土壤重金属超标,超标率达12.1%。环境污染事故对中国耕地资源的破坏时有发生,2003年发生的891起污染事件共污染农田4万公顷,造成的直接经济损失达2.2亿元。中国每年的农药的使用量约2亿3千万公斤,其中除草剂占17%,杀菌剂占21%,杀虫杀螨剂占62%,而在杀虫剂中,具高毒性的有机磷农药占70%。

九、中国的草地。(1)中国是草地资源大国,拥有草地近4亿公顷,约占国土面积的40%,居世界第二位。但人均占有草地仅0.33公顷,为世界人均草地面积0.64公顷的一半。中国的草地资源以天然草地为主,84.4%的草地分布在西部,面积约3.31亿公顷。(2)中国草地的质量。中国的草地可利用面积比例较低。优良草地面积小,草地品质偏低,人工草地比例过小,天然草地的质量在不断下降。中国百亩草地产肉量只 25.5 公斤,产奶 26.8 公斤,毛 3 公斤,仅为相同气候带下美国的 1/27,新西兰的 1/82。(3)中国草地退化严重。由于植被破坏、超载放牧、不合理开垦以及草原工作的低投入、轻管理等,中国 90% 的可利用天然草地不同程度地退化。目前全国草地退化、沙化、盐渍化的面积已达 1.35 亿公顷。全国草地的退化使平均产草量下降了 30%—50%。(4)中国草地面临灾害。由于草地的生态平衡被破坏,2003 年,在中国的新疆、内蒙古、青海、甘肃、四川、陕西、宁夏、河北、辽宁、吉林、黑龙江、山西等十二省(或自治区)普遍发生了草地鼠害和虫害,受影响的草地总面积为 4266.7 万公顷,其中,虫害面积为 1466.7 万公顷,鼠害面积为 2800 万公顷。2001 年中国内蒙古地区的草地普遍遭受了严重的旱灾,使大面积草原没有了植被而只剩下黄沙。

十、中国的森林资源。(1)中国的森林资源主要分布在东北和西南。森林质量不高,中幼龄林比重大,其面积占全国林分面积的 70% 以上,人工林中的幼龄林比例高于 85%。2000 年,联合国粮农组织公布的《世界森林资源评估报告》指出:中国的森林面积为 1.34 亿公顷,占世界森林总面积的 3.9%。中国人均森林面积列世界第 119 位。中国森林总蓄积量为 97.8 亿立方米,占世界森林总蓄积量的 2.5%。世界人均拥有的森林蓄积量为 71.8 立方米,而中国人均森林蓄积量仅为 8.6 立方米。(2)中国森林面临的问题:由于长期乱砍滥伐和毁林开荒,中国宝贵的天然林面积大量减少。在占中国国土面积 50% 的西部干旱、半干旱地区,森林覆盖率不足 1%,许多地区无林可言;而酸雨带来的酸沉降正导致大片森林衰退消失,森林受害面积上百万公顷;2003 年,全国森林病虫害发生面积为 874 万公顷,森林火灾受害面积为 8.84 万公顷①。

这已经够令人触目惊心的了!动物和其他物种的状况同样令人痛心疾首。每一小时就有一个物种永远从地球上灭绝,人们很难想像,一个经历了千万年物竞天择的进化而生存下来的物种,就在一个小时内终结了它坚强的物种进化史。这只是野生动物被人类赶向灭绝之路的一个缩影。人类社会的发展史,可以说就是人类利用野生动植物资源不断发展的历史。然而,工业革命以后的近 200 年,伴随着人口数量膨胀和经济快速发展,野生动植物的种类和数量以惊人的速度减少。据科学家估计,由于人类活动的强烈干扰,近代物种的丧失速度比自然灭绝速度快 1000 倍,比形成速度快 100 万倍,物种的丧失速度由大致每天 1 种加快到每小时 1 种。20 世纪有 110 个种和亚种的哺乳动物和 139 全种和亚种的鸟类在地球上消失了。16 世纪以来,地球上灭绝的鸟类约 150 种,兽类 95 种,两栖及爬行类约 80 种。目前,世界上已有 593 种鸟、400 多种兽、209 种两栖爬行动物以及 20000 多种高等植物濒于灭绝。造成物种灭绝的原因,除不可抗拒的自然历史及自然灾害因素外,人类活动是其主要原因,特别是由于商业贸易而导致人类对野生动植物资源的掠夺式利用,是造成物种濒危乃至灭绝的重要因素……

对于人类朋友的悲惨遭遇这里不再一一列举。我深信,即使再多用几倍或几十倍的文字篇幅也不可能写完。之所以撷其要者

① 在本书的资料搜集过程中,曾参阅王诺《不可坍塌的生态长城》(载 2002 年 9 月 5 日《社会科学报》第三版),王诺是国内生态批评首倡者之一,他提供的数据和资料很有参考价值,本书多有引述,在此谨表谢忱。但是,仅仅不到三年的时间里,这数字已经发生了惊人的变化,人类的生态状况仍在不断恶化,这亦可见生态危机的严重性和生态文学、美学意识及其研究和建设的紧迫性。感谢国内外各类公开出版物提供的这些报告和统计数字。

作如此篇幅的生态状况描述,是为说明:这正是现实,生态的现实,是鲁迅先生曾经的预言:"林木伐尽,水泽湮枯,将来的一滴水,将和血液等价!"是法国作家夏多布里昂的感叹:"森林先行于各族人民,沙漠在人后接踵而来!"①任何有社会责任感和自然责任感的人文学者,只要能够正视我们所面临的极其严峻的生态危机,就不能不给予生态思想以足够的重视。

我们即使不从一种生态的观点出发来看待自然与美,也不得不承认,人类今天生活和居住的家园失去了曾经有过的美,失去了美丽和美好。在自然的哀鸣和大地的呻吟之声不绝于耳的现实面前,谁又能说我们赖以生存的自然环境是美的呢? 实际上,美的失却还不仅仅是一个美的外表、美的形式的丧失的问题,而是整体美和美感的丧失,是纯粹美的缺失,联系前面对现代性问题的综述,实际上它是由人类关于美的观念的认识所导致。在这里,我想借用当代欧洲著名思想家、文化神学家和美学大师巴尔塔萨(Hans Urs von Balthasar)的美学观点,和当代生态伦理学思想来探讨美感形式与本质的关联,来研究在美感形式遭到破坏时,对美感心理的作用和影响,进而从一个维度探讨和论述当今美的整体性失却的本质原因。

巴尔塔萨美学一个根本观点是真善美三位一体的思想,即真善美三者不能独自成立,没有真和善,就无所谓美。巴尔塔萨用《圣经》传统中的"荣耀"概念来指称至真至善的上帝的神圣之美。上帝的荣耀之光使人类在面对神圣者时的第一感觉是"惊奇",并且在被它牢牢吸引的前提下更深入地认识到它的真和善。然而,在现代人类取代上帝成为世界和思想的中心,"主体性"和"理性精

---

① 转引自王诺《欧美生态文学》第 236 页,北京大学出版社 2003 年。

神"将真、善、美分解了开来,于是"惊奇"消失了。尽管巴尔塔萨很少用"危机"这样令人触目惊心的词,然而从他的许多著作和文章中可以明显地感受到:在他看来那个真善美三位一体的古典形而上学世界的解体,无异于人类再一次的"失乐园",而重寻"神圣荣耀之美"的踪迹就是使真善美在神圣启示的光照下重新聚合起来的惟一的"复乐园"之路。作为一位具有极高的音乐修养、并曾专修德语文学专业的神学家,巴尔塔萨对美学情有独钟,对美学史也极为熟谙,这使得他获得了一种神学与美学彼此交融的特殊视角。他的神学美学一方面是在从美的维度阐释基督教信仰的本质、来源和方法,另一方面也正如他自己所强调的,是在"用真正的神学方法"阐释美,而且这种阐释的目的之一就在于回应现代以来美的失却。巴尔塔萨认为,古典世界在神圣启示笼罩下的真善美三位一体的形而上学在理性精神和主体性原则作用下被现代所解体。在他看来美的失却意味着"美在这里摆脱了自古以来与两个形而上学姐妹(真与善)之间无休止的相互纠缠,开始表现出一定意义上的独立性。这种忘本,即是美面临的危险所在,也表示美开始走向'唯美化'"①。在巴尔塔萨看来,这一问题是与信仰问题密切相关的,因为真善美三位一体的古典形而上学是与基督教启示之信仰息息相关的,因此,现代以来这种形而上学的分解也就意味着启示与美的分离。鉴于此,追溯美和真与善的分裂过程,对于我们今天判断美以及对美学自身发展的意义都是非常必要的。②

西方关于美的观念的历史源头应追溯至古希腊。据波兰现代美学家塔塔尔科维兹考证,我们今天一般译作"美"的古希腊词

---

① 巴尔塔萨著、刘小枫选编,曹卫东、刁承俊译《神学美学导论》第 2 页,香港三联书店 1998 年。

② 参见张华、宋旭红《重现神圣之美》,载《南阳师范学院学报》2003 年第 10 期。

"καλσυ"，"与我们的概念相比，在含义上要广泛一些，不仅触及到美的事物、线条、色彩和声音，而且也延伸到美的思想与习惯中……它包括了道德美，因此也就囊括了伦理学与美学"①。这意味着在古希腊时代，美的观念是与伦理的善的观念浑然一体的。然而塔塔尔科维兹的这种认识仍然没有穷尽古希腊人美的观念的丰富内涵。柏拉图（Plato）的《大希匹亚斯篇》和《会饮篇》反映了当时流行的各种美的观念，从中可以看到，古希腊人不仅以"美的"一词形容具体可感的客观事物在形式上的赏心悦目，如姑娘、汤罐等，还用以指称抽象的精神性存在的一些具有积极意义的属性，如法律、制度等。如果仅限于这些流行观念，塔塔尔科维兹的判断就是恰切的，然而我们必须注意到，在苏格拉底（Socrates）最早提出的"美善一致"的思想中，"善"已经不仅仅是一个伦理学概念，它更应该被译作"好的"，其中最重要的意义是指称超越性的最高价值实在，即苏格拉底的"善本身"和柏拉图视为理式世界最高统帅的"善的理式"。苏格拉底之后，"至善"一直被视为神圣存在的最本质属性，是真善美三位一体价值观的核心概念，美在很大程度上只是因为与善的密切关联才进入神圣的超越界，此即所谓"美本身"：不是指任何一种具体（感性、可见的）或抽象（精神的、不可见的）的美，而就是那种超越经验（具体美）和理性（抽象美）层面的、彼岸世界的、作为衡量一切现实美的尺度的原型之美。柏拉图把它纳入自己的哲学体系，称这种"美本身"为美的"理式"，它是先在的、真实的，是最高的美或美的本体，一切世间美都只不过是它的"影子"，由于"分有"了它才是美的。由此可见，苏格拉底将美与至善联系在一起，从而使美的概念具有了明确的形而上学维度。同时，

---

① 塔塔尔科维兹著、褚朔维译《西方美学概念史》第164—165页，学苑出版社1990年。

由于理式世界最本质的规定性是"真实",即最高的真理,因而"美的理式"的概念又把美与真紧紧联系起来。柏拉图也讲感性美和精神美(美德),如上述的姑娘之美和法律制度之美,只是他认为与美的理式相比,这些美都是残缺的、片面的或肤浅的,或者毋宁说,它们只是人必须藉以进达理式美的"阶梯",也就是:"先从人世间个别的美的事物开始,逐渐提升到最高境界的美,好像升梯,逐步上进,从一个美形体到两个美形体,从两个美形体到全体的美形体;再从美形体到美的行为制度,从美的行为制度到美的学问知识,最后再从各种美的学问知识一直到只以美本身为对象的那种学问,彻悟美的本体。"①苏格拉底—柏拉图的理式论是西方思想史上第一种完备的形而上学体系,在很大程度上规定了此后两千多年的思想史和美学史的发展脉络。

事实上,美的观念中这种超越性的形而上学维度在前苏格拉底时期的古希腊哲人那里已经有所体现,如毕达哥拉斯学派就已经把美与作为宇宙本原的最高形而上学实体——"数"——联系在一起。苏格拉底提出"美本身"和"美善一致",实际上是对古希腊人关于"美"的含混观念进行了伦理学的改造和本体论的提升,使之最终得以在柏拉图那里形成了包含着三个层面含义的清晰概念:美既包括感性层面——美的形体,其重要依据是古希腊人从对自然美的感受和大量艺术实践中总结出的感性审美原则,如对称、和谐等,也包括理性层面——美的行为制度,来自于繁荣的城邦生活所要求的伦理秩序和原则,如公民的美德和公众生活中的正义等,同时,就其本原而言,它还具有作为一种超越性的、形而上学的最高实在的维度。然而,这三个层次的概念之间的关系不是可以

---

① 《柏拉图文艺对话集》第 273 页,人民文学出版社 1963 年。

等量齐观的,事实上,形而上学维度始终是古典时期美的观念的核心指向,感性的或精神的美都或多或少地依附于一定的形而上学的意义来源。现代美学史家们从浩瀚的古典文献中摘寻出许多古代哲人有关感性美学的理论片段,视之为现代美学原则的历史源头,然而,这种理解往往只是从现代美学原则的视角出发,忽视了其本来的意义。例如西塞罗(Marcus Tullius Cicero)的名言:"身体上,四肢匀称的形体配上诱人的肤色,我们称之为美的。"①在这句话中包含着两个非常重要的感性美学的概念:对称和色彩,二者均来自古希腊人的"比例"概念。然而,"比例并不仅仅是一种数学的或描述性意义上,或者实践的、操作性意义上的美的准则;除此之外,它还是一种形而上学原则……其中所包含的是毕达哥拉斯关于数乃是宇宙基本法则的理论。"②

由此可见,从一开始,美的观念就存在于感性和超越性两极之间,就其超越性的维度而言,它是与真和善密不可分的形而上学原则;就其感性维度而言,它又是具体、可见的。这种特性潜藏着一个极其重要的暗示,那就是:美是人从感性世界进达超越世界的重要途径。恰如有学者精辟地指出的,苏格拉底有关"美本身"、"善本身"、"大本身"概念的提出,标志着古希腊哲学从探究自然本原的"命运"主题向追求人性完善的"境界"主题的转变③,也就是说,从具体的、现世的美、善、大向超越性的"美本身"、"善本身"、"大本身"的无限趋近就是人不断努力超越自身的有限性、走向无限完

---

① See: Umberto Eco: *The Aesthetics of Thomas Aquinas*, p. 71, Harvard University Press, 1988.

② See: Umberto Eco: *The Aesthetics of Thomas Aquinas*, p. 72, Harvard University Press, 1988.

③ 参见黄克剑《心蕴:一种对西方哲学的读解》第12—14页,中国青年出版社1999年。

满的过程,这几乎是人类在明确意识到自身作为一种存在物的种种缺憾之后萌生的本能的渴望,而这种渴望是一切宗教和形而上学的共同源头。美由于一方面联系着人的感性生存,另一方面又可以通向形而上学的超越境界,成为最可能的超越途径,这就是上文引述的柏拉图关于"美的阶梯"的描绘:起点是感性美,即我们今天所谓的美学的对象;由此扩展到精神之美(亦即伦理之善),最终所追求的"只以美本身为对象的那种学问"和"美的本体",显然指的是美的理式,而在柏拉图看来,达到理式美,人就超越了感觉世界的虚幻、可朽,回归到永恒的理式世界。人的灵魂原本就是属于理式世界的,只是由于与肉体结合才堕落尘世,所以柏拉图乐观地相信这条自下而上的超越之途是可行的,不过,我们不能忘记他所给出的完成这种超越的前提条件,即:灵魂在上界观照过美的理式,并且只有少数未被尘俗污染的人才能在见到尘世之美时"回忆"起那种原型之美。也就是说,美的超越的实现必须先有一个自上而下的逻辑秩序作为保障。在这一点上,巴尔塔萨相信柏拉图主义是可以作为古典世界"启示与美不可分""美与真善为一体"这一信念的有效证据的。

当然,苏格拉底—柏拉图贬低感性美、推崇超越美的立场远非古希腊人惟一的美学态度。事实上,古希腊人热爱感性美,其辉煌的艺术成就充分证明了这一点。就是在哲人们当中也有不少心仪感性美者,特别是到希腊化时代,伊壁鸠鲁派和斯多各派的美学阐述了许多感性美的重要原则,以西塞罗、朗吉努斯(Casius Longinus)为代表的古罗马美学也主要贯彻的是感性形式愉悦和实用主义的原则。正如塔塔尔科维兹指出的,从修辞学、诗学和其他实用型艺术如建筑、雕塑中发展起来的各种美学原则逐渐使美的概念狭义化,以至于"感性形式的愉悦"成为"美"的概念中最重要的规定性。由此可见,古希腊美的观念含义是很宽泛的,感性的与超越的维度并存,而且二者之间是可以沟通的,其间潜藏着人追求神圣超越者的趋向。巴尔塔萨上述所谓美的观念在前现代一直包孕于真和善的观念之中的看法,就古希腊美学而言,主要是指形而上学美学方向。

据此,中世纪应该看作是苏格拉底—柏拉图的形而上学美学路线经基督教神学的整合和重新阐释、在其中发扬光大的时代,是古代世界的善、美、真三种彼此含混交融的最高价值在一神信仰中实现完全统一的时代。其中普罗提洛(Plotinus)的新柏拉图主义思想是将古典希腊和中世纪连接起来的一个纽带。首先,与柏拉图的理式世界相比,普罗提洛以绝对、永恒、无限的太一为最高存在的宇宙图景显然更接近基督教一神信仰的世界观。他称太一为"至美至善者",则是继承了柏拉图的形而上学层面上的美的观念。其次,与柏拉图不同的是,普罗提洛用"流溢说"解释宇宙的生成和状态,太一的至美也是从高到低依次流溢,直至进入物质世界,这就为形而上学之美与感性美之间的沟通建立了一种自上而下的途径,与柏拉图的"阶梯说"相比,这种"流溢"更为强调的是美的形而上学本原的绝对优先性,这就为基督教关于"上帝之美"的概念奠定了基础。再次,普罗提洛把柏拉图主义的"光"的概念引入了形而上学之美。在柏拉图那里,"光"主要喻指的是"真理",这在著名的"洞穴比喻"中表现得很清楚。普罗提洛则把"光"看作是太一至善的表现,由于"光"具有可见性,"光"的"流溢"即为美,"善—光—美"成为新柏拉图主义的"神圣三元"。这样,在"光"的概念中,形而上学意义上古老的三重最高价值:真、善和美才完全溶合为一。这一概念日后成为中世纪基督教美学最重要的核心范畴,它赋予了美以沟通形上领域与感性领域的质的规定性。这种关于美的观念其实是贯穿整个西方美学史的一条主线,从中世纪的基督教神学美学到黑格尔甚至海德格尔,莫不如是,直到巴尔塔萨所说的"唯物主义和精神分析"兴起的 20 世纪,尤其是解构主义的后现代思潮把一切形而上学彻底消解。而巴尔塔萨本人以基督形象为中心的神学美学也正是为了反驳后现代美学的平面化、碎片化,恢复"绝对之光的可见化"的美学传统①。

由此不难见出,美的原初形态与真善是密不可分的,人类失却了美也就失掉了善和真,失去了人类生存的意义和价值。从这个意义上讲,人类应该对其赖以生存的环境和自然充满友善,对动物、花鸟、鱼虫充满爱心,只有这样,人与自然、人与周围的环境才是和谐的,才是美好的。因此,这里的美的概念和意义也就不再是单纯的自然美,而是一种生态美,一种集合了外部环境、人的心智情感、社会政治、文化观念和伦理亲善的和谐共生的生态美。美离不开道德关怀,这是环境伦理学和生态伦理学的基本观点。实际上把道德关怀的对象固定在人类的范围内是不合理的。20 世纪最伟大的人道主义者、法国著名哲学家、诺贝尔和平奖获得者阿尔贝特·史怀泽(Albert Schweitzer)1923 年于其代表作《文明的哲学:文明与伦理学》(*The Philosophy of Civilization：Civilization and Ethics*)一书中提出将道德关怀的范围扩展到所有生命。他的基本观点就是敬畏生命,认为生命没有高级和低级、富有价值和缺少价值的区分。有思想的人应该体验到,必须像敬畏自己的生命意志一样敬畏所有的生命意志。必须突破传统伦理学对人的固恋,将道德义务的范围扩展到人之外的其他存在物身上去。仅从当代生态观来看这些还远远不够。一种恰当的环境伦理学必须从道德上关心无

---

① 参见宋旭红、张华《美学现代性:一种历史性描述》,载《文史哲》2003 年第 2 期。

生命的生态系统、自然过程以及其他自然存在物。环境伦理学必须是整体主义的，即它不仅要承认存在于自然客体之间关系，而且要把物种和生态系统这类生态"整体"视为拥有直接的道德地位的道德顾客。因此，生态论更加关注生态共同体而非有机个体；它是一种整体主义的而非个体主义的伦理学。生态思想有大地伦理学、深层生态学和自然价值论几个方面。大地伦理学的代表是美国著名的林学家、伦理学家奥尔多·利奥波德（Aldo Leopold），其代表著作是《沙乡年鉴》（Sand County Almanac）。利奥波德认为，所有的事物都与道德直接相关，道德的最终决定因素是所有的存在物，而不仅仅是人格、人类、有感觉的存在物或生物。道德最终要超越生命的界限而达至与人共存的整个环境——大地。动物、植物、森林、土地、沼泽、河流和其他自然界无感觉的组成部分都具有道德权利，应当得到道德关怀和受到保护。深层生态学以挪威著名哲学家阿伦·奈斯（Arne Naess）为代表。他在 1973 年《浅层生态运动与深层、长远生态运动》（The shallow and the deep, long—range ecology jmovements）一文中提出深层生态伦理学的概念。深层生态学认为，从原则上讲，每一种生命形式都拥有生存和发展的权利。正如现实所示，我们为了吃饭而不得不杀死其他生命，但是，深层生态学的一个基本直觉是：若无充足的理由，我们没有任何权利毁灭其他生命①。自然价值论则是美国著名哲学家、中际环境伦理学学会前主席霍尔姆斯·罗尔斯顿（Holmes Rolston）所提出的。在罗尔斯顿看来，传统哲学和伦理学从人出发，只关注人的价值，不承认自然界的价值，是一种认为自然界没有价值的哲学和伦理学。实际上，自然界是一个自组织、自动调节的生态系统，它无时无刻

---

① Arne Naess：*Ecology, community and lifestyle*, translated and edited by David Rothenberg, Cambridge University Press, 1989.

不进行"积极的创造"。人类没有创造荒野,相反,荒野创造了人类。荒野是一切价值之源,也是人类价值之源。因而应当使"哲学走向荒野"、"价值走向荒野"①。美国年轻的生态史学家唐纳德·沃斯特(Donald Worster)曾在其名著《自然的经济体系》(Nature's Economy: a History of Ecological Ideas)中描述过生态观与道德意识的互动。他对机械论的哲学观进行了批评:"人的身体和精神是独立存在的不同方面,除了一些必要的互相条件反射外,各自随意存在着",也就是说,"机械论哲学是作为个人主义的一种本体论翻版在起作用;因此,它必然对个人主义的社会道德给予支持",这就导致了人们"一门心思集中于创造财富,而不顾及付出的代价"。唐纳德·沃斯特指出,机械论与唯物主义互为帮凶,造成自然系统和社会文化系统的活力双双走向衰竭。而日益复活的"成为在科学探索中恢复道德价值的运动"的有机论便从反方向运动以拯救自然与人的尝试②。

真善美统一的观点不仅是关于美的原初理论,也不仅是基督教或其他宗教信仰(比如伊斯兰教也认为,有美必有爱)对美之所以为美的认识,美——无论关于它到底是什么的争论多么针锋相对,多么亘古长久——都离不开道德的维度,伦理的关怀,从生态

---

① See: Albert Schweitzer: *The Philosophy of Civilization: Part I, the Decay and the Restoration of Civilization: Part II, Civilization and Ethics*, Prometheus Books; September 1, 1987; Aldo Leopold: *Sand County Almanac (Outdoor Essays & Reflections)*, Ballantine Books; Reissue edition, December 12, 1986; David Rothenberg: *Is It Painful to Think?: Conversations with Arne Naess, Father of Deep Ecology*, Allen & Unwin (Australia) Pty Ltd; February 19, 1993; Rolston Holmes: *Environmental Ethics: Duties to and Values in the Natural World (Ethics and Action)*, Temple University Press; Reprint edition, September 1, 1989.

② Donald Worster: *Nature's Economy: A History of Ecological Ideas (Studies in Environment and History)*, p. 264, Cambridge University Press; 2nd edition, June 24, 1994. 参见章海荣编著《生态伦理与生态美学》,复旦大学出版社 2005 年。

哲学(关于真)和生态伦理学(关于善)的角度来看更是如此。事实上,关于美是真善美统一的理论在思想史上一直闪耀着夺目的光芒,上文提到的神学美学大师追寻着它,试图用自己毕生的努力为人类找回现代性之后美与真善重聚的乐园,而当代其他的美学家、伦理学家、环境学家、哲学家等,谁又能说不是也在或直接或间接地投身于这份回归美的伟大事业当中呢?

(二)生态意识的确立和当代美学的使命

大地的哀鸣和呻吟之声,不仅唤醒了生态学以及与生态学相关的其他学科的觉醒,同时唤醒了以人文关怀为使命的美学的觉悟。人文关怀不仅仅是关怀人,它是对生命的关怀,对生存状态的关怀,对生态的关怀。生态思潮是在人类的生存危机这个大背景下产生的,是人类对防止和减轻环境灾难的迫切需要在思想文化领域的表现,是在具有社会和自然使命的人文学者对拯救地球生态的强烈责任心的驱使下出现的。生态思潮的主要目的是重审人类文化,进行文化批判,探索人类思想、文化、社会发展模式如何影响,甚至如何决定了人类对自然的态度和行为,如何导致了环境的恶化和生态的危机。

20世纪60年代以来,伴随着人类越来越清晰地看到日益恶化的生态危机和生存危机,生态思潮越来越波澜壮阔,波及到人类生活的各个领域,人类社会的各个角落。生态学(Ecology)作为一门学科由德国生物学家海克尔(Ernst Haeckel)于19世纪后半叶创立以后,经历了自然科学和社会人文科学交叉与渗透的发展过程。"eco"源自希腊字(oikos),意为家或生活场所(house,home);"logy"源自希腊字(logos),意为学问(reflection study),所以生态学为研究生物体与其四周环境间互动的学科,海克尔给生态学下的定义即是:关于有机体与周围外部世界的关系的一门学科①。1935年,英国生态学家坦斯勒(A. G. Tansley)提出了生态系统的概念,引入热力学的能量循环思想,随后美国学者林德曼(Lindemann)又提出了生态金字塔能量转换的"十分之一"定律。20世纪50年代以后,现代生态学家们又吸收了系统论、控制论、信息论的概念与方法,来研究生态系统的结构与功能、生态系统中物质、能量和信息的交换等各种问题,并利用普里戈的耗散结构理论、艾根的超循环理论、哈肯的协同学来进一步研究生态学②。1962年,卡逊的《寂静的春天》问世,70年代初,罗马俱乐部《增长的极限》(The Limits to Growth)等一系列报告发表③,从此,生态学开始与自然资源的利用、人口问题的解决以及人类环境问题的解决交叉在一起。生态学向经济、政治、技术、法律、社会、历史、美学、伦理、哲学、宗教等众多学科渗透,因而具有了哲学性质,世界观、道德观、价值观性质,这就有了生态哲学、生态人类学、生态经济学、生态美学、生

---

① Leonardo Boff: *Ecology & Liberation*, Translated from the Italian by John Cumming, p. 9, Orbis Books, Maryknoll, New York, 1995.

② See: Eugene Odum, Gary W. Barrett: *Fundamentals of Ecology*, Brooks Cole; 5th edition, July 27, 2004; Eugene Pleasants Odum: *Ecology: A Bridge Between Science and Society*, Sinauer Associates, March 1, 1997.

③《增长的极限》由丹尼斯·米都斯等著。1968年,来自世界各国的几十位科学家、教育家和经济学家聚会罗马,成立了一个非正式的国际协会——罗马俱乐部。其工作目标是关注、探讨与研究人类面临的共同问题,使国际社会对包括社会、经济、环境的诸多问题有更深入的理解,并提出应该采取的能扭转不利局面的新态度、新政策和新制度。受俱乐部委托,以麻省理工学院丹尼斯·米都斯为首的研究小组,针对长期流行于西方的高增长理论进行了深刻反思,并于1972年提交的俱乐部成立后的第一份研究报告,深刻阐明了环境的重要性以及资源与人口之间的基本联系。See: Donella H. Meadows, Jorgen Randers, Dennis L. Meadows: *Limits to Growth: The 30 - Year Update*, Chelsea Green Publishing Company; June 1, 2004.

态社会学、生态神学、生态心理学、生态伦理学、生态艺术、生态批评、生态文学、生态法学，等等。很多思想家预言，鉴于人类所面临的最严重最紧迫的问题是生态危机和生存危机问题，20世纪乃至更长的时间，必将是生态思潮的时代。随着生态意识和生态理解向各个领域的逐渐渗透，生态问题不仅引起了各国政府以及国际社会的普遍重视，各国在制定政策和发展策略时开始考虑可持续因素，考虑生态和环境保护。1987年，巴比亚（Barbier）等人发表了一系列有关经济、环境可持续发展的文章，引起了国际社会的普遍关注。同年，在长期科学工作的基础上，前挪威首相、后任世界卫生组织（WHO）总干事的布伦特兰夫人（Ms Gro Harlem Brundtland）主持的联合国世界环境与发展委员会提交了调查报告《我们共同的未来》，在阐述人类面临的一系列重大经济、社会和环境问题的同时，提出了关于环境与发展的可持续发展概念。这一概念及其构想在1992年联合国环境与发展大会上得到全世界100多个国家的认同。"可持续发展"是该报告首先诠释的观念，该观念不仅在世界各国引发了广泛的影响，同时也成为全世界最重要的思潮之一。报告对"可持续发展"定义为："能满足当代的需要，同时不损及未来世代满足其需要之发展"（WCED 1987）。1992年联合国"环境与发展大会"（UN Conference on Environment and Development）（又称地球高峰会，Earth Summit）在巴西里约热内卢召开，提出另一被广泛接受的可持续发展观念，即"21世纪议程"（Agenda 21），该"议程"更将可持续发展的理念变为具体的行动方案，迄今已有130多个国家成立国家级的可持续发展委员会。可持续发展思想首先是建立在提高对环境与发展之间关系的认识水平之上的。在人类以大量物质消耗换取经济效益，追求并沉醉于豪华生活的同时，科学家们意识到人们的盲目索取会使资源枯竭，并指出以牺牲环境谋求经济发展和舒适生活,以及被动地进行保护和防治污染的消极后果,在百年之后给子孙留下的将是一个不再适合生存和发展的地球。可持续发展就是"满足当代人的需求,又不损害子孙后代满足其需求能力的发展"。可持续发展强调自然资源在本代人与后代之间、国家和地区之间的公平分配,强调人类的经济和社会发展不能超越资源与环境承载能力,强调全人类采取联合行动。针对传统的高消耗和先污染后治理的发展模式和铺张浪费的消费方式,根据可持续发展思想,各级政府要制订资源永续利用,社会、经济健康发展,生态环境良性循环的环境与发展战略,要合理开发利用自然资源,依托技术进步和科学管理,发展低污染、低消耗、高产出的产业,要提高人们的环境意识,要加强环境保护,重点是要防止污染,以达到经济建设、社会建设和环境建设的全面协调发展。除此之外,世界各国还成立了各种旨在保护地球保护环境和促进生命存在和发展的各类或政府或民间的团体或组织①。

保护人类的生存环境,实施可持续发展战略已经成为国际社会"和平与发展"永恒主题的主要内容之一。英国生态批评先锋人物乔纳森·贝特在其《大地之歌》第二章《自然的境遇》一开始就描述了这样令人不得不反思的境况:"公元第三个千年刚刚开始,大自然已经充溢着危机。大难临头前的祈祷竟然如此惊人相似。来自太阳的热量被大量使用矿物燃料所产生的二氧化碳所限制,致使全球变暖。冰川和冻土在融化,海平面在上升,降雨模式不断改

---

① See: William F. Jasper, etc. : *The United Nations Exposed*, John Birch Society, April 7, 2001; Linda Fasulo: *An Insider's Guide to the UN*, Yale University Press, November 1, 2003; Stanley Meisler: *United Nations: The First Fifty Years*, Atlantic Monthly Press, March 1, 1997; Thomas G. Weiss: *United Nations and Changing World Politics*, Westview Press; 4th edition, February 1, 2004.

变,暴风越来越凶猛。同时,海洋被过度捕捞,沙漠迅速扩展,森林覆盖率急剧下降,淡水匮乏。星球上的物种正在灭绝。我们生存在一个无法逃避有毒废弃物、酸雨和各种导致内分泌紊乱的有害化学物质的世界——这些物质影响着性激素的正常功能,并促使雄性鱼鸟变性。城市的空气充溢着二氧化氮、二氧化硫、苯、二氧化碳等混合污染物。在高效率的农业经济背后,地表土的天然功能已被彻底破坏,致使谷物的生长不得不完全依赖化肥。喂养牲畜的饲料由死掉的家禽制成,导致中枢神经崩溃的"疯牛病",然后又传播给人类。"此后,他说道:"在如此变化了的情景之下,我们必然再次提出那个老问题:我们究竟从哪里开始走错了路? 是在杀虫剂和如同后战争(post—war)一样的农业工厂,还是在汽车的出现? 是在消费主义,资本主义和有组织社会的消失,还是在工业革命和集约化生产? 我们在哪里确定造成后来这些现象的根源。经济历史学家似乎在花费大量精力试图改变工业革命和农业革命的历史时期,或者试图证明这些都从来没有发生过。"[1]这位在莎士比亚和华兹华斯研究方面成就卓著并享有世界盛誉的著名的生态文学研究者,其实是在向西方社会和整个人类发出呼吁和倡导:文学家和文学研究者都应当直面生态危机和人类生存的危机,担负起自己的使命,投身于生态文学、生态批评和生态美学的研究当中。这段话在批评有些经济历史学家保守意识的同时,清楚地显示了生态文学、生态批评、生态理论或生态美学的重要性、必然性和紧迫性[2]。

事实上,从以上概括、分析和描述来看,中国的生态理论(包括生态美学理论)起步已经大大落后于西方,何况,即使在西方,关于

---

[1] Jonathan Bate:*The Song of the Earth*,pp. 24—25,Picador, 2000.

[2] 参见王诺《欧美生态文学》第 236 页,北京大学出版社 2003 年。

生态文学、生态批评和生态美学理论的研究已经大大滞后于其他学科的生态研究。生态文学发展的渊源和线索，就证明了这一点。另外，我对美学作为艺术哲学或文艺理论的研究对象一贯持这样的看法，即美学要研究文学创作的历史——文学史，美学应研究不同的批评方法，并应用这些方法从事文学评论或批评，美学又需要自己的本体论和价值体系。正是文学史、文学批评和文学理论组成了一个美学系统，对于生态美学也是如此。这样，以本书的篇幅，不可能对国内外整个生态文学创作的历史进行详细的描述，而且，对于生态文学和生态批评、生态美学的概念也有待于在以后的文字中加以澄清①。作为国内生态批评和生态美学建构领军人物的王诺教授曾在其《欧美生态文学》中，就直接涉及到文学的生态作品或生态活动提供较为详尽的索引和重要资料，现取其要者作一大致回顾。在这里，我对生态文学和生态批评、生态美学仍按我个人的理解作了明确区分②。

生态批评出现在 20 世纪 70 年代。1974 年，美国学者约瑟夫·密克（Joseph W. Meeker）出版专著《生存的悲剧：文学的生态学研究》（*The Comedy of Survival*：*Literary Ecology and a Play Ethic*），提出"文学的生态学"（Literary Ecology）这一术语，主张批评应当探讨文学所揭示的"人类与其他物种之间的关系"，要"细致并真诚地审视和发掘文学对人类行为和自然环境的影响"。作者还尝试从生态学的角度批评古希腊戏剧、但丁、莎士比亚以及某些当代文学

---

① 比如，曾繁仁教授认为生态美学也可称为生态批评；王诺教授认为生态批评应指生态思想贯穿其中的所有文学活动。参见曾繁仁《生态存在论美学论稿》第 4 页，王诺《欧美生态文学》第 236 页。

② 前面有所论及的这里不加详述。至于与生态思想具有极大关联的其他作品、艺术品或图书，也有人统统列入文学作品，这亦无可厚非，所有的作品事实上都可以作为文学作品并作文学阐释，基督教经典《圣经》可以为例。

作品①。同年,另一位美国学者卡尔·克洛伯(Karl Kroeber)在对西方理论界影响很大的学术刊物《美国现代语言学会会刊》(*Publications of the Modern Language Association of America*,PMLA)上发表文章,将"生态学"(ecology)和"生态的"(ecological)概念引入文学批评领域。卡尔·克洛伯后来还出版了专著《生态文学批评》(*Ecological Literary Criticism*),提倡"生态学的文学批评"(ecological literary criticism)或"生态学取向的批评"(ecological oriented criticism),对生态批评的特征、产生原因、批评标准、目的使命等主要问题进行了论述②。

1978年,鲁克尔特在《衣阿华评论》当年冬季号上发表题为《文学与生态学:一次生态批评实验》的文章,首次使用了"生态批评"(ecocriticism)一词,明矽提倡"将文学与生态学结合起来",强调批评家"必须具有生态学视野",认为文艺理论家应当"构建出一个生态诗学体系"③。

1985年,现代语言学会出版了弗莱德里克·威奇编写的《环境文学教学:材料、方法和文献资源》。这本书对激发美国教授们开设有关生态文学的课程并进行该领域的研究,发挥了重大作用。

1991年,时为英国利物浦大学教授的乔纳森·贝特出版了他从生态学角度研究浪漫主义文学的专著《浪漫主义的生态学》。在这部书里,贝特也使用了生态批评这个术语,他称之为"文学的生态

① Joseph W. Meeker：*The Comedy of Survival：Literary Ecology and a Play Ethic*, pp. 6—7, University of Arizona Press；3rd edition, September 1, 1997.

② See：Karl Kroeber：*Ecological Literary Criticism*, Columbia University Press, November 15, 1994；Peter Barry：*Beginning Theory：An Introduction to Literary and Cultural Theory*, Manchester University Press；2nd edition, September 7, 2002.

③ See：Cheryll Glotfelty, Harold Fromm：*The Ecocriticism Reader：Landmarks in Literary Ecology*, University of Georgia Press, May 1, 1996.

批评"(Literary Ecocriticism)①。有学者认为,这一著作的问世,标志着英国生态批评的开端②。同年,现代语言学会举行研讨会,议题为"生态批评:文学研究的绿色化"。

1992 年,"文学与环境研究会"(The Association for the Study of Literature & Environment, ASLE)在美国内华达大学成立。ASLE 是一个国际性的生态批评学术组织,在世界各国有会员千余人,在英国、日本等国还有分会。它每两年举行一次年会,1999 年和 2001年的年会都有数百名来自世界各地的学者参加,规模盛大。此外ASLE 还经常举行小型研讨会,出版会刊,介绍最新的生态批评成果,发布"学术讨论问题清单"(The ASLE Discussion List)。

1995 年 6 月,ASLE 首次学术研讨会在科罗拉多大学召开,会议收到了两百多篇学术论文。同年,第一家生态批评刊物《文学与环境跨学科研究》出版发行。人们一般把 ASLE 的这次大会看作生态批评倾向或潮流形成的标志。同年,哈佛大学英文系的布伊尔教授出版了他的专著《环境的想像:梭罗、自然文学和美国文化的构成》。他以生态尺度重审美国文学和美国文化,写出了这部被誉为"生态批评里程碑"的著作。

1996 年,第一本生态批评论文集《生态批评读本》由格罗特费尔蒂和弗罗姆主编出版。这一著作被公认为生态批评入门的首选文献。全书分成三个部分,分别讨论生态学及生态文学理论、文学的生态批评和生态文学的批评。书后还列举并简介了截止 1995年底最重要的生态批评专著和论文。格罗特费尔蒂女士是美国第

---

① Jonathan Bate: *Romantic Ecology*: *Wordsworth and the Environmental Tradition*, p. 11, Routledge; July 1, 1991.

② R. Kerridge & N. Sammells (ed.): *Writing the Environment*: *Ecocriticism and Literature*, p. 9, Zed Books Ltd., 1998.

一个获得"文学与环境教授"头衔的学者。这位内华达大学教授从事生态批评长达 20 年之久,是"文学与环境研究会"的发起人之一和前任会长、现任执行秘书长,也是《文学与环境跨学科研究》的创办人之一。

1998 年,由英国批评家克里治和塞梅尔斯主编的生态批评论文集《书写环境:生态批评和文学》在伦敦出版。这是英国的第一本生态批评论文集。它分生态批评理论、生态批评的历史和当代生态文学三大部分。理查德·克里治在论文集的前言里说,生态批评是"一门新的环境主义文化批评"。"生态批评要探讨文学里的环境观念和环境表现" ①。同年,ASLE 第一次大会的会议论文集也正式出版,书名为《阅读大地:文学与环境研究的新走向》。

美国批评家斯莱梅克曾这样惊叹生态批评如此迅速地成为当今文学研究的显学:"从八九十年代开始,环境文学和生态批评逐渐成为一种全球性的文学现象。'生态文'(ecolist)和'生态批'(ecocrit)这两个新词根在期刊、学术出版物、学术会议、学术项目以及无数的专题研究、论文里大量出现,有如洪水泛滥。"

印第安纳大学教授、著名批评家默菲认为,国际化或全球化,是生态批评近年来发展的突出特点。为充分展现这个特点,默菲主编出版了一部大型论文集,即 1998 年面世的包含了五大洲数十个国家生态批评论文的《自然文学:一部国际性的资料汇编》。默菲说,"生态批评的发展需要对世界范围的表现自然的文学进行国际性的透视",而他主编的这部论文集"就是在这一方向迈出的第

---

① R. Kerridge & N. Sammells (ed.) : *Writing the Environment : Ecocriticism and Literature* , p. 5.

一步"。①

默菲还以生态文学研究和生态批评权威人士的口气对他的美国同行要求道:"当然不必每个人都成为生态批评家,但在'现代语言学会'会员占有职位的所有院系,都应当把生态批评包括到所开设的课程里,即使是仅仅为了满足本科生和研究生的兴趣和需要也要这样做。"②

实际情况也正是这样。近十年来,美国大学里有关生态文学或文学与环境的课程戏剧性地猛增。例如,布伊尔的那本广为学界引用的生态批评专著,就是在他为哈佛学生开设的"美国文学与美国环境"课程讲义的基础上写成的。在耶鲁,英文系从本科一年级到研究生阶段,都有相关的生态文学课程供学生选修。该系前系主任彼得森教授说,学生对生态文学的兴趣越来越浓,许多研究生把博士论文选题定在文学与自然这一生态批评领域。③ 内华达大学是全美生态文学研究和教学的中心。在那里,云集着一大批以生态文学为专业的教授、访问学者和博士生。弗吉尼亚大学、亚利桑那大学、佐治亚大学、俄勒冈大学、犹他大学和威斯康星大学都是生态批评的重镇。

1999 年夏季的《新文学史》是生态批评专号,共发表 10 篇专论生态批评的文章,其中包括菲利普·达纳的《生态批评、文学理论和生态学真谛》,贝特的《文学与环境》和布伊尔的《生态的起义》,后者将生态批评的崛起比喻成在生态危机的时代里批评家对传统文化声势浩大的造反或起义。同年 10 月,更具权威性的学术刊物

① See: Patrick D. Murphy (ed.): *Literature of Nature: An International Sourcebook*, Fitzroy Dearborn Publisher, 1998.

② Patrick D. Murphy: *Ecocriticism (A Letter)*, PMLA, 114.5, Oct. 1999.

③ Steve Grant: *Finding Nature in Literature*, The Hartford Courant 16, Dec. 1998.

《现代语言学会会刊》也开辟了一个特别论坛,向数十位一流学者征文,专门讨论生态批评。在这一期会刊上发表了14位著名批评家(包括布伊尔、默菲和斯洛维克)的文章。

2000年6月在爱尔兰科克大学举行了多学科国际学术研讨会,议题是"环境的价值"。同年10月,在台湾淡江大学举行了为期两周的国际生态批评讨论会,议题是"生态话语"。会上,英国利兹大学的吉福德教授向各国学者呼吁:"把生态批评引入大学课堂。"

2000年出版的生态批评著作主要有默菲教授主编的论文集《自然取向的文学研究之广阔领域》,托尔梅奇等主编的《生态批评新论集》,贝特的《大地之歌》等。与9年前的那部著作不同,贝特的这部生态批评专著将批评视野从浪漫主义文学扩大至从古希腊到20世纪的整个西方文学,而且深入到对生态批评理论的探讨。

进入新千年后,生态批评更加迅猛而深入地发展。2001年,布伊尔出版了新著《为危险的世界写作:美国及其他国家的文学、文化与环境》。麦泽尔主编出版了《生态批评的世纪》,对生态批评进行了全面的回顾和总结。作同样回顾与总结的还有ASLE的第四届年会(同年6月在北亚利桑那大学举行)。

2002年年初,弗吉尼亚大学出版社隆重推出第一套生态批评丛书:"生态批评探索丛书"。著名的文学研究刊物《跨学科文学研究》连续推出两期有关生态批评的特辑——"生态诗学"(第3期)和"生态文学批评"(第4期),后者由ASLE现任副会长马歇尔教授撰写序论——《文学批评的生态思想》。

生态批评的未来发展将会怎样?2001年5月12日的英国《卫报》上有一篇影响很大的文章——《在绿色团队里》——对此做出了回答。作者詹姆斯·霍普金侧重分析了"生态批评之波是如何波及整个文学界的",并断言:结合了社会批评、女性主义批评和后殖民批评的生态批评必将成为文学批评的主流①。

以上是国外有关生态文学研究的大致情况,我们从中可以看出生态批评的发展脉络。关于国外生态文学创作,我们在前文已经有所提及,王诺教授曾在 2004 年 9 月 4 日的《厦门日报》撰文重点介绍几位对生态美学建设具有划时代意义的作者和他们的作品,这些作品在生态文学创作领域被称为"绿色经典",在英语世界出版时均引起极大轰动,近来都有了中译本。

亨利·大卫·索罗在《瓦尔登湖》里对追求物质享受的美国式生存方式提出了严厉批判:"全是物质性和表面上的改进,全是不实用和过度发展的建构,到处乱糟糟地堆满各种设备,被自己设置的种种障碍绊倒,毁于奢侈华贵和愚蠢的挥霍。"他进而提出一个非常重要的生态观念:简单化生活。他反复呼吁:"简单,简单……简单些吧,再简单些吧!""如果我们愿意生活得简单而明智,那么,生存在这个地球上就非但不是苦事而且还是一种乐事","寂寞将不再是寂寞,贫困将不再是贫困"。他质问:"我们为什么要生活得这样匆忙,这样浪费生命呢?"我们为什么不能把我们的生活变得"与大自然同样简单呢"②?

奥尔多·利奥波德的《沙乡年鉴》最大的贡献在于首次提出了生态整体观及其判断标准,他主张从生态整体利益的高度"去检验每一个问题",去衡量每一种影响生态系统的思想、行为和发展策略:"有助于保护生物共同体的和谐、稳定和美丽的时候,它就是正确的;当它走向反面时,就是错误的。"生态危机使越来越多的人认

---

① 以上资料除脚注注明之外,均引自王诺《欧美生态文学》第 17—21 页,北京大学出版社 2003 年。属引用部分的,有关作者的外文名、外文书名未注出。

② See: Henry David Thoreau: *Walden*, Houghton Mifflin; September 19, 1995.

识到,人类的思想、行为、政策、发展和制度还必须接受自然规律的评判和检验①。

雷切尔·卡逊的《寂静的春天》是一部划时代的作品,它"改变了历史进程","扭转了人类思想的方向",使生态思想深入人心,直接推动了世界范围的生态思潮和环保运动的发生和发展,"引发了世界范围的发展战略、环境政策、公共政策的修正"和"环境革命"。卡逊深刻地指出:"我们总是狂妄地大谈特谈征服自然。我们还没有成熟到懂得我们只是巨大的宇宙中的一个小小的部分。人类对自然的态度在今天显得尤为关键,就是因为现代人已经具有了能够彻底改变和完全摧毁自然的、决定着整个星球之命运的能力。"人类能力的急剧膨胀,"是我们的不幸,而且很可能是我们的悲剧。因为这种巨大的能力不仅没有受到理性和智慧的约束,而且还以不负责任为其标志。征服自然的最终代价就是埋葬自己"②。

爱德华·阿比(Edward Abbey)在《沙漠孤独》(Desert Solitaire)里激烈地批判了超越自然承载力的"唯发展主义",即"为发展而发展"。他斩钉截铁地下了一个断言:"为发展而发展是癌细胞的疯狂裂变和扩散","一个只求扩张或者只求超越极限的经济体制是绝对错误的"。阿比的这个断言值得我们认真思考:我们需要什么样的发展? 人的解放和人的发展是否等同于经济和物质的发展? 经济发展是否必须以确保生态平衡的可持续存在、自然环境的逐渐改善和确保后代人的基本生存条件为不可逾越的根本前提?③

---

① See: Aldo Leopold: *Sand County Almanac* (*Outdoor Essays & Reflections*), Ballantine Books; Reissue edition, December 12, 1986.

② See: Rachel Carson: *Silent Spring*, Mariner Books; 40th edition, October 22, 2002.

③ See: Edward Abbey: *Desert Solitaire*, Ballantine Books; Reissue edition, January 12, 1985.

这几位美国生态作家的作品大都以能最直接抒发情感的散文形式出现，引起了人们的极大关注。对我们的生态美学建设来说，这些绿色经典最主要的价值是其中蕴含的亟待美学研究的生态意识。其中卡逊的《寂静的春天》被曾繁仁教授称为生态美学产生的标志性作品，并倾注大量笔墨对这部作品予以极高评价①。除艾德华·阿比的《沙漠孤独》之外，本书在前面的论述中均程度不同地有所涉及，再次介绍他们的主要目的也是为进一步强调生态美学的现实可能性，使生态美学真正担负起确立生态意识，实现美学新思路新方向转移的历史使命。

生态美学思想是在人类和整个地球的生存危机这个大背景下产生的，是人类对防止和减轻环境灾难的迫切需要在思想文化领域里的表现，是在具有社会和自然使命感的批评家、作家和美学家对拯救地球生态的强烈责任心驱使下出现的。只要这个星球的生态危机一天得不到有效的缓解和消除，生态美学就有一天存在的理由。有必要在这里再次重申的是，生态文学、生态批评或关于生态的其他文本不能等同于生态美学。在我看来，生态文学（包括小说、报告文学和散文、杂文，甚至一些调查报告）是生态美学研究的重要对象之一，是整体生态思想重要的生态资源，生态批评是运用生态美学理论或观念针对生态文学创作所进行的评论和批评，是生态美学的实践内容之一。当然，还应注意到，有的生态文学创作本身也带有评论和批评的性质，但真正意义上的生态批评还是应该界定在我们传统文艺理论和美学的框架之内②。而生态美学则正是研究生态文学创作并被生态批评所运用的美学理论或观念，

---

① 曾繁仁《生态存在论美学论稿》第 3 页。
② 参见姚文放著《文学理论》，江苏教育出版社 1996 年；《美学文艺学本体论》，社会科学文献出版社 2002 年；姚文放主编《文学概论》，南京大学出版社 2000 年。

兴许我们可以称之为生态美学思想,生态美学的世界观和价值观,它更多是在哲学层面上言说的。

经过 30 余年艰苦的开创和发展过程,目前,人们的生态意识已经基本确立,同时无论是生态文学还是生态批评也都取得了巨大成就,经过我国许多学者的努力,生态美学的观念在我国学术界也越来越深入人心,但是,美学作为艺术哲学或文艺学体系的创立和构造只能说才刚刚起步,使生态美学成为具有涵盖基本内容和研究对象(生态文学创作丰富之后的生态文学史)、生态批评实践,并总结出生态文艺理论的美学体系,仍需美学界共同努力,而生态美学的使命正是通过这样的努力,从思想根源上找回我们失去的美,找回我们失去的乐园。

大 地 之 歌

　　人类在经历了艰难、创伤、痛苦和生存危机之后,痛定思痛,重新反思了自身的行为,审视和修正了哲学理念、价值观念中慢待自然、舍弃自然的成分。随之,拯救地球生命、重焕自然生机的新历程开始了。大地母亲看到希望,破涕为笑,放声歌咏。

地球是生命的摇篮,为生命的繁衍和生物的进化提供了先决条件,大地的哀鸣和呻吟之声,世界环境与自然的恶劣状况,引起广大有识之士的普遍关注。人类在欢庆征服大自然胜利的时候却发现自然生态与人类生态的惊人退化,发现这个技术发达、经济腾飞的工业化时代,是一个生态与文明不协调的时代。人类开始深刻反思和重新认识自己在宇宙中的位置,反省自己的所作所为,变征服自然为学习如何保护自然,如何保持同大自然的平衡、协调;开始从各个角度关注人与自然、人与生物、人与人、人与未来的共生问题。由此,政治、经济、社会、人文等各个领域,自然科学与人文社会科学等多种学科联手努力,共同拯救这破碎的山河,拯救人类思想的迷茫和失落,重建人类同自然生物和谐、共生,与大自然平衡、协调的美好家园。生态意识开始深入人心,生态思想越来越受到重视,生态美学和其他各门生态学科的建立,使大地看到了希望,纵声歌咏。

一 生态美学的外部研究

生态美学研究所处的整体环境与其他生态研究学科——如生态哲学、生态人类学、生态经济学、生态社会学、生态神学、生态心理学、生态伦理学、生态法学,等等——是一样的,它们在哲学观念、价值原则甚至研究领域、范围和方法上都有某种共通性或共同点，都涉及人与自然、生物与环境以及整个大的生态或整体生命状态、生存状态的关系，但是，从生态美学自身来讲它又有特殊性和规定性，具体着眼于它的"周围"环境，我们还应当研究其与上述并行学科或门类的关系，并从中汲取对自身建设有益、有启发性的东西，以丰富和完善自己的思想体系。马克思主义对生态学的态度以及马克思本人与生态学的关系在西方马克思研究中也曾有轰轰烈烈的争论，研究从生态学马克思主义到马克思的生态学的发展历程，对生态美学建设当然是非常有益的。本部分以此立意为出发点而逐步展开。

（一）从生态学马克思主义到马克思的生态学

在经历了 80 多年的风风雨雨之后，西方马克思主义从上个世纪中后期开始朝着多元化方向发展，在这种多元状态中，生态学马克思主义、分析马克思主义、后现代马克思主义、后马克思主义等思潮，都是对当代世界最有影响的西方马克思主义思潮。其中，生态学马克思主义是随着 20 世纪六七十年代现代生态学的兴起和现代工业社会对自然环境的破坏以及生态危机的出现而产生的。这时，西方马克思主义者也和其他思想领域的学者一样，开始把注意力转向生态学，在坚持马克思主义对资本主义固有矛盾进行揭露和批判的同时，开始用马克思主义的观点分析生态危机，探讨解决生态危机的途径，并试图用生态学观点对马克思主义进行补充、重建和超越。随后，重新认识马克思恩格斯关于人与人、人与自然关系的论述，重新诠释马克思与生态学的关系，也就必然成为西方马克思主义研究的重要一元。这种认识和诠释主要经历了三个阶段,即从生态学马克思主义发展到生态社会主义,然后到今天的马克思的生态学。西方马克思主义在马克思与生态学关系研究中所经历的这三个主要研究阶段,在丰富马克思主义的同时,对我国当代马克思主义生态哲学、生态社会学和生态美学的研究产生了重要影响。

1. 关于生态学马克思主义

启蒙运动以来的现代性精神成就了现代文明的辉煌成就,但同时它又是一把双刃剑,其过度膨胀也是造成当前危机的根本原因。近代以来,伴随文明发展而来的,是物质与精神、富人与穷人、工业文明与农业文明、发达国家与第三世界等方面的严重对立,而其中最根本的,则是人与自然以及人与人之间的对抗。尤其是伴随科学革命和启蒙运动而来的人类主体意识与欲望的过度膨胀,人的主观能动性的急剧扩大,对人类理性的盲目自信,在造就辉煌成就的同时,也扩张了人的破坏性并铸成灾祸。因而,许多看似自然现象的灾害,其背后隐含的却是人类活动的影响,地球生态环境所出现的各种危机,无可否认地与人的哲学观念和思想意识相关联。在重新检视、分析和疗救人类精神危机的过程中,最早把马克思主义与生态学联系在一起,并用马克思主义的思想观点分析资本主义深刻的生态危机根源的,当属西方马克思主义重要阵营——法兰克福学派的几位第一代理论家和代表人物,即:霍克海默(Max Horkheimer)、阿尔多诺(Theodor Ardono)和马尔库塞(Herbert Marcuse)。随后,经过北美学者莱斯(William Leiss)和阿格尔(Ben Agger),以及法国学者高兹(André Gorz)等人的承继和发展,最终确立了生态学马克思主义(Ecological Marxism)。

生态学马克思主义继承了西方资本主义批判的传统。19世纪马克思对资本主义进行了政治经济批判,法兰克福学派在20世纪运用马克思主义社会批判理论对现实资本主义进行了批判,并将这种批判发展成文化价值批判。他们在20世纪40年代,就已提出启蒙时代以来的理性对传统、神话和迷信的取代必然导致人类自我重要性的日益膨胀和对自然征服要求的无限扩张。所以,他们主张发起一场"自然的复兴"运动,要求实现社会与自然之间关系的和解,并把自然再次看作是有目的、有意义和有价值的。尽管法兰克福学派的本意"是探索工业社会条件下的人类自由与解放而不是讨论生态破坏的根源和自然的意义问题"①,但是,法兰克福学派的几位代表人物毕竟首先运用马克思主义的批判理论,并把生态问题纳入了西方马克思主义的视野,实现了马克思主义与生态学理论的"嫁接",为后来生态学马克思主义和生态社会主义的形成和发展奠定了基础,开辟了道路。

处于自由竞争资本主义阶段的马克思认为:科学技术和生产力的发展是人类控制自然、最终从自然的必然统治下解放的惟一途径,而且,资本主义社会中以追求利润最大化的扩大再生产将会因为工人阶级的极端贫困化而中断,导致资本主义随之解体。法兰克福学派的代表人物主要处于垄断资本主义阶段,他们并没有看到马克思所预言的这两种结果,因此对马克思主义的逻辑过程和科学技术的作用产生了怀疑和争论。霍克海默和阿尔多诺在其合著的《启蒙的辩证法》(*Dialectic of Enlightenment*: *Philosophical Fragments*)中,阐述了科学技术的进步实现了人类从自然界中的分离和人类对自然界的统治和支配,但是科学进步也进一步加深了人类社会中的劳动异化,使资本主义专制统治工具更加完善,他们表现出一定的技术悲观主义。霍克海默认为,"经济和社会的力量

---

① 郇庆治《绿色乌托邦——生态主义的社会哲学》第63页,泰山出版社1998年。

呈现出盲目的自然力的特征,人类为了保护自己,必须通过适应它们而处于支配地位。这个过程的最终结果,一方面我们拥有了私心,只想把天上和地上的一切变为生存手段的抽象的利己主义,另一方面我们拥有了一个退化到仅仅作为受支配的物质、材料的空虚的自然界,除了这种支配之外,没有任何其他目的"①。马尔库塞虽然也不同程度地表现出技术悲观主义,但是他更多地强调"技术的资本主义使用"。在1964年于波士顿出版的《单向度的人》(One – Dimensional Man)中,马尔库塞认为技术虽然是造成资本主义"单向度"的主要原因,但是自动化的科学技术可以消除人类劳动的异化,为人类自身的解放和自由创造条件,因此,必须改变技术的资本主义使用方式和目的,使技术从以营利为目的资本主义生产方式中解脱出来,同时,必须改变现存技术的存在形式,使其从资本主义的"技术合理性"转变到满足人类基本需要和激发人类潜力的"后技术合理性"。1972年也是在波士顿,出版了他的《反革命与造反》(Counterrevolution & Revolt),马尔库塞在这部著作中对资本主义的生态危机作了进一步的阐述。他认为,资产阶级贪婪的本性不仅使资产阶级通过高生产高消费疯狂地剥削和掠夺无产阶级,在追求利润最大化的过程中,资产阶级还利用技术理性使大自然屈从于商业组织,迫使自然界成为商品化了的自然界,破坏了生态平衡,直接危害到人类自身的生存②。

20世纪70年代,高兹、莱斯和阿格尔继承和发展了法兰克福学派这方面的思想,初步完成和建立了生态学马克思主义。1980

---

① 转引自福斯特《生态与人类自由》,《现代外国哲学社会科学文摘》1997年第3期。
② 参见刘仁胜《法兰克福学派的生态学思想》,载《江西社会科学》2004年第10期。

年,高兹法文版的《作为政治学的生态学》(*Ecologie et politique*)在以出版此类著作闻名的波士顿出版,随后于 1989 年和 1994 年,高兹在伦敦相继出版了《经济理性批判》(*Critique of Economic Reason*)和《资本主义、社会主义、生态学》(*Capitalism, Socialism, Ecology*)。除此之外,高兹早些年还曾经在英国收获者出版社出版过《劳动分工:现代资本主义的劳动过程和阶级斗争》(*The Division of Labour: the Labour Process and Class Struggle in Modern Capitalism*)。莱斯也于 1976 年在多伦多出版过《满足的极限》(*The Limits to Satisfaction: An Essay on the Problem of Needs and Commodities*)。1993 年,重庆出版社出版莱斯《自然的控制》(*The Domination of Nature*)的中译本。阿格尔也出版过多种非常有影响的著作,其中于 1976 年被收入《批评理论集》(*On Critical Theory*)的《论幸福和被毁的生活》(*On Happiness and the Damaged Life*)和 1979 年出版的《西方马克思主义概论》(*Western Marxism: An Introduction*);经常被国内相关领域的学者所引用。他们继承了法兰克福学派的批判精神,并比较自觉地运用马克思主义的观点和方法,去分析当代生态环境及其危机问题,积极探寻解决危机的途径,提出了一些深刻的思想。从这些学者的重要著作中,我们不难解读生态学马克思主义的特点:

(1)生态学与政治学的关系。生态学马克思主义认为,在生态学与政治学之间必须建立起一种联系,以揭示生态学和生态问题所蕴含的社会意义和政治意义。只有这样,才能充分展示反对技术法西斯主义、现代资本主义的作用,由此,生态学马克思主义建立起政治生态学理论。高兹说,"生态学所要做的就是:向我们解释如何在物质生产界限中缩减而不是在物质生产中增长,合理地应付贫乏和疾病,合理地应付工业文明的梗阻和死结。它证明保护自然资源比利用自然资源,维护自然循环比干涉自然循环,更有效和更具'生产性'",不仅如此,"生态学作为一门纯粹的科学学科,它并不意味着必然要抵制独裁主义、技术法西斯主义的解决方法。对技术法西斯主义的抵制并不是产生于对自然平衡的科学的理解,而是产生于政治的和文化的选择。环境保护论者把生态学用来作为推进我们对文明社会进行激烈批判的手段"①。不过,生态学马克思主义既反对把政治生态学理解成政治学的一个分支,又反对把政治生态学理解成生态学的一个分支。因为,前者只是"狭义地"把握"生态学"原有的含义,没有给政治学增加任何新的内涵,其实质是一种"试图把资本主义从生态自我破坏的趋势中拯救出来"的"环境主义",后者则过分扩大了"生态学"对政治学的影响范围,是一种"生态主义"。因此,政治生态学,作为政治学,重视对人的剥削关系的剖析,但是作为政治生态学,它则在更广泛地对自然的盘剥这一背景下来剖析人的剥削关系。这也就是说,政治生态学不仅以对人的剥削关系的批判,而且以对盘剥自然的批判为出发点。同时,生态学马克思主义强调,这种政治生态学的观点是马克思主义的,它在很大程度上来源于马克思关于人与自然的新陈代谢的社会理论。由此生态学马克思主义建立了马克思主义的生态与政治关系。

（2）由建立生态学与政治学的关系,也就是政治生态学出发,生态学马克思主义分析了马克思主义与生态危机的关系。它认为资本主义过度生产和过度消费这两大问题,不仅加剧了人的异化,而且造成了生态危机。莱斯认为,把自然界当作商品加以控制,把控制自然当作资本主义与社会主义进行竞争的工具,是资本主义

---

① André Gorz: *Ecologie et politique*, Boston: Boston University Press, 1980, p. 18.

社会和社会主义社会普遍面临生态环境恶化的主要原因。莱斯说,"控制自然的观念起了一种意识形态的作用,这种意识形态所设定的目标是把全部自然当作满足人的永不知足的欲望的材料来占有,从而导致市场无限地扩大,最终结果是人的自我毁灭"①。在他看来,人类本身的需求与商品生产之间的关系在垄断的资本主义市场上已经变得扭曲和混乱。他继承了马尔库塞的"技术的资本主义利用"观点,提出西方的马克思主义应更多关注社会与自然之间的关系,为高度集约化的资本主义市场找到好的解决方案②。总之,生态学马克思主义认为,生态危机延缓并取代经济危机成为资本主义社会的主要危机。人类社会与自然的矛盾已经上升为资本主义社会的主要矛盾,马克思经济危机理论不得不让位于生态危机理论。

(3)需要用小规模技术取代高度集中的大规模技术,使生产过程分散化、民主化,建立稳态社会主义经济模式,寻找一条既能消除生态危机又能走向社会主义的道路。英国经济学家穆勒(John Stuart Mill)在其《政治经济学原理》(*Principles of Political Economy*)中曾提出过使经济和人稳定化的思想即"稳态经济理论",另一位英国经济学家舒马赫(Ernst Friedrich Schumacher)在其名著《小的是美好的》(*Small is Beautiful*)中也提出既能适应生态规律又能尊重人性的"民主技术"或"具有人性"的小规模技术。实际上,马克思在其早期著作中也曾提出过管理生产资料与拥有生产资料同等重要的思想。这些思想均受到生态学马克思主义的重视,因此莱斯提出了由量的标准转向质的标准,改变表达需求和满足需求的

---

① 参见威廉·莱斯《自然的控制》,重庆出版社 1996 年。

② See: William Leiss: *The Limits to Satisfaction: An Essay on the Problem of Needs and Commodities*, McGill – Queen's University Press, 1988.

方式,以建立稳态经济的解决方案。他还主张建立一个"守成社会"(the conserver society),即"把工业发达的各个国家的社会政策综合在一起的社会,其目标就是减低商品作为满足人的需要的因素,与此同时把人均使用能源及其他物质的数量降到最低限度"①。阿格尔也主张,社会主义的发展应该实行"稳态经济模式",以便控制目前无限增长的经济发展速度,将生产规模和经济发展的速度稳定下来,实现经济的零增长。只有这样,才能不断缩减和分散庞大的工业经济体系,在保护生态环境的同时充分发挥人的创造性,并使人与自然之间建立一种和谐一致的关系②。由此,生态学马克思主义不仅指出只有废除资本主义制度才能从根本上解决生态危机,而且致力于生态原则和社会主义的结合,力图超越当代资本主义与现存的社会主义模式,构建一种新型的人与自然和谐的社会主义模式。它对社会变革的现实途径和策略,以及未来社会主义的模式进行了广泛而深入的探讨。其最重要的主张就是,社会主义应该而且必然是绿色社会。反之,绿色社会的实现必须借助于社会主义制度,只有社会主义制度才能保证人与自然的和谐统一。生态学马克思主义的这些特点为其后的生态社会主义奠定了基础。

2. 关于生态社会主义

国内学者在介绍和分析马克思与生态学的关系的时候,常常把生态学马克思主义和生态社会主义看作两种并行的思潮。在我看来,把生态社会主义看作生态学马克思主义的后期发展也许更符合逻辑。实际上上文介绍的几位生态学马克思主义者后来均成

---

① William Leiss: *The Limits to Satisfaction: An Essay on the Problem of Needs and Commodities*, McGill – Queen's University Press, 1988. p. 52.

② 参见阿格尔《西方马克思主义概论》,中国人民大学出版社 1991 年。

为了生态社会主义的代表人物。不过,无论是生态学马克思主义也好,生态社会主义也好,都是西方资本主义国家绿色运动和社会主义运动交互影响的结果,它们在 20 世纪七八十年代还只是生态学马克思主义的萌芽和发展阶段,只是到了 90 年代生态学马克思主义逐步走向成熟以后才达到了它的更高阶段——生态社会主义,生态社会主义构想是对生态学马克思主义进一步系统化。生态学马克思主义联系资本主义生产方式批判资本主义生态危机,使这种批判与全球化问题结合在一起,从而具有了更广阔的视野。高兹通过分析经济理性与生态理性的对立,以及揭示经济理性与资本主义生产方式、生态理性与社会主义生产方式的内在联系,提出:"保护生态环境的最佳选择是先进的社会主义。"他还提出对现代资本主义社会进行"生态重建"的思想,即对工业社会体系进行生态现代化的变革,按照社会生态标准对生产、交换、消费进行彻底的改造,使一切均受到社会生态标准约束并进行生态的改造。他的"生态重建"思想的核心是:"生产率和利润率最大化的经济标准服从于社会的生态标准。"①到了 20 世纪 90 年代以后,多数生态学马克思主义者放弃了稳态经济的主张,而强调经济以满足人的需要为目的的适度增长,他们还反对生态中心主义,甚至提出"重返人类中心主义"的口号。

西方资本主义国家大规模的绿色运动开始于上世纪 60 年代初,特别是 1962 年卡逊的《寂静的春天》问世,70 年代初,罗马俱乐部《增长的极限》等一系列报告的发表,激起了全球性的环境研究和绿色生态运动的热潮。卡逊在《寂静的春天》中揭示了动植物之间的相互联系及其与自然环境相互关联的方式,揭露了由于人类

---

① André Gorz: *Capitalism*, *Socialism*, *Ecology*, Translated by Chris Turner, Verso, p. 22,1994.

滥用农药和化学制剂给人类自身带来的无可挽回的生态灾难,呼吁人类从征服自然的恶性循环中走出来。《增长的极限》则指出,如果不改变现行工业国家生产方式,世界人口和经济将发生突然和无法控制的崩溃,指出当今全球环境恶化的根源是"经济的无限增长"。1970年4月5日,美国爆发以"保护环境、保护地球"为主题的30万人大规模游行,并由此确立了世界地球日;1972年,新西兰诞生了第一个绿色政党——新西兰价值党,随后欧洲各国相继建立了自己的绿色政党…… 发生在当时的绿色运动影响着早期的生态学马克思主义,并促使生态学马克思主义与绿色生态运动相结合,走向成熟的生态社会主义。除了以上提到的生态学马克思主义的代表人物之外,早期有意识致力于把共产主义运动与绿色生态运动结合的代表人物有德国绿党理论家巴赫罗(Rudolf Bahro),代表作是《从红色到绿色》(*From Red to Green*);还有传统马克思主义的捍卫者帕森斯(Howard Parsons),早在1977年,他就编辑了《马克思、恩格斯论生态学》(*Marx and Engels on Ecology*)一书,并在绿木出版社(Greenwood Press)出版。90年代生态社会主义走向成熟后,生态社会主义学家出版了大量与此有关的著作。英国阿斯顿大学社会学家格伦德曼(Reiner Grundmann)1991年出版《马克思主义与生态学》(*Marxism and Ecology*),佩伯(David Pepper)1993年出版《生态社会主义:从深生态学到社会正义》(*Eco-Socialism: From Deep Ecology to Social Justice*),上文引用的高兹的《资本主义,社会主义,生态学》(*Capitalism, Socialism, Ecology*)也在1994年出版。佩伯在其著作中说,对自然的控制并不是生态问题的原因,生态问题主要是由对待自然的"特殊的"方式所带来的。他指出,把自然界与"好",而把技术、人类文化与"坏"联系在一起是错误的,人类完全能创造出一个比自然给予的更好的世界。只要第二自然能使人成为自己的主人,并符合美的观念,就谈不上对自然的伤害,就能实现人与自然的和谐,因为对美的追求是人与自然所共同的。他强调,资本主义存在着一种"成本外在化"的倾向,也就是说,资本主义的企业不愿意把治理环境污染的费用计入生产成本,而是想方设法地把这部分成本转嫁给社会,因此,资本主义社会不可能解决生态矛盾。他指出,消除生态危机的惟一出路就是用社会主义取代资本主义。当然,他所说的社会主义不是传统意义上的社会主义,而是生态社会主义。他进一步指出:"生态社会主义是……人道主义。它反对生物道德论和自然神秘论以及由它们所导致的任何可能的反人道主义的体制。它强调人类精神的重要性,强调这种人类精神的满足依赖于与其他自然物的非物质性的交往。"①在佩伯看来,只要改变现行的社会经济制度,人就能按照理性的方式合理地、有计划地利用自然资源,满足人类有限而又丰富多彩的物质需要。在这种人与自然的新模式中,人又处于了中心位置,自然是人的可爱的家园,人与自然之间是一种和谐的关系。总之,这些生态社会主义学家在吸收世界绿色运动的生态学、社会责任、基层民主和非暴力等基本原则的基础上,以马克思主义的人与自然的辩证观点为指导,提出抛弃资本主义的人类中心主义和技术中心主义,将生态危机的根源归结为资本主义制度本身,更加深刻地批判了资本主义的经济制度和生产方式,提出重返"社会主义人类中心"的口号,认为只有社会主义才能消除生态危机,极其深刻而明确地提出生态社会主义的主张,形成了系统的生态社会主义的思想体系,进一步丰富了对马克思与生态学关系的研究,并预示着这一研究的进一步深入。

---

① See：David Pepper：*Eco - Socialism：From Deep Ecology to Social Justice*，Routledge，1993.

通过分析生态社会主义,我们发现尽管生态社会主义在不同时期的不同代表人物之间存在各有不同的观点,但是,生态社会主义在总体上仍具有一些共同特征,特别是在对生态危机的性质、产生生态危机的根源、克服生态危机的手段、策略以及生态运动发展的未来前景等问题上,西方生态社会主义理论家有许多大致相同的看法,由此我们也不难总结出生态社会主义作为发展了的生态学马克思主义所具备的特征:(一)关于生态危机的性质。生态社会主义认为生态危机不是生态主义者所承认的一般环境危机,而是全球危机。(二)关于生态危机的根源。生态社会主义不同意生态主义者把危机的根本原因归结到以信息、网络、基因等高技术为代表的新生产力,更认为资本主义制度是全球生态危机的根源。(三)关于解救全球生态危机的手段和方式。生态社会主义接过生态主义的口号,也打出了非暴力原则、基层民主的旗帜。(四)关于左派战胜全球生态危机应采取的策略。生态社会主义已从早期对绿党的总体拒斥,转向谋求与"绿色绿党"即生态主义者结盟。(五)关于摆脱全球生态危机的道路与未来前景。生态社会主义提出走生态社会主义现代化的道路,建立一个生态和谐、社会公正的未来社会。20世纪90年代后,特别是进入21世纪,生态社会主义也有了新的发展。当代社会发展的新状况,促使西方的马克思主义者、社会主义者和左翼人士面临重新探讨社会主义命运与未来的艰巨任务,他们纷纷把目光投向具有更大政治空间和更广泛的社会基础的绿色生态运动,从而为"生态社会主义"的发展展示了新的前景。

3. 关于马克思的生态学

生态学的思想受到了政治、经济、文化和社会生活各个领域的高度重视,受到各界人士和普通民众的普遍关注,当然也受到西方马克思主义的高度重视。显然，无论是生态学马克思主义，还是生态社会主义，在其构建过程中都必然与马克思本人联系起来，西方马克思主义的代表人物的著作都毫无例外地涉及到马克思，上文我们列举的代表作本身就很能说明这一点。但是，在对马克思本人是不是一位生态学家的问题上，此前却存在着两种截然不同的意见。里希特海姆(George Lichtheim)在其 1961 年出版的颇具影响力的《马克思主义：历史的和批判的研究》(*Marxism: An Historical and Critical Study*)中就曾说，"对于早年的马克思来说，人化自然是理解历史的惟一关于自然的概念……马克思巧妙地把自然本身(不是人化自然)撇开了"①。纽约《月评》(*Monthly Review*)特约编辑，美国俄勒冈大学福斯特(John Bellamy Foster)教授于 2000 年出版了《马克思的生态学——唯物主义与自然》(*Marx's Ecology: Materialism and Nature*)，他在提出"马克思的生态学"概念的同时，尖锐地批驳了里希特海姆的这一看法。福斯特曾经著有《脆弱的星球》(*The Vulnerable Planet*)，《利益的渴望》(*Hungry for Profit*)以及《对抗资本主义的生态学》(*Ecology Against Capitalism*)等生态社会学著作。他在 2002 年于伦敦举行的马克思主义年会上的发言《历史视野中马克思的生态学》(*Marx's ecology in historical perspective*)一开始就说，尽管里希特海姆本人不是一个马克思主义者，但他的上述观点"却与当时的西方马克思主义者如出一辙。当然，这样的观点在今天会被多数的社会主义者视作笑柄。在经过对马克思的科学笔记和他有关生态问题的论述进行长达数十年的研究之后，西方的社会主义者终于承认马克思本人对自然理论的关注，这倾注了他毕生的心血，但是，他们却对马克思发展了自然与社会之

---

① See: John Bellamy Foster: *Marx's ecology in historical perspective*, Issue 96 of International Socialism Journal, Published Winter 2002.

间的辩证关系提出质疑",更多的学者,包括一些生态社会主义者,却仍然否认生态环境理论在马克思著作中的重要地位,否认马克思著作"对如何理解资本主义社会的生态危机所具有的至关重要的基础性"。福斯特说:"有人甚至以马克思主要著作的写作时期核时代没有到来、还没有出现 DDT 等杀虫剂以及马克思从来没有使用过'生态学'一词为由,来否认马克思对生态思想的发展。我不赞同这种观点。因为马克思生活在由封建主义向资本主义过渡的特殊时期,他对资本主义许多问题的看法,包括社会与自然之间的辩证关系在内,都比今天左派的社会主义思想和生态学思想都更具有基础性。虽然早期的学者都没有预见到科学技术的发展会对生物圈造成如此大规模的生态伤害,但是,19 世纪和 20 世纪早期的社会主义者对资本主义与环境之间的敌对关系都有着非常清醒的认识;因此科学技术并不是造成生态危机的核心问题,核心问题在于资本主义的生产方式与自然之间的逻辑关系。就此而言,社会主义者在生态批判的每一个阶段都作出了自己独特的理论贡献,只有深入挖掘社会主义者关于生态问题的理论遗产,才能够对当今社会作出生态学和唯物主义的分析,从而彻底解决我们所面临的生态环境问题。"①福斯特从分析马克思《资本论》着手,沿着马克思的生命和理论足迹,以充分的理论根据展示了作为生态学家的马克思。福斯特惊奇地发现《资本论》中不仅闪烁着生态思想的熠熠光辉,马克思本身具有深刻的生态洞察力,而且为我们理解人与自然的关系,平息围绕生态问题的一系列论争,最终解决人类遇到的生态困惑和危机均提供了极具价值的理论参考。由此,福斯特用雄辩的事实证明了马克思本人就是一位生态学家。

---

① See:John Bellamy Foster:*Marx's ecology in historical perspective*, Issue 96 of International Socialism Journal.

在福斯特看来,《资本论》对生态观念的关注,首先表现在马克思对李比希(Justus von Liebig)的关注。李比希是德国化学家,1862 年第 7 次出版了他的《有机化学在农业和生理学中的应用》(*Organic Chemistry in its Application to Agriculture and Physiology*)一书,在再版序言中,李比希认为英国的集约农业是一种建立在化肥基础上的掠夺性农业,是违反理性原则的,并在书中对资本主义农业的掠夺性开发和扩张进行了广泛的揭露和批判。此时的马克思正居住在伦敦,正在完成《资本论》第一卷的写作,李比希对工业化资本主义农业的重要批判引起了马克思的强烈关注,除其他著作之外,马克思在《资本论》中曾多次用非常赞赏的语气提到李比希。《资本论》第一卷中,1866 年他给恩格斯写道:"我不得不研究德国新农业化学,特别是李比希和申拜因的化学,对当前的问题来讲,他们的重要性胜过所有的经济学家加在一起。"[1]他还说:"从自然科学的角度看到现代农业的消极的——比如,毁灭性的——一面,是李比希的不朽贡献之一。"[2]马克思在李比希的基础上,对资本主义农业的破坏性进行了更为全面的分析,进而在《资本论》中得出一系列关键性的生态结论:(1)资本主义在人类和地球的"新陈代谢关系"中催生出"无法修补的断裂",而地球是大自然赋予人类的永久性生产条件;(2)因此,必然要求把新陈代谢关系的"系统性恢复"看作"社会生产的固有法则";(3)但是,资本主义制度下的大规模农业和远程贸易加剧并扩展了这种新陈代谢的断裂;(4)城市的污染和排放物造成土壤养分的浪费,"伦敦 450 万人口的排泄物除了污染泰晤士河之外,再没有其他更好的用处";(5)大规模工业和机械化农业共同参与了对农业的破坏;(6)这一切均是城乡对立

---

[1] 《马克思恩格斯全集》第 31 卷第 181 页,人民出版社 1972 年。
[2] 《马克思恩格斯全集》第 23 卷第 533 页,人民出版社 1972 年。

在资本主义制度下的写照;(7)理性的农业需要独立的小农业主或者他们联合而成的大生产商自主经营,在资本主义条件下这是根本不可能的;(8)现实状况要求对人与地球之间的新陈代谢关系进行调整,走向超越资本主义制度的社会主义和共产主义①。

"新陈代谢断裂"概念是马克思对资本主义进行生态批判的核心元素。马克思在《资本论》中对"劳动进程"的定义即:"不以一切社会形式为转移的人类生存条件,是人和自然之间的新陈代谢即人类生活得以实现的永恒的自然必然性。"②由此,马克思还提到可持续发展问题,他写道:"从一个较高级的经济形态的角度来看,个别人对土地的私有权,和一个人对另一个人的私有权一样,是十分荒谬的。甚至整个社会,一个民族,以至一切同时存在的社会加在一起,都不是土地的所有者。他们只是土地的占有者,土地的利用者,并且他们必须象好家长那样,把土地改良后传给后代。"③

在马克思看来,由于资本主义制度不断地强化和加深人类和地球之间的新陈代谢断裂,因此资本主义制度不可能解决可持续发展问题。马克思说:"农业和工场手工业的原始的家庭纽带,也就是把二者的早期未发展的形式联结在一起的那种纽带,被资本主义生产方式撕断了。但资本主义生产方式同时为一种新的更高级的综合,即农业和工业在它们对立发展的形式的基础上的联合,创造了物质前提。资本主义生产使它汇集在各大中心的城市人口越来越占优势,这样一来,它一方面聚集着社会的历史动力,另一

---

① K. Marx, *Capital*, vol. 1, New York, 1976, pp. 636—639; K. Marx, *Capital*, vol. 3, New York, 1981, pp. 948—950, p. 959.

② 《资本论》第 1 卷,《马克思恩格斯全集》第 23 卷第 56 页,人民出版社 1972 年。我将这里的中文《资本论》与英文版本作了对照,认为其中 metabolic interaction 不应译成"物质变换"而应为"新陈代谢"。

③ 《资本论》第 3 卷第 874 页,人民出版社 1975 年。

方面又破坏着人和土地之间的新陈代谢,也就是使人以衣食形式消费掉的土地的组成部分不能回到土地,从而破坏土地持久肥力的永恒的自然条件。"①所以,为了获得这种新的更高级的综合,新型社会的联合生产者必须"对人与自然之间新陈代谢断裂加以理性的控制"②。

在分析人和自然之间代谢断裂(metabolic rift)的时候,马克思(包括恩格斯)并没有停留在土壤养分的循环或城乡之间的关系上,他们还通过不同的现实问题来阐明这种新陈代谢断裂,如森林砍伐、土地沙化、气候变化、鹿群消失等问题,以及物种商品化、工业污染、循环利用、煤炭耗竭、疾病扩散、人口过剩和物种进化等问题,在《资本论》中都有前后一贯、首尾一致的大量论述。

《资本论》中的生态思想具有重要意义和启示。在《资本论》中,还有很多地方表现出马克思本人的直接生态思考和生态思想,这里不再一一列举。我们知道,现代的生态学已不再仅仅是纯粹生物学意义上的生态学,它涉及人类生活的方方面面,包括生态美学在内,主要关注的是人类社会与自然关系的全面、和谐、协调发展。事实上,马克思《资本论》中所阐明的生态思想,是在伊壁鸠鲁唯物主义基础之上发展而成的自然唯物主义和历史唯物主义的思想,是现代科学与生态学融为一体的生态思想,表现了现代生态学的重要特征和理想目标。联系马克思(包括恩格斯)其他著作中的这类论述,他们的这些思考和思想在当代语境中具有着重要的意

---

① 《资本论》第1卷,《马克思恩格斯全集》第23卷第552页,人民出版社1972年。

② K. Marx, *Capital*, vol. 3, New York, 1981, p. 959. 中文《资本论》第3卷,人民出版社1975年。其中第925页仍把 metabolic interaction 译成"物质变换",整段文字是:社会化的人,联合起来的生产者,将合理地调节他们和自然之间的物质变换,把它置于他们的共同控制之下。

义,对我们当代的生态美学建设也具有重要启示。

首先是人与自然的关系。现代生态学所关注的主题之一就是人与自然之间的关系问题,而人与自然之间的关系恰恰就是马克思的唯物主义所始终关注的内容。马克思的唯物主义自然观是在总结了唯物主义的整个历史发展过程,是在与唯心主义的漫长斗争中创立的,从而确立了人是自然的组成部分而自然是人化自然的辩证思想。在历史唯物主义中,马克思把劳动作为人与自然之间进行交换的中介,而资本主义私有制条件下的劳动属于异化劳动,异化劳动造成了人和自然的异化现象;为了消灭私有制下的异化劳动,进而消灭人和自然的异化现象,马克思在《1844年经济学哲学手稿》中,第一次提出了人的"联合"和"联合产品"这个概念,对消灭资本主义私有制从而消除人和自然的异化,为建立共产主义理论起到了决定性作用。现代西方生态学中的人类中心主义与生态中心主义之争,也可以用马克思的辩证唯物主义给予合理的解释。科学的人与自然之间的辩证关系,应该是马克思所描述的:"共产主义,作为完成了自然主义,等于人道主义,而作为完成了的人道主义,等于自然主义,它是人和自然之间、人和人之间的矛盾的真正解决。"①马克思认为人的自然本质和自然的人道主义本质只为人类的联合体而存在,共产主义社会不再因为私有财产的建立和财富的积累等这些资本主义工业的推动力而异化,这是人与自然完成了本质的统一,是自然的真正复活,是人的实现了的自然主义和自然的实现了的人道主义,它应该成为现代生态学的构成原则。马克思《资本论》中这一关于人和自然关系的理论主张,可以为当今生态运动中关于人类中心主义和生态中心主义之间的争

① 《马克思恩格斯全集》第42卷第120页,人民出版社1985年。

论画上句号,从而为解决资本主义社会的生态灾难问题奠定理论基础。

其次是社会与自然的关系。马克思在《资本论》中还着力描绘了社会与自然的关系,这同样是现代生态学所关注的重点,即如何缓解自然与社会间存在的紧张关系。马克思在《资本论》第一卷通过关注李比希,运用"新陈代谢断裂"概念对社会和自然之间关系出现恶化的现象所进行的分析,实际上不失为现代意义上的生态学分析。对于自由竞争资本主义社会中的人口、土地、工业三者的关系,《资本论》也是作为一个生态系统来研究的。而且,在这种系统的研究过程中马克思的唯物主义自然观和唯物主义的历史观得以统一。其中,马克思的人口理论主要是建立在批判马尔萨斯人口论的基础之上,并以人口理论作为逻辑起点,揭示了资本主义社会中的工业对土地的剥夺造成了生态系统物质循环的断裂。马尔萨斯认为,人口过剩是由于谷物按算术级增长而人口是按几何级增长的结果;而在人口与土地的关系中,马克思首先批判了马尔萨斯的人口理论,认为:人口相对于谷物的过剩,是由于资本主义社会中土地的肥力受到人口的剥夺而无法恢复;同时,资本主义大工业迫使人口向工业城市流动,把农村土地上的肥力以谷物的方式带走,而以排泄物的形式留在城市的排泄系统中,造成人口与土地物质代谢的中断。其次,马克思进一步分析了工业资本主义财富积累的两个来源,一是自然界,特别是土地,解释了资本主义原始积累源于对土地的剥夺;二是工人阶级的劳动,说明了资本主义财富的积累主要源自于工人阶级的劳动。对劳动的剥削,形成劳动的异化以及资本主义社会贫富分化和对立,造成了社会再生产的中断,破坏了社会内部的物质循环或者代谢。最后,马克思指出,由于资本主义私人所有制的存在,最终造成了自然与社会以及社会内部新陈代谢的断裂,破坏了自然与社会组成的生态系统。马克思在分析自然与社会的代谢过程中不仅揭示了现代资本主义生态灾难的根源,最重要的是把实现共产主义作为解决生态灾难、实现可持续性发展的目标①。

再次是科学技术与生态的关系。科学技术与生态灾难的因果关系一直是当今生态运动的理论家们关注的焦点问题之一。从法兰克福学派到当代的绿色生态运动,一直有人将现代社会中的生态灾难归之于自然科学技术的发展,表现出技术悲观主义。但是,当我们回顾马克思的唯物主义传统来源,可以发现,马克思认为自然科学技术的发展最终使唯物主义战胜唯心主义,也使达尔文的《物种的起源》得以冲破千年宗教神学的束缚而成为世人尊崇的科学。同时,马克思不仅揭示了人口、土地和资本主义工业之间的生态学联系,在批判马尔萨斯关于人口几何级增长而产生相对于土地产量数学级增长的"人口过剩"理论时,马克思惟一的武器仍然是强调自然科学技术的发展同样可以是以几何级数增长的,从而可以为以几何级数增长的人口提供几何级数增长的谷物。在社会与自然的关系中,马克思强调了科学理性对于控制自然和社会之间新陈代谢得以顺利进行的重要意义。马克思在科学社会主义理论中,预言了科学技术的发展使生产力冲破资本主义生产关系的束缚,为共产主义社会的建立打下坚实的物质基础,而共产主义社会才是解决一切生态问题的最终出路②。《资本论》对此论述得非常清晰。由此我们可以说,在某种意义上,《资本论》不失为一部伟

---

① 见《资本论》第 1 卷,《马克思恩格斯全集》第 23 卷第 619—843 页,人民出版社1972 年。

② 参见刘仁胜《约翰·福斯特对马克思生态学的阐释》,载《石油大学学报(社会科学版)》2004 年第 1 期。

大的生态学杰作,马克思堪称一位卓越的生态学家。

如今,摆在我们面前的重要研究任务之一,就是探讨马克思、恩格斯著作中的环境思想和生态思想①。在今天解读马克思与生态学的关系,对我们的生态美学和生态理论建设定会大有裨益。

(二)生态学在人文学科的应用及意义

在学术界,尽管关于人文学是不是科学和什么是人文学的论争时有发生,而且在当今这个"后时代"似乎更无法得出确定的结论②。但是,毋庸置疑,近百年来,自然科学和其他学科一直或直接或间接地影响着文学和人文学。就拿文学来说,如19世纪后半期法国重要的批判现实主义作家,自然主义文学理论的主要倡导者左拉(Emile Zola)的自然主义写作和部分中国作家对社会达尔文主义(Social Darwinism)的接受③,就可以见出自然科学的方法虽然不可能代替文学批评和文学研究的特有功能和方法,却可以拓宽其批评的视野,丰富其研究的方法。关于人文学的基本内涵和路向,在这里有必要引述《基督教文化学刊》中的一段话,以说明本书是在何种意义的理解上来使用人文学概念的:"从亚里士多德区分'纯粹的知识'、'实践的知识'和'创造的知识'等知识论模式,到康德建立知、意、情的批判

---

① 张岂之《关于生态环境问题的历史思考》,载《史学集刊》2001年第3期。

② See:Dunnell, R. C.:*Science, social science and common sense:the agonizing dilemma of modern archaeology*, Journal of Anthropological Research 38:pp. 1—25,1982;*The Unhappy Marriage of Philosophy and Science and Archaeology*, Paper presented at the 11th International Congress of Anthropological and Ethnological Studies, 1983;并参见张辉《人文学还是不是科学?》,载《读书》1996年第4期。

③ 社会达尔文主义于19世纪中叶发源于欧洲,其本质就是将自然界的弱肉强食法则运用到人类社会中来,在人类社会中进行自然的强弱淘汰,它于19世纪末20世纪初在美国找到了最适宜的土壤。关于这种思想在当代中国社会的情况的讨论也很热烈。

框架,乃至哈贝马斯对操作领域与意义领域、'社会系统'与'生活世界'的判别,追寻真知、维系道德和表达情感,始终是西方人文学的三个基本路向。1960 年代美国学者组成的'人文学委员会',将'人文学'的概念限定于语言学、哲学、史学、文学、宗教学和艺术学的研究,其意蕴也大体如一。中国当然有自己的人文学传统,不过自近代以来,即使是中国的本土思想,其实也越来越多地采用西方的概念工具和理解范式。因此以上述三种路向来描述总体的人文经验,似并不为过。"①在自然科学中,生态学应属软科学,比起物理学、数学等其他自然科学来,它与人文学有着更多和更贴近的接触点,对人文学中的文学艺术研究(无论西方的理解还是中国传统的理解)来说,更是如此,恰如中国较早从事生态美学研究的曾永成教授所说,"对文艺活动的生态学审视,就是要从自然生态吸取生存智慧,以便从根本上把握文艺活动生存和发展的规律"②。特别是在国外日益兴起的深层生态学更反映了生态学的人文转向,并且已经成为欧美生态批评的思想来源之一。从近年生态学的发展来看,生态学更多地以一种思想观念、哲学意识或价值标准而广泛渗透到人文社会科学当中的,从我们上文已经涉及和下文将要举述的例子中也不难看出这一点。因此,可以说,生态研究探讨的既是人文社会科学的问题,也是自然科学的问题。传统的自然科学,就在自然科学的范围内探讨问题;传统的人文社会科学,就在社会科学的范围内探讨问题。可是,进入生态研究,这样的宏大问题、战略问题、综合问题,单纯从自然科学范围内或者单纯从人文社会科学范围内,都不可能解决问题,而需要结合自然科学和人文社会科学的视野、概念、方法和手段。这从生态思想和概念的酝酿、形成、确立的过程并不难看到,上文已有很多论述,不再

---

① 《基督教文化学刊》第 10 辑第 2 页,中国人民大学出版社 2003 年。
② 曾永成《文艺的绿色之思:文艺生态学引论》第 254 页,人民文学出版社 2000 年。

赘述。生态思想可以说是自然科学与人文社会科学相结合的思想成果。

在生态思想和生态研究实现人文学转向的过程中,国际社会和政府的力量依然发挥着重大作用,形成生态学在人文学领域中应用的外部动力,特别是全球"地球宪章"(The Earth Charter)的最后制定及其原则的实践和推进,为生态的人文学研究提供了良好的外部环境。1992 年 6 月 3 日至 14 日"地球高峰会议"之后[1],世界宗教议会(The Parliament of the World's Religions)于 1993 年发表《全球伦理宣言》(*The Declaration toward a Global Ethic*),使人们越来越多地了解到,更好的全球秩序不能仅以法律、命令、会议来勉强达到,而且需要每个人参与其中,要使正义、和平、环境保护得以实现,必须根置于对人类心灵的关注,因此,为了更好地维护全球秩序,必须建立全球伦理。为了监督各国有效执行"21 世纪议程",联合国于 1993 年成立 UNCSD 之后[2],召开 UNCSD 组织会议,决定进一步推动各国生态环境工作;1994 年成立地球宪章议会(the Earth Charter Council),开始地球宪章提议,由迈克内尔(Jim MacNeill)和路泊思(Rud Lubbers)规划地球宪章计划;1995 年 5 月于荷兰海牙(Den Haag)举办国际工作会议,30 个国家超过 70 个组织的代表与会,此后地球宪章计划秘书处成立;1997 年初来自世界各地的 23 位代表组成"地球宪章委员会"以监督地球宪章计划的实施推广;1997 年 6 月,120 个国家的代表聚会纽约,对 1992 年"地球高峰会议"的结果进行反思,得出结论:环境工作尽管在某些方面有所进步,但地球生态环境仍每况愈下;1997 年,互促委员会(the Interaction Council)为纪念"世界人权宣言"(1948 年)50 周

---

① 参见本书上编。
② 参见本书上编。

年,提出《人类责任宣言》(*A Universal Declaration of Human Respon-sibilities*),其中提出"每个人都无限宝贵,都应当受到无条件的保护。动物与自然环境也需要保护。所有的人都有责任为现有的人类和未来的后代,保护地球上的空气、水和土壤"①。2001 年 11 月 29 日至 12 月 2 日,亚太地区召开"地球宪章研讨会",研讨"地球宪章文本";2002 年,为纪念"地球高峰会议"10 周年,"地球宪章"提交联合国会议议定推广。地球宪章的序言提到 4 个题目:(1)地球,我们的家园;(2)全球形势;(3)面临的挑战;(4)共同的责任。提出 4 条重要原则:(1)尊重生命,看护大地;(2)维护生态完整性;(3)社会正义,经济公平;(4)民主、非暴力、和平②。保护生态和生命以及生态的完整性议题已被国际社会提高到极其重要的地位。

我国的生态研究同样也更多呈现出向人文学科转移——或者说,已经与人文学科深度融合——的倾向,除上文曾不同程度涉及的各种形式的译著和中文原创作品以外,还有一些对生态文学研究或生态美学极具参考价值的大量作品问世,仅从在我国出现的译著和中文著作来看,其中就饱含人文学内容和意义。在探讨文艺美学生成、建立和研究的外部环境及其外部研究时,我们不妨把近年来我国出版的有关作品当作难能可贵的生态资源作一个简单的评述,并进而探讨生态学在人文领域的广泛应用。

我们知道,解决生态问题的出路不可能仅靠政府的施为,也不能只靠少数人的努力,而是要依靠所有人生态意识的觉醒和人类意识

---

① 译文自《基督教文化学刊》第 1 辑第 383 页,东方出版社 1999 年。

② See:Stanley Meisler:*United Nations:The First Fifty Years*,Atlantic Monthly Press,March 1,1997;Thomas G. Weiss:*United Nations and Changing World Politics*,Westview Press;4th edition,February 1,2004;William F. Jasper,etc.:*The United Nations Exposed*,John Birch Society,April 7,2001;Linda Fasulo:*An Insider's Guide to the UN*,Yale University Press,November 1,2003.

和行为的全面变革。一些生态环保普及图书就承担着警告生态危机,唤醒生态意识,普及环保知识,引导人们改变生活方式的重任。近年来这类作品和文本的出版如火如荼,规模非常可观。第一类,是讲述操作性的生态和环保知识:典型的如《保护环境随手可做的100件小事》,简明扼要地介绍了"使用布袋"、"尽量乘坐公共汽车"、"双面使用纸张"等100种"绿色"行为,每件"小事"虽则小矣,却蕴涵着深刻的理念,特别是每件"小事"都配了意味深长、幽默的漫画,给文本增添了艺术性或艺术味道,化解了一般生态环保图书易有的说教性,清新可读①。此类作品还有《公民环保规范》、"我们能为地球做些什么"丛书②。第二类,是生态和环境恶化状况和真相的呈现。典型的如"绿色未来丛书"、"环保大特写"丛书。前者10册,分别介绍了土地、水、大气、野生动物、植物、垃圾、汽车等10个方面的生态问题,客观、真实,给人以警示,用生动的实例讲述了生态破坏的现状,从生态伦理的高度阐述了保护生态环境是人类义不容辞的责任,其目的是普及绿色意识,引导读者选择符合绿色理念的生活行为方式。后者包括《炎热的地球》、《迫在眉睫的生存危机》、《美食与毒菌》等3册,披露了一些不为人知的生态危机的真相,引起人们的忧虑与思考。特别是这套书还告诉读者,在生态保护的大旗下,聚集了各种势力、不同利益集团、不同目的的人们,有时人们参与生态保护只是为了保护自己的利益不受损害。读者从中可以体会到生态保护问题的复杂性、艰巨性,明白生态问题的解决要靠人的生态意识。这些作品不但对一般读者有价值,对于相关的学者、政策的制定者,都颇具启

---

① 见刘兵主编《保护环境随手可做的100件小事》,吉林人民出版社2000年。

② 见廖晓义主编《公民环保规范》,童心出版社1998年;渡边隆一等组编《我们能为地球做些什么丛书》,广西教育出版社2000年。

发意义①。第三类,是绿色生活方式的体验性著作。如《绿色生活手记》、《简朴生活读本》、《简单生活》等。《绿色生活手记》以散文的笔法记录了作者实践的绿色生活方式,朴实中透着深邃,平淡中显出优美。《简朴生活读本》、《简单生活》同样是对一种生活方式的提倡,它们对工业社会的生活方式提出质疑,颂扬物质生活的简单和精神生活的丰富②。第四类,是自然教育类图书。这类图书以认识自然、亲近自然为目的,通过对自然景观、动植物生活的生动描写以及各种游戏,唤起人们对生物和自然的热爱。如约瑟夫·克奈尔的《与孩子共享自然》、约翰·缪尔的《我们的国家公园》、洛伦兹的《所罗门的指环》、法布尔的《昆虫记》、威尔斯的《感情动物》、纳塔莉·安吉尔的《野兽之美》等③。第五类,是我们前文涉及并作为文学文本之一的"纯"生态文学,即徐刚的《伐木者,醒来》、《守望家园》、《地球传》、《长江传》等作品。这类作品,按照传统的"文学"概念,应当是文学史、文学批评和文艺理论与美学的真正研究对象。对这一问题,本书下篇还将论及。但是,总体上说,我是把所有文本均作为文学研究对象的,也就是一种文化研究的文学观。对于生态文学研究来说,持文化研究的文学观,更具有重要意义,至少可以这样说,尽管我们可以在许多"纯"文学作品中找到丰富的生态资源,但仍然有限,用一种具有当代意义的文化文学观来看

---

① 见"绿色未来丛书",天津教育出版社 2000 年;"环保大特写丛书",上海译文出版社 2001 年。

② 见莽萍著《绿色生活手记》,青岛出版社 1999 年;司各特·萨维吉编《简朴生活读本》,光明日报出版社 2001 年;丽莎·茵·普兰特《简单生活》,中华工商联合出版社 2000 年。

③ 见约瑟夫·克奈尔《与孩子共享自然》,天津教育出版社 2000 年;约翰·缪尔《我们的国家公园》,吉林人民出版社 1999 年;洛伦兹《所罗门的指环》,中国和平出版社 1996 年;法布尔《昆虫记》,花城出版社 2001 年;威尔斯《感情动物》,作家出版社 1999 年;纳塔莉·安吉尔《野兽之美》,时事出版社 1997 年。

待文学作品或文本,对开放文艺理论和美学,拓展它们的视阈,以及对徘徊中的文艺理论转型、美学转向和亟待建设的生态文艺学、生态美学会有积极的推动作用①。此外郭雪波、李青松等作家也非常值得关注②。

我们知道,所谓一种学说在另一种或多种学科的运用,除了涉及这些学科研究对象的变化和丰富以外,更多地还是指它对理论建构的渗透以及理论的实际操作和应用。近年来,因为生态学和生态思想、生态观念的兴起而产生的以"生态"贯名的学术领域也非常活跃,除了引进文化性或纯学术的经典之作,国内学界也颇为努力,成果不少。而建构生态美学体系,至少应在指导思想或哲学基础上是"生态的",那么,思想型或文化型的生态著作应具有极高的参考价值。除上文引述过的罗马俱乐部的《增长的极限》外,美国著名生态学家巴里·康芒纳(Barry Commoner)的《封闭的循环》(*The Closing Circle*)、美国经济学教授芭芭拉·沃德(Barbara Ward)和微生物学教授勒内·杜博斯(Rene Dubos)合作的警世之著《只有一个地球》(*Only One Earth*)、美国著名的环境保护主义理论家比尔·麦克基本(Bill Mckibben)的《自然的终结》(*The End of Nature*)等。还有近年来深具影响的澳洲哲学家、应用伦理学家,澳洲Monash大学人类生物伦理中心主任彼特·辛格(Peter Singer)的《动物解放》(*Animal Liberation*),该书将道德关怀的对象从人扩展到了动物,其非人类中心的立场带给人们以极大的观念上的冲击,此作品有动物保护者的"圣经"之誉;诺贝尔特别奖(生存权利奖)获得者、巴西前环保部长何塞·卢岑贝格的《自然不可改良》,对"征服自

---

① 徐刚《伐木者,醒来》,吉林人民出版社1997年;《守望家园》,湖南科技出版社1997年;《地球传》,山西教育出版社1999年;《长江传》,福建教育出版社2000年。

② 以上注释内的翻译作品,因主要参考了中译本,所以作者和作品外文名未详列。

然、改造自然"的人类文化传统的反思、对技术至上主义的质疑，都给人留下了深刻的印象。此外，斯坦福大学人口生物学家保罗·埃利希(Paul Ehrlich)的《人口爆炸》(*The Population Bomb*)、美国前副总统阿尔·戈尔(Al Gore)的环保力作《濒临失衡的地球》(*Earth in the Balance*)等。直接进入人文领域的"纯"生态学术著作也特别值得我们生态美学研究的关注，如前面提到的罗尔斯顿的《环境伦理学》、《哲学走向荒野》(*Philosophy Gone Wild*)、阿尔贝特·史怀泽的《敬畏生命》(*Reverence for Life*)、唐纳德·沃斯特的《自然的经济体系——生态思想史》、罗德里克·福瑞泽·纳什(Roderick Frazier Nash)的《大自然的权利》(*The Rights of Nature*)。《环境伦理学》论述自然价值论思想，指出自然不但具有工具价值，而且具有内在价值，揭示了人对自然的伦理责任和义务。除此之外，卡洛琳·麦茜特(Carolyn Merchant)的《自然之死》(*The Death of Nature*)、日本学者岩佐茂的《环境的思想》等等①。

生态学在国内人文学科的学术应用与其他作品一样起步较

---

① See: Barry Commoner: *The Closing Circle: Confronting the Environmental Crisis*, Cape, 1972; Barbara Ward & Rene Dubos: *Only one Earth: The care and maintenance of a small planet*, Penguin, 1972; Bill Mckibben: *The End of Nature*, Anchor, 10th Anniv. edition, August 5, 1997; Peter Singer: *Animal Liberation*, Ecco, December 1, 2001; 何塞·卢岑贝格《自然不可改良》，北京三联书店，1998年; Paul R. Ehrlich & Paul Ehrlich: *The Population Bomb*, Buccaneer Books Inc, Reprint edition, December 1, 1995; Albert Gore, Al Gore: *Earth in the Balance: Ecology and the Human Spirit*, Plume Books, Reprint edition, January 1, 1993; Holmes Rolston: *Philosophy Gone Wild: Essays in Environmental Ethics*, Prometheus Books, 1986; Albert Schweitzer: *Reverence for Life: The Inspiring Words of a Great Humanitarian*, Hallmark Edition, 1971; Donald Worster: *Nature's Economy: A History of Ecological Ideas (Studies in Environment and History)*, Cambridge University Press, 2nd edition, June 24, 1994; Roderick Frazier Nash: *The Rights of Nature: A History of Environmental Ethics (History of American Thought and Culture)*, University of Wisconsin Press, Reprint edition, January 1, 1990; Carolyn Merchant: *The Death of Nature: Women, Ecology, and the Scientific Revolution*, Harper San Francisco, Reprint edition, January 1, 1990; 岩佐茂《环境的思想：环境保护与马克思主义的结合处》，中央编译出版社1997年。

晚。国外生态作品大多发表于 20 世纪 60—70 年代,有的是在 40 年代或更早(比如《沙乡年鉴》出版于 1949 年),后来是大量的重版重印,我国学术界近年翻译和介绍的大都是那时的作品。这一方面说明,生态人文学(包括广义的生态美学)我国已经落在了发达资本主义国家后面,另一方面,也为我们借鉴他人,免除走弯路提供了参考。另外,我们在研究中发现,生态美学(Ecological Aesthetics)这个概念在国外特别是英语世界多指景观设计、环境美化以及城市建设的构思构图,带有很大的实践操作性。比如,艾伦·卡尔森(Allen Carlson)的《美学与环境》(*Aesthetics and the Environment*)中就是这样使用这一概念的①。不过,也正是这一点为我们汲取中国传统文化哲学思想和文学作品的精髓,建立中国特色的生态美学体系,以贡献于世界美学事业提供了广阔的空间。因此,曾繁仁教授说:"从我们目前所能掌握的材料来看,迄今为止未见有国外的学者论述生态美学的专著与专文。生态美学这一理论问题我国学者是从 20 世纪 90 年代中期开始涉及到的,此后逐步引起较多关注,2000 年以来有更多的论著出版和发表,并有多次专题的学术讨论会。徐恒醇的专著《生态美学》,也于 2000 年在陕西教育出版社出版。与此相关的还有鲁枢元的《生态文艺学》、曾永成的《文艺的绿色之思——文艺生态学引论》。"②的确,在生态思想越来越多地深入人文学科之后,中国学术界在这样一个全球化的语境中也作出了很多努力,比如,中国社会科学院余谋昌教授在上世纪 80 年代较早推出的向公众介绍可持续发展思想的《生态学的信息》之后,相继推出《当代社会与环境科学》,《生态学哲学》,《惩罚中的

---

① See: Allen Carlson: *Aesthetics and the Environment: the appreciating of nature, art and architecture*, Routledge, 2002.

② 曾繁仁《生态存在论美学论稿》第 17—18 页。

醒悟:走向生态伦理学》,《文化新世纪:生态文化的理论阐释》,《生态伦理学:从理论走向实践》,《生态哲学》,《生态文化论》等研究论著;哈尔滨工业大学人文社会科学院叶平教授的《生态伦理学》在众多同名作品中独树一帜,对生态学在这一学科的应用和发展有相当全面的介绍。另外,张云飞的《天人合一》,对儒学与生态环境的关系有深入的论述;佘正荣的《生态智慧论》,对中西生态思想有很好的发掘;徐嵩龄主编的《环境伦理学进展》,对国内外生态与环境伦理研究的热点问题也有相当深入的评论和阐释;杨通进的《走向深层的环境保护》对西方生态和环境保护学界的不同流派有准确和深刻的把握和理解;郇庆治的《绿色乌托邦》、《欧洲绿党研究》则对西方的生态社会主义和欧洲绿党的政治思想和理论基础作了透彻的论述。生态学思想几乎深入到所有人文社会科学领域,《生态哲学》、《生态伦理学》、《生态经济学》、《生态法学》、《生态文艺学》、《生态美学》等作品,涉及到了生态文化的各个方面①。

不难看出,除纯粹的学术作品外,在我们所陈述的这些作品当中,有相当一部分与我们第二章提到的索罗、利奥波德、卡逊和阿比一样,在体裁和写作手法上采用散文的形式。在这一范围内,散

① 见余谋昌《生态学的信息》,辽宁科学技术出版社 1982 年;《当代社会与环境科学》,辽宁人民出版社 1986 年;《生态学哲学》,云南人民出版社 1991 年;《惩罚中的醒悟:走向生态伦理学》,广东教育出版社 1995 年;《文化新世纪:生态文化的理论阐释》,东北林业大学出版社 1996 年;《生态伦理学:从理论走向实践》,首都师范大学出版社 1999 年;《生态哲学》,陕西人民教育出版社 2000 年;《生态文化论》,河北教育出版社 2001 年;叶平《生态伦理学》,东北林业大学出版社 1994 年;刘湘溶《生态伦理学》,湖南师范大学出版社 1992 年;李春秋、陈春花《生态伦理学》,科学出版社 1993 年;张云飞《天人合一》,四川人民出版社 1995 年;佘正荣《生态智慧论》,中国社会科学出版社 1996 年;徐嵩龄主编《环境伦理学进展》,社会科学文献出版社 1999 年;杨通进《走向深层的环境保护》,四川人民出版社 2000 年;郇庆治《绿色乌托邦》,泰山出版社 1998 年;《欧洲绿党研究》,山东人民出版社 2000 年。感谢《中华读书报》对有关图书的详细介绍。

文文体非常适合更直接地展现生态这样一个主体。如曾永成所言,散文(诗)与杂文虽然一个更多地走向内心的调适,一个更多地倾向于对外作战,但它们都以特定的"世界感"作为出发点。所以,"不仅散文诗和杂文,整个散文的功能也有其特殊的生态内涵。正是这种特殊的功能使其飞扬于诗歌与小说之间乃至诗与戏剧文学之间,把诗性的气息和韵味散布于人的整个生存空间"①。苇岸在描述自己受索罗的影响而转向散文写作时也说,"在写作上与其说作家选择了文体,不如说文体选择了作家。一个作家选择哪种文学方式确立他与世界的关系,主要的还不取决于他的天赋和意愿,更多的是与血液、秉性、信念、精神等因素有关"。苇岸认为,当人在物质领域里脱离有机世界进入无机世界,也就是脱离自然时,在精神领域上人的文字表述也呈现出无机化倾向:愈加抽象、思辨、晦涩、空洞,而索罗的散文重新换回了我们对富于质感和血温的有机文字的记忆。在这样的写作中,思想不是直陈的,而是借助与之相对应的自然事物进行表述②。实际上,罗列这些读物、作品或文本本身已经涉及到一个美学问题,即文学的文化研究边界问题,以及与此相关的日常生活的美学化问题等,同时我们也在此探讨了生态美学的研究对象问题,也就是说,按照文化文学观,生态美学研究应该把所有涉及生态思想的理论作为参照,把所有带有文学艺术色彩的文本和作品作为其研究对象进行批评,并生成以生态观为思想基础的美学理论来。对此,以后章节仍有论述,现在还是让我们从建筑设计艺术和具象音乐两个具体的艺术门类回到生态学在人文学科(特别是美学学科涉及的领域)的应用,来更真切地

① 曾永成《文艺的绿色之思:文艺生态学引论》第 242 页,人民文学出版社 2000年。

② 苇岸《人道主义的僭越》,见《太阳升起以后》第 79 页。

感受一下生态学如何改变了这两个门类的艺术理念和批评标准的吧。

1. 生态学在建筑设计艺术中的应用。建筑设计艺术由于其独特的艺术风格和价值,使其能够直接融入自然甚至成为自然景观的一部分,能够直接体现生态观念。因此,建筑设计艺术、建筑风格等被纳入艺术学范畴并成为艺术理论的重要研究内容①。按照海德格尔的说法,筑造不只是获得栖居的手段和途径,筑造本身就已经是一种栖居。"所谓人存在,也就是作为终有一死者在大地上存在,也就意味着:居住。古词 bauen 表示:就人居住而言,人存在;但这个词同时也意味着:爱护和保养,诸如耕种田地,养植葡萄。这种筑造只是守护着植物从自身中结出果实的生长。在爱护和保养意义上的筑造不是制造。"②曾繁仁教授认为生态美学从根本上还是一种存在论美学,即生态存在论的美学观,因为海德格尔在缔造存在论哲学方面的领导角色,曾繁仁教授称:"这一美学观的提出应该归功于德国当代哲学家海德格尔。他首先于 1943 年提出人'诗意地栖居'这一著名命题。"③恰如我们上文所指出的,现代性的膨胀给建筑艺术带来同样的问题,即人类的理性的力量膨胀到了不可遏制的地步,建筑便成为了这样一种中介:建筑以商业纪念性的、政治纪念性的、个人成就纪念性的形式矗立在大地上,承载着许多附加意义。建筑师的设计生涯被各种各样象征性艺术符号异化成了一堆堆构成几何形的、不朽的、不可分解的建筑材料的组合。整个建筑史几乎是用那些不可分解的、或者说很难分解的

---

① 本书上编提到的景观艺术主要指城市规划和园林设计,更多被看作自然科学和社会科学的结合。

② 孙周兴选编《海德格尔选集》第 1190—1191 页,上海三联书店 1996 年。

③ 曾繁仁《生态存在论美学论稿》第 27 页。

材料写成的建筑形式的演变史。建筑艺术从自然的存在中走了出来，进入到了理性的王国，拥有了至上的意志与权威，肆意自我表现、竞争与超越，以沉重的政治或商业的极大附加值来压倒一切，奴役设计思维，支配筑造过程。从此建筑创作从栖居本身分离了出来，变成了非本体性的"艺术"活动：一种带有排他性的、消耗性的建筑艺术表达。而生态学的观念，给建筑艺术带来新的审美思考，特别是生态美学理念，是现代科学与哲学生态化在审美领域中的集中表现。人们逐步认识到美如果脱离了人类赖以生存的生态环境，那将是主观而空虚的。因为生态美学理论旨在用生态美学的眼光去理解并重新定义建筑形态学；将生态学理论言语转译为建筑的语言去影响当代建筑审美活动，从而建立新的建筑艺术识见系统，使我们能够在新的语境中进行审美思维，为当代的建筑艺术行为提供新的思想维度和语言空间。把生态学的审美观应用于建筑艺术会带来新的生态审美判断标准和生态人居环境的评价系统。它不再是一种昂贵的建筑杂技，而成为实实在在的"筑造"艺术。生态学的应用使这种建筑艺术价值观成为生态建筑艺术的基本取向。生态建筑的艺术核心是生态环境的整体性。生态建筑关注的焦点不是传统意义上的功能与形式，而是建筑本身在环境中的适当地位，人工环境与自然环境的关系的设计质量。通过这种艺术手段，人为造化不是"强加"于自然，而是融合于其中，建筑师从单体的设计者转变为建筑生态机制的策划者、协调者和营造者。生态学在建筑审美观念中的应用使建筑设计在设计原则上越来越重视整合性，在设计材料和方法上越来越强调有生机和可再生及自然方法；在艺术法则上是用有机而整体的建筑形态取代"征服自然"的姿态，并使建筑还原为与人的生活细节息息相关的艺术。

因此，生态学在建筑艺术和美学领域的具体应用，改变了建筑艺术评论的价值尺度和标准,这也使得建筑设计的理念不得不随之更新。在生态学思想观念的冲击下,有人对传统的建筑审美标准发出了这样的疑问:"我们以前一直公认为美的建筑,放在人居环境这样一个大范围中,从资源评价、景观评价、生态环境分析、无废无污绿色建筑等方面来评判,它还能是一个优秀的建筑吗?传统建筑美学的原则是否应当更新?"发问者认为,在"建筑师们仍不舍得抛弃旧的观念、不情愿接收新的观念的同时,我们的近邻经济地理学家们、人口学家们和生态学家们已经开始做着本应属于我们建筑师的研究工作。他们运用 GIS 系统、资源评价系统、生态分析等对一些建筑师来讲还很陌生的理论和方法,切切实实地对人居环境进行了全新的研究和评价,使建筑学内涵得以扩大,使建筑学的研究方法得以更新。他们的成果显然是有说服力的,是科学而进步的,我们没有理由不赞成他们。"①

生态建筑美学的思想应该是生态学在建筑艺术中应用的集中体现,对我们的生态美学理论体系的建设极具参考价值,它至少给我们的生态美学建设带来如下启示:

第一,生态建筑美学观念和思想的形成和发展,是生态学在建筑艺术领域应用的最直接体现,传统建筑美学开始走向生态美学。一方面,随着自然环境危机对人类的警示,传统建筑设计及评判标准在面临人类越来越高的生活质量要求和复杂的生态问题时,显现出其很大的局限。面对当今建筑这样一个超越形式与功能的复杂系统,传统建筑设计及评判标准由于缺乏对环境、生态和与建筑相关的自然的深刻认识,使得既成建筑及城市环境对外部系统大自然未能有良好的作用,因而其生态效益由于环境污染等问题而

①　参见庄惟敏《关于建筑评论》,《建筑师》2000 年第 6 期。

微乎其微。从生态出发的建筑设计则不同于传统的建筑设计,是将建筑视为一个人和自然融合的生态系统,一个自组织、自调节的开放系统。其侧重研究的并不是单纯的形式问题,而是建筑系统的能量传递和运动机理,其目标是多元的;另一方面,生态的建筑美学思想与传统的自然建筑美学也有区别。建筑凝结着建筑师的情感。在传统自然美学中,它强调形式与功能的结合,注重体量、色彩、比例、尺度、材料和质感等视觉审美要素及空间给人的心理感受。具有代表性且为世人所传诵的作品皆出自大师之手,因为他们独具风格,美妙的构图、精致的比例、完美的空间组合无不给人以美的感官享受。显而易见,这种偏重审美的评判取向均是以人为衡量的标尺的,它为了人类而美。然而,实际上建筑并非只为人而美,它包含着自身的价值。在自然中,众多生命与其生存环境所表现出来的协同关系与和谐形式才是一种自然的生态美。空气、水、植物在生命维持的循环中相互协调,这本身就是美,并创造着美。在建筑这一人类基本生存的环境中,人应该在遵循生态规律和美的创造法则的前提下,借助于建筑师的生态观念、高超的科学技术和结构手段,进行加工和改造,创造出具有生态美学标准的人居环境。

第二,生态思想熔铸的生态建筑美学标准,应用于建筑审美判断。从生态美学的角度去研究建筑审美的标准,生态美学的三个特征或原则就成为建筑评判的尺度:生态美学的第一特征是生命力。生态美是以生命过程的持续流动来维持的,良好的生态系统遵循物质循环和能量守恒定律,具有生命持续存在的条件。如果这一生命持续存在的条件不具备或是被破坏,诸如因建筑的营造造成了景观的破坏、环境的污染、能源的巨额耗费等等,那么这一建筑显然是没有生命力甚至是具有破坏力的,也就根本谈不上美了。生态美学的第二特征是和谐。人工与自然的互惠共生,使人工系统的功能需要与生态系统特性各有所得,相得益彰,浑然一体,这就造就了人工和生态景观的和谐美。对建筑而言,和谐不仅指的是视觉上的融洽,而更应包括物尽其用、地尽其力、持续发展。

第三,生态学和生态美学思想的深入,拓展了建筑艺术批评或评论。一方面,建筑艺术评论和文学评论同理,遵循一定的理论规则和批评方法,生态学在建筑艺术批评理论的应用,为现代建筑艺术评论加入了浓重的时代色彩,改变并重构了建筑美学原则,开始把建筑对自然和环境的影响作为批评的第一要素,不再把建筑当作孤立的艺术品,它是人类活动的载体,更是社会环境的一部分。如果一幢建筑破坏了景观,污染了环境,妨害了社会秩序,即便它再"好看"也不能算是一个美的建筑。所以,现代建筑评论应首先考察建筑对其环境的作用,看其在人文环境、自然环境、景观、能源、小气候、排污及自净等方面是否达到相应的标准,是否能成为一幢关注生态的绿色建筑。只有对生态这第一位的问题进行充分考察之后才能进行下一步对功能、空间、比例、尺度、美观等的评价;另一方面,建筑与自然和谐共生成为建筑师追求的最高境界。尊重自然、关注生态发展是时代赋予建筑师的历史使命,建筑师更多地研究环境、研究社会、研究建筑和人的活动,展示自然共生生态和谐的创作理念和水平,以达到创作中建筑艺术与自然和谐共生的完美境界[①]。

2. 生态学在具象音乐艺术中的应用。具象音乐因其先锋性和前卫性而被列入前卫音乐的"目录"。所谓具象音乐,简单地说,也就是用自然界或人类发出的声音(乐器以外)作为原始素材而以各

----

① 参见庄惟敏《关于建筑评论》,《建筑师》2000 年第 6 期。

种录音及音响手法加工制作出的现代音乐。20 世纪 40 年代末由法国人皮艾尔·谢佛（Pierre Schaeffer）、皮艾尔·亨利（Pierre Henry）等人首创，是法国对现代音乐的重要贡献。具象音乐与我们以往所说的环境音乐的概念，尽管都强调音乐与环境、音乐与自然之间的重要关系，但在内涵上有很大不同。环境音乐多采用音效和采样，制作表达创作者心情的气氛音乐，旋律和节奏在音乐中显得并不重要，重在营造一种轻松愉悦的氛围，让旋律溶入在周围的树木花草之中，彷佛就是来自自然。当然，这些都是从音乐研究的意义上来讲的。随着社会生活中审美的日常生活化，或日常生活审美化的日趋飙升，在大众文化生活中环境音乐经常被人用来指称把人的思绪或情感联想带入大自然，使人犹如置身于鸟语花香的自然环境之中的音乐，因此这类音乐也被人称作自然音乐、绿色音乐等，如今，因为这类音乐经常在人们休闲的场所如茶馆、咖啡馆或水疗（SPA）时播放，也有人称它为休闲音乐甚至 SPA 音乐。事实上，环境音乐这一名词是由布林·爱诺（Brian Eno）所创立，是大量使用回音、电子乐器的回响以及其他手段，利用空间感创造出的声音技巧，并把这些都当成营造气氛与声音环境的音乐要素，早期环境音乐大多无调性实验音乐（Atonal Experimental Music），其中许多作品曲目时间很长，但其间音乐内涵与音色的变化却极其细微。另外，一般所谓的环境音乐还有其更广泛的定义，包含透过环境音取样（Sampling）、结合音乐而创作出的优美曲调，犹如在鸟叫虫鸣山风水潺中演奏，甚至有许多音乐工作者已经发展出一种能力，能够模拟大自然中的声音，并企图复制听者对于空间与时间的感觉。具象音乐则不是犹如和模拟，它是直接取自自然的声音并加以合成。随后，又产生了声响音乐和电子声响音乐，很明显，这样的音乐就是直接取自自然的声响，蛙鸣鸟叫是对自然美妙的颂扬，刺耳噪声是对生态境况的实际反映，因此，这样的音乐形式以最直接的方式融会了生态思想，也反映出大量生态意识和生态观念。我国的当代音乐中，谭盾的《九歌》似可视为这类前卫音乐的代表。英国里兹（Leeds）大学音乐系卢科·温莎（Luke Windsor）博士评论具象音乐和声响音乐的生态观念："生态的思想应用到具象音乐和声响音乐的创作当中，带给人的或美好或悲哀的感受都是自然——广义上包含文化生态的自然，或称整体环境——的最真实折射"，"就此，我们以往的经验的音乐理论和感知的音乐理论，理应作出积极的'生态反映'。"①卢科·温莎博士还对多数现存声响音乐理论都与说明性紧密关联，而非与描述性关联提出批评，他认为，这些理论对声响音乐的内在方面表现出比外在潜力的损害更多的关注。与这类理论、方法和研究相对照，他提出一种生态的描述方式，这种方式建立在关于倾听（不同于欣赏）的生态理论基础之上，而这种生态理论解释了结构信息和事件感知之间的关系。这一生态描述性方法是作为分析声响音乐的基础而被应用的，展示了听众、音乐和生态环境之间复杂的诠释关系②。

我们知道，曾经有人把人类的艺术分为两类，绘画、雕塑、文学等为一类，音乐和建筑为一类。前者是基于对现实世界的写生性，而音乐和建筑则是人类在改善自身生命形态过程中完全创造性的产物。作为同类艺术，其间确实存在着千丝万缕的内在联系与共通之处，它们都是人类对自然有所了解之后的文化载体，最诚实地记录着人类的生命历程。因此，在探讨生态学和生态思想在音乐

---

① See: W. Luke Windsor, etc. : *Empirical Musicology*: *Aims*, *Methods*, *Prospects*, Oxford University Press, July 1, 2004.

② See: Luke Windsor, Peter Desain, ed. : *Rhythm Perception and Production* (*Studies on New Music Research*), Swets & Zeitlinger, August 15, 2000.

艺术的应用时,又与建筑艺术思想走到了同一边界,"景观"一词的借用就是一例。建筑学使用了建筑景观或风景,音乐学(声响音乐在音乐界鼓噪盛行以后有了专门的声响学,大批音乐理论家从事声响理论的研究)使用了声音景观和声音风景,其内涵有极深的生态意蕴。传统音乐与生态环境的共通与区别来源于她们自身的物理属性。生态环境的生成建立在物质的基础上,除了智慧还需要大量的能量与动力,而音乐是声波与时空的交叉组合,是完全抽象与虚拟的,她可以用比喻性的视觉乐谱永久记载和自由地传播,但美好的环境并非每个人都能分享。一部音乐作品由个人创作,许多人去演奏传唱,而环境一旦成型,除了使用和欣赏,再创造、再参与的余地将非常有限。但是,具象音乐和声响音乐以她丰富的生态性,积极地促进着人类情感的交流表达和归属,完全融入整体的自然环境、精神环境和文化环境当中。置身于和谐的生态意境之中,我们会感受自然山水的诗情画意并为之陶醉和赞叹;当听到城市噪声——汽车喇叭声、刹车声,人流攒动,集市叫嚷,建筑工地喧嚣等声音时,我们更多感受的是大地的污染和生态的失衡。人们在生活中都有种种的环境需求,或是未曾经历过的,或是精神寄托象征的,或是非常怀念的,或是最为渴望的。这些都是社会性的、知觉的好恶性,情感层面的需求平衡。这种情感来源于生态环境所呈现的表情及经过记忆之后的象征性,而生态环境的表情源于感觉神经对物质的物理现象量的变化的综合反应。如颜色的纯度冷暖变化,形的点、线、面、体,质感的光洁与粗糙,光的明暗变化,这些量的变化就是平衡的过程。这也恰恰是音乐的基本规律。声波的频率、振幅和波形不同的线形组合形成了音高、音色、音质,它们的量的变化与组合经过听觉神经的综合在大脑产生种种视觉联想,如提琴的线形,钢琴的点状,重奏产生块状。古典音乐感觉像调和色,现代音乐像对比色,中音像深色,低音像灰色,高音像亮色,美声像调和色,通俗唱法象未调和色,等等。音乐通过这些抽象的视觉联想,又来塑造人们生活中需求的环境,排除生活中反感的环境,以此达到人的具象的和情感层面的需求平衡,这正是生态音乐带给人快感和痛感,感染人或摧毁人的一个途径。音乐除了以抽象塑造具象的美以外,也更善于塑造抽象的情境心灵的美感,它以其量变化形成节奏、旋律,当节奏、旋律与人的心律波动达成和谐与共鸣时,人就会为之感染和打动。而生态环境的物理现象之量的变化也能产生节奏与韵律感,有人称之为视觉音乐,它同样也能塑造抽象的情绪、心灵的美感。如果生态环境具备具象的美感,同时又增一份抽象的美感,将更富有感染力,当音乐响起,音乐、环境与心境之间达成良好的互动,生态环境的品质将进一步提升,更为感人。

　　建筑设计艺术和音乐艺术虽然有着不同的艺术追求和价值标准,但在生态关怀方面它们有着同样沉重的社会责任。生态学在这两个同类别的艺术领域的应用,使得建筑艺术的理念和理论与音乐艺术的理念和理论都发生了很大变化,生态哲学观、价值观、伦理观越来越成为其审美标准和尺度。生态学和生态思想应用于人文学科,使得我们能更好地审视我们的文化、理论、学术思想,并进行文化批评,来更好地探索人类思想、文化、社会发展模式如何更好地营造和谐的生态环境。与此同时,更为重要的是,我们也能够更好地反观和反思我们传统的人文学科的哲学思想、文化观念和理论导向,如何失去了生态的思考,生态的成分,如何在人文学的思想领域和观念形态上影响了甚至决定着人类对自然的态度和行为,如何因自然环境观和生态观没有应有的位置,得不到应有的重视而导致恶化和危机。正如生态批评家乔纳森·莱温(Jonathan

Levin)所指出的,"我们的社会文化的所有方面,共同决定了我们在这个世界上生存的独一无二的方式。不研究这些,我们便无法深刻认识人与自然环境的关系",而生态观念和思想就是要"历史地揭示文化是如何影响地球生态的"①。《自然的经济体系——生态思想史》的作者,杰出的生态学家唐纳德·沃斯特也明确指出:"我们今天所面临的全球性生态危机,起因不在于生态系统自身,而在于我们的文化系统。要度过这一危机,必须尽可能清楚地理解我们的文化对自然的影响",他还说,对于人文学科和社会科学,"研究生态与文化关系的历史学家、文学批评家、人类学家和哲学家虽然不能直接推动文化变革,但却能够帮助我们理解,而这种理解恰恰是文化变革的前提"②。澳大利亚著名生态学家约翰·席德(John Seed)认为深层生态学的实质也是文明反思和文化批判,他说,深层生态学"重视的已不仅仅是对环境危机的具体症状的治理,而更多的是当代文明最基本的前提和价值的质疑"③。戈尔在其著作中也强调在文化批评的基础上,在整个人文领域建立和推广新的生态观。就此,有人提出,面对整个人类的生态危机状况,没有什么比研究生态问题更紧迫的学科了,而且,与应用生态学和生态思想到人文学科相比,以往所探讨的一切与生态无关的人文科学问题都失去了意义④。由此我们也很容易了解到,生态学在人文学科的应用不仅具有重要的时代意义,而且为人文学科的创新和发展注入了生机和活力。

---

① Jonathan Levin: *On Ecocriticism*, p. 1098, PMLA 114. 5, Oct. 1999.

② Donald Worster: *Nature's Economy: A History of Ecological Ideas* (*Studies in Environment and History*), p. 231, Cambridge University Press; 2nd edition, June 24, 1994.

③ John Seed: *Thinking Like a Mountain*, p. 15, New Society Publisher, 1998.

④ 参见王诺《欧美生态文学》。

（三）生态神学对美的观照和启示

按照我们在本章第一节开始时引述《基督教文化学刊》中对"人文学"概念的理解，宗教学本应属于人文学领域。在注释当中作者还引用了杜维明的话："人生的价值问题、生命的意义问题、真善美的理想问题……人的自我超升问题，一旦被逐出主流哲学的领域，便成为神学……所关注的对象。"①按理，我们在探讨生态学在人文学中的应用时本应把生态神学的思想也予以介绍、分析和评述，但是由于生态神学思想在某种意义上既可以看作整体生态观哲学基础的一个重要内容，正如我们在上篇讨论生态美学思想的现代性语境和人类中心主义的争论时所论证的一样；它同时又自成体系，自有其生态神学发展的思路和系统。因此，本书独辟一节予以概括介绍和讨论。

如上文所述，解决人类的生态问题，不仅仅要解决自然环境的问题，而且要解决社会文化环境的问题，特别是要解决人的思想观念问题，即改变人对自然的总观念。社会文化环境同自然环境都是人类借以发展与活动的场所，因此解决生态问题也就不单单是科学家的事，也不仅仅是一个技术手段的问题，它还包含着更重要的价值取向和伦理标准问题。20世纪60－70年代，许多神学家和宗教学家也参与了生态问题大讨论，使得西方基督教神学思想发生了巨大变化。为了解决有关地球生命的续绝存亡以及人与自然和谐相处等问题，神学家对传统教义作了大幅度革新，有人将这与马丁·路德倡导的发生在14世纪的基督教革命并称为第二次基督

---

① 参见《基督教文化学刊》第10辑第2页，中国人民大学出版社2003年；并见杜维明《宗教：从神学到人文学》，载《当代》第23期第22—23页，香港，1998年。

教革命。如果说基督教的诞生所解决的是人与上帝复和的问题，第一次基督教改革解决的是人与人的复和问题，那么，第二次革命所解决的则是人与自然的复和问题。神学思想和宗教信仰是人类生存的一个向度，它们的介入对人类解决生态问题当然具有启发意义，而在西方，生态神学（有时称作生命神学、自然神学或绿色神学）已发展成神学的一个分支。

最早把生态神学的思想介绍给中国学术思想界的当属山西大学的安希孟教授，他在 20 世纪 80 年代出版的《基督教文化评论》中对这一神学思想的来龙去脉和大致情况做了非常详细的综述，为本书在这方面进一步研究提供了资料线索和重要文献支持，也为生态美学在当代中国的建构提供了非常有价值的参考。总体上说，宗教神学对生态环境问题的重视和生态神学的形成，一方面因为受到人类生存困境的挑战，另一方面也是因为受到科学生态学的挑战并最终将生态学思想应用到神学当中的结果。关于科学与神学的关系在欧洲历史上曾经历了几个不同的阶段，有宗教对科学的钳制、干预和迫害，有宗教被科学打败，也有科学与宗教各自为政，各自保有自己的话语权。但是，在生态问题上科学与宗教又有了新的结合点，不仅表现为神学对生态学的关注，而且表现为生态学在神学中的应用。以救赎人类为宗旨的宗教，若对地球上人类的生存问题漠不关心，那它将失去生命力，在这个问题上，宗教与科学有了共同语言。某些神学家曾经把现世物质生活看作通往天国的暂时阶段而不予重视，而更多的神学家则视物质宇宙为上帝的精心杰作和"天物"。生态神学正是要一反数百年来滥用科技、暴殄天物的传统，在人、神、天地—自然之间建立和谐。同传统的以神为中心的神学不同，生态神学是以人类生存的自然生态环境为中心的。本书曾涉及基督教神学对生态问题的看法以及思想界对基督教教义和实质的质疑,甚至有一部分人把生态危机的根源归因于基督教的思想传统。在这里,将通过安希梦教授提供的理论评述和总结,对这一问题详细探讨,并对神学界的反映和反馈作一梳理和厘定,或许在某种程度上也可以看作是为基督教神学作一定的辩护,这样做的目的正是为了更好地探讨生态美学建设的外部环境和思想渊源。

1. 关于生态伦理和自然伦理。为什么在科技制胜的西方会出现严重的生态危机? 人们可以找出许许多多的原因,但也确有一部分人毫不迟疑地把生态问题归罪于基督教神学传统,并因此对基督教信仰提出强烈批评。伊安·麦克哈格(Ian Mcharg)在《自然的设计》(Design with Nature)中对犹太—基督教的观点进行了归纳,认为大自然纯粹是人类伦理斗争的背景,因而批评基督教神学对自然界持有漠不关心的态度。基督教把地球看作不完善和暂时的世界,只有天国是永恒的、完美的,并要求人们放弃尘世的欢乐。这种对物质生活的鄙夷态度对今天的人类已经失去吸引力①。法国神学家迦罗蒂(R. Garaudy)批评宗教过于整合化,脱离日常生活的实际。由此,很多人提出,由宗教造成的问题还需要由宗教解决,而不是简单地废除宗教便可万事大吉。于是,迦罗蒂认为,只有求助于宗教,使宗教现代化,"确认上帝产生于人和人产生于上帝",意识到"人和上帝的统一",才能解决生态危机和其他危机②。美国哲学家奥布莱特(W. O'briant)认为,"环境危机是我们文化危机的一个方面,而且文化危机更加深刻",解决危机"科学和技术可

---

① Ian L. McHarg:*Design with Nature*, Wiley; New edition, February 6, 1995.

② See:Hartmut Bossel:*Earth at a Crossroads*:*Paths to a Sustainable Future*, Cambridge University Press, June 25, 1998.

以为我们提供手段,但宗教和哲学必须确定目的"①。林恩·怀特(Lynn White)在《我们生态危机的历史根源》(*The Historical Roots of Our Ecological Philosophy*)中则说:我们当前的科学和技术,都带有正统基督教对自然的专横傲慢的气味,因此,解决生态危机的方案不可能期望仅仅从科学技术那里获得。既然我们的困难的根源主要由宗教造成,那么诊治的办法只有从宗教而来。林恩·怀特把今天的生态问题归咎于犹太——基督教传统,认为《圣经》说到人掌管大地,是人操纵自然的思想来源之一。作为一个基督徒,林恩·怀特建议把会与鸟兽说话的阿西西的圣法兰西斯(St. Francis of Assisi)当作生态学家的圣者和榜样。怀特认为,上帝创造世界的观念本身给人造成对抗性的人与自然分离,现代科学技术加剧了这种分离,因此他主张必须改革宗教或创立新宗教,使之适应时代的生态发展要求,发展一种生态化的科学技术。由此不难看出,神学对生态环境问题的认识并不是从基督教经典或教义中推演而出,而是和其他哲学思想或哲学认识一样,是对环境本身的危机性和复杂性审视之后的反应。在传统神学教义中,占压倒地位的是对属灵生活的关心,神学要适应变化着的时代的需要,要继续维护其对亿万信众的导向作用,就必须重新考虑其教义学说的结构和内容。正是受到来自历史、哲学、科学和社会学方面的质疑和启示,神学家开始重新为神学定位,而其任务即把生存环境问题上升到哲学的、神学的、伦理的世界观水平②。

1962年,乔治·威廉(George Williams)的《基督教思想中的旷

---

① See: Seyyed H. Nasr: *Man and Nature: The Spiritual Crisis of Modern Man*, Phanes Press, Reprint edition, June 1, 1988.

② Lynn White: *The Historical Roots of Our Ecological Crisis*, Science 211—212, 1967, pp. 1203—1207.

野与天堂》(*The Field and Heaven of Christian Ideas*) 纠正了基督教关于弃绝自然的片面性观点。1967 年,摩尔(C. F. D Moule) 的《新约中的人与自然:对〈圣经〉生态学的一些思考》(*Man and Nature in the New Testament: Some Reflections on Biblical Ecology*)、爱利克·鲁斯特(Eric C. Rust) 的《〈圣经〉中的自然与人》(*Nature and Man in the Bible*) 阐述了人与自然的关系[①]。20 世纪 70 年代初期,基督教神学开始制定对自然环境负责的伦理学,同时阐述一种自然神学。尽管从逻辑上说伦理学应该依赖于自然神学,但如果没有对环境负责的伦理学,便很难从容地进行神学思考。阿尔贝斯认为,必须行动起来,拯救受到威胁的环境。可以看出,无论出于何种目的何种原因,神学的态度是积极的。

在这里我们必须再次提到德国神学家阿尔贝特·史怀泽"敬畏生命"的哲学思想。他认为,过去时代所有伦理学的最大错误在于,这些伦理仅限于人类生命,所以他主张尊重一切生命,这可以说是人类把一切生命包含到伦理学当中的最早的也是最出色的努力。史怀泽认为伦理学的主要关系应当确认为人与自然界的关系。他指出,过去的伦理学研究人与人之间的关系,而不是以同事物的关系为对象,他倡导完善的伦理学,目的在于达到同自然的精神联系,伦理学关系的目的和标准是整个宇宙自身。不过,史怀泽的主张也有缺陷,即他依然把尊重一切生命的伦理学嵌入到古已有之的二元论的生命哲学体系中,依然强调精神与自然、意志与理

① See: George C. Williams: *Natural Selection: Domains, Levels, and Challenges*, Oxford Series in Ecology and Evolution, Oxford University Press, June 1, 1992; C. F. D. Moule: *Man and nature in the New Testament: Some reflections on Biblical ecology*, Facet books. Biblical series, Fortress Press, 1967; Eric Charles Rust: *Nature—garden or desert?* (*An essay in environmental theology*), Word Books, 1971.

性的对立①。1962 年,亨利·克拉克(Henry Clark)的《阿尔贝特·史怀泽的伦理神秘主义》(*The Ethical Mysticism of Albert Schweitzer*)对史怀泽的观点进行了批判性研究②。在建立新的自然伦理学、生态伦理学方面,神学家和哲学家表现出相互合作的愿望。1978 年,美国哲学家布莱克斯东(W. Blackstone)在第 16 次世界哲学大会上阐述了他的生态伦理思想,与史怀泽的观点异曲同工。他认为,除人之外,不仅动物,而且树木、河流、山脉和海洋等都有同样的价值和权利,并且是自在的和独有的价值与权利。"旧的形而上学观点——万物有灵论和泛灵论——应该为理解人是自然界的一部分,为提出自然界对伦理学来讲同样是神圣的,提供哲学基础。对自然界的责任是伦理学中极重要的部分。"③

在这样的背景下,基督教神学在重构神学伦理学的基础上重新呼唤自然神学。所谓自然神学,是指不凭借信仰或特殊的启示,只以理性或经验为基础建立关于上帝的教义。托马斯·阿奎那(Thomas Aquinas)认为,尽管某些关于人的超自然的目的的真理不能仅凭理性来确定,但从原则上说,哲学家能够确定上帝的本性与存在。托马斯·阿奎那摒弃了本体论的证明,主张由上帝的创造即从自然来推论上帝的存在。上帝不仅创造了世界,也选择了这个世界,并把它看作一切可能的世界中最好的世界,而不是像奥古斯

---

① See:Albert Schweitzer:*The Philosophy of Civilization*:*Part I, the Decay and the Restoration of Civilization*:*Part II, Civilization and Ethics*, Prometheus Books;September 1, 1987.

② See:Henry Clark:*The Ethical Mysticism of Albert Schweitzer*:*A Study of the Sources and Significance of Schweitzer's Philosophy of Civilization*,Beacon, 1962.

③ William Blackstone:*Ethics and Ecology*, in W. Michael Hoffman and Jennifer Mills Moore, eds., *Business Ethics*:*Readings and cases in corporate Morality*. Mcgraw—Hill College, 2nd edition, July 1, 1989.

丁（Aurelius Augustinus）那样把现世看作人欲横流的邪恶场地。他认为这个世界是展示上帝无限性与绝对善和美的场所，是井井有条的。就这一点来说，基督教向自然转向的生态神学仿佛是向自然神学的复归，它更加着眼于上帝与自然世界的联系。

近代传统神学的主题所包含的内容与生命有关。20 世纪 60年代以来西方盛行政治神学或革命神学，它不仅同制度和价值有关，而且同物质有关，因为生命也意味着物质的生存资源。1964 年《对话》（*Dialogue*）"秋季号"发表约瑟夫·司特勒（Joseph Sittler）关于创造与救赎的文章，主张重新关注自然。哈罗德·笛特曼森（Harold Ditmanson）撰文《呼吁创造神学》（*The Call for a Theology of Creation*）详细考察了路德派对自然神学的担忧，提出建立创世神学。他认为这一神学不是设法从自然证明上帝，而是把上帝的启示活动同自然联系在一起。生态问题已进入新的神学思想的最核心部位，它把人放到自然之中，并引起了关于环境与人类有机体、控制自然的人和自然中的人、人的生命及其生存的讨论①。肯尼斯·考森（Kenneth Cauthen）认为，基督教的生命政治把生态问题和政治问题联系在了一起，因此，生态神学不仅仅是古老神话的延续，也不单单是自然神学的复活，它归属于政治神学的范围，它不仅仅与自然环境有关，不仅仅同大气、水源、野生动物等具体问题有关，更重要的是，在一个更广阔的时代背景上，它是一个人生观、宇宙观的问题，是从整体上把握世界、人生、宇宙、自然与地球生命的问题，它是对西方近代价值观的翻转②。

---

① Harold Ditmanson：*The Call for a Theology of Creation*，Dialogue 3，Autumn，1964，pp. 273—274.

② See：Kenneth Cauthen：*I Don't Care What the Bible Says: An Interpretation of the South*，Mercer University Press，3ʳᵈ edition，March 1，2003.

显然,当代西方生态伦理学同以往 300 年来的伦理学截然不同。近代西方为打破宗教对人的羁縻与束缚,倡导科学与理性,追求个性解放,满足人的现世物质需要,而这种现世伦理发展到极端就会导致享乐主义泛滥。当代西方伦理学仿佛向着过去的基督教来世伦理回归,不过这种回归不是抹杀现世生活享受的禁欲主义来世伦理。传统的来世伦理为了进入天国而蔑视肉体享乐,现在的来世伦理则是保留未来意识,是面向未来。生态神学要求充分考虑人的行为的后果,不要将自然开发罄尽,给未来的人类留下一片荒芜。人类为子孙后代开拓和留下的应该是一片鸟语花香的乐园,一块足以休养生息的自然环境。这种来世伦理也要面对死后的末日审判。如果地球被糟蹋得不成样子,便会使创造世界一切的上帝不悦。人类对子孙后代富有责任,不仅仅是生育繁衍,而且要使其体格健美生生不息。假如环境污染,自然破坏,人类灭绝,那么现在的物质繁荣也就失去了意义。肯定子孙后代的个体价值与权利,也就肯定了自身的价值与权利。这种末世伦理不是消极等待天国,而是积极创造花繁叶茂的田园诗般佳美境界。

2. 重新解释《圣经》创世说。《圣经》创世说是生态神学产生前后讨论和交锋最激烈的问题之一,有些学者甚至将创世说视为人类中心主义的思想根源而加以诟病,导致更多的神学家起而反思或反击,对创世说进行重新解释。前面我们曾多次提到的神学家林恩·怀特是强烈抨击创世说提出自己的生态观念的旗手之一。林恩·怀特认为,《圣经·创世记》是关于人是管理者的训诫,然而,许多神学家却认为,《旧约》中关于人同自然的关系远比他所认为的复杂。威廉·坦普勒(Williams Tample)认为,在所有宗教中,基督教最具物质性。希伯莱书中讲到的神圣人的故事并非在彼岸上演。耶稣因关心人类肉体的需要,所以鼓励人们打破宗教安息日的戒条,以便获取食物,耶稣也因此成为一个给食者(feeder)和治病者(healer)。圣礼神学就其肯定水、面包和酒的作用而言,也是重视物质的。传统的创世说把世界说成上帝任意创造活动的结果,仿佛与人和自然均无关系,人及自然只不过是这一创造活动被动的产物。显然,旧的创世说已不能适应时代的发展要求,因而遭到批评也理所当然①。20世纪60年代以来,生态神学家们用新的生态观念对创世说进行了新的解释,认为创世是关于上帝、人与自然的。这一新解释提高了自然的地位。约翰·笛林伯格(John Dillenberger)说,现代存在主义基督教将不具体的、个体的存在放到神学关切的中心,是宗教改革以来最符合《圣经》的基督教。上帝通过创造人而启示自我,人是上帝创造的人民和民族。不仅仅应把创世说当神学,而且要看作人类学和宇宙学,他的结论是:宗教是科学的朋友。他认为,在《创世记》第二章中,尽管亚当并不是对自己负责的创造者,但却对世界负责:治理这地球并为被造之物命名,上帝为人及其善良负责,而人却对世界及其完善负责。约翰·笛林伯格说,传统的超自然主义的错误在于它在自然的偶然事件中寻找上帝,而《圣经》的上帝是在偶然的历史事件中启示自己的,因而是超历史的。上帝是超历史的而不是超自然的。自然不是上帝与人之间的传送器,相反,是人把神性传输给自然。在约翰·笛林伯格看来,人与自然的关系最初是统一的,正如人在对上帝作出回答时发现和揭示了自我。既然自然只有相对于人才获得意义,则科学发现的目标就是自然的人化。不过,既然人是来自上帝并为上帝而存在,则人化的意思不是随心所欲,异想天开。世界是上帝给予的礼物这一事实,把世界的必然性也显示给人看。因而人

---

① See: Robert M. Freedom, etc.: *The Natural and Modified History of Congenital Heart Disease*, Futura Publishing Company, January 1, 2004.

对世界的发现,就应当同维持和保护世界有关。正如上帝把人神化是提升了人而不是抛弃了人消灭了人一样;而且,既然人是为了自己的同胞并且和自己的同胞一道被创造出来,那么对自然的开发和发展就是为一切人服务,为一切人的关系服务。既然人是上帝创造性自由的产物,那么,人自己的创造性也应当表现在他对美和秩序的洞察之中。自由不是放荡不羁,不是消费与毁灭。在自由中,人因为看到了美与秩序而超越了自然。那种消费与毁灭的自由事实上是对地球的悲惨而毁灭性的贪欲,是对世界的耽迷,而不是对世界的创造性自由。按照约翰·笛林伯格的看法,世界的人化是创造活动的目标,而所谓人化就是保存和维护这个世界,是为了人类的幸福而发现和更新地球,并且通过艺术的审美和创造性的美化,对之进行改造。当世界在充满自由的和谐中与人相遇时,它便人化了。它依赖于人,依赖于人的自由与复活。总之,约翰·笛林伯格是把人与世界的关系看作和上帝与人的关系一样,是创造者和被创造者之间的关系①。

还有一些神学家对创世说作了更接近生态思想的解释,这种解释是对把人类中心主义的根源归因于基督教神学观念的反击,也是对包括生态神学在内的发展了的神学思想的辩护,对我们寻找生态危机的思想根源,汲取一切哲学思想当中的生态资源和研究生态美学的哲学内涵具有参考价值。比如,有学者就认为,上帝起初在6天之内创造的世界是一个广袤而和谐的生态环境。《诗篇》104篇以天、地、海和大气层作为上帝尊荣威严的表露,这是上帝的"荣耀"的光辉。苍穹是上帝的服装,云彩是上帝的车辇,风是

---

① See; John Dillenberger, Claude Welch: *Protestant Christianity*, Second Edition, Prentice Hall, 2nd edition, January 5, 1988.

上帝的使者。《圣经》当中的大自然是一个多元的生态空间，一切生命各有不同的生存环境，人只不过是无限丰富的生态中的一员，不应以其权力去奴役和征服万物。《旧约》中提到上帝通过智慧来创造天地，宇宙万物是从爱和喜悦中创造的，充满了和谐，也潜藏了各种价值。天地整体反映了上帝的爱和喜悦，上帝也和万物一同欢呼雀跃，跃出宇宙的美善和性情。天地之间是一个能够容让多种生物生长的生态环境。《圣经》创世说反映的是天地、神、人和谐的自然观。因此，《圣经》的基本信息是在人和环境之间建立一种新的关系。人和自然万物均由上帝的创造之美善所贯穿，互相渗透，互相和谐，而所谓罪，不单指人与上帝疏离，更在于人与自然界万物的和谐关系的破裂，而救赎，在这个意义上就是通过上帝对人的苦难的承担而使人与自然恢复和谐关系①。这样的诠释从神学上确立人与周围环境的一致关系，强调人要公平合理地对待自然。它的目标是确立一种新的自然观，批判那种任意宰割和剥夺自然，视自然为征服对象的解释和意识形态。这是一种崭新的神学自然观。

不过，无论抨击创世说也好，维护和重新诠释也好，思想界、学术界显然夸大了《圣经》对当今生态问题的意义。实际上，《圣经》创世说所反映的是一种原始古朴的自然观，它不可能是今天人们对自然滥施淫威、巧取豪夺行为的原因，也不可能构成指导解决生态危机的原则。《圣经》"创世记"已有近3000年的历史，而现代环境污染只有300年的历史，我们前文论证过——它是近代工业文明所酿成的。无论是责难《圣经》，还是赞美《圣经》所描绘的田园乐土，都无助于现代人类生存条件的改善。中国古代有自然无为

---

① 参见梁燕诚《从〈易经〉与〈圣经〉看现代环境问题》，《明报月刊》，香港，1987年1月。

的天道观,难道可以拿来疗救今天的危机? 实际上,古代人类在生产水平较低的情况下与自然和睦相处,不可能有现代人的生态危机意识和系统观念,是思想家们把现代观念强加给了古人。这样做忽视了 3000 年间人类与自然界的巨大变迁,忽视了人类的观念也是变化着的古代人的智慧有限,他们不可能预见当今烟尘蔽日、浊流冲天、原子辐射、人满为患的局面;古老的经典中也不可能包含现代哲学观念的构架,因而也不会提出用以检视校正现代偏差的自然观、探究环境哲学新方向的历久弥新的主题。这个主题实际上是思想家们对困扰着人类生存的现实问题进行思索的结果。因此,对于古老创世说的恰到好处的诠释其实是现代思想家们赋予《圣经》的意义,而不是《圣经》传输给现代人的信息。然而,问题并不在于创世说的新诠释是否成立,而在于人类的救赎依赖于人与自然的复和。如果我们看不到自然的"自我",我们将会和自然一道毁灭、沉沦和灭亡。所以,创世说实际上是信仰的象征化;它不是描述性,而是规定性的;它并不意味着从经验上如此,而是说应当如此。

3. 人与自然的复和。德国图宾根大学神学家于尔根·莫尔特曼在生态神学方面有巨大贡献和卓越成就,这里具体阐述他的生态神学思想,以补充和回应上文对他的论述。对莫尔特曼的探讨与他的希望神学思想是密不可分的。希望神学被看作 20 世纪 60 年代以来最有生命力的神学、最有希望的神学。它强调希望、未来、可能性,强调末世论,强调上帝的应许。这种神学的末世论指的是面向未来,对未来采取开放的心态。它指出上帝在未来,在前方,而不是在当前,更不是在过去。人应当超越当前,而这种超越就意味着同现实社会,同技术统治不妥协。希望神学主张批判,主张反抗现实压迫。这导致了革命神学和政治神学。希望神学与莫尔特曼的名字联系在一起,是因为他于 1964 年出版《希望神学》(*Theology of Hope*)一书使他声名鹊起,从而开创了希望神学的先声。莫尔特曼用末世论的观点把上帝的创造解释成一个开放的系统,其中各个部分相互沟通。他认为人与自然之间是相互作用的,应当破除那种维持人与自然之间统治与服从关系的近代机械主义和上层建筑。同其他生态神学家一样,莫尔特曼对人与自然关系的解决也是从创世说的解释开始的。人们过去习惯于把上帝的创造说成是最初的、6 天之内便告完成的自身完善的创造。莫尔特曼则认为,起初的创造也是在时间之流中的创造,是可以变化的创造。它可以完善但尚不完善,因为它朝着灾难和拯救同时开放,朝着毁灭和完满同时开放。起初的创造不是历史的恒定的形式,而只是自然历史的开端。

正如本书上编开始时所述,基督教思想在生态问题上遭遇责难最多的是《圣经》创世说,而创世说中经常被拿来解读的是《创世记》第一章第 28 节"生养众多,遍满地面,治理这地,也要管理海里的鱼、空中的鸟和地上各样行动的活物"这段话(创 1:28)。莫尔特曼认为,把人与世界的关系描绘成主体与客体的笛卡尔和培根完全把《圣经》的思想弄颠倒了,因为在莫尔特曼看来,"治理这地"应当正确地理解为是耕耘和保存这块土地。他说,"人与自然的所谓主客体之分以及统治和利用的这种范型,不能使人类与非人类的系统共生,它们只能使自然死灭,使人类与自然都导向生态死亡"。由于所有改变自然环境的活动都在人类社会中有其经济、社会的起源,都是建立在人对自身解释的基础之上的,所以莫尔特曼认为,人类不应当迫使自然服从自己,破坏自然的体系,为了自己的目的剥削自然,以此来使自己成为上帝在地上的形象。对于基督徒来说,耶稣基督才是真正的人,是上帝在地上的形象。天上地下所有的权柄都赐给了他（太 28:18），但他来不是为了受人服侍，反倒是为了服侍人。他服侍人是为了我们与上帝团契，是为了我们彼此开放。根据耶稣基督的使命，《圣经·创世记》第一章第 28 节可以这样解释：不是统治这地，而是通过团契使土地得到自由。根据《圣经·罗马人书》第七章的内容，所有被奴役的生物都等待着上帝儿女荣耀的自由的启示，以便他本身也得到自由。莫尔特曼认为这就是马克思说的"自然的真正复活"，是"人的自然化"和"自然的人化"。

莫尔特曼认为，争取人与自然的和睦相处，反对工业对环境的毁灭，是人类解放不可或缺的内容。"被剥削的自然通过默默无言的死亡来表达其抗议。今天，一个新的阶段，即自然从人的剥削中解放出来，应当代替人从自然中解放出来的阶段。"他说，我们应该重新定向，抛弃权利意志，抛弃生存竞争，争取生存和平；放弃寻欢作乐，追求与自然的团契。"文明进一步发展的重要因素是社会的正义而不是经济力量的增长。如果没有对自然环境的公平，则不能实现社会正义；同样，如果没有社会正义，则不能实现对自然的公平。"正义是人与人之间，社会与环境之间相互依赖的一种形式，它是各种生命体系共同存活的基础，它的前提是承认其他生命体系的独立性和主观性①。

在这里我们还要提到另一位神学家亨利·巴尼特（Henry Barnet），他在《教会与生态危机》（*Churches and Ecological Crisis*）中把人看作"地球大家庭的管家、看护者和监护人"，并用看护取代治理

---

① See: Jürgen Moltmann: *Theology of Hope: On the Ground and the Implications of a Christian Eschatology*, Augsburg Fortress Publishers, 1ˢᵗ Fortress Press ed. edition, October 1, 1993; Jürgen Moltmann, Margaret Kohl: *In the End—The Beginning: The Life of Hope*, Augsburg Fortress Publishers, May 1, 2003.

的概念。巴尼特认为,看护者是《圣经? 新约全书》对人类与自然秩序关系的一种称呼。看护者的条件应该是忠诚,因为看护的不是自己的东西,而是别人的财产,而这个别人就是上帝。自然不是人类的所有物①。看护的观念也同《圣经》契约思想有关,因为在《圣经·创世记》中,上帝说"我与你们和你们的后裔立约,并与你们这里的一切活物立约"(创9:9—10)。上帝与人以及大自然有立约关系,从这种关系来看,人应当尊重大自然同为上帝立约的对象,因此,人与大自然是互相平等的伙伴,上帝所有的创造物——人、动物、飞鸟和自然——都是平等的,因为他们都是有限的、受造的,惟有上帝才是无限的。如果说人类有什么特殊的话,就是人是按上帝自己的形象创造的,因而有责任有能力作上帝其他造物的看护人。人作为自然的一部分,既和其他有生命的及无生命的东西平等且相互依赖,又从自然分离出来,担负着保养、照料、看护自然的责任。这样才算履行契约。假如人利用这样的地位把上帝的创造物掠为己有,并用来谋取私利,那不是赞美上帝,而是背叛契约,背叛上帝②。总之,一切有生命的和无生命的东西都在蒙受上帝的恩典。人与自然的复和意味着救赎不再仅仅是人的救赎,而是让人与自然和谐一致,保养宇宙。这就是生态神学的主张,是发展了的基督教神学在今天的意义。

由以上三个方面的论述我们不难看出,发展的神学在拯救生态危机、建立生态的人文学科以及生态研究方面进行了非常积极的努力,可以说它对当代生态意识和生态思想的确立作出了巨大

---

① See: Dieter Hessel, Larry Rasmussen: *Earth Habitat: Eco—Injustice and the Church's Response*, Augsburg Fortress Publishers, September 1, 2001.

② See: Dieter Hessel, Larry Rasmussen: *Earth Habitat: Eco—Injustice and the Church's Response*, Augsburg Fortress Publishers, September 1, 2001.

贡献,同时也由此为神学本身注入了新的活力,使其变得更有生机和吸引力。不仅如此,神学对美的观照也为我们研究美和美学带来深刻的启示。这是我们下面要探讨的问题。

高扬美与审美对于人生的至高价值是西方文明历史进程中审美思想的共同主张,基督教神学领域也始终涌动着一股审美的思想洪流。从浪漫主义时代的施莱尔马赫到存在主义先驱克尔凯郭尔直至当代最富盛名的神学巨擘:保罗·梯利希、卡尔·巴特和巴尔塔萨等,这些杰出的神学家和思想家分别从他们自身所处时代的思想语境出发,对人类在神学世界观中的位置、现状和命运进行了深刻的思考。这些思考就其思想基础、理论体系及表述方式等方面而言无疑是各具匠心的,然而,他们又都不约而同地把人的审美状态或艺术活动视为阻止现代社会中的人日益远离神圣境域的有力武器和实现人性完美的必要途径,这条思想线索清晰地勾勒出现代性以来基督教审美主义的发展历程,并在巴尔塔萨的论述中把美引向了神圣的爱。通过着重梳理和论述基督教神学家的审美主义主张,兴许能使我们更全面地审视基督教神学的审美思想,发现美在现代神学话语中的特殊位置,并进而从神学对美的关注中得到对生态美学外部建设的启示。

现代性思想历程的重要产物之一,是高扬美与审美对于人生的至高价值并进而形成审美主义。据一些思想家对现代性特征的经典界定,美学的独立本身就是现代性精神导致人类知识领域分化的表现,审美主义显然以美学的产生为前提;而且,审美主义"不仅意味着一种对美的热爱,而且表明了一种新的信念,即:美的重要性是可以与其他价值相比较、甚至是相对立的。'审美主义'代表着某种关于生活与艺术的观念,这些观念假定了一种特殊的形式,并向传统的观念提出了新的、严肃的挑战"①。显然,审美而成为"主义",要旨在于一种鲜明的价值取向,即:将"美"提升为一种价值向度,而不仅仅是客观事物的一种属性或主体认知活动的一种结果,并进而把该向度设定为人生重要的、甚至是首要的目标。在现代性早期的浪漫主义传统和晚近的法兰克福学派思想家那里我们都可以清晰地看到,这种价值取向所针对的正是现代性的主导性因素——理性的专制。因此,审美主义的要义正如我们在本书上编所言,一般被规定为:以审美矫正、对抗现代性的理性至上主义。在此意义上,审美主义被视为现代性内部张力之一维,并被命名为"审美现代性"或"浪漫的现代性"。在现代性历史中,审美主义依其哲学基础和精神特质的不同有多种表现方式,如浪漫主义的审美主义、存在主义的审美主义、形式主义的审美主义等。但是,在现代性审美主义中还有一个特殊维度,即基督教审美主义。基督教与浪漫主义和存在主义美学之间的关联、非基督教审美主义流派中有着不可忽视的基督教因素等是众所周知的,但是,现代基督教神学思想中主张以美学方式解读、诠释基督信仰,从而在不同程度上将神学美学化的理论倾向,这不仅是现代神学关注的焦点之一,而且是当代美学和美育所不容忽视的。以美学方式解读基督信仰的做法尽管古已有之——希腊教父传统对基督教信仰的充满美学意味的阐释,圣维克多学派和波那文都拿对信仰过程的心理学描述,甚至托马斯·阿奎那关于美的著名定义,等等,构成了中世纪基督教神学美学的优秀传统,现代基督教审美主义的确在

---

① See: Jürgen Habermas: *The Philosophical Discourse of Modernity*: *Twelve Lectures*, tran. Frederick Lawrence, Cambridge, Polity Press,1987; R. V. Johnson: *Aestheticism*, London: Methuen & Co Ltd., 1969;参见张辉《审美现代性批判》第3—5页,北京大学出版社1999年;宋旭红、张华《美学现代性:一种历史性描述》,载《文史哲》2003年第2期。

很大程度上受惠于这些基督教神学美学传统,然而二者的根本区别在于:中世纪的基督教神学美学传统始终处于宗教话语独尊的大背景之下,因而大多是非自觉地、在思考信仰本身问题时对其中美学问题的旁及;而现代基督教审美主义是以整个现代世界的精神构筑为背景的,其间神学话语的绝对优先地位已经被瓦解,甚至其存在的价值亦时时受到各种挑战,因此神学已经不能以完全自足的方式存在,关注包括美学问题在内的现代人类的生存境遇、追问信仰在现代世界中的位置和作用,成为现代以来神学的新的出发点。在这种情况下,许多神学家是自觉地应用现代美学理论赋予信仰以新的内涵的,其每一家理论都具有强烈的现实关怀。由此可见,和其他类型的审美主义一样,基督教审美主义的精神特质也是紧紧关联于整个现代性问题的。

(1)审美的基督教。在"诸神远去的时代"追寻着神的踪迹,这是海德格尔评荷尔德林(Holderlin)的话,或许可以用来概括浪漫主义的精神气质。它与基督教有着密切的关系,许多浪漫主义者,如哈曼(Johann Georg)、赫尔德(Johann Gottfried Herder)、席勒、谢林、甚至夏多布里昂(Chateaubriand)和柯略律治(Coleridge),其思想都具有浓厚的宗教氛围,呈现出美学与神学合一的境界。然而,最能代表这一时期基督教审美主义、并堪称基督教审美主义第一位重要人物的,应是兼具浪漫主义者身份的神学家施莱尔马赫,他成功地将启蒙理性的合理成果和浪漫主义的时代精神引入神学,从而真正完成了新教神学的"主体性"定位,极大地影响了整个现代神学的精神气质与发展方向。其神学以情感论为特征,在很大程度上运用浪漫主义美学的重要方法和概念来阐述神学思想,从而使美与审美在其神学建构中起到了关键性的作用。

青年施莱尔马赫醉心于康德哲学,对人性及其理性能力抱有启蒙主义式的乐观态度,这使他能够一改天主教传统和加尔文主义对现代科学理性精神的敌视态度,并且真正开始从人自身的主体性出发思考神学问题,从而成为第一个真正的"现代神学家"①。另一方面,施莱尔马赫并没有像其他启蒙思想家那样用理性主义取代宗教。相反,他认为:"作为一切宗教团体的基础之'敬虔',若纯就其本身来说,不是'知',也不是'行',却是一种'情感',或说'直接的自我意识'的表现。"②这一结论显然来自对康德哲学的修正。在知识的有效性和伦理的最终依据两方面,施莱尔马赫都不能同意康德的理性主义,而是主张保留上帝作为终极原因,同时,他发现"既然关于上帝的概念的假定是为了同时满足知识领域与道德领域,它在我们意识中最合适的家园一定是同等地先在于知识和意志,并同时作为二者基础的,那就是情感"③。这样,他就把宗教的本质与情感关联起来,认为宗教就是一种"绝对依赖感"。这一著名概念所表述的是"敬虔的所有各种不同表现中的共同要素,它们藉以区别于其他一切情感的"的本质,是"人与上帝的关系的意识"④。

施莱尔马赫的情感论是敬虔派传统和浪漫主义的综合,同时其背后也隐藏着深切的现实关怀,即:矫正把宗教信仰与理性知识或道德混为一谈的时弊,批判启蒙主义之后人们对宗教的普遍厌倦态度。他的成名作《论宗教》的副题是《对那些有教养的蔑视宗

---

① 汉斯·昆著、包利民译《基督教大思想家》第170页,香港,汉语基督教文化研究所1995年。

② 施莱尔马赫著、谢扶雅译《宗教与敬虔》第302页,台北,基督教文艺出版社1991年。

③ Hugh Ross Mackintosh: *Types of Modern Theology*: *Schleiermacher to Barth*, p. 39, New York, Charles Scribner's Sons.

④ 《宗教与敬虔》第309页。

教者的讲话》(*On Religion：Speeches to its Cultured Despisers*)，足见他的神学的用心所在。他反复申明：宗教是一种主体当下的、对于绝对者的情感体验，以此反击当时盛行的宗教概念化倾向——无论是道德主义的概念还是科学主义的概念。这无疑是浪漫主义以感性主体对抗客体化的理性压制的宗旨在神学领域的反应，因而其神学毋宁说是美学式的，信仰的特质通过一种美学的方式被描述出来，对人的情感本质的过分强调使他很难在宗教情感与审美情感间做出任何实质的区分。正如有的研究者所指出的那样："对施莱尔马赫来说，教义学、辩证法、心理学和美学在主体身上彼此交织在一起。"①这一方面使他当之无愧地成为现代基督教神学及其审美主义的先锋，另一方面，由于把对绝对超越的上帝的信仰仅仅维系于人自身的内在意识，启示及其历史性、人的罪性等这些至关重要的基督教神学问题都统统被忽略了，20 世纪后，他屡因"神学的内在化"、"主体性定位"或"心理主义"、"自由主义"的始作俑者的身份而倍受诟病。

和施莱尔马赫的情感主义一样，克尔凯郭尔的存在主义视角也具有深刻的现代性关切。克尔凯郭尔所否定的审美是具有现实针对性的，正如他的哲学是为了颠覆黑格尔哲学体系一样，他的美学的出发点是批判浪漫主义式的审美，二者共同的基础是一种新的哲学方向：存在主义。在克尔凯郭尔看来，德国浪漫派的审美方式过分沉湎于漫无边际的艺术想像以获得一种无限自由的可能性，而完全忽视了人的生存的现实性，因而是"反讽的、消极的、不严肃的，在对现实性的态度上是解构的，而不是对人性的发展和个

---

① Eugene F. Rogers：*Jr. Schleiermacher as an Anselmian Theologian：Aesthetics，Dogmatics，Apologetics and Proof*，*Scottish Journal of Theology*，p. 343，vol. 51，no. 3，Edinburgh：T & T Clark.

人与他人的关系起到建设性作用"①。与此同时,克尔凯郭尔一生的著作都在构筑这样一种新的人生态度:在自我切实的生存境遇中,以始终不渝的热情,直面、追求绝对者。他的这种人生观可以非常恰当地借用他自己早年概括浪漫主义的一个词来表述,即:诗意的生存(Living Poetically)。与浪漫主义只关注想像的可能性不同,克尔凯郭尔意义上的"诗意的生存"是一种基督教式的人生模式,它"既肯定可能性,又肯定现实性;既肯定自由,又强调我们作为历史性存在的有条件性和有限性;并主张通过一种在与无限者的关系中自我发展的过程——而不是自我创造,来构建人性"②。这种模式始终把个体置于与上帝的直接关系之中,因此,"即使在那些对诗歌和美学生活模式批评最激烈的作品中,也存在着一种积极的诗学观念,在其中,一方面由于伦理—宗教生活被看作是一种真正的诗学,另一方面也由于诗学和美学的因素被引入伦理和宗教生活,美学—诗学与伦理—宗教间的差异极大地相对化了;在这种观念中,信仰本身被诗意地理解为一种'艺术作品',在根本上是美学的,以想像与可能性为形式的诗学被看作是实现伦理—宗教理想的一种本质的能力"③。由此可见,克尔凯郭尔实际上是把自鲍姆加通—康德以来作为一种与特殊对象(艺术作品或自然物)相关联的特殊活动的审美,泛化为一种存在意义上的普遍的生命状态,为美学的范畴——诸如反讽、幽默、悲剧、喜剧、史诗、抒情诗等——赋予存在主义的意义,从而将启蒙主义和浪漫主义的美学转变为一种存在主义的美学。由于在克尔凯郭尔那里,人的存在

---

① Sylvia Walsh: *Living Poetically: Kierkegaard's Existential Aesthetics*, pp. 2—3, Pennsylvania: The Pennsylvania State University Press, University Park, 1994.

② 同上。

③ 同上。

的真正含义就是在信仰中的存在,因而美学、伦理、宗教三者在"存在"中达到了统一。信仰的状态,诸如各种强烈的情感体验,本身也是美学的状态,因此,如上所述,信仰本身成为美学的。

施莱尔马赫倡举情感论是为了反对神学的知识化、概念化,代表了浪漫主义主体性精神在神学领域内的回应,其本身既是现代性的产物,又可以看作是从神学角度对现代性的一种反思;克尔凯郭尔则把这种反思进一步深化:在他看来,施莱尔马赫的情感和黑格尔的绝对精神至少有一个共同的致命缺陷,即二者都以想像中的普遍人性为立足点,都忽略了人的现实性存在。没有这种现实性,所谓敬虔情感就成了无源之水,同样,再精致的哲学体系也变得毫无价值。因此,克尔凯郭尔把"存在"的视角引入了神学。事实上,他的神学和施莱尔马赫一样是典型的"主体性"的、"心理主义"的,对信仰者内心抉择的关注是他的作品的主要内容,然而与施莱尔马赫不同的是,他决不会把信仰本身乃至信仰的对象消融到这种主体的情感状态之中。在他的神学中始终耸立着一个绝对的前提,那就是上帝与人的直接面对。正是上帝在个体存在中的在场迫使着人不断面临抉择,人生从一个阶段进到另一个阶段,最终归于完全的信仰。

也许因为"存在"的视角本身恰好切近审美的状态和宗教的实质,克尔凯郭尔思想因此成为一个通向"存在—信仰—美学"三者关系的入口,在 20 世纪的哲学、美学以及神学领域都具有令人惊叹的影响。基督教审美主义的声音在 20 世纪日趋多元化的神学话语中似乎越来越响亮,其中克尔凯郭尔的存在主义维度始终是一个或隐或显的出发点,尽管其理论范式将被新的历史条件下产生的新的范式所取代。

(2)美在神学中的进步。基督教审美主义在 20 世纪后半叶变得格外引人注目,许多重要的神学家表现出对这一理论的青睐和推崇,这是因为现代性的弊病在这一时期已经通过惨烈的现实完全展现在人们面前,整个西方知识界都深感反思现代性的迫切需要,神学界也不例外。其中,梯利希和卡尔·巴特代表着两种截然相反的审美主义思路,前者的"文化神学"提案意图通过宗教的世俗化解决当代文化与神学之间的矛盾,后者则极力呼吁严守神人界限,由此发展出一种基督中心论的神学美学,并被巴尔塔萨发扬光大。我们完全有理由认为这是美在神学研究领域中的一种进步。

梯利希的"文化神学"主张对文化进行宗教的解读,其实质是把宗教泛文化化。究其理论背景,要者有二:第一是梯利希对当代西方文化状况的把握。他认为,现代的特征是"革命理性"大行其道:一切外在权威都被颠覆,一切形式的"他治"(Heteronomy)都被自由的、理性的自我的"自治"(Autonomy)所取代。然而,这种现代性的"自治"由于离开了人的生存的现实性根基,变成了一种虚妄的"自我满足的有限性"(self—sufficient finitude)。在他看来,这正是现代性危机的关键所在。事实上我们看到,造成这种状况的深层的哲学根源仍然在于现代性以来的主客体之间的分裂、对立。德国唯心主义、浪漫主义以及克尔凯郭尔甚至尼采的存在主义,无一不是在试图克服这种分裂,但实际上都因过分强调主体方面而未能成功。浪漫主义固然如克尔凯郭尔所批评的那样只提供了一种"想像的可能性",而在存在主义那里,客体依然是一种异己的、令人"恐惧与颤栗"的存在。第二是梯利希对基督教、尤其是新教教会及其神学现状的不满。和卡尔·巴特一样,他认为当前教会最严重的问题在于传统的神学话语已经无力对当代文化作出回应,造成了教会与世界、神学与文化的日益严重的分裂。这种分裂最终也可以归结到主客体之间的分裂上，因此，如何克服主客体之间的紧张关系就成为梯利希最重要的哲学课题，也是他的神学思想的基础。

针对"无根的自治"（uprooted autonomy），梯利希提出"神治"（Theonomy）的概念。所谓神治"并不意味着接受一种由一个最高权威强加于理性之上的神圣律法，而是意味着自治的理性与它自己的深度联合在一起。在神治状态下，理性通过服从它自身的结构性法则、在它自身的永不枯竭的根基的力量中实现它自身"①。和海德格尔的"深渊"一样，梯利希的"深度"一词具有浓厚的存在主义意味。与"表面"相对，"深度"指向人的存在的现实性根基，其终极意义即是真理。因此，所谓"理性与自己的深度的联合"意味着理性超越了浅薄的自我满足，能够穿透世界的表象，在自己的本性中与真理融为一体。显然，这是一种理想的存在主义意义上的主客一体的状态，连梯利希自己也承认这在现实条件下是不可能达到的。因此，他转而从艺术世界、主要是视觉艺术中寻求消解主客体间紧张关系的灵感。以表现主义绘画为例，梯利希把艺术作品区分为三种要素：形式、内容、意义。其中形式指构成图画的物质因素，如线条、色彩等，内容指绘画的主题事物，而意义指的是绘画所表达出的思想。与传统的内容—形式二分法不同，梯利希认为这二者其实是统一的，共同构成艺术作品的物质性维度；与二者相对的是"意义"所代表的精神性维度，这是艺术作品中最重要的因素。意义来自于创作主体的"关怀"，如果这种关怀足够强烈，内容将变得无足轻重，比如在象征中。因而，梯利希认为艺术中真正重要的东西是形式和意义，二者相互依存，缺一不可，因为意义必

---

① Paul Tillich: *Systematic Theology*, p. 85, vol. 1, Chicago: University of Chicago Press, 1951.

须"穿透"形式才能"在场",形成梯利希所说的"精神性物质"。显然,这种艺术是主客体深度联合的典范。在这一早期艺术观的基础上,梯利希进一步将宗教与文化的关系与之进行类比。他认为,在所有的主体关怀中,宗教是最后的、终极的关怀,因而是所有存在最深层的意义。据此,他反对所有将宗教视为文化中的一个特殊门类的看法,认为宗教应该是所有文化领域背后透露出来的终极的意义。因此,他提出了关于文化神学的著名口号:宗教是文化的实质,而文化是宗教的形式。这样,艺术式的主客体融合模式也为文化与宗教的融合提供了契机,据此,一方面所有文化形式都可能被赋予宗教意义,另一方面,神学话语被转换为文化的、美学的,神学被泛文化化,其最突出的例子是梯利希的基督论。按照鲁斯·佩吉(Ruth Page)的观点,梯利希的基督论是其哲学与美学结合的产物,"哲学构成了把基督解释为'新的存在'的承载者的部分,美学则反映在他对福音象征以及圣经中基督形象的描述上"[1]。根据他的存在论,人的现实存在永远是一种远离了其本质性根基、远离了其他存在物和他自身的状态,只有一种"新的存在"(New Being)能克服这种疏离。"新的存在"是一种"未被扭曲的、存有条件下的本质性存在"[2]。在梯利希看来,这样的存在只有在神人二性的耶稣基督身上才能得到最恰切的体现,而他用来证明这一点的正是艺术象征模式:耶稣基督作为终极真理,突破其历史形式闪现出来。

由此可见,对艺术与文化的探讨是梯利希宗教神学思想中至关重要的内容,其中艺术神学又是文化神学的核心,它"提供了一

---

① The Rev. Dr Ruth Page: *The Consistent Christology of Paul Tillich*, *Scottish Journal of Theology*, p. 195, vol. 36, 1983.

② Paul Tillich: *Systematic Theology*, p. 136.

种避免把神学理解为对教义传统的单纯重复或解释的思路,满足了许多现代人追求在不否定文化的自主性的前提下跨越宗教与文化间的鸿沟的要求"①。这种思路就其实质而言仍然是自施莱尔马赫以来试图以审美化的神学解决现代性主客分裂危机的基督教审美主义思路的延续,它的激进立场使它在正统神学家看来无疑是离经叛道之举,他因此成为 20 世纪神学家中最具争议的人物之一。与其同时,巴特—巴尔塔萨所代表的另一条基督教审美主义路线表现出更加活跃的势头。瑞士神学家卡尔·巴特恰与梯利希同龄,就其思想动机而言,二人首先要面对的当然是同样的西方文化危机的现实,但是对该危机的不同认识导致了他们相反的神学进路,包括美学思考。巴特神学素有"危机神学"之名,直接针对西方现代性精神过分强调人的主体性地位所带来的种种恶果,其中最令人震惊的就是希特勒主义。与梯利希把这种危机的根源归结为人的自治的"无根性"、从而试图用存在主义以及宗教文化来医治的立场不同,巴特认为造成危机的关键在于:人对于自身主体性的盲目自大使他遗忘了超越的上帝的本性,企图自己成为上帝。因此,疗救危机的根本途径在于重申上帝与人之间的绝对界限。"上帝就是上帝",是"绝对的他者",人根本不可能凭自身的理性达到对上帝的认识。所以他激烈地反对自施莱尔马赫以来的自由主义神学路线,反对在人的情感经验和理性经验中寻找信仰的根据,转而强调:人惟有通过上帝之言、即上帝自我显露的启示才能接近上帝,而上帝之言的最高形式即是成肉身的耶稣基督。"离开或没有耶稣基督,我们不能对上帝和人以及他们相互之间的关系说任

---

① *The Thought of Paul Tillich*, Edited by James Luther Adams, Wilhelm Pauck, Roger Lincoln Shinn, p. 156, San Francisco: Harper & Row, Publishers, Inc., 1985.

何一句话。"①巴特神学因此也被称为"上帝之道（言）的神学"。这样一来，浪漫主义和存在主义的基督教审美主义当然也在他的否定之列。然而，巴特并没有将美从神学中驱逐出去，而是在一定程度上重申了中世纪传统：美来自上帝。他用圣经中的"荣耀"概念来阐述这一思想。按巴特的理解，"荣耀"乃是"他（上帝）的神圣存在的内在喜悦从他之中闪耀出来，因其自身的丰富性而流溢，并且在这种极度丰富中不满足于自身，而是要传达出他自身"②。这种传达就是上帝的启示，由于来自于神圣者的内在喜悦而具有令人信服的力量。所以，巴特认为单单用"力量"（Power）概念不足以涵盖"上帝的荣耀"，还应该加入"美"的维度。他说："如果我们可以说并且必须说：上帝是美的，这就是在说：他是如何照亮我们、令我们信服的……上帝具有这种言说自己、征服我们的超级力量和吸引力，因为他是美的，神圣地、以其自己的方式美……他赐欢乐、渴望、喜悦……因为他就是欢乐的、渴望的、充满喜悦的……这就是我们说'上帝是美的'的含义。"③正因为神学的对象是最高的美，巴特称神学为"最美的科学"。

　　尽管如此，巴特对于谈论神学之美仍然表现出相当谨慎的态度，认为"美"只是一个辅助性的概念，不能成为神学的中心主题。正如理查德·维拉德索所指出的，这反映出巴特对神学审美主义的戒备态度④——他担心过多地谈论美最终会重蹈施莱尔马赫主义的覆辙，将上帝置于一种形而上学的美学范畴之下，损坏上帝的绝

①　Karl Barth：*Church Dogmatics*, vol. IV, Part. 1, edited by G. W. Bromiley and T. F. Torencen, p. 47, Edinburg：T & T Clark, 1970.

②　Karl Barth：*Church Dogmatics*, vol. IV, Part. 1, pp. 648—656.

③　Karl Barth：*Church Dogmatics*, vol. IV, Part. 1, pp. 648—656.

④　Richard Viladesau：*Theological Aesthtics*：*God in Imagination*, *Beauty*, *and Art*, p. 28, New York & Oxford：Oxford University Press, 1999.

对超越性。巴特的这种态度也许是因为：至少对于将美归结为一种情感状态来说，他事实上并未脱离新教美学的"内在化"定位，他的美学仍然是路德以来的关于"倾听"上帝之言的美学，只是他把关注的重点从倾听者转向了那位神圣的言说者。然而，人们往往只关注这一转向对于神学的重大意义——汉斯·昆(Hans Küng)因此称巴特是后现代神学的开创者——却很少从美学角度去思考它。事实上，重申中世纪基督教传统的美学思想、把启蒙运动以来一直紧紧维系于人的主体心灵的美学归于神圣者，这本身就预示着一种更普遍、更具有本体论意味的审美主义的可能性，因为如果作为世界终极本原的绝对者本身是美的，那么，不仅人类的情感领域、甚至知识和道德领域都充满美，因此，巴特的古典主义同时也有可能成为一种最大程度的审美激进论或泛化论，这一点在他的同乡和后继者、天主教神学家巴尔塔萨那里清楚地表现出来①。

巴尔塔萨在本书上编即进入我们的视野，但在这一节研究的几位人物中他是第一位天主教神学家，这是由历史原因造成的。首先，如前所述，基督教审美主义的产生本身基于新教的内在化美学对天主教形式美学（偶像崇拜）的批判；其次，进入现代以来，罗马天主教会的官方神学坚持托马斯主义，美学因其现代性以来的反理性倾向而被拒于神学之外。结果，神学日益抽象化、概念化，教会与现代世界间的分裂也日益严重，这种状况一直持续到第二次梵蒂冈会议时代。以"梵二会议"为标志的天主教神学的现代化包括了其美学维度的复兴，这在活跃于"梵二会议"前后的一些天主教神学家身上表现得非常明显，比如拉纳就宣称：神学应该恢复其审美维度，采用一种"神秘主义的"(mystagogical)、"诗意的"方

---

① 参见张华、宋旭红《重现神圣之美》，载《南阳师范学院学报》2003 年第 10 期。

法。巴尔塔萨以其恢弘的神学三部曲构想成为这种天主教内部美学复兴的最具代表性的人物。之所以称为"复兴",是因为中世纪天主教神学、尤其是教父神学中本来就蕴涵着丰富的美学思想,巴尔塔萨的神学美学即被认为是在很多程度上重新发掘和发扬了这种传统。然而,"复兴"决不是简单的重复,巴氏的神学美学同样具有鲜明的现代性特征,概言之,是在巴特基督中心论的荣耀美学的框架下,将现代美学与教父美学结合起来的产物。巴尔塔萨最为人瞩目的神学著作是《荣耀:神学美学》,表明他的神学美学是以巴特思想为基础的。他也把基督视为上帝的荣耀之美的最高形式,然而,与巴特强调耶稣基督是"上帝之言"的"倾听"美学不同,巴尔塔萨更加强调耶稣基督作为上帝荣耀的"可见形式"的特征。从这里可以清晰地看到新教与天主教在美学问题上的分异。"形式"是巴尔塔萨神学美学的中心概念,其中既保留了自柏拉图、亚里士多德以来的形而上学意义,又继承了现代美学所强调的可感知性特征。真理的深度透过外在的可见形式闪现出来,这正是古希腊直到中世纪的形而上学美学传统,在此意义上巴尔塔萨具有远比巴特浓厚的古典主义倾向。巴尔塔萨从纯神学角度解读这一概念,认为道成肉身的耶稣基督是形式之美的最高、最完美的表现:作为历史性存在的人,他具有直观形象;作为上帝自我显现的启示的最高形式,他是神圣真理。在他身上,神圣真理的光辉在形象中迸发出来,并且因为其可见性,启示进入历史,恩典进入自然,信仰与整个人类世界紧密地联系在一起。"成熟的基督形象是人世间至高无上的美。"[1]信仰的原初奥秘就是信徒为基督形象之美所震惊、陶

---

[1] Hans Urs von Balthasar: *The Glory of the Lord: A Theological Aesthetics*, p. 31, vol. 1, *Seeing the Form*, tran. by Erasmo Leiva—Merikakis, Edited by Fessio S. J. and John Riches, T. &T. Clark, 1982.

醉,因此巴尔塔萨把美视为神学所必须讨论的第一个主题,神学美学就是其神学三部曲中的第一部。这显然是与巴特的告诫背道而驰的。但也正是在这里,巴尔塔萨发展了巴特的美学:虽然和巴特一样不满于浪漫主义的审美主义神学用世俗美学范畴去言说上帝之美,但是,巴尔塔萨并不主张限制美在神学中的份量,相反,他试图以一种"真正的神学美学"来代替审美神学,即"不是主要运用世俗哲学美学,特别是诗的非神学范畴,而是运用真正的神学方法从启示自身的宝库中建立起它的美学"①。所谓"真正的神学方法"是指完全从神学的角度去考察启示和信仰中的美,在"神圣的相遇"中,康德意义上的美学(对形式的感知)和伪狄奥尼修斯的美学(神秘的狂喜)完美地融合在一起。

巴尔塔萨的神学美学在某些意义上达到了现代以来基督教审美主义的极致,甚至表现出某种"元美学"的野心:首先,他对美在神学中的地位的推崇是无人可比的,基督信仰在他看来首先是一个审美事件,因此神学首先应是美学,这是一个远比此前的基督教审美主义更明确、更大胆的结论;其次,巴尔塔萨认为上帝的荣耀之美不仅在神学中,而且以形而上学的、诗学的方式闪现出来,充满了整个人类历史,由此而来的推论是:借助神学所特有的自上而下的视角和终极话语权,美学可能涵盖诸多人类精神领域。这也许是基督教神学为了克服现代性的内在分裂而不断将自身美学化的必然结果。

(3)神学对美及生态美的启示。两个世纪以来,随着时代精神的变迁和思想家个人志趣的不同,基督教神学家们的审美诉求表现为不同的理论形态,各家具体主张有时显然相去甚远,然而我们

---

① Hans Urs von Balthasar: *The Glory of the Lord: A Theological Aesthetics*, p. 117, vol. 1.

也可以看到：在基本的理论问题上，诸如美及人类审美情感的终极来源、美的形式与意义的关系、审美主客体的关系等等，它们表现出明显的一致性。这是因为无论哪一家的基督教审美主义都是处于现代性的个人主义、理性主义、世俗主义语境之下的，都试图通过从审美角度阐释基督信仰的方式来矫正现代性上述维度过度膨胀带来的种种弊端。据此我们完全有理由把它们看作一个统一的思想序列，它在现代性语境中是一支鲜明的对抗性因素，但它同时又是现代性自身的产物。这就是基督教审美主义在现代性问题中的特殊位置。

然而毋庸讳言，对于这个序列的特点和价值（尤其是从美学的角度来看），长期以来我们并没有给予足够的重视。无论是在神学还是美学领域，基督教审美主义都始终处在边缘的位置。虽然如上所述，在当前人们对现代性问题的反思日益深入的背景下，基督教审美主义呈现出更为强劲的发展势头，引起了越来越多的关注，但是另一方面我们又必须看到，这种关注还是远远不够的：就整个美学领域来看，基督教审美主义的声音和当下种种"后现代美学"的强势美学话语相比显得太微弱了。那么我们在后现代时代谈论基督教审美主义是不是根本就不合时宜呢？恰恰相反：正因为后现代美学大行其道，我们才更需要认真探究基督教神学自现代以来的种种审美主义主张，因为在这些以神学为依托的美学意见中蕴含着有助于我们矫正后现代美学某些弊病的重要启示：

第一，在媚俗艺术和解构游戏中反观美的神圣性。"世俗主义"被公认为现代性区别于由信仰占据意识形态统治地位的前现代的一个重要特征。马克斯·韦伯精辟地把现代以来西方社会的世俗化进程定义为"祛魅"的过程，即一直在人类事务中扮演主宰者和执法者角色的神圣者逐渐退场，理性本身成为衡量一切的尺度。表现在美学中,就是美的标准的世俗化。卡林内斯库在《现代性的五幅面孔》一书中就把"媚俗艺术"——即以迎合大众欣赏口味为宗旨、以商业盈利为目的的文化艺术活动——看作是现代性文化的一个标志。当然,世俗化并不仅仅表现在所谓的媚俗艺术里,在本书的关注视野中,它最深切的意味是:美的终极源泉不再维系于最高的神圣者,而是下降至人自身。从现代到后现代,世俗化是一个不断变本加厉的过程——如果说现代性美学的世俗化还意味着美以某种属人的趣味为标准(无论是精英艺术还是媚俗艺术),到了以解构为能事的后现代时代,似乎连这些标准也不存在了。在"削平深度"的口号下,美和审美变成了能指无限"延异"的解构游戏。于是和在其他精神领域一样,人们从无任何深度模式的符号的狂欢中清醒过来之后才惊觉真正的美的失落。

美,那自文明发轫之初起就与世界的神圣本质紧紧联系在一起、令世世代代的人们沉醉不已的,难道真的只不过是一堆无意义的能指的碎片吗?在这样迷惘的疑问中,基督教审美主义执着于美的神圣来源的信念也许是发人深省的。在神学视野中,美的终极来源、即最高最本原的美,永远属于上帝,这是一个贯穿了整个基督教美学史的基本信念。基督教审美主义的倡导者们坚持了这一信念。即使在施莱尔马赫所处的主体至上的时代,他的敬虔情感最终也是以上帝为惟一根据的。本书所论及的具有审美主义倾向的神学家无一不是反世俗化的斗士,美在他们心目中乃是神圣者向沉溺于世俗趣味之中的人的显现,其中,巴尔塔萨把现代性界定为美从真和善中的分离、上帝神圣荣耀之光的消逝是值得我们深思的。

第二,在相对主义和虚无主义的泥沼中遥望意义的永恒性。如果说"世俗化"是现代和后现代共有的特征,它们之间至少有一个决定性的区别:现代的世俗化在否定了神圣权威的同时还在企图另造世俗权威,也就是说现代主义始终在追求意义的某种"确定性"根据;而后现代主义者声称:"不确定性"才是他们的标志。当代文化的相对主义和虚无主义就是不确定性的必然结果。在美学方面,这一放弃确定性的过程表现得异常清晰:首先是现代主义诸流派以艺术家的个性为美立法,放弃了美所依凭的一切外在价值保障;接着接受美学、读者批评击碎了作者的权威,奉读者为作品意义的最终确立者;然而结构主义和新批评派又宣告读者的意见是"谬见",主张意义只在作品自身;最后,后现代的解构精神粉碎了所有这些寻求确定性的努力。自德里达以后,一切恰如鲍曼所描述的:"所有的意义都是一种提议,需要经得起讨论与争论,需要解释与再解释……符号在意义的寻求中漂流,意义在符号的寻求中漂流。"①符号与意义、或者说词语与实在之间的联系被切断,不仅传统的真理观化为虚妄(本书上篇所述鲍德里亚等人对后现代文化"仿真与拟像"本质的透析更是从根本上否定了真理存在的可能性),在符号碎片上游移不定的美的光辉也变得可疑了。

相对主义、虚无主义是解构革命带来的最彻底的自由,然而也是最大的惶恐不安。正因如此,以建设性的后现代主义者成名于世的大卫·雷·格里芬(David Ray Griffin)等人才主张在传统的本质主义真理观和极端相对主义之间寻找"中间道路",并保留上帝作为可继续为真理和道德提供最后保障的"特权信念"②。与格里芬相比,晚近的基督教审美主义者对美的绝对性的捍卫显然更为强

---

① 齐格蒙·鲍曼著,郇建立、李静韬译《后现代性及其缺憾》第127页,学林出版社2002年。
② 参阅大卫·雷·格里芬等著、鲍世斌等译《超越解构:建设性后现代哲学的奠基者》第33页,中央编译出版社2002年。

硬,且不说巴特和巴尔塔萨始终不容置疑地将上帝视为意义的光源,就是梯利希的文化神学提案也因为有着信仰的坚实内核而给了在相对主义与虚无主义中飘荡的当代文化清醒的一击。当我们迷路时,能够帮助我们走出困境的也许就是那虽遥不可及、却永不改变的北极星。

第三,在主客体彼此疏离的处境中呼唤相互寻求的爱。自从浪漫派和德国古典美学以审美主体内在心意能力的和谐取代传统的主客体之间和谐美的理想,审美主客体的相互疏离事实上就萌生了。现代主义艺术史是一部充满自然与人、自我与他者矛盾斗争的历史,而在哲学美学领域,从 19 世纪后期到 20 世纪前半叶的美学地图也通常被描绘成客体至上的形式主义与强调主体的人本主义诸流派双峰对峙的局面。人们逐渐发现,现代性个人主义神话的结果是把人从自然、从社会、从活生生的生命状态中孤立出来,而这种主客体间日渐疏离的状态使美逐渐丧失了产生和存在的根基。及至后现代时代,审美更成为一种消费活动,审美活动的主客体转变为生产者、产品和消费者之间彼此独立的商业关系,在利益原则的控制下,美已经名存实亡。在这种情况下,后现代性致力于修复主客体之间的关系,对话理论、交往理性乃至生态美学,成为时下最时髦的词汇①。

在这里,我们再次看到了基督教审美主义所蕴含的当下对生态美学的意义:在不容置疑的信仰前提下,神学之美的主客体(人与神)之间尽管存在着远比任何世间美的主客体都要深刻的、本质性的差异,它们却不是彼此排斥、争夺美的主权,而是彼此相爱,并凭着这爱的力量冲破理性的壁障、相互寻求乃至相遇。美,无论它

---

① 参见宋旭红、张华《神学对美的观照和启示》,载《文艺美学研究》,2004 年第 4 期。

被命名为主观的"情感"、客观的"荣耀"、还是主客体相互融合的"精神性物质",都是这种爱折射出的光辉,都异常鲜明地体现了主体与客体之间相互依存、不离不弃的关系。当然,基督教神学的视域相对于我们所面对的整个当代审美文化现状而言毕竟还是太狭小了,神学家们的结论未必具有普遍适用性。然而,他们坚定不移的理论姿态至少在反复地提醒我们:只有爱——爱这个世界,只有通过爱,才能把碎片化的世界重新粘合起来,才能实现整体的生态自然之美。

二 生态美学的理论逻辑

在当代文艺理论与美学的发展进程中,肇始于 20 世纪 80 年代初期的新历史主义(New Historicism)思潮曾经非常引人注目并风靡一时。相对于旧的历史主义把文学文本看作是一种历史现象,认为它产生于特定的历史背景之中,是对历史的一种反映的批评方法,新的历史主义提出历史和文学同属一个符号系统,历史的虚构成分和叙事方式同文学所使用的方法十分类似,二者之间不是谁决定谁,谁反映谁的关系,而是相互证明、相互印证的"互文性(intertexuality)"关系等看法。也就是说,新历史主义把历史看作是一种话语,或一种文本。显然,这种历史观带有明显的后现代社会的色彩,它既是相对主义思想在历史研究方面的具体演示,又是福柯等后结构主义者历史观的延续。然而,尽管如此,我们仍然难以避开历史的意义与作用——即使是文本的历史。所以,在这一部分我们主要考察和研究的就是生态美学思想演进的理论逻辑和历史。当然,鉴于前文已经对其中的哲学思想以及神学思想进行了探讨,这部分内容主要侧重于文艺理论和美学的发展轨迹,并且主要是其在当代的演进逻辑,其中亦将涉及这一演进过程中古代和近代的生态美学资源,以便我们更清晰地了解生态美学作为美学理论的建构脉络。

（一）西方文艺理论与美学的当代演进

研究西方文艺理论与美学的当代演进，两位著名美籍学者——雷内·韦勒克（Rene Wellek）和奥斯丁·沃伦（Austin Warren）——的地位和作用不容忽视，他们合著的《文学理论》（*Theory of Literature*）曾经产生过巨大影响，特别是他们把文学研究的方法分为"外部研究"和"内部研究"两种，非常引人注目。所谓外部研究，即把焦点集中在围绕文学作品的社会环境、作家思想等方面的问题，关注文学与历史传记、文学与心理学、文学与社会、文学与思想的关系，探讨外部规律；而内部研究则把目光集中在文学作品本身的构成要素和文体模式等，研究主题包括文学作品的存在方式，作品的语言特征如谐音、节奏、格律，文体和文体学，意象、隐喻、象征、神话，叙事文学的性质和模式，文学的类型等问题，探讨文学的内部规律。韦勒克和沃伦认为，在俄国形式主义和英美新批评所强调的内部研究出现以前，传统的和流行的研究方法皆为外部研究，这种研究只是从作品产生的原因去评价和诠释作品，因而是一种因果式研究，不能说明文学艺术本身的问题。因此，他们强调用分析和解释文学作品本身的内部研究方法代替外部研究方法，但由于形式主义和新批评派的研究实践以及细读、张力、分析等具体的操作方法并没有解决文学的全部问题，对文学作品结构层面的描述也不能全面揭示文学与文化、文学与社会、文学与人自身发展的内在关系，所以内部研究在后来遭受广泛质疑就不足为奇了①。

---

① See：Rene Wellek, Austin Warren：*Theory of Literature*（*New Revised Edition*），Harvest/HBJ Book, 3ʳᵈ edition, 1984；并参见韦勒克著、章安祺、杨恒达译《现代文学批评史》，中国人民大学出版社 1991 年。

其实,20 世纪的文学研究并没有停留在内部研究划出的领地中,而是再次转向了外部研究,正如美国学者希利斯·米勒(J. Hillis Miller)所说,"事实上,自 1979 年以来,文学研究的兴趣中心已发生大规模的转移,从对文学作修辞学式的'内部'研究,转为研究文学的'外部'联系,确定它在心理学、历史或社会学背景中的地位。换言之,文学研究的兴趣已由解读(即集中注意研究语言本身及其性质和能力)转移到各种形式的阐释上(即注意语言同上帝、自然、社会、历史等被看作是语言之外的事物的关系)"①。这次由"内"向"外"的转移不是向传统研究方法的单纯回归,而是在具有了对文本进行细致解读的方法和能力的基础上,向着恢弘广阔的历史背景与文化语境的主动进入。伴随着文艺理论与美学的这种重新定位,当代社会中的相关热点问题,像文学与文化、文学与生态,以及文艺学理论自身发展的问题都进入了当前的研究视野之中②。关于西方文艺理论与美学的当代演进问题,山东大学凌晨光教授的研究和分析为我们清晰地梳理出了西方文艺理论与美学的当代演进路线,具有非常高的参考价值。通过对演进历程的分析,我们不难发现生态美学构建的理论逻辑。

---

① 希利斯·米勒《文学理论在今天的功能》,载拉尔夫·科恩主编《文学理论的未来》第 121—122 页,中国社会科学出版社 1993 年。

② 在这个意义上,本书大致分为生态美学的发生(大地之声),生态美学的外部研究(大地之歌)和生态美学的内部研究(大地之梦)三部分。这三部分对内部和外部并不是作韦勒克和沃伦那样的严格区分,而是一种宏观概念上的描述。另外,大地之声意指生态环境痛苦的呻吟之声和呼吁,大地之歌表明我们对生态环境开始予以足够的关注,赞美科学和人文为此作出的努力和成绩,大地之梦则表明一种期待和向往,着眼于在建构整体的生态美学系统时,不应只停留在生态环境与文学的影响或关系研究(当然这也是非常必要的),更要深入到文学艺术和其他文化现象(包括社会经济政治现象)的内部。也就是说,生态美学的思想研究被我们看作外部研究,而下文将要具体阐述的理论研究,是生态美学的内部研究。

1. 重新开放文化研究。20 世纪 80 年代以来,随着新历史主义、女性主义批评、新马克思主义文学理论的兴盛,文学与文化的美学问题重新受到研究者们的关注,文化研究再次成为文艺学理论中的热点问题。特别需要指出的是,韦勒克和沃伦《文学理论》第一章第一句话就对文学和文学研究作了明确而非常必要的区分,为后来在西欧兴起的文化研究提供了启示和路向。这也许是文化研究起始于文学领域,文化研究被看作文学研究转向的原因之一①。美国当代学者斯蒂芬·格林布莱特(Stephen Greenblatt)的《通向一种文化诗学》一文可以看作是这种热点转换的一个标志。文化研究是以对文化与文学关系的重新强调为理论基础的。文化是一个庞大的整体系统,文化概念包含了全部由语言和符号构成的世界,文化为民族及个人的生存和发展提供一种生活秩序和生命意义。"一个社会的文化包括宪法、国家机构、风俗习惯、人的语言符号形式等等,包括从口头流传下来的风俗到成文法、自由的艺术等各个秩序的形式。"②文学是文化中的一个特殊构成,在文化整体的理论视野下,文学不再是当代批评理论家所界定的一个独立而封闭的符号系统,而成为一个具有充分开放性,与历史、宗教、社会、道德等文化范畴相互联系的文本性存在。实际上,不论是在中国还是在西方,文学与文化的关系在 20 世纪之前一直都是文艺理论家们感兴趣的话题,只是 20 世纪随着形式主义、结构主义、后结构主义等文学理论的出现,文学与文化的关系问题才被文学文本的本体特质、结构规则、叙事策略等论题所一度排挤到边缘地带。当文学与文化再次占据文学理论研究的话语中心位置的时候,文

---

① 参见 Gargi Bhattacharyya, 张华《伯明翰学派何去何从?》,载《中华读书报》2004年 2 月 18 日。

② 彼得·科斯洛夫斯基《后现代文化》第 11 页,中央编译出版社 1999 年。

化研究的视野进一步开放,研究方法得到了进一步的丰富和创新,关注问题的角度和范围也更加深化和拓展了。文化研究是一种立足于当代学术语境之中的综合研究,它以开放的视野,关注历史、哲学、宗教、美学、伦理、语言、社会、政治、经济等各类与人的生存发展及人类文化的完善有关的问题,其研究方法也已远远超出了单一、封闭的形式主义批评、文本结构研究,甚至跨越了不同学科领域的传统界限。有不少社会科学和人文科学的作者从各自的角度谈到了文化研究的这种跨学科的性质:"文化,曾经处在社会科学(尤其是社会学领域)的学科边缘,而现在,它已急速地成为社会科学中的中心学科了。社会科学与人文科学之间的一些学科障碍也正处在消解融化的过程中。"[1]"正如自然科学家的新论点从根本上破除了自然科学和社会科学这两个超级领域之间的组织分界,文化研究的鼓吹者所提出的种种论点也从根本上破除了社会科学和人文科学这两个超级领域之间的组织分界。"[2]而且,还有学者进一步指出,尽管文化是人类学家和人文学者早就在使用的术语,尽管文化研究对于几乎所有学科的研究者都有吸引力,但这种研究主要流行于这样三种群体中间:从事文学研究的学者,对他们来说,文化研究使对于当前的社会和政治舞台的关注具有了合法性;人类学家,对他们来说,文化研究可以取代已经失去学科统率地位的人种学,而开辟一个新的研究领域;各种新兴准学科的学者,他们关注的是现代社会中那些由于种族、性别、阶级等原因而被忽略和遗忘的人,对于他们来说,文化研究提供了一个能够帮助他们阐明差异性的理论框架。如此说来,处在后现代多元共生的理论语境中,受到新历史主义、女性主义、新马克思主义等理论熏陶的文

---

① 迈克·费瑟斯通《消费文化与后现代主义》第 17 页,译林出版社 2000 年。

② 华勒斯坦等《开放社会科学》第 72 页,生活·读书·新知三联书店1997 年。

学理论研究者,当他将文学与人的存在关系作为关注焦点,同时思考文化对人的人文和社会价值问题的时候,他几乎就是在身兼三职,即一个将上文所概括的三种群体的研究职能集于一身的全能型角色。而对于这样一个全能型研究者来说,文学人类学就是其完成学术综合与创新的研究领域之一①。

将文学置于人类文化系统的整体结构之中,作为一种文化形态和文化表征来看待,同时思考文学在文化系统中的存在依据和自身定位,确定其本身具有的为其他文化形态所不可替代的价值,这种研究思想促成了文学人类学的发生和发展。德国学者、接受美学的创始人之一沃尔夫冈·伊瑟尔(Wolfgang Iser)说:"尽管文学作为一面镜子并不是新发现,我们对文学长期以来处于各种各样的辅助地位的状况也已相当熟悉,然而现在的问题是,就历史或社会而言,文学是否反映了历史哲学或社会学理论难以把握的某种特别的东西。没人会否认文学对于历史和社会的索引价值,但是从这一事实中却冒出了这样一个问题:像文学这样的镜子为什么要存在下去,它又是如何使人们认识事物的。既然文学作为一种媒介差不多从有记录的时代伊始就伴随着我们,那么它的存在无疑符合某种人类学的需求。这些需求是些什么,对于我们本身的人类学的构成,这一媒介又将向我们揭示出什么? 这些将导致一种文学人类学的产生。"②在文学人类学的研究视野中,文学的本质特性等问题因与人类整体的社会文化系统结构以及人本身的生存和发展问题融为一体而具有了新的内涵和维度。比如文学的虚构

---

① 参见华勒斯坦等《开放社会科学》第69页。

② See:Wolfgang Iser:*The Fictive and the Imaginary*:*Charting Literary Anthropology*, Johns Hopkins University Press,1993;并见沃尔夫冈·伊瑟尔《走向文学人类学》,载拉尔夫·科恩主编《文学理论的未来》第277页,中国社会科学出版社1993年。

性与想像性在新批评、形式主义理论家那里是作为文学的突出特征被认识的,并把它们作为区别文学作品与非文学作品的标尺去把握的,而在文学人类学理论中,文学虚构与想像又被揭示出了新的内涵意义和审美功能。虚构不是像有些人所理解的那样是蓄意的虚假,而是对未曾预见的事物的一种创造性显示。正是从这个意义上,伊瑟尔把虚构视为一种创造世界的方式,他认为文学正是这一方式的范例。虚构作为一种手段,"它使想像不可或缺地,如同流水一般淌入我们平凡的世界。作为一种有意识的活动,它开发出我们想像的源泉并同时发挥出它们的作用。于是,虚构与想像之间的相互作用就成为文学人类学的基本探索方式"①。从文学人类学的角度看待文学中的虚构与想像,其存在的意义与功能便表现在以下几个方面:(一)由虚构和想像创造的文学文本可以作为政治、经济、社会因素所形成的主流文化观念的反面或补充,从而帮助人类对自己的生存和发展状况作出更加全面完整的判断。(二)因对虚构的特许,文学成为保留人的想像官能的领地,文学与梦幻的某种"家族相似性"说明文学一方面是不可能之物的符号性实现,另一方面是对再现对象的再造和完善化,因此其中蕴涵了人类的未来理想。(三)在各类纯理论学科不断发展,知识趋向于百科型积累的今天,文学的虚构实现了一种人类的自我启蒙,完成了一种人生理想、价值观念在人类历史中的积淀与传递。

2. 关涉美学自身的理论研究。如果说我们在前几章内容中涉及的生态研究大都是关于生态思想观念的研究或其哲学基础的话,那么,文艺理论和美学自身也应当有其理论逻辑,也应当从文艺理论与美学内部观察他的发展脉象,广义上讲,我们似可借用韦

---

① 沃尔夫冈·伊瑟尔《走向文学人类学》,载拉尔夫·科恩主编《文学理论的未来》第 287 页。

勒克和沃伦关于内部研究的概念,把它看作整体生态研究语境下文艺理论与美学在当代发展的自身内部规律,毕竟,文艺理论和美学有其自身规定性和特殊性。

当代文艺理论和美学研究者不再满足于像 20 世纪 40 年代的新批评派那样,潜心致力于对文本的语言符号、层次结构、韵律节奏、隐喻意象的分析与解释。他们已经走出韦勒克和沃伦所讲的"内部研究"的圈子,回到"外部研究"的广阔天地之中,显然这种外部研究绝不是往 19 世纪社会学、心理学研究的倒退,而是走向了一种新的综合①。著有《结构主义诗学》(*Structuralist Poetics:Structuralism*,*Linguistics*,*and the Study of Literature*)和《论解构》(*On Deconstruction:Theory and Criticism after Structuralism*)的美国著名文学理论家乔纳森·卡勒(Jonathan Culler)认为,自 1960 年以来,文学研究领域中发生的一个重要事实是对于"理论"的普遍关注,他在另一部文学理论著作《当代艺术入门·文学理论》(*Literary Theory:A Very Short Introduction*)中说:"从事文学研究的人已经开始研究文学研究领域之外的著作,因为那些著作在语言、思想、历史或文化各方面所作的分析都为文本和文化问题提供了更新、更有说服力的解释。这种意义上的理论已经不是一套为文学研究而设的方法,而是一系列没有界限的、评说天下万物的各种著作、从哲学殿堂里学术性最强的问题到人们以不断变化的方法评说和思考的身体问题,无所不包。'理论'的种类包括人类学、艺术史、电影研究、性研究、语言学、哲学、政治理论、心理分析、科学研究、社会和思想史,以及社会学等各方面的著作。诗论中的著作与上述各领域中争论的问题都有关联,但它们之所以成为'理论',是因为它们

---

① 参见上编,并见狄其骢《走向新的综合》,载《文史哲》1989 年第 2 期。

提出观念或论证对那些并不从事该学科研究的人具有启发作用，或者说可以让他们从中获益。成为'理论'的著作为别人在解释意义、本质、文化、精神的作用、公众经验与个人经验的关系，以及大的历史力量与个人经验的关系时提供借鉴。"①美国最著名的学者之一，当代西方最有影响的马克思主义评论家和理论家弗雷德里克·詹姆逊(Fredric Jameson)在其论著中也重点谈到了这种"理论"文本的出现，并将其作为后现代主义的特征之一——"边界或分野的消失"的一个主要例证加以分析说明，他说，"在上一代，还存在着专业哲学的专门话语——萨特或现象学家们的庞大体系，维特根斯坦或分析哲学或普遍语言哲学的著作——还可以与其他学科——例如政治学、社会学或文学批评这些相当不同的话语区别开来，现在，我们渐渐有了一种直接叫做'理论'的书写，它同时都是或都不是那些东西……我将建议把这类'理论'话语，也归入后现代主义现象之列"②。

理论研究的出现，改变了传统的文艺理论与美学的研究程序，传统文艺理论与美学往往依附于某种确定的哲学理论体系之下，对文学的对象、范围、性质、特征、产生、发展、文学作品、文学创作、文学欣赏、文学批评等问题作出明确统一的理论界定。而当代的"理论"研究则把这些作为论述前提和逻辑起点的概念本身，变成了自己的研究对象。对于原本来说是不证自明或理应如此的基本概念，"理论"研究进行了重新的辨析，这些概念包括："文学"、"文

---

① Jonathan Culler: *Literary Theory*: *A Very Short Introduction* (Very Short Introductions) , pp. 6—7 , Oxford University Press, New edition, May 1, 2000; and see his: *Structuralist Poetics*: *Structuralism*, *Linguistics*, *and the Study of Literature*, Cornell University Press, August 1, 1976; Cornell University Press, Reprint edition, August 1, 1983.

② 弗雷德里克·詹姆逊《文化转向》第2—3页，中国社会科学出版社2000年。

本"、"作者"、"读者"、"意义"、"阐释"、"理解"、"历史"、"故事"等等。由于这种辨析多是由后结构主义者、女性主义理论家、新马克思主义研究者结合自身的研究领域作出的,因此,有人说"理论"这个词已成为后结构主义、女性主义、新马克思主义理论的同义词。"'理论'这个词可以定义成一种话语,这种话语是在曾经理所当然的假定和概念变成了讨论和争辩的对象的情况下产生的。"①可见,"理论"的对象是那些原本是构成一种理论的代码词汇,而"理论"研究的目的则是对这些词汇、这些概念提出质疑,加以讨论。

　　"理论"的上述特性对于我们今天的文艺理论与美学带来了新的启示。这也许可以借鉴美国科学哲学家托马斯·库恩(Thomas S. Kuhn)的"范式"概念加以说明。根据库恩所言,范式是描述人类在其经验中系统地观察某一事物的心理认识状态的一种模式,它通常由定理、理论、应用及工具组成,从中产生出科学研究的特定传统。美国学者大卫·布莱奇用"主观范式"这个明显脱胎于库恩的"范式"的概念来说明人对客体的认识,以及由此产生的关于客体的知识的真正特质:知识是人们创造出来的。布莱奇认为,现代物理学中的三种特殊理论迫使人们去重新评价认识论上的先入之见,这三种理论是,爱因斯坦的相对论、玻尔的互补说、海森堡的测不准原理。它们意味着对主观范式的彰明。因为无论在哪种理论中,观测者的角色都是重要的。"观测者是主体,他的感知方法规定了客体的本质,甚至规定了它的最初存在。客体是由主体的动机、好奇心,尤其是他的语言所规定和制约的。在主观范式中,运用新的语言和新的思想结构就创造出新的真理。新知识的建立是理智使自身适应个体发展和系统发展需要的一种活动。知识是被

　　① 杰拉尔德·格拉夫《理论在文学教学中的未来》,载拉夫·科恩主编《文学理论的未来》第334页,中国社会科学出版社1993年。

人们所创造的,而不是被人们所发现的。"①具体到文艺理论与美学的研究,由"理论"话语所引起的主观范式的变化使得人们自觉借助和运用相关学科的非文学的理论话语,对文艺理论与美学建基于其上的基本概念范畴作出重新的讨论和解释,挖掘这些概念之中包含的深层意义,最终体现出文艺理论和美学研究的思维的创新性和生命力。

3. 趋向生态理论研究。文艺理论和美学的研究还越来越趋向于一种生态的思路,而不仅仅是停留在观念的转变,而是更多地表现出理论的态势。这应该是我们研究的重点。我们在前文大量介绍了生态学在人文领域的具体应用,我们把它在人类学领域的应用以及西方文学中生动而丰富的生态资源放在这里,以与文艺理论和美学领域中的生态研究取得更直接的联系。

文艺理论与美学和文学研究的生态趋向,基本观念和思路也来源于"生态学"特别是"人类生态学"。德国生物学家海克尔1866 年提出"生态学"概念以后,他在其动物学著作中对生态学的定义是:研究动物与其有机及无机环境之间的相互关系,特别是动物与其他生物之间的全部关系的科学。后来,在生态学的定义中又增加了生态系统的观点,把生物与环境的关系归纳为物质流动和能量交换;20 世纪 70 年代以后则进一步概括为物质流、能量流和信息流②。生物的生存、活动、繁殖需要一定的空间、物质与能量。生物在长期进化过程中逐渐形成各不相同的物质能量需要和理化适应条件,具有不同的物种生态特性。任何生物的生存都不

①　大卫·布莱奇《主观范式》,载周宪等编《当代西方艺术文化学》第 150—151 页,北京大学出版社 1988 年。

②　参见本书中编,并见《中国大百科全书》(简明版)第 4271 页"生态学"条,中国大百科全书出版社 1998 年。

是孤立的,同种个体之间有互助有竞争,不同物种之间也存在复杂的相生相克的关系。人类为满足自身需要,在不断改造环境的同时,也反过来受到环境的影响。随着人类活动范围的扩大化与手段的多样化,人类与环境的关系问题越来越突出。因此生态学研究的范围,除生物个别种群和生物群落之外,已扩大到包括人类社会在内的多种类型生态系统的复合系统。前面所述人类面临的人口、资源、环境等几大问题都与生态学的研究有密切关系。而"人类生态学",作为研究人类集体与其环境的相互作用问题的科学,也应运而生了①。

对于文艺理论与美学自身,生态文学与批评,生态美学在西方不仅有着大量的思想资源和理论资源②,也还有丰富的文学资源。这些其实都为文艺理论与美学的当代演进提供了重要线索和内容。除了我们前面介绍的直接触及生态问题和抒发有关感想的近代散文之外,其他体裁的文学作品也有生动的描述和反映。比如,原始社会中的的文学,19世纪的浪漫主义文学以及20世纪60年代以后,都可以称得上是西方生态文学作品的繁荣时期。鉴于很多优秀的生态作品前文已经提及并作分析,同时考虑到篇幅原因和本书写作结构的需要,在这里仅就西方古代文学中的部分文学资源作一简单考察,以与本书开始及下节我国文学传统中的生态思想资源和文学资源形成呼应。

如本书一开始所述,自然与原始人类的关系是和谐的。据王诺教授《欧美文学史》描述,初民们的生活并不像长久以来文明人所以为的那样是肮脏的、野蛮的和愚昧的。他们不仅创造了人类最宝贵、最深远的精神成就,而且也创造了令现代人着迷的美妙的

---

① 参见凌晨光《文化·生态·理论》,载《文艺美学研究》,2003年第2期。
② 见本书中编。

生活方式。近几十年对采集和狩猎部落的研究和新近的生态历史学研究表明,初民们在一般情况下"并不生活在持续的饥饿威胁之下。相反,他们有着营养充足的食谱……获取食物和其他形式的劳作,通常只占一天时光的很小一部分,留下了大量的时间可用于消闲和祭祀活动。绝大多数群体靠着很少的物质就可以生存下来,因为他们的需要很少"。即使如此,初民们依然非常珍视生态系统的平衡,他们很容易满足于眼下的生活水平,并不像文明人那样有着无限膨胀的、永远不能完全满足的物质欲望。"所有的采集和狩猎群落,无论是历史上的还是当代的,看来都在控制他们的数量,以便不过分地榨取他们生态系统中的各种资源。这是通过一些为人们所接受的社会习俗来达到的。"那些习俗在文明人看来是残酷的,例如杀婴或自杀,但对初民来说则是完全合乎自然规律的,而且,由于他们把自然万物当作人类的兄弟姊妹,因此为了他们的植物兄弟或动物姐妹的持续生存,他们自发地限制人口,就像他们在生态系统承载力许可的范围内猎杀采集动植物一样自然而然①。在这样的背景下,生态文学应运而生。人类最早的文学——主要是神话、诗歌等口头文学,有相当大的一部分就是生态文学。世界各国的神话都突出表现了自然与人密切的关系,神话可以说是生态文学的最早源泉。在希腊神话里,宙斯用粘土造人,雅典娜给泥人以活力和生命。据赫西俄德的描写,洪水之后惟一幸存的男女丢卡利翁和皮拉向身后扔石头而造人。人是从石头变来的②。奥维德则记载了另一种造人的故事:"普罗米修斯用这土和清冽的泉水掺和起来,捏出了像主宰一切的天神的形象",还从各种动物

---

① 庞廷著,王毅等译《绿色世界史:环境与伟大文明的衰落》第22—27页,上海人民出版社2002年。

② 克雷默编,魏庆征译《古代世界神话》第248页,华夏出版社1989年。

那里摄取善恶放在人心中①。条顿神话里的奥丁等神造人用的是树:他们将树干做成两个人形,奥丁给他们以呼吸,霍尼尔给他们以灵魂和感觉,洛陀尔给他们以生命的温暖和肉体。男人叫阿斯克(Ask,即白蜡树),女人叫恩巴拉(Embla,即葡萄树)。他们是人类的始祖②。所有这些有关人类起源的神话故事,都传达着一种信息:人类与自然万物密不可分,就像神话里的巨人安泰的隐喻所传达的那样,只有不离开作为自然象征的大地母亲,人才能有无穷无尽的力量。

神话有着丰富而深刻的生态思想内涵。一些神话学研究者指出,神话对当代人找回人类在自然中的真实地位和重建自然与人类的正确关系具有重大的意义。在神话里"一切存在都是有生命的。或者说那里不存在我们所说的'东西',只存在着参与同一生命潮流的那些有灵气的存在物——人类、动物、植物或石头……正是通过这种关系,通过与树的共存,通过作为人的生命意象的甘薯,一句话,通过生动形象的神话,人才懂得自己的存在,并认识了自己……只有在神话中才能找到自己存在的证据。神话把他与宇宙联系在一起,与一切生命联系在一起……神话追溯并公开宣布了人与周围环境,与他的栖息地、与他的部落,以及他的行为准则的联系"③。人从生态的角度研究神话,是生态文学研究的一个重要方面。

我们说过,生态问题的提出,体现了文化意识中的后现代精神

---

① 奥维德著,杨周翰译《变形记》第 3 页,人民文学出版社 1984 年。
② 吕凯等编,徐汝丹等译《世界神话百科全书》第 359 页,上海文艺出版社 1992 年。
③ 邓迪斯编,朝戈金等译《西方神话学论文选》第 310 页,上海文艺出版社 1994 年。参见王诺《欧美生态文学》。

对现代精神的反思。后现代主义理论家,美国学者大卫·雷·格里芬认为,个人主义和二元论是现代精神的两大特征:"个人主义这个词通常用来刻画现代精神与社会及其机构间的关系特点,而二元论这个词则用来表达现代精神与自然世界的关系,至少在现代性的第一阶段是这样。"①上述特征在对待自然的态度上的表现,就是认为自然界是毫无知觉的,人们对它可以肆意统治和掠夺。由此,统治、征服、控制、支配自然的欲望成为现代精神的中心特征之一。著名经济伦理学家、德国经济伦理研究会主席彼得·科斯洛夫斯基(Peter Koslowski)则从物理学理论的角度谈到了现代意识向后现代意识转变的动因,即热力学第二定律对第一定律的取代。热力学第一定律即能量守恒定律,它假定存在物是自身守恒与结构守恒的,而热力学第二定律即熵定律则告诉人们,热总是从一个较热物体导向较冷的物体。它让人们意识到,地球与太阳系的能量与资源储备是有限的,能量的转化往往与对环境的副作用相伴随。正是这种意识引发了人们对生态问题的关注与思考。"生态问题正是由热力学第二定律引出的。由于这个定律,人们建立起能量有限性和自然结构可毁性的观念。如今,生态问题决定了人对自然无限统治的终结,决定了近代以来人完全支配自然的乌托邦愿望的终结。因此,生态运动是后现代运动。"②在这种后现代的生态运动中,包含着一种全新地看待自然与人的关系的眼光,它启发人们用复杂性与综合性的思维方式思考生命、人、环境、自然等

①　大卫·雷·格里芬《后现代精神》第 5 页,中国编译出版社 1998 年。

②　Peter Koslowski:*Nature and Technology in the World Religions*, Kluwer Academic Publishers, December 1, 2001;并见彼得·科斯洛夫斯基《后现代文化》第 17—18 页,中央编译出版社 1999 年;另见里夫金·霍华德《熵:一种新的世界观》,上海译文出版社 1987 年。

问题。"生态学的本性和它的任务要求它必须始终重视巨大而复杂的生态系统、相互作用的有机体及其无机环境,它的基本目的就是要理解整个生命系统。"①

实际上,在文学艺术领域中,全面真切地体味和感受人与自然的关系,长期以来曾经是最为动人的主题,从远古神话到民间传说,表达了无数先人们的朴素认识和美好愿望。西方近代以来,人们在推崇技术、理性的同时,与自然的关系开始疏远直至对立冲突起来。由此,文学似乎成了人们亲近自然的惟一乐土,正如席勒所言:"即使在现在,自然仍然是燃烧和温暖诗人灵魂的惟一火焰,惟有从自然,它才得到它全部的力量;也惟有向着自然,它才在人为地追求文化的人当中发出声音。任何其他表现诗的活动的形式,都是和诗的精神相距甚远的。"②自席勒以来,人与自然,艺术与人,艺术与自然的问题,不仅是诗人艺术家关注的焦点,同时也成为那些厌弃工具理性的人文主义学者、哲人乃至科学家关心思考的对象。且不说法兰克福学派的重要成员马尔库塞把重建人类社会与自然界之和谐关系的任务交给了惟一的担当者——艺术,也不说海德格尔借用诗人荷尔德林"诗意的栖居"所表达的人与自然相处的至高境界和天地、神、人之间的美妙关系,仅就英国哲学家、数学家怀特海(Alfred North Whitehead)而言,从他的有机整体论基础上提出的艺术与美学教育的目标,已体现出了一种生态意识的自觉。他认为艺术与美学教育就是要补充工具理性教育所缺乏的东西。他在《科学与现代世界》(*Science and the Modern World*)中说"缺少的东西是对一个机体在其固有的环境中所达成的各种生动的价值

① 大卫·雷·格里芬《后现代精神》第206页,中央编译出版社1998年。
② 席勒《素朴的诗和感伤的诗》,见《西方文论选》(上)第491页,上海译文出版社1979年。

的认识。例如,你理解了太阳、大气层和地球运转的一切问题,你仍然可能遗漏了太阳落下时的光辉"。"所以我所追求的广义的'艺术',便是一种选择具体事物的方法,它把具体事物安排得能引起人们重视它们本身可能体现的特殊价值。"①

生态问题是后现代文化语境中的热门话题,文艺学领域中的生态研究也成为当今文艺理论和美学建设中的一个亮点。可以相信,随着人的生态意识的不断增强,文艺理论与美学中的生态研究也会与人文社会科学领域中的其他新兴生态科学一道,为人类的生存与发展提供更加有益的思维成果。

(二)中国文艺理论与美学融入世界

中华民族固有的传统的文艺理论和美学思想②,学术界一般公认为发轫于春秋战国之际,以孔子为代表。1911 年最后一个封建王朝灭亡前后,以王国维为代表的中国近代知识分子尝试运用近代西方哲学、美学阐释中国本土的文学艺术和理论,标志着中国文艺理论与美学思想由传统向近代的转折,从此随着西方文艺理论和美学的不断输入,日益改变着中国传统理论的固有风貌。由于历史上的各种原因,中国固有的传统的文艺理论与美学思想在西方始终没有形成重大影响,至少,它对西方的影响远远不可与西方对中国的影响相比拟。近些年来,随着世界经济一体化和文化全球化的日渐繁盛,特别是"生态美学的提出与发展",才使得"中

---

① Alfred Whitehead: *Science and the Modern World*, pp. 210—211, Free Press, August 1, 1997.

② 尽管文艺理论和美学都是后来的概念,但为了叙述的方便,我们在指称中国古代的诗学理论和批评理论时仍沿用。

国美学进一步走向世界、形成中西美学平等对话的良好格局,从而结束美学领域长期以来的欧洲中心主义的态势"①。

中国文艺理论与美学在过去 100 多年的历程当中受西方理论影响很大,美学本身就是一个西方概念,尽管我们在引介和研究的同时也对西方理论进行了大量关注中国现实,关怀中国人的当代生存状况的本土化改造,选择自己认为可行的理论来建构自己的美学体系,着力解决中国的问题,并注意与中国传统哲学、文论、诗学进行结合,在借鉴和学习西方理论的同时,也在一定程度上继承了中国自己的传统理论,形成了一定的中国特色。但是,从历史的建构和现存的理论形态总体来看,仍然有着极为强烈和鲜明的西方色彩,我们不妨作一简单回顾和勾勒。

当代中国美学建构的理论根据或来源主要有四个:第一个来源是马克思主义哲学。从历史上看,唯心主义者只注重在心灵中去考察美学,认为美是纯精神性或上帝的产物,而否认物质性的内容,尤其作为客观存在的社会、民族、时代的内容。机械唯物主义虽注重物质或客观事物方面,但又忽视人的创造性、建构性功能,把美理解为人对外在事物的被动反映。而只有马克思主义实践观才真正科学地解决了这一难题,对美学研究具有革命性的作用。马克思主义作为中国人民在本世纪救亡图存,复兴中华过程中选定的指导思想,无疑占有主导地位。尤其是马克思主义实践观,无论是对政治生活还是学术研究,都有不言而喻的真理性,同样为美学研究开拓了广阔的前景。以马克思主义哲学为理论根据建构起美学理论的学派主要有实践论美学、客观论美学、主客观统一论美学等,特别是实践美学是中国 20 世纪美学的最高成就,也是中国

---

① 曾繁仁《生态存在论美学论稿》第 41 页。

美学对世界美学的重大贡献之一。就现实而言,中国马克思主义美学取得了很大成功,它区别于西方马克思主义美学的一个最为重要的原因,恰好就在于把马克思主义实践观引入美学研究。第二个来源是现代西方哲学思潮。自 19 世纪中叶的西方文化伴随西方的利炮坚舰冲击着中国的传统文化以来,20 世纪中西文化之争更是一浪高过一浪,西方各种哲学思潮大量被介绍到中国,如尼采哲学、叔本华哲学、康德哲学、柏格森哲学、克罗齐哲学、杜威哲学、萨特哲学、海德格尔哲学等。在引进和学习中,很多学者利用现代西方哲学话语的理论及其实践优势建构起了自己的美学体系。如直觉美学、生命美学、超越美学、体验美学、虚无美学等。这对中国传统哲学包括美学的轻理性分析的弱点,作了极大的补救。第三个来源是现代西方心理学或艺术中心论。现代西方心理学的长足发展,尤其在对美学研究方面。艺术学研究的干预所取得的奇特成就,都表现出心理学作为一种方法或生长点已广泛被美学界认可,如精神分析心理学、完形心理学等对美学的意义就可见一斑。为此,中国美学也得力于现代西方心理学理论。如朱光潜先生的美学研究就始于心理学方法。另外,现代西方纯艺术或自律性艺术思潮,以艺术来反对异化,用艺术来解脱人生之苦等艺术中心论,也给美学带来了新的血液,使美学从形上的哲学思辩走向了实证性科学主义,并更具体地干预生活。这对中国当代美学也有很重要的作用,如王国维借用叔本华的艺术观来解决人生问题;诗人李金发(原名李淑良)追求的纯艺术、唯美主义等。主要学派有心理美学、艺术本体论美学、否定美学等。第四个来源是中国传统哲学。20 世纪以来,中国传统哲学受到了极大的冲击,这个世纪几次大的文化论战就充分说明这一点。否定传统、民族虚无主义表现极为突出。从某种意义上说,20 世纪中国的文化史就是反中国传统文化史。但是中国传统哲学作为中国传统文化的精髓不是可随意抛弃的，而是犹如集体无意识已进入了中华民族的精神结构之中，是无法摆脱的。这样的分类，仅就研究者的主导方面或研究兴趣而言，不是绝对的，实际上各派之间是相互渗透、相互借鉴、相互促进的。

从发展阶段来看，20世纪中国美学有一个由分散到综合再到新的分化的动态发展过程。也就是：前50年基本上是分散状态，没有一种形式的美学真正取得主导地位，处于包括马克思主义美学在内的各种美学思想纷争的时期，特别是20世纪30年代。20世纪50年代到80年代中期，经过两次美学大讨论，真正确立了马克思主义美学的主导地位，尤其是实践论美学。20世纪80年代末至20世纪末，由于实践本体论美学的内在矛盾，引发了人们重新审视美学、马克思主义美学以及实践论等基本理论问题。这就开始了新的分化，不过这种分化没有背离马克思主义美学基础，是对马克思主义美学发展的更高阶段，预示着一种更高意义上的综合。第一个分散阶段也就是美学作为一门学科在中国形成的阶段，这是由各种文化因素作基础相互冲突、相互交融、时代选择的结果，从时间上看大体在20世纪50年代以前，经历近半个世纪，是三个阶段中最长的一个。这个大的阶段又可分为几个小的时期。（一）1917年前是传统美学逐渐退位，西方思潮大量被引入的时期。以王国维、梁启超等为代表，体现出中国传统与西方理论的某些对号入座和贴标签的方式。（二）1918年至1937年间，更是大量译介西方理论，按各自所理解进行美学建构。这种建构实际上即是移植，如我国最早一本美学原理教材吕荧的《美学概论》就是以西方的移情理论来建构的，还有朱光潜的文艺心理学理论中表现出的直觉主义美学等。同时，马克思主义美学也随政治思潮而大量被译介，如陈望道译介马克思主义著作及其美学思想,形成了鲁迅的美学观。这个时期可谓中国 20 世纪第一次"美学热",开始出现了像宗白华、朱光潜、邓以蛰等美学大家。(三)1938 年至 1949 年,各种思潮和观点继续论争,但马克思主义明显出现了强大势力,这可以毛泽东的文艺思想和美学观、蔡仪的文艺理论和美学观,周扬的文艺和美学思想、胡风的文艺和美学思想为代表。其中,蔡仪的《新美学》是我国较早的一部力图用唯物主义观点探讨美学问题的专著。在书中较完整地阐述了其基本观点——美是典型。这是中国真正运用马克思主义观点创立学派的开端。这一学派为后来中国美学两次大讨论及其推动马克思主义美学的发展,起了十分积极的作用。不过这一阶段总的特色是多元并存,但有了合的倾向。第二阶段是 20 世纪 50 年代至 80 年代中期,这是整合或综合的阶段。也就是通过论争逐渐整合或综合到马克思主义美学上。马克思主义美学本质上是实践美学,因此,主要是整合到实践美学上。这一阶段也可分为两个时期:(1)20 世纪 50 年代至 1964 年的"美学大讨论"。这次大讨论是中国 20 世纪乃至整个中国美学史上极为重大的事件。这次大讨论普及了美学,使美学在中国成了一门显学,已深入人心,为推动中国美学的现代化进程作出了极大贡献。在这一大讨论中,出现了一批美学家,如朱光潜、宗白华、蔡仪、李泽厚、王朝闻、高尔泰等;产生了以朱光潜为代表的主客观统一论美学,以高尔泰为代表的主观论美学,以蔡仪为代表的绝对客观论美学,以李泽厚为代表的实践本体论美学等四大学派,以及王朝闻为代表的主客观统一论的审美学。这次大讨论的主要论题是围绕"美的本质"即"美的根源"展开的,论争的焦点是从哲学观点出发来思考美学问题,或认为美是主观的,或认为美是客观的,或认为美是主客观的统一等。不过,这一讨论过分囿于哲学命题,而忽视了美学自身的品格,过多地强调政治意识形态,制约了真正学术性的发挥。不过,参加这次大讨论的人数之多,发表美学论文的数量之大,讨论的时间之长,都是罕见的。(2)20世纪80年代中期前后。这一时期可谓中国美学重见天日之时,国门大开,饱览新事物和呼吸新鲜空气的时期,是再次大规模地淹没于"欧风美雨"的时期。由于社会经济生活水平的提高,大量国际性学术交流、外国美学名著的系统译介,使美学再次成为文化学人和青年才俊议论的中心。这一时期,20世纪50年代的"四大派"继续论争。同时美学的各种问题也已全方位展开。尤其是从美的本源开始转向美的本体等基本理论问题,人们开始怀疑已经认定的"实践美学",并出现了积淀与突破的矛盾冲突。再者"实践美学"由于自身的理论问题,随着学术研究的深入,话语权的转移,日益暴露出其致命的矛盾即理性与感性、社会与个体的对抗。于是,这个整合和综合不再有"合"的态势,预示着第三阶段走向新的分化。第三阶段是从20世纪80年代末至20世纪末,即"新的分化"阶段,这一阶段至今还在延续。随着经济社会文化改革的不断深入以及美学自身研究的矛盾,"实践美学"已不能适应社会的发展需要。如何解决现实中人的生存问题,美学必须重新思考。再加上美学由20世纪80年代的意识形态功能走向20世纪90年代的非意识形态的边缘,使美学更有必要重新定位。为此大规模出现反实践美学,超越实践美学的浪潮,"实践美学"再度成为焦点。由此,整个美学的转型开始了。由原来的过多地关注美的根源而转向更为根本的涉及到美学存在的合理化的美的本体问题,导引出了生命美学、生存美学、虚无美学、否定美学、体验美学、和合美学等,其中生态美学、环境美学——正如我们曾多次论述的——越来越引人注目,这预示着对美学进行重新定位,甚至新一轮整合或综合时代的到来。生态美学以它宏阔的视野和海纳百川之势,为真正融汇中外古今提供了可能,开辟了道路①。

从对中国文艺理论与美学的发展脉络我们不难看出,西方文艺理论与美学对中国美学建构的强大冲击力。客观地说,中国传统的文艺理论与美学思想几乎被淹没。有幸的是,我们也清晰地看到,在建构中国美学的理论根据和来源中,在中国近代以来的文艺理论和美学历程中,始终不停地涌动着中国传统哲学和民族精神的生生不息的潜流,不管出现多么汹涌的"欧化"、"西方中心论"等潮流,全盘西化的观点都自觉或不自觉地遭到过反对和拒绝。尤其是20世纪90年代,"中国化"的呼声也越来越高,蔚为大观,引起了许多学者对中国传统美学的反思。几十年的引进和实践证明,只有充分考虑中国人自己的美学理论背景如民族特色,并立足中国当代的实际,同时大量吸取西方理论的优秀成果,建构起有中国特色的现代美学体系,才能消融中西冲突,形成中西平等发展、对话和交融,才能在"东学西渐"的过程中,真正实现让中国文艺理论和美学走向世界。这说明,中国传统文艺理论和美学在当代仍具有强大生命力,循着中国文艺理论与美学演进的轨迹和未来走向,生态美学既是发扬我国传统理论的机遇,又是一个重要入口。正如曾繁仁教授所说,"众所周知,无论是奈斯所提出的深层生态学,还是海德格尔'天地神人四方游戏说'都深受东方哲学—美学,特别是中国美学的重要影响,吸收了中国传统文化资源。而生态美学的进一步发展必将为中国传统哲学—美学走向世界开辟更广阔的天地。"他还说:"中国古代的确有着极为丰富的生态哲学美学资源,已为世界各国理论家所重视,我们完全应该进一步对其进行

---

① 见邹其昌《中国美学百年回顾》,载《学术研究》2000年第6期。

研究,使之实现现代转化,成为新世纪中国美学发展的重要资源与机遇。"①

　　在大批中国学者的倡导下,近几年来中国学术界开始关注对中国古代传统生态美学思想的挖掘,这在很大程度上提升了中国古代美学在世界美学视野中的贡献与地位。如本节上文所述,我国的美学研究作为一个学科开展是近代以王国维、蔡元培等开端的美学,主要借鉴西方理论资源,逐步形成西方话语中心。而我国古代美学与文艺的研究,也大多以西方理论范畴重新进行阐释。从1978年改革开放以来,我国学者提出了文艺美学学科问题,才逐步重视我国传统的美学资源的独立意义;而20世纪90年代以来,生态美学的提出更使我国传统哲学与美学资源发出新的光彩。西方从古希腊罗马开始就倡导一种二元对立的哲学与美学思想。在这一哲学与美学思想中,主体与客体,感性与理性,人文与自然等两个方面始终处于对立状态。而我国古代,则始终倡导一种"天人合一"的哲学思想及在此基础上的"致中和"的美学观点。这种思想是先秦时代老子、庄子、孔子等著名思想家带有原创性的思想精华,并非后世打上深深的封建乃至迷信烙印的所谓"天人感应"、"人副天数"理论。尽管儒家在"天人合一"中更强调"人",道家则更强调"天",但天与人,感性与理性,自然与社会,主体与客体,科学主义与人文主义是融合为一体的。特别是道家的"道法自然"思想,认为自然之道是宇宙万物所应遵循的根本规律和原则,人类应遵守自然之道,决不应为某种功利目的去破坏自然、毁灭自然。这里包含着极为丰富的自然无为及与自然协调的哲理。当然,我们需要对这种原创的素朴的"天人合一"与"致中和"思想进行批判的

————————

① 曾繁仁《生态存在论美学论稿》第41页。

211

改造,吸取其精华,剔除其糟粕,还要结合当代社会现实给予丰富充实,使之实现现代转型,但无论如何,生态美学的提出,毕竟使中国古代"天人合一"的哲学与美学资源显示出西方学者也予以认可的宝贵价值,这就将逐步改变美学研究西方话语中心地位的现状,而使我国古代美学资源也成为平等的对话者之一,具有自己的地位①。不难看到,生态美学的发展有利于进一步继承发扬中国传统的生态美学智慧。中国先秦时代有着极为丰富和宝贵的反映我国先民智慧的哲理思想,包括大量的生态学智慧,特别集中地反映于以老庄为代表的道家学派的思想理论之中,而且这一点受到西方许多学者的一致肯定。比如,老子说,人应"辅万物之自然而不敢为",也就是说人应克制个人欲望,顺应万物本来的情形,而不要破坏万物本来的状态。而庄子的理论则是一种人类早期的存在论诗性哲学,他不满于人的现实生存状态,追求自身与自然自由统一的"逍遥游"的审美生存状态,具有极高价值。即使是《周易》的阴阳变易的理论,也是主张人应遵循自然规律,做到与自然和谐统一,所谓"一阴一阳之谓道",就阐明了天地、阴阳对立统一和谐一致的普遍规律。这些早期人类的生态学智慧都是极其宝贵的精神财富,中华民族的文化瑰宝。生态美学的发展可以使我国早期的这些生态学智慧同当代结合,重新放射出夺目的光辉②。

的确,"天人合一"作为中国古典哲学家"究天人之际"的基本思路,既是一种宇宙观,伦理观,同时还是一种生态观。作为一种生态观,其基本要义就是强调人与自然之间的和谐一体,共存共荣。"天人合一"观强调人是自然界的一部分,高扬宇宙生命一体

---

① 参见曾繁仁《试论生态美学》,载《文艺研究》2002 年第 5 期。
② 参见曾繁仁《生态美学:后现代语境下崭新的生态存在论美学观》,载《陕西师范大学学报(哲学社会科学版)》,2002 年第 3 期。

化,自然万物无不是生命的结晶。中国人把尊重一切生命价值,爱护一切自然万物视为人类崇高的道德职责。孟子《尽心》云:"亲亲而仁民,仁民而爱物。"明确主张把爱心从家庭扩展到社会,从社会扩展到自然万物,从而使仁爱具有了生态道德的含义。张载《正蒙·诚明》说:"……情者万物之一源,非我之得私也。惟大人为能尽其道,是故立必俱立,知必周知,爱必兼爱,成不独成。"人若要自己生存,必须同时让万物生存,人若要认识自己,必须普遍地认识周围的万物;人若要成长发展,必须让万物得以成长发展。"仁者以天地万物一体",这种以平等态度仁爱万物的思想正是人类生态伦理思想的重要先声。所以,中国传统文化的"天人合一"思想,是一种追求人类和自然共存的大生存智慧,它是基于对人与自然环境协调发展规律的认识,它强调人类的行为不仅应符合自然之道,而且应该以实现自然之道的要求为己任,来体现宇宙自然大化之流行,强调人与自然的紧密联系及追求天地人的整体和谐,圆融无间,"天人合一"观所追求的终极目标就是天人协调①。

不可忽视的是,佛教经中国本土化而生的禅宗思想,特别是作为它的哲学基础之一的缘起论,也极具生态美学智慧。缘起的简单定义即:缘起故彼起。佛教关于缘起的核心思想是:"此有故彼有,此生故彼生。"也就是说,世间万物是互为因果而形成的网络系统,既然万物都是是因果相连的,所以,人类的所作所为不但影响周围环境,而且反过来影响人的身心发展,注重环境保护,也就是对生命本身的珍爱。因此,佛教缘起论与现代生态学整体论存在相通之处。另外,禅宗自然观也表现出生态美学智慧。禅宗自然观包括三个方面的内容:性即自然,自然修行,和大自然是宗教境

---

① 参见樊宝英《中国现代美学研究传统的反思》,载《东方论坛》2002 年第 3 期。

界的最好体现。禅宗把自然山水作为佛性的体现，自然即禅宗境界的最好体现，所以，唐代以来中国寺庙、佛塔、诗歌艺术出现亲近自然，与自然风景结合的明显趋向。所谓"春天月夜一声蛙，撞破乾坤共一家"①，就是在自然的启发下，顿悟人与自然完全合一的禅境。再者，从禅宗生命观来看，众生平等是禅宗的基调，这对于克服人类中心主义、维护宇宙生命秩序具有不可低估的价值。佛教所说的众生包括十类，又称六凡四圣，包括一切生命：不同个人，不同群体，不同种族，不同生物等等，每个生命都可以通过修炼，或上升或下降。尊重生命，爱护生命，他们在本质上是平等的②。还有就是我们将在下文唐代诗人作品中涉及的坚决反对残害与漠视生命的戒杀重生观念，也与盛于唐代的禅宗有关。这些也都反映出，禅宗所运用的思维，实际上也是生态美学的天人合一的思维，这种思维不同于传统美学的主客二元对立思维模式，它明确肯定了人与自然的必然联系，即自我与环境的和谐统一。

　　总之，近年来在人文社会科学关于生态问题的研究中，许多学者的著述提到中国古代文艺理论和美学资源中的生态思想和生态意识，实际上，这些思想和意识也不仅仅停留在哲学美学传统当中，和西方古代的文学作品一样，它也生动而丰富地反映在中国古代文学传统和文学作品之中，大量作品表达了对于破坏环境、暴殄天物的行为的忧心，形成了以戒杀和爱物为主旨的生态伦理原则，体现了民胞物与的思想，而先民们梦寐以求的乌托邦境界在很大程度上也是一种生态理想。姚文放教授在其新著《当代性与文学传统的重建》中独辟专节对我国古典典籍中的生态描述作了总结

————————————

① 宋·张九成《嘉泰普灯录》卷二十三。
② 参见邓绍秋《论禅宗的生态美学智慧》，载《南华大学学报（社会科学版）》2002年第 3 期。

和分析。他认为,作为文艺理论与美学研究对象的文学,很值得我们用新的价值尺度和批评标准去把握和分析,而我们也不难从中觉察和了解中国当代文艺理论与美学现今与未来走向的必然性和时代感,并且,从文艺理论和美学的自身体系建设和发展来看,在确定了其哲学基础和基本指导观念之后,这方面的研究就更显得格外必要了。

中国人的祖先和人类其他地方的祖先一样,在古代也对生命给予梦寐以求的乌托邦,这种乌托邦在很大程度上是一种生态理想,在这一理想境界中,人与自然和睦相处,所有生命不分贵贱,平等相待,万事万物如其本然地繁衍生息,百姓安居乐业,四季风调雨顺,大地欣欣向荣,万物茁壮成长。这一生态理想在老子对于远古时代"小国寡民"式乌托邦的追忆中就有猜测,而在庄子关于"至德之世"的构想中则有生动描述:"彼民有常性,织而衣,耕而食","山无蹊隧,泽无舟梁;万物群生,连属其乡;禽兽成群,草木遂长","禽兽可系羁而游,鸟鹊之巢可攀援而窥","同与禽兽居,族与万物并"①。老庄所论揭示了我国古人普遍向往的乌托邦理想的生态意识内涵,这种乌托邦理想在我国文学传统中凝结为一种"乐土"情结,一种"桃花源"情结。"乐土"一说最早见诸《诗经·魏风·硕鼠》,此后"乐土"成为一个经久不衰的文学话题,如"诗人美乐土,虽客犹愿留"②,"有求彼乐土,南适小长安"③,"共君歌乐土,无作白头吟"④,"自爱此身居乐土,咏歌林下日忘疲"⑤。在这些诗歌

---

① 《庄子·马蹄》,参见陈鼓应《庄子今注今译》,中华书局 1983 年。
② 魏·王粲《从军行五首》。
③ 唐·杜甫《别董颋》。
④ 唐·张起《早过梨岭,喜雪书情呈崔判官》。
⑤ 唐·朱庆馀《送浙东陆中丞》。

中,对于"乐土"的向往成为全篇的主旨所归。而陶渊明的一篇《桃花源记》,也使"桃花源"一词长期以来成为中国文学史中的流行话语。值得注意的是,在我国传统文学中对于"乐土"、"桃花源"的憧憬,无不流露出返归田园、亲近自然的强烈愿望,无不注入了崇尚生命、拥抱绿色的巨大热情,从而这种社会理想、人生理想同时也是一种生态理想。

中国人热爱生命,敬畏生命,讲究"贵生"、"全生"、"厚生"、"利生",确认"生生之谓易","天地之大德曰生"①的至上性质。中国人所崇尚的生命并非仅指人的生命,而是指包括动物、植物等在内的一切生物的生命。同时在对待生命尤其是自然生命时形成了一套颇具生态学意义的伦理原则,其要义即爱物和戒杀。清人袁枚的说法殆可概之:"夫爱物与戒杀者,其心皆以为仁也。"②这两条主旨,在古代文学作品中有着充分的体现。如《庄子·至乐》、柳宗元的《种树郭橐驼传》、龚自珍的《病梅馆记》等,从古代至近代等都有顺天体物,因任自然,顺应自然万物的生存方式和生长规律,恢复自然物类的天然生机的主张,反对以人灭天,改变、扭曲和泯灭事物的本性,以满足人的兴趣、爱好和愿望;还有金人王若虚《焚驴志》、唐代文学家韩愈的《鳄鱼文》等,充分表现出尊重物类的价值和生存的权利,为了维护生态平衡而作出最大的忍让,决不轻易言杀,不滥用暴力,残害生灵,即使人类面对自然物类的侵害,不到万不得已仍须持守戒杀这条底线的思想。

如前文所述,中国古人通常将自然与人的关系概括为"天人"关系,在探究天人关系时大多认同"天人合一"的思想。季羡林先生指出,"天人合一"是"中国哲学史上一个非常重要的命题,是东

---

① 《周易·系辞》,参见李申主编《周易经传译注》,湖南教育出版社 2004 年 4 月。
② 袁枚《爱物说》,王英志主编《袁枚全集》第 22 卷,江苏古籍出版社 1993 年。

方思想的普遍而又基本的表述。这个代表中国古代哲学主要基调的思想，是一个非常伟大的、含义异常深远的思想，非常值得发扬光大，它关系到人类的前途"①。的确，"天人合一"已成为中国文化最稳定的遗传基因，渗透在文人的血液和集体无意识中，当然也强烈地暗示着或明示着生态文学的价值取向，正是这种"天人合一"的思想，提供了一个看待和处理人与自然之关系的基本框架。既然人与天、我与物是一体的，那么大家就像一母所生的同胞手足、亲密无间的朋友兄弟，有着共同的血脉和相通的天性。这种天性也反映在文学作品当中。宋人张载总结前人关于"万物一体"、"仁民爱物"的主张，提出了"民胞物与"的思想，其完整表述为："乾称父，坤称母，予兹藐焉，乃混然中处。故天地之塞，吾其体；天地之帅，吾其性。民吾同胞，物吾与也。"就是说，天地是我的父母，赐予我的身体，统帅我的本性，百姓大众是我的同胞，自然万物是我的同伴。还有我们前文引述的："是故立必俱立，知必周知，爱必兼爱，成不独成。"也正是在这个意义上，他矢志"为天地立志，为生民立道，为往圣继绝学，为万世开太平"②。张载的论述表达了一种参天地，赞化育，兼爱万类，成就众生的阔大胸襟，寄寓了一种深沉浩荡的生态意识。这种思想作为一个重要的理念，浸润于中国传统文学的主题之中，与天地为友，与万物相随，成为人们心向往之的理想生存状态。人们将天地万物视为亲密无间的朋友、情投意合的伴侣，在与天地万物的精神往还之中达成在人群中无法达到的高度默契，在与自然世界的心灵吐纳之中获得在日常生活中无法得到的高峰体验，这是人生的至境，也是精神的至境。诗人李白

---

① 转引自解保军《马克思自然观的生态哲学意蕴——"红"与"绿"结合的理论光声》第18页，黑龙江人民出版社2002年。
② 宋·张载《正蒙·乾称》，《正蒙·诚明》，《张子语录中》。

投身于大自然的怀抱,觉得只有在大自然中才能找到真正的知己,找到可以彼此欣赏和相互对话的对象,其心灵深处涌动的人生况味、沧桑之感,也只有与品物众形才能有如此会心的交流和沟通。因此俯仰天地,寄情山水,流连光景,感应物色,每每油然而生一种家园感、归宿感,他怀着一种十分恬静和愉悦的心情将自己与山川风物、日月星辰的心灵沟通表现于笔下:"众鸟高飞尽,孤云独去闲。相看两不厌,只有敬亭山。""西上太白峰,夕阳穷登攀。太白与我语,为我开天关。"①

综上所述,中国古代的思想智慧和文学作品当中蕴涵丰富而生动的生态美学资源,无论是在传统文艺理论与美学的哲学观念上,还是在大量的文学作品、文化典籍中都有深刻而具体的体现,今天的生态美学建设挖掘和开发这些资源,是面对生态文明时代的发展和挑战,中国美学理论所作出的有力回应。中国当代美学必须告别人类及其生态环境遭受严重破坏的20世纪,汲取中国传统文化"天人合一"的生态智慧,以全新的目光重新审视人与自然,人与社会以及人与自身的主客体审美关系,以全面的方式推动人类的审美创造,从而建立起人类环境与自然生态的美学新秩序。人类应该按照"美的规律"来创造这个世界,从而使人与自然环境和谐平衡,协调发展。惟有如此,人类才能诗意地栖居,也惟有如此,才能真正实现中国文艺理论与美学和世界的交融,在全球化进程中作出举足轻重的贡献。也许,这还是中国文艺理论与美学向世界美学所昭示的未来美学的新走向。

---

① 唐·李白《独坐敬亭山》,《登太白峰》。

大地之梦

人类在大地母亲肌体中孕育,在大地母亲
襁褓中被哺养,这是人类童年的美丽神话,是大
地与人类的原初和谐状态。重返和谐自然,回
归天、地、人、神共融为一的生态整体,既是人类
的愿望,也是大地的梦想。

梦的情景常常被描述为一种理想，一种对未来的渴望。生态存在论美学思想已经为生态美学建设的理想大厦奠定了哲学基础，经济、政治、技术、法律、社会、历史、美学、伦理、哲学、宗教等众多学科和领域的同心共铸，支撑起生态美学的构建框架。大地在期待和向往……人类尽管在张扬生态观念、倡导生态意识、引领生态思想方面做出努力和贡献，但是，这些还仅仅是刚刚起步。在着眼于建构整体而系统的生态美学体系时，美学研究者不仅不应停留在生态美学与其他学科的影响研究中，也不能停留在生态与文学的关系研究，和对过去文学作品、文化典籍生态意识、生态智慧的挖掘中——当然这也是非常必要的，更要深入到文学艺术和其他文化现象的内部，这是美学在当代构建生态美学特别是生态存在论美学的重要环节和内容，是大地的审美理想和愿望最终达成的又一段征程。

一　美学的转向

如前文所论，美学的或分或合已近乎美学的宿命，转向也每经数年就会发生，如果说它因循一定轨迹的话，那就应该是符合了时代发展的需要，应和了世界前进的要求，或者说，每次转向不管回头审视它的时候是喜还是忧，苦还是乐，对还是错，欣慰还是遗憾，它在当时都具有一定的必然性。后现代解构主义批评了一切"逻各斯",解构了历史和知识,致使我们一切寻求和确定规律的努力都变得没有意义。兴许,我们确实无法真正确定美学转向的规律,我们也无心去这样做,但是,我们通过从某个角度对某种事实和现象的描述,至少仍然可以看到或感觉到这样一种转移及其转移的方向。

(一)美学由人学转向生态学

曾繁仁教授认为,"从审美的角度,生态美学的提出实现了由实践美学向以实践论为基础的存在论美学的转移",而且"我们觉得这种转移更能贴近审美的实际"①。中国当代美学经过 20 多年的发展,经过了几次大的转向和转型,特别是 20 世纪后期众多学者提出美学的人学转向,曾引起很大反响。近些年来,关于人类中心主义的讨论不时触及这一命题,而生态存在论美学以它反人类中心主义的立场对人文精神和美学关系提出新的看法,使美学出现一次新的转向和转型,越来越转向包括人文精神在内的一种生态学视角的美学,这可以说是一种现实的和美学的必然要求。实际上,美学的人学转向却是以"文艺美学"学科的最终确立为标志的。

从事美学研究,又经历过 20 世纪 80 年代中国美学热潮的人们,如果回忆当年的那种潮流的流向,恐怕都会承认这样一个事实,即大家都在不约而同地追问和争论"美是什么?""美的本质是什么?"在当时,这种追问和争论可谓热火朝天、人声鼎沸。形成这

---

① 曾繁仁《生态存在论美学论稿》第 60—61 页。

一现象的原因自然是多方面的,其中之一是因为在"文革"后,对一代年轻学子来讲,美学尚处于启蒙阶段,这种现象是一种必然。事实上,这种追问和争论本身也并非像某些学者后来所说的那样毫无意义,只是追问和争论的结果的确令人失望而已。不过,通过这种追问和讨论,尽管我们没有最终得知统一而确切的答案,但我们毕竟统一而确切地了解到这样追问和讨论下去,即使再花上 10 年时间,仍然是徒劳的,仍旧会无果而终。

思考这种探讨无果而终的原因,我们不难发现,实际上,当时探讨美是什么、美的本质是什么,在很大程度上走的仍旧是西方古典美学、传统美学的老路,也是 20 世纪五六十年代我国"美学大讨论"的旧话重提。尽管 20 世纪 80 年代学术界大量介绍了西方现代的思想、思潮,但由于来不及整理、消化、吸收,所以,并没汲取较新的内容,没能汲取 19 世纪西方现代美学的精髓,更谈不上学习西方 20 世纪后期的哲学、美学观念。

所谓西方古典美学、传统美学,在某种意义上其实是西方古典哲学、传统哲学的翻版。西方古典哲学、传统哲学指由柏拉图开其端,笛卡尔正式确立,黑格尔发展到极端的西方哲学传统。它的基本特征正是把追问普遍最高的本质作为目的,把人作为认识的主体,世界作为认识的对象,要求主体认识和把握客体的本质,因而其思想方法是主客二分的或主体性的原则。柏拉图在他著名的《大希庇阿斯篇》中提出对"美本身"的追问,在他看来,"我们所要寻求的美,是有了它,美的事物才成其为美","它应该是一切美的事物有了它就成其为美的那个品质"①。这其实是把美作为客观事物来看待。也就是从这里开始,美的本质问题成了西方古典美学

---

① 柏拉图《大希庇阿斯篇》,见《文艺对话集》,人民文学出版社 1963 年。

的永恒主题。

西方近代美学主要是一种认识论美学，依然是传统美学。它一方面仍处在二元分裂的格局中，充当着类似知识论或认识论的角色，从主体与客体的镜像关系上来说明美与美感，或者以感性与理性分离为前提，把审美看作在感性与理性不同环节之间的反复循环；另一方面，它又以形而上学的方式对待诸如"美的本质"、"审美"关系之类问题，撇开了美的现象去探索美的"本质"，去询问美的事物之所以为美的根据，并把美的规定性当作实体看待，因而传统美学不可避免地把美抽象为理念或观念，又要让它在感性中显现，结果往往顾此失彼，最终就不能不通过一系列对立概念的组合对美进行说明，却恰恰又失落了美的真谛。

西方古典美学把美作为客观事物的看法，与中国古典美学其实是鲜明对立的。中国古典美学从来就认为美的根据不在于物，而在于人。先秦儒家的"比德"说，汉代杨雄的"心声心画"说，魏晋南北朝的"文气"说、"体性"说、"情采"说等，莫不如此①。不过，到了 19 世纪后期，西方美学发生了重大的转折。简单地说，就是寻求美的眼光从对物的追问转向了对人的思考。诸如李普斯(Theodor Lipps)的移情说、克罗齐的表现说、柏格森的直觉说，以及现象学美学、存在主义美学、解释学美学等等，都不再把美归结为事物的客观属性，而是以人自身为美的根据了。李普斯的移情说是这一转折的最鲜明的标志："审美的快感是对于一种对象的欣赏，这对象就其为欣赏的对象来说，却不是一个对象而是我自己。"②这样一来，西方现当代美学就很接近中国古典美学了。然而，20 世纪 80

---

① 参见成复旺《中国古代的人学与美学》，中国人民大学出版社 1992 年。
② 李普斯《论移情的作用》，转引自朱光潜《西方美学史》下卷第 606 页，人民文学出版社 1979 年。

年代的中国美学,却既没有继承中国古典美学的传统,也没有接受西方现当代美学的新变,而是掉过头来,走西方古典美学的老路,不仅仍把追问普遍最高的本质作为目的,而且大力强调美在客观事物,这种做法导致了美学研究的落伍和沉寂。

事实上,这种关于"美是什么"、"美的本质是什么"的问题在我国20世纪50-60年代讨论得也相当激烈,最后确立了在中国占主导地位的美学观,即认为美是不以人的意志为转移的客观存在,美的本质是事物的现象与本质的统一。这看似是马克思主义的唯物观在美学上的体现,"实际上是一种被曲解了的马克思主义,表面上强调唯物主义'客观第一',实质上是主客二元对立的旧唯物主义和认识论的回潮,是在马克思主义实践观上的倒退。"尽管后来美学研究借助马克思的《1844年经济学哲学手稿》,以"人的本质力量的对象化"的提法开始了一些新的突破,但由于这种本质问题的"形而上学"性质,"由于我国传统美学没有西方古典美学那样的以主客二元对立哲学为基础、以抽象的'美的本质'为中心概念的美学理论体系,也没有美、丑、崇高、悲剧、喜剧、再现、表现等概念范畴。也可以这样说,我国古代没有西方那样的'纯美学'",所以,这种探讨"在相当大程度上走进了死胡同"①。在20世纪80年代后期、20世纪90年代初,尽管仍有人改换角度,用"美不是什么"、"美非什么"来限定美的内涵,试图从反面回答"美是什么",但由于多数论者已对像"美的本质"之类不可究诘的问题感到厌倦和失望,所以,喧嚣沉寂了下来,争论也被重新思索所取代,美学研究一度陷入了迷茫,由热变凉。

于是,从20世纪80年代后期起,我国美学界就不断有人运用

① 曾繁仁《古希腊的"和谐美"和中国古代的"中和美"》,载《中国文化研究》2001年冬之卷。

西方 20 世纪分析哲学或其他思潮的方法,对美的本质等问题作根本性消解,视一切"本质主义"的问题为毫无意义。到 20 世纪 90 年代中后期,有论者干脆提出对于"美是什么"的问题的解答都只能是无功而返,认为"美是什么"的答案大致有三类:一类是具有客观存在性质的,如"美是典型","美是自由的形式","美是人的本质力量的对象化",等等;第二类是指具有主观感觉性质的东西,如"美是人的观念","美是自由的象征",等等;第三类是同前两类相关,又不单独属于其中某一类的东西,如"美是主客观的统一","美是一种价值事实","美是和谐"等等。这些答案相互间的共同点,都是在按照问题的提出方式来回答问题,而不是按照问题的实际存在状态阐释问题。"美是什么"这一问题的提法,从句法、思路以及人们的理解上看,都在肯定美是一个什么事物或一种什么存在,它已经预先设定了答案的范围及可能的模式。在这种前提暗示下,人们不辨自明地认定,世界上存有美这么一种事物,然后努力要找寻出它是一个什么样的事物。按照唯物主义观点,既然是个事物,是个存在,就只能是客观的。这是问题方式必然要导出的答案①。也就是说,无论客观论者、主观论者,还是主客观统一论者,其实都在说明美是一种客观的存在,都是西方古典美学追问"美本身"的延续或变种,都没有摆脱二元对立的阴影,因而都是走老路,弹老调,从起点又回到起点。

消解或解构固然可以看作是一种进步,但消解或解构掉的只能是对"美本质"问题进行研究和探讨的意义,而不会也不可能消解掉"元美学"自身的存在。消解或解构不能变成美学理论界对自身理论匮乏、贫瘠或无能的承认,必须变成建构一种新的美学体系

---

① 李志宏《中国当代美学三大基本问题研究辨正》,载《吉林大学社会科学学报》1998 年第 1 期。

的起点。这时,美学的当务之急,是寻求自身的突破。然而,20世纪90年代初美学的沉寂并非一件坏事。冷静、理性地思考,要比无休止地升温、争论有益得多。20世纪90年代初,思想理论界开始对20世纪80年代国门乍开时从西方大量介绍、引进、"拿来"的观念、观点、理论、思潮、方法进行全方位的研究和整合,力求与中国既有的观念、观点、理论、思潮、方法进行对照、比较、交流,"走向新的综合"①。面对20世纪80年代追问和争论"美是什么"无果而终的尴尬和窘迫,美学界开始转换角度和思路,变革提问方式,将"美学为什么"作为核心问题来研究。到了20世纪90年代中期,"什么叫做美学?美学研究什么?""美学作为一门学科何以可能?审美活动作为人的生命活动何以可能?人作为在审美活动中生成的人何以可能?""美学为何?"等问题,伴随着似乎对这些问题的定义性回答纷至沓来地呈现在美学界。对传统美学的重新审视,寻求构建新体系的途径和方法,不仅开始了美学的转向,而且掀起了美学研究的新一轮热潮,这时的中国美学研究不仅摆脱了西方古典美学的老路,而且超越了西方近代的认识论美学,走向了一个更新的征途,有论者在当时把这种转向和热潮称作"当代中国美学的前沿"②,"审美的第二次自觉"③。

美学研究的转向与20世纪西方现代哲学的影响有相当大关联,特别与存在主义及现象学和解释学美学,尤其与作为存在主义及现象学的集大成者的海德格尔哲学和美学存在着难以割舍的联系。海德格尔看出了传统哲学不是从主体中引出客体,就是从客体中引出主体,并就此追问事物本质的巨大局限性,认为传统哲学

---

① 狄其骢《走向新的综合》,载《文史哲》1989年第2期。
② 丁磊、李西建《当代中国美学的前沿》,载《学术月刊》1995年第9期。
③ 黄克剑《审美自觉与审美形式》,载《哲学研究》2000年第1期。

所追问的这个普遍最高的本质只不过是作为全体存在者的存在，或说"存在性"，而恰恰遗忘了"存在"本身，也就是使存在者作为存在者的那种东西，存在是使一切存在者得以可能的基础和先决条件。因此，只有先弄清存在者的存在的意义，才能懂得存在者的意义。而要做到这一点，就需重新寻找理论的突破点，这也就是"此在（Dasein）"①，即要揭示存在的意义需通过揭示人自己的存在来达到。因为，只有人这种特殊的存在者才能成为存在问题的提出者和追问者，只有人才能揭示存在的意义。这样，"此在"就成了海德格尔突破传统哲学、建立其存在体系的逻辑起点，而揭示此在的基本存在状态的过程，也就是对传统哲学主客之分思维方式的转向过程。

存在主义者不是从理论假设和推断出发，先确定人的本质，然后再反过来通过人的思想感情和行为方式去论证人的本质的种种规定。他们认为这种循环论证的方法乃是缘木求鱼，不可能解开人的本质之谜。因为有关人的本质的种种限定纯属虚构的假设，用各种五花八门的神乎其神的方法和材料去论证一个子虚乌有的东西，那肯定是徒劳无功的。存在主义者认为，人的本质不是天生的，而是人投入世界之后在人生的进程中形成的，它是由人的存在方式决定的。"人是自身行为的结果"，"人除了自身行为的结果什么都不是"②。因此，从这个意义上，可以说人的存在方式就是人的本质。而且人的本质是随着时空变化而不断更新的，即不断超越自我，可塑性很大，具有多种可能性；并因人而异，因为每个人都可以自由地选择自己的存在方式。对于任何一个人来说，他只要活

---

① 德语中 Das 是个冠词，也可用作代词，有"这一个"、"那一个"之意；sein 是系词，有"是"、"在"的意思，海德格尔将他们拼起来略去了一个"s"。

② 克洛德·弗郎西等《西蒙娜·德·波伏瓦传》第 253 页，中国妇女出版社 1989 年。

着,他的一切就尚未定局,他的自由意志和生命律动就会在种种意想不到的或然性中铸造他的本质。所以存在主义者不谈人的共同本质,而只谈单个的个体,即"孤独的个体"(克尔凯郭尔语)的自我本质及其如何形成的问题。总之,人的一生就是不断地谋划、不断地选择、不断地改变自我形象的一生,他的本质也就是从这个过程中产生出来的。海德格尔避免了把人与世界对立起来的二元论倾向,通过对"此在"的追问,对"此在"在世方式的分析,表达了一种新的哲学观和一种新的哲学追求,这种新的哲学打破了传统哲学长期以来的主体性为前提的主客二分图式,使哲学的基本问题转移到对存在意义的追问。美学具有了这样的存在主义的哲学基础,也开始了它的新的现代转向。海德格尔说:"真理是'存在'的真理……美的东西属于真理和显现,真理的定位。"①他还说:"真理本质上就具有此在在世的存在方式,由于这种存在方式,一切真理都同此在的存在相联。唯当此在存在,才有真理。唯当此在存在,存在者才是被展开的。唯当此在存在,牛顿定律、矛盾律才在,无论什么真理才在。此在根本不存在之后,任何真理都将不在。"②就是说,不论美学还是其他任何科学,都必须还原于人,这样"此在"的存在才有意义。总之,在海德格尔那里,人永远是前提,也是目的。

对海德格尔存在主义哲学美学以及其他西方哲学美学学派的引介和研究,促使国内哲学、美学界对哲学、美学问题进行重新思考。正是在这些现代思想的启发、启示下,美学界对美学作为一门科学进行了新的学科定位,开始打造或重铸新的美学体系。

的确,回答诸如"什么叫做美学? 美学研究什么?""美学作为

① 海德格尔《艺术作品的本源》,见《诗·语言·思》第75页。
② 海德格尔《存在与时间》第273、274页,三联书店1987年。

一门学科何以可能？审美活动作为人的生命活动何以可能？人作为在审美活动中生成的人何以可能？"美学为何？"等问题，需要对美学重新进行学科定位。伴随着世纪之交高扬人文精神的时代呼唤和要求，美学界对美学的学科定位、学科归属问题也展开了学术探讨和论争。有论者说："本世纪以来西方哲学、美学界许多思潮之争，归根结蒂是现代科技主义与人文精神之间的斗争"，"中国历史有较深厚的人文精神传统，'五四'新文化运动对传统人文精神进行了批判、改造和更新，形成了新的人文精神传统，建国以来，政治功利主义与当今的物质功利主义造成人文精神的两度失落与危机"，所以"当代中国美学建设应以上述大文化背景为参照，把重建人文精神作为灵魂与核心，克服种种对人文精神的偏离，才能使美学走出低谷"①；"人文精神是一种以人为中心、高度肯定人的价值、人的尊严，倡导人的本性和人的解放的思想和态度，它的核心就是人的自由自觉的创造"，"在社会转型的过程中，中国当代美学的研究和建构应该高扬人文精神"②。有论者认为整个"美学史是一部向人走来的历史"，美学的哲学基础既不是自然哲学和认识哲学（反映论），也不是社会哲学和价值哲学，而"应是人的哲学，即人学"，并就此提出"人学的美学的思路"和这种思路下的"美学的方法、对象、目的与性质"③。更有一批论者通过对美学史和审美现象的分析，明确提出，"美学研究可以引进自然科学和社会科学的方法，可以有多种研究角度，但美学就其自身的性质而言，既不属于

---

① 朱立元《人文精神：当代美学建设之魂》，载《华中师范大学学报（哲社版）》1996年第1期。

② 张玉能《当代中国美学应该高扬人文精神》，载《华中师范大学学报（哲社版）》1996年第1期。

③ 成复旺《走向人学的美学》，载《社会科学家》1995年第2期。

自然科学学科,也不属于社会科学学科,而是属于两者之外的第三学科,即人文学科"①。"要实现美学的转向,必须将美学定位于人文科学中,而高扬人文精神也是当代中国美学建构和发展的关键","人文精神的高扬,美学人文学科的定位意味着中国美学已开始进行着革命性的转向,开始跨入人文美学的新时代"②。还有论者说得更直截了当:"美学是人学"③。

直到今天尽管有关人文精神的讨论仍在继续,而且还相当热烈,比如几年前国内学术界两次规模较大的会议,纪念《文史哲》创刊50周年暨学术研讨会和中国人民大学中文系与《文学评论》共同主办的学术讨论会的中心议题一个是"人文精神与现代化",一个是"人的全面发展与文艺学建设",但是,美学界就美学的人文品质、人文精神、人文关怀,以及美学眷顾的是人生的意义,美学属于人文学科等,已达成共识。在20世纪90年代,一直延宕到新世纪的今天,沉寂后再度热闹的美学研究领域同时也出现了另外一些美学门类,可谓色彩纷呈,比如,实用美学、泛美学、超越美学、生命美学、存在论美学、修辞论美学、后实践美学、生态美学以及对大众审美文化的关注等。从这些领域或门类来看,要么是对20世纪80年代美学研究的某种反叛,要么是对美学人文精神的某种承认、扬升或延续,在这种多元共生、多元共存的格局中,我们不难把握其显在的或潜在的趋向和脉动。

美学是人学。这让我们想起人人耳熟能详的"文学是人学"的命题。那么,可以很容易地判断文学和美学有一种必然联系,然

---

① 吴琼《论美学的学科定位》,载《社会科学》1994年第10期。
② 史可扬《美学的转向——海德格尔哲学美学的当代意义》,载《内蒙古社会科学》1998年第2期。
③ 刘叔成《美学是人学》,载《汕头大学学报》人文科学版1997年第2期。

而,就此两种命题本身却又很难分辨它们之间的不同。当然,这里的"文学"所指的决不仅仅是文学作品,而应该是"关于文学艺术的学问"。"文"指文学艺术,"学"指学术、学问或学科。目前有论者(文学研究的文化学派)提出,文学的范畴和文学研究的对象绝对不能仅仅局限于文学艺术的范围,而应该包罗一切文化现象,应该实现文学向文化的转向,也就是说"文"的范畴是随着时代的发展、社会的进步不断扩充其内涵的,以往仅指戏剧、诗歌、小说、散文等,后来涵盖了音乐、绘画、舞蹈等艺术形式,现在还应该包括电视、电影、英特网等大众文化现象。这一点我们可以姑且不加细论,实际上,它为"文学是人学"命题的有效性又提供了一种依据。文学涵盖的领域越广,关于"文学是人学"的命题就越有效。而仅就"美学是人学"、"文学是人学"两个命题所涵盖的未曾扩充的对象本身我们也可以引出一个曾被美学界称为显学的概念:文艺美学。曾繁仁教授认为,也就是从我国学者提出文艺美学开始,"才逐步重视我国传统的美学资源的独立意义"[1]。

和后来的"生态美学"相比,文艺美学概念本身产生在有着悠久美学传统的中国,更具中国特色。20世纪80年代初由胡经之先生提出,他的第一篇关于文艺美学的论文中发表了这样的见解:文艺美学是"关于文学艺术的美学","它的研究对象自然是文学艺术","文艺美学是文艺学和美学相结合的产物"[2]。此后,他在很多场合和文章中谈到了当时文艺美学产生的历史背景和深刻动因,主要因为当时的美学研究还是停留在哲学思辨,停留在争论"美是主观的还是客观的"这样一种抽象水平上。结合我们上文谈到的关于"美本质"的讨论,实际上文艺美学的提出是当时美学研

---

① 参见曾繁仁《试论生态美学》,载《文艺研究》2002年第5期。
② 胡经之《美学向导》第6页,北京大学出版社1982年。

究的一个维度,一个视角。由于这种维度和视角的独特和新颖,很快在广大美学爱好者特别是大学中文系的年轻学人当中形成一股热潮,成为中文系美学研究的显学,这为大学中文系的美学学科独劈了一个视阈和空间。尽管随后一批学人写了大量有关文艺美学的文章,也出版了一些书籍,但是,客观地说,受当时本质论的影响,那时的文艺美学研究也试图从研究文学艺术现象入手,通过对这一现象的观照和分析,从中提取、抽象出美本质,以参与或验证哲学系美学关于"美是什么"、"美的本质是什么"的讨论,成了思辨、逻辑推演的哲学美学讨论的一维例证,而哲学系美学对中文系美学也是从这样的角度予以借鉴的,文艺美学成了美学讨论的资料,违背了文艺美学出场的初衷。

2000 年前后,文艺美学再度复出的背景、语境和土壤与当年已经不同了。美学的转向,转到了人学,和我们已有的一个命题相遇了,这要求我们必须重新思考文艺美学的研究对象和领域,重新思考涉及美学、文艺学、文艺美学的许多问题,特别是在今天文艺美学已作为一门学科再次出场,而且一个时期以来成为美学研究和文艺学研究的热门话题的情况下。美学转向的结果使文艺美学再度成为显学具备了可能性。美学的人文品质、人文精神的张扬,和人文学科定位的确立,为文艺美学的研究和发展展现了广阔的思想空间,为文艺美学成为显学奠定了基础。因为,文学艺术中蕴涵着最丰厚的人文精神,文艺美学正是从文学艺术中美的向度和维度来思考、阐发、张扬人性之美。文学艺术是"人把握现实的方式,人的生存方式和灵魂的栖息方式"[①]。文艺美学可以真正担当人文学科的使命,通过对文艺审美特性的研究,对人类的命运与前途给

---

① 胡经之《文艺美学》第 1 页,北京大学出版社 1999 年。

予终极关怀。

　　文艺美学再度成为显学具有逻辑上的可能性，也有其全球化形势下的现实可能性。随着东学西渐，全球化日渐，西方不仅越来越重视中国在全球和人类社会进程中的政治的、经济的地位和影响，也越来越重视中华民族伟大的精神文化的辐射力和影响力，许许多多国际间的文化对话、文化交流、文化讨论的实践和过程表明，中国在全球化语境下越来越具有话语权，而且有可能占据中心地位。而中华民族博大精深的文化传统当中蕴涵着极其丰厚的美学资源，这些美学传统、美学遗产和资源，完全以文学艺术为其研究对象，完全立足于具体的文学艺术实践，迥异于西方的以哲学逻辑推演为基础的美学。今后在文艺美学特别是比较诗学的研究中我们仍可运用西方美学的范畴体系或话语体系，但同时我们也必须注意到，会有越来越多的具有中国特色的传统美学特别是文艺美学的范畴和话语纷纷登台亮相。不仅越来越多的如今在世的西方思想家、美学家开始关注中国的文化传统和文学艺术，比如，希利斯·米勒(J. Hillis Miller)就认为中国的文化精髓将占据未来世界思想的主导地位，德里达更认为逻各斯中心主义和中国传统文化特别是中国的"道"有着某种必然的联系，而且，"德国著名哲学家、美学家海德格尔所提出的'天地神人'四方的世界游戏说就吸收了我国'中和论美学思想'的丰富营养"①。这也就是说，中国走向世界、影响世界，必然意味着中国的优秀的哲学思想、文化思想、美学思想会更多引起世界注意，也必然意味着中华民族丰厚的文艺美学传统会越发凸显，文艺美学成为显学具有强烈的现实可能性。

---

　　① 曾繁仁《古希腊的"和谐美"和中国古代的"中和美"》，载《中国文化研究》2001年冬之卷。

　　无疑,文艺美学再度成为显学并不是意味着对其学科定位问题的争论不休,相反,要以文艺美学学科的最终确定为前提,而文艺美学学科的最终确定就意味着其学科性质、逻辑起点、研究对象、研究领域和研究方法的确定,这些问题不可能长期处于众说不一、自说自话或各持己见的状态,而其中最重要的,本书认为是其研究对象。就目前的有关文艺美学学科定位的讨论来讲,大多都是在说文艺美学与美学、文艺学,以及与艺术学、艺术哲学、文艺理论、文艺批评,甚至与文艺社会学、文艺心理学、文艺传播学、文艺伦理学、文艺教育学等在研究对象上的领地之分、边缘交叉、异质同源。在我看来,在确立文艺美学作为一门学科的研究对象时,应当避免诸如文艺社会学、文艺心理学等学科体系真正建立前走过的弯路。一门独立的学科必然有其独立的研究对象。文艺社会学研究曾经出现过两种倾向,一种坚持文艺社会学的美学性质,以审美经验作核心;另一派强调该学科的社会学性质,却无视它的审美性质。前者模糊了文艺社会学与文艺心理学的界限,也就等于模糊了本学科的性质和特征;后者把文艺下降为社会学的资料和例证,忽视了该学科的独立性和特殊性。其实,两者都消解了文艺社会学的学科意义,因而都不足取。后来,有学者将文艺社会学的性质定义为研究"文艺—社会"之学①,得到多数人的认可,确立了文艺社会学的研究对象。相应地,文艺美学如果看作是以美学的方法研究文艺,看作是研究文艺的审美特性的学科,或者把文艺现象作为美学理论的例证,进而走向两个极端,同样是难以令人信服的,是不足取的。这样做也只能消解文艺美学作为一门学科的独立意义。在我看来,把它看作文艺学和美学的交叉学科、边缘学

---

① 参见姚文放《现代文艺社会学》,江苏文艺出版社 1994 年。

科,研究它与文艺学及美学交叉的共同点和不同点,研究它们的"间性",研究有关文学艺术的美学问题和观点,并在同等层次上与美学、文艺学交流、对话,这应为其研究对象的归属。实际上,在众多从事文艺美学研究的学人当中,持此见者当属多数。本书所及"文艺美学"的概念也是在这种意义上使用的。

如我们上文很多地方所主张的,生态美学是反对人类中心主义的,那么,生态美学的思想与"美学是人学"的观点,生态美学和文艺美学是否就是矛盾的呢?这也是生态美学观念在我国美学界逐步确立以后,学术界争论较多的问题。对于后一问我们将在下一节《生态美学的定位》中作答,对于前一问,我们在这里引用曾繁仁教授关于美学转向的一段话作为参考,他说:"美学作为艺术哲学,从学科的发展来说最重要的突破是作为美学的理论基础的哲学观的突破。生态美学从美学学科的发展来说最重要的突破,也可以说最重要的意义和贡献就在于它的产生标志着从人类中心过渡到生态中心。从工具理性世界观过渡到生态世界观,在方法上则是从主客二分过渡到有机整体。这可以说是具有时代意义的,意味着一个旧的美学时代的结束和一个新的美学时代的开始。有人问:生态美学最基本的原则是什么?我们回答,生态美学的基本原则就是不同于传统的人类中心的生态中心哲学观。还有人问我们人类考虑问题就应该以人为本,怎么会以生态为中心呢?他们把这种'生态中心'看作是一种乌托邦。我们回答:由人类中心到生态中心的过渡是一个宏观的哲学观的转向(我们姑且将其称作哲学观点的'生态学转向'),是历史时代发展的必然结果,与具体工作和生活中是否"以人为本"不是一个层次的问题。"①

① 曾繁仁《生态存在论美学论稿》第16—17页;同时见本书上编。

如上所述,关于美学走向人学的讨论已是上个世纪末期的事情,在新的世纪,当生态美学的观点越来越深入人心之后,坚持美学人学观的学者曾经提出忠告:"文学艺术是'人学',文艺学美学作为研究文艺的人文学科,是把人和人的心灵世界作为主要研究对象的,它必然是以人为本的。如果将生态研究中采取的非人类中心主义立场引入文艺学美学研究,必然与文艺学美学的人本主义立场发生尖锐冲突,从而导致研究的中断或失败。我认为,非人类中心主义至少对于生态文艺学和美学的研究是不合适的。"①这一观点,代表了很多从对人性肆意践踏的历史中走过的学者的立场,他们对国内人本主义尚未牢固确立就奔向非人类中心主义的超前态度表示怀疑,这也是国内生态美学与生态文艺学应注意倾听的一种忠告。不过,文学是"人学"当然是不错的,但是按照当代生态学者(如罗尔斯顿)的观点,人文精神的光辉,应随着道德疆界向自然的不断延伸而投向非人类的存在物,从此意义上说,把具有解构主客两分倾向、强调利他主义、超越狭隘自我的非人类中心主义的生态思想引入文艺学、美学是切实可行的。生态学的基本原则是:人类与自然乃是一种有机关系,应该共存共荣,协调发展。这实际上也是各门学科都要面对的问题,都要从各自的角度出发去谋求解决的问题。实际上,马克思和恩格斯早就有了"自然是人的无机的肉体","社会化的人要合理调节他们与自然的变换"的论断。美学转向生态学并未否定人的作用和意义,而是扩大了整体人的内涵。人类不能以征服者的姿态去一味征服自然,否则就要遭受自然的无情报复。从一种意义上讲,人是自然的一部分,而从另外一个意义上讲,自然也是人之所以为人的一个方面,

① 朱立元《我们为什么需要生态文艺学》,载《社会观察》第54页,《学术季刊》2002年增刊。

这也就是自然的人化和人化的自然①。这也是我们先人所说的天地人合一，天地中有人，人中有天地。实际上，美学由人学向生态学的转变，是哲学观念由实践论向生态存在论的转变，并未忽略和忽视人的作用，而是恰恰相反，反而使得人更健全、更强大、更完美。

（二）生态美学的定位

多数学者认为，生态美学应该是一门交叉学科。随着当代人类环境意识、生态意识的觉醒以及生态环境、生态文明建设的发展，环境和生态问题的研究不仅在自然科学领域占据了重要地位，而且在社会科学、人文科学中也受到极大重视。生态美学、生态人类学、生态经济学、生态伦理学、生态社会学、生态心理学、城市生态学、文化生态学等等，是为了深入探讨并解决人类生态和环境问题，自然科学和人文社会科学的相互结合，是新兴的综合学科、交叉学科。这样，我们在探讨如何定位生态美学时，必然触及它与自然科学之间的关系，然后才能具体涉及它自身的研究对象和内容。关于自然科学的功过问题也曾经有过很多争论，生态问题凸显之后，这样的讨论也愈加突出，以下是结合我们要在这节所探讨的问题所作的一个综合评析。

作为人类认识自然的能力和经济发展水平的标志，科学技术对生态的影响是显而易见的，而且随着科技的加速进步，它对自然环境和人类精神生态的作用日益深刻，生态批评和自然写作在对人与自然的关系现状作出评价时，其关注的重点之一便是对技术

---

① 参见曾繁仁《生态存在论美学论稿》第145—168页。

的批判。当然,科学技术在给人类带来巨大的生产力的解放的同时,也给自然环境带来了不可估量的灾难。科学对生态的负面影响主要表现在以下几个方面:首先,科学的进步,特别在最初的阶段,必须依赖主客二分的分析性思维。在这样的思维的引导下,人与自然逐渐转为对立的关系,尤其在笛卡尔和牛顿之后,自然被视为可拆解为各个零部件的机械装置。自然对人类童年的那种神秘感以及由此激发出来的崇敬和艺术创造的灵感越发黯淡,同时技术的飞速发展使人在自然面前的自信心急剧膨胀起来。自然的被征服、奴役逐渐成为理所当然的人类权利。也就是说,科学理性的初期发育,为人类对自然环境的任性举动提供了思维方式和观念上的支持。索罗认为近代科学的主要错误之一是人们只注意引起人兴趣的现象,把它当成相对独立而不是与人有联系的某种东西。换句话说,这一错误的危害在于割断了人与自然的亲和性,而且无视自然的内在价值,重要的是对人的影响,即对人发生作用的那部分自然才值得研究。索罗"是要从内在的个人的角度来看自然,是对一致性和亲族关系的一种谦卑的认可。如果一个人不能把自然当作他本身的扩展来研究,自然就成了一个完全不同的世界"①。其次,技术对人有着深刻的异化作用,对此马克思以及法兰克福学派都有大量的阐述。这里我们引用一段索罗的自然写作来生动地说明当人被安置在微观的机器和宏观的体制机器中,被禁锢在看得见的装置和看不见的机械观中之时,他们最终也成为了机器:"大多数人,即使是在这个比较自由的国土上的人们,也仅仅因为无知和错误,满载着虚构的忧虑,忙不完的粗活,却不能采集生命

① Donald Worster: *Nature's Economy: A History of Ecological Ideas (Studies in Environment and History)*, p. 126, Cambridge University Press; 2nd edition, June 24, 1994.

的美果。操劳过度,使他们的手指粗笨了,颤抖得又太厉害,不适用于采集了。真的,劳动的人,一天又一天,找不到空闲来使得自己真正地完整无损;无法保持人与它之间最勇毅的关系;他的劳动,一到市场上,总是跌价。除了做一架机器之外,他没时间来做别的。"①索罗的描述还是技术在工业时代对人与社会产生的负面效应,那么,在现今科技高度发展的信息时代呢?鲁枢元教授认为"第三次浪潮"给人类内部带来了一种本质意义的"精神污染":"先进的科学技术正以它的巨大威力渗透到人类个体的情绪领域和精神领域,并力图以自己的法则和逻辑对人类的内心精神生活实施严格精确的、整齐划一的现代化管理。当科学技术日趋精密复杂时,人却被简化了,这又是热心发展现代科学技术的人们始料不及的。"②再次,对技术的使用,往往是在缺乏足够的预见性的情况下进行的,利奥·马克斯(Leo Marx)在《花园里的机器》(*The Machine in the Garden*)中就写到,他一心想把美国建设成美丽的大花园,而把代表丑陋和贪婪的欧洲产业化工厂挡在新世界之外的托马斯·杰弗逊(Thomas Jefferson),却十分着迷于应用各种新技术而产生的机器。这位杰出的美国总统竟然没有认识到技术与工业化之间的联系:"他想知识理所当然地是为善服务的力量,因而他无法想像科学或人文领域里的突破,比如新式蒸汽机,竟会导致工厂林立的城市这种令人痛心的后果。"③在今人看来这种不可思议的视野的盲区,在当时却是很自然的。应该可以推论的是,我们完全有可能会成为当代的杰弗逊。当前的最新科技产物,如信息技术、生物化学技术在给我们以巨大的便利与快乐时,其负面作用也许

① Henry David Thoreau:*Walden*, p. 3, Houghton Mifflin; September 19, 1995.
② 鲁枢元《猞猁言说》第 269 页,社科文献出版社 2001 年。
③ Leo Marx:*The Machine in the Garden*,p. 150, Oxford University Press, Inc., 1964.

要到事态发展到不可挽回的程度时才会为人所知。克里斯托弗·希特(Christopher Hitt)的"生态崇高"在提出重建崇高美学的主张的同时,还分析了让—弗朗索瓦·利奥塔和乔纳森·波尔多(Jonathan Bordo)的"后现代崇高",指出它是人"被技术的威慑性和迷惑性效果震服的状态,于是生态灾难(作为技术的后果)成为崇高的新来源"①。传统崇高和后现代崇高的客体似乎有了很大的区别——前者为自然界,后者为人为的灾难,其实这并没有本质的区别。"人为的灾难"实际上是自然对于人的轻举妄动的反作用力。人似乎转而害怕自己的技术的威力了,这实际上说明人的技术威力永远是有限的,因为人对于科学高峰的攀登永远处于途中,而我们称为科学的那些常识和技艺,很可能也还处在萌芽的状态,能想像世界掌握在一个婴儿手里么? 对技术后果的预见性的缺乏,实质是人认识自然规律的局限,而技术的可怖的实质是人在自然面前依然相对渺小。好像一个企图摘玫瑰花的小男孩起初害怕花刺,接着因为高估了自己的智慧而鼓起勇气去采摘,结果因被扎伤而再次心怀畏惧,以前人们因自然的伟力而惶恐,现在人们却因自然的报复而不安。

实际上,恩格斯早就预见过人的这种预见力的缺乏:"我们不要过分陶醉于我们对自然界的胜利。对于每一次这样的胜利,自然界都报复了我们。每一次胜利,在第一步都确实取得了我们预期的结果,但是在第二步和第三步却有了完全不同的、出乎预料的影响,常常把第一个结果又取消了。"②当今西方许多人崇尚文化寻

---

① Christopher Hitt: *Toward an Ecological Sublime*, in *New Literary History*, p. 619, vol. 30, 1999.

② 恩格斯《自然辩证法》,见《马克思恩格斯全集》第 20 卷第 519 页,人民出版社 1971 年。

根和东方的萨满教,企盼拨开基督教两千年的迷雾,在文化原始主义、神秘的图腾崇拜中重新寻找精神归宿。这是西方文明危机走向纵深的症候,也是对科学理性精神彻底失望的文化表达,仍处于现代性建构进程中的中国对此应给予足够的关注。不过,我们始终不要忘记的是,科学理性精神本身是一把双刃剑,它的启蒙意义决非巫婆的扫帚或道士的拂尘就能抹杀的。只要想想大禹治水因势利导的辩证思想、都江堰的科学规划就能明白,科学完全可以用来建设良好的生态环境。沙漠变绿洲不需要科学么,绘制全球生态地图怎能没有卫星,保护濒危物种如何离得开现代技术? 当然,理性也会走向非理性,科技亦可变为反生物包括人本身的魔王,比如现代战争的恐怖,比如不是为了消费去生产,而是为了生产而消费的经济运行方式。科学发达了便走向反人类的一面,其实质是人还不够理性,还不能正确认识自己与自然的生存依附关系,是人还没有成为完整的人、大写的人。文化寻根是一种积极的反省姿态,但抛弃科学理性就抛弃了"人"的身份,因而无疑也是一种暂时的姿态。如果说 21 世纪人类应以建设绿色的生态文化为己任,那么科技的积极意义便在于:第一,生态文化强调,众生平等包括了自然世界,因此,生态文化的基础仍是民主制度,而在历史上科技的进步往往与民主的前行是互相关照的。早在产业革命刚刚兴起时,英国的托马斯·卡莱尔(Thomas Carlyle)在他的檄文《时代的征候》(Signs of the Times)中就曾通过比照希腊文化来抨击技术对文化的破坏。对此,美国的年轻律师蒂莫西·沃克(Timothy Walker)指出了希腊文化的奴隶制基础和机器对大众劳动的解放作用。虽然产业革命并没有立刻把人民从贫困中解脱出来,但它对于减轻劳动强度,使人民增加受教育的机会,培育大众文化的确功不可没,所以对于沃克这位怀着宗教般热情积极将机器引入"美国花园"的年轻律师而言，"机器象征着民主的种种可能"①。在建设生态文化的努力中，"德先生"和"赛先生"的合作恐怕仍然是必要的。第二，作为事实的科技发展已不可能倒退，现代人生活的各个方面已离不开技术的支撑，我们也不可能回到人类原初的状态。例如，人文生态学本身的发展就以科学作为研究的平台。近代英美许多从事自然写作和环境保护的作家一方面在察觉科学会成为一种威胁，另一方面也并不避讳科学，他们"都部分转向了科学，把它当作返回自然的途径"②。我们在前面曾提到机械论哲学，科学对物质主义的推波助澜的作用，但这并不等于说科学是恶的，因为科学也在发展。在认识自然的历程中，以牛顿动力学为代表的机械论自然观的确在很长一段时间里成为主流科学，但并非就是科学的全部，当代自然科学的世界图像事实上并非铁板一块。量子力学在孕育新的自然概念的同时，也在哲学领域对近代科学的形而上学基础展开了深刻的反省和批判。科学也逐渐在吸收有机论的因素，没有理由将科学一古脑儿抛弃掉。

阿诺德·汤因比（Arnold J. Toynbee）说过，"要对付力量所带来的邪恶结果，需要的不是智力行为，而是伦理行为。但是科学对伦理来说，属于中立的一种智力工作。所以，科学不断发达究竟会带来怎样的结果，若用伦理上善恶的概念来说，就在于科学是被善用还是被恶用。科学所造成的各种结果，不能用科学本身来根治"③。显然汤因比和今天许多被人类现实的恶行震惊的作家一样对科学

---

① Leo Marx：*The Machine in the Garden*, p. 190, Oxford University Press, Inc. ,1964 .

② Donald Worster：*Nature's Economy：A History of Ecological Ideas*（*Studies in Environment and History*）, p. 25.

③ 汤因比、池田大作著，荀脊生等译《展望二十一世纪》第 39 页，国际文化出版公司 1985 年。

技术怀有近乎偏执的不满,尽管如此,他仍然指出科学是一种中立的智力工作。他对伦理的强调显然代表了生态学应有的突破性方向,只是科学如果不参与对现状的改善似乎并不可能。佘正荣认为,"人类科学技术的力量越大,就越需要一种有方向性的东西来引导,使科学技术不致被用来征服自然,而是用来使人类与自然协调。"看来,"一种有方向性的东西"才是左右技术行善或行恶的关键①。这里可以借鉴生态伦理学的评判标准,生态伦理也并不一味地排斥技术,相反,生态伦理认为,从环境质量的角度看,人们由于使用技术而对自然的开发并不一定都是毁灭性的。在自然环境中的劳动和创造完全可能使大自然的多样性、完整、稳定和美丽得到增加。因此,我们能够建立一个适应并与有机自然环境和平相处的充满生机的、后现代的、文明的技术社会。

总之,去憎恨科学本身,就如同无视自然规律一样荒谬,而且仍然没有逃逸出二元对立的窠臼,因为这种憎恨把知识与情感对立起来,而先进的生态哲学倡导把"人的觉悟统一到物质世界去,而不是把它们分成两部分。真理在歌德或索罗看来,就是一种广阔混合起来的经验"②。憎恨科学还会把科学与自然对立起来,而科学以及它的实践——技术,都是通过对蕴藏在自然中的规律的挖掘来为人们认识的,人类的欲望本身就是自然的一部分,而不是高于自然。任何一方完全战胜另一方都未必对自己有彻底的好处,共存是我们的过去,也必然是我们的未来③。在当代自然写作中,一个极普遍的现象是科学技术对自然的负面效应得到了充分

---

① 参见佘正荣《生态智慧论》,中国社会科学出版社 1996 年。

② Donald Worster: *Nature's Economy: A History of Ecological Ideas (Studies in Environment and History)*, p. 71.

③ 娜斯《当欲望遭遇植物》,载《读书》2002 年第 12 期。

的揭示,这对于沉浸在现代化建设、从来都把科学视为一个闪光而神圣的字眼的国人而言不啻是强烈的清醒剂。不过,对于科技对文明的贡献,对于它在未来生态文化建设中应发挥的作用的展望,大部分作者显然采取了避重就轻的态度。当然这其中的原因是不能一概而论的,可能是由于在科技是第一生产力早已深入人心的语境中,对此已无必要重复强调,或是由于作者们认为如果不对技术采取偏于严厉的态度,如果准备泼向"技术迷信"的水不够冰冷,便不足以使人清醒地看待这一问题。比较具有代表性的观点认为"科学在本质上就是最大的功利。科学的历程,就是人类深一脚踩上'理想',浅一脚陷入'泥淖'的过程"①。换言之,如庄子所说"有机事必有机心",人类在探索物质的奥秘时,却沉迷于物欲了。由此看来,对科技褒少贬多,就成为生态文学的策略。不过这样一来又产生了新的问题,至少有一部分读者对自然写作的这种"保守"会产生反感,更重要的,如果不对科学理性作出全面而平衡的评价,自然写作将难以达到更高的水准。对这个问题作冷静思索的写作仍然占有了一定的篇幅。徐刚在新作《长江传》中就表达了技术服务于天人合一的愿望。他在赞叹都江堰所独蕴的匠心时说:"一个工程系统的最根本的结构原则,应是工程与自然环境的一致性,然后是工程各部分的一致性,始能成功地既不破坏自然,又能造福人类。"②换言之,技术应用的成功应是人与自然的利益的统一。自然写作的任务之一,就是敦促人在掌握了一定的科学知识后,仍然在自然体系面前保持较为谦恭的态度并努力保持人类社会和自然体系的一致。而有过系统的自然科学训练和哲学素养的赵鑫珊则始终对科学抱有极大的热忱,因为在他看来,科学定理就

---

① 杨文丰《自然笔记》,见《大自然与生命——10年人与自然散文精品》第77页。
② 徐刚《长江传》第84页。

是自然神圣的见证。对于技术，他认为那是中性的："它被人掌握可以行善，又可以作恶。"关键是"科学技术文明不能没有哲学的指导。没有哲学的科学技术文明是盲目的，危险的。科学技术的巨人，世道人心的侏儒——这种畸形是可怕的！"①对科学的态度，正如沃斯特在评价自然作家吉尔伯特·怀特时说的："对怀特的后继者来说，最终的任务是要为这种冷酷的科学找到一个替代品——不是靠退回到不做调查的教条主义，而是回归到科学的调查，那位去世的牧师自然主义者注入了温情、广度和虔诚的调查。"②对科学的批评，并非要否定科学，而是打破现代科学家与社会及其道德结构的隔绝。看来，自然科学也好，伦理也好，哲学世界观相当重要，作为自然科学与人文社会科学结合的生态美学，本质上也是一种世界观，一种生态的世界观③。对此我们已经有了大量的论述。下面我们来看生态美学作为生态学与美学的交叉学科如何在学科上予以定位的问题，并回答上一节提出的生态美学与文艺美学的关系问题。也许这种定位和回答的确为时尚早，但作为一种尝试研究，不妨在这里对学术界有关观点作一综合展示。

为生态美学定位，可能最基础的还是要关注它的研究对象和内容，确定了这一点，也就等于基本上确定了它的坐标，确定了它的位置。生态美学，作为生态学和美学相交叉而形成的一门新型学科，具有一定生态学特性或内涵，当然也具有美学的特性与内涵。生态学是研究生物(包括人类)与其生存环境相互关系的一门自然科学学科，美学是研究人与现实审美关系的一门哲学学科，然

---

① 赵鑫珊《飘忽的思绪(七)》，载《党政论坛》1998 年第 11 期。

② Donald Worster：*Nature's Economy：A History of Ecological Ideas（Studies in Environment and History）*，p. 25.

③ 见韦清琦《走向一种绿色经典》(国家图书馆博士文库)。

而这两门学科在研究人与自然、人与环境相互关系的问题上却找到了特殊的结合点。生态美学就生长在这个结合点上。作为一门形成中的学科，它可能向两个不同侧重面发展，一是对人类生存状态进行哲学美学的思考，一是对人类生态环境进行经验美学的探讨。但无论侧重面如何，作为一个美学的分支学科，它都应以人与自然、人与环境之间的生态审美关系为研究对象。而研究这样一种关系，实际上也就需要一种生态存在论的哲学思想，一种看待这一关系的眼光和视野。

生态美学研究人与自然、人与环境的关系，首先是把它作为一个生态系统的整体来看待的。生态学认为，一定空间中的生物群落与其环境相互依赖、相互作用，形成一个有组织的功能复合体，即生态系统。系统中各种生物因素（包括人、动物、植物、微生物）和环境因素按一定规律相联系，形成有机的自然整体。正是这种作为有机自然整体的生态系统，构成了生态学的特殊研究对象。生态学关于世界是"人——社会——自然"复合生态系统的观点，构成了生态学世界观。它推动了人们认识世界的思维方式的变革，把有机整体论带到各门学科研究当中。这一点对于确定生态美学的研究对象十分重要。生态美学按照生态学世界观，把人与自然、人与环境的关系作为一个生态系统和有机整体来研究，既不是脱离自然与环境去研究孤立的人，也不是脱离人去研究纯客观的自然与环境。美学不能脱离人。生态美学把人与自然、人与环境的关系作为研究对象，这表明它所研究的不是由生物群落与环境相互联系形成的一般生态系统，而是由人与环境相互联系形成的人类生态系统。人类生态系统是以人类为主体的生态系统。以人类为主体的生态环境比以生物为主体的生态环境要复杂得多，它既包括自然环境（生物的或非生物的），也包括人工环境和社会环境。所以,生态美学不限于研究人与自然环境的关系,而应包括研究人与整个生态环境的关系。人类生态环境问题,应是生态美学研究的中心问题。当然,由人与环境相互作用构成的人类生态系统以及人类生态环境,不仅是生态美学的研究对象,也是各种以人类生态问题为中心的生态学科(如生态经济学、生态伦理学等)的研究对象,所以,要确定生态美学的研究对象,还需要再作区分。生态美学毕竟是美学,它对生态问题的审视角度应当是美学的。它不是从一般的观点,而是从人与现实审美关系这个独特的角度,去审视、探讨由人与自然、人与环境构成的人类生态系统以及人类生态环境问题。生态美学以审美经验为基础,以人与现实的审美关系为中心,去审视和探讨处于生态系统中的人与自然、人与环境的相互关系,去研究和解决人类生态环境的保护和建设问题。其研究的主要内容应包括人与自然关系的美学意义、生态现象的审美价值和生态美、生态环境的审美感受和审美心理、人类生态环境建设中的美学问题、艺术与人类生态环境、生态审美观与生态审美教育,等等。

生态美学和环境美学有密切关系。这两门新兴交叉学科都是从人与现实审美关系的角度研究人与自然、人与环境的关系,都以“人与环境结合的审美领域”作为研究对象。但环境美学侧重在环境(自然环境、人工环境等)本身的研究,而生态美学则更强调人与环境作为生态系统的有机整体性。生态美学把生态学理论和生态价值观引入美学领域,深化了人们对人与环境互相依存、和谐共生关系的认识,形成了生态美、生态审美、生态艺术等新概念,进一步拓展了美学的研究范围①。而这些都为生态美学作为一门学科的定位提供了基

---

① 彭立勋《生态美学:人与环境关系的审美视角》,载 2002 年 2 月 19 日《光明日报》。

础和准备。如果生态美学作为存在论美学的定位完成之后，文艺美学的定位——它在美学中的位置问题也就迎刃而解了。

我们知道，文艺美学作为一个具体以文学艺术为研究对象的美学学科，它的对象相对于整个生态美学宏阔的美学视野具体而微，即便文化研究学派把文学艺术的内涵扩大到文化的范围，扩大到无所不包的人的领域，它所应该针对和涉猎的，它的研究对象仍然是文学艺术，只不过研究对象范围会随着文学艺术的内涵扩大而扩大。本来，对这种无疆界地扩大文学艺术内涵观点的合理性问题，学术界就不时有质疑之声，比如，有学者就认为，从文学研究转向文化研究是20世纪80年代西方文学理论的一个重大转折，文化研究的异军突起，大大地拓展了文学研究的视野，刷新了文学研究的内容，增强了文学研究的活力，但这一转折在使西方文学理论获得了前所未有的拓展的同时也遭遇了前所未有的困惑。文化研究将自己的研究对象转向了日常生活，不再把注意力专注于文学文本，而是指向了切近实际生活的社会实践。特别是到了20世纪80年代以后，文化研究的范围已经扩大到后现代研究、大众传媒研究、种族研究、性别研究、身份研究、生态研究、区域研究、后殖民研究、文化霸权研究等，而且这一扩展的势头还在继续。这就带来了新的问题。因为任何事物都有其特殊性，都有其相对稳定的内涵、阈限和边界，一旦消除了这种特殊性，无限度地扩充其内涵、改变其阈限，突破其边界，那就等于取消了这一事物本身。现在，文化研究中对于审美价值、艺术规律或者所谓"文学性"的考量已经十分薄弱，当文化研究将文学研究的内涵扩展到模糊了规定性、丧失了特殊性的地步时，它实际上也就不再是文学研究了①。我倒认

---

① 参见姚文放《当代性与文学传统的重建》，人民文学出版社2004年。

为，只要文学艺术本身的内涵还没有扩大到真正无所不包，只要文学艺术还有具体的"所指"，文艺美学就成立，而以研究生态文学艺术创作、生态文学艺术批评和生态的文学艺术史为对象、内容，总结并提升对这些对象的研究为规律和理论的，我们可以称作生态文艺美学，这是以生态美学为哲学基础的美学的一个分支，也可看作文艺美学的一个分支。而一旦文学艺术的内涵果真成为无所不包的世界，文艺美学的研究对象成为研究世界存在着的事物关系的学问时，文艺美学也就不再有存在的必要，而这时生态文艺美学也就上升成为生态美学了。也就是说，生态美学应该把包括自然、环境、文学、艺术等在内的一切具有生态美因素并与整体生存状态有关的事物纳入生态美学宏观的研究对象，而中国学者首创的文艺美学学科，则可以把以生态文学艺术作品以及对这些作品进行批评的生态批评等层面为研究对象的美学，称作生态文艺美学，可作为整体生态美学当中的一个学科，回归原初美学作为艺术哲学定义的"本我"。所以我一再强调，生态美学可看作是一种精神理念或思想意识形态，生态学是它的社会层面，生态创作和生态批评是它的实践层面，因而它就是一种哲学观念，即生态存在论美学思想。以这种思想为指导，生态文艺美学研究生态文艺美学理论，形成生态的文艺理论与美学理论；研究生态文学艺术作品，形成生态文学艺术史；研究运用这种思想对生态文学艺术所作的文学批评和艺术批评，形成生态文学艺术批评方法论。近些年来，我国学者已开始尝试建立一门"文艺生态学"，力图超越文艺创作中"环境文学"，"自然写作"，"环保艺术"这些狭义的生态文艺，争取对人类全部的文学艺术活动，站在精神生态学的立场上作出解释。鲁枢元教授的《生态文艺学》就是一个突出的代表。该书宏观地、整体地论述了文学艺术在地球生态系统中的位置和意义，文学艺术与自然、社会、时代、人的精神存在的关系，以及文学艺术在未来生态社会中可能发挥的重大作用。同时凭借生态学的开放视野，运用生态学的某些基本原则、基本理论、基本概念、基本知识，对文学艺术中的一些具体问题——诸如文学艺术家的个体发育，文艺创作的能量与动力，文学艺术中的信息交流，文艺作品中人与自然的主题、文学艺术的生态学价值等问题作出了较为深入的阐发①。

---

① 参见鲁枢元《生态文艺学》，陕西人民出版社 2000 年。

二　生态美学的建构

　　日常生活的审美化已使生态美成为人们审美意识中的现实存在,生态意识已经扩展到了社会学、伦理学、经济学、哲学诸方面,为生态美学的建构提供了一个坚实的学理基础。在这一部分主要是对生态美学建构的可行性进行整理分析,对建构过程中可能遇到的问题以及解决问题的方法,对生态心理和文化生态问题等,提出思考和见解。生态美学建构过程中如何少走弯路或不走弯路,避免走回以人为中心和回到二元论的可能性是生态美学建构过程中必须面对的问题,对此我们必须找到切实可行的解决途径。然后,我们将运用美国生态心理学家吉布森的理论和肇始于阿恩海姆的结构心理学原理,研究生态环境,包括社会环境、文化环境、自然环境对人的包括感知、意识、想像等在内的心理结构的关系,同时运用文化研究的方法考察文学艺术与自然、社会、人的精神生态的关系问题,以及与文化生态的关系问题等。生态美学更应关注自然生态、社会生态现象背后的文化生态和精神生态问题,因为文学艺术存在于文化生态的世界中。

（一）建构的可行性及问题

近10多年来,中国学者对生态美学作为一个学科的建设和研究越来越自觉,对生态美学研究对美学自身建构意义的认识也愈来愈深入。有学者对此已经作了初步总结,并把大家对这一问题的认识分为两个方面,一是就生态美学的兴起所具有的现实意义与理论意义作出了自己的陈述,二是在更为合乎美学学科性质及其美学学术史的维度上对生态美学的意义进行总结①。在关于这两个方面的综述中,每位学者都远见卓识地论述了生态美学建构的意义问题,非常具有参考价值。我同意他们对这一意义的强调,正因为它具有了这样的意义,我们才更应该关注具体建构的可行性以及建构过程中可能遇到的问题,而这些问题的真正解决,更多依赖的还应该是哲学观念的建设。首先,生态美学研究可以帮助人们形成正确的生态审美观,进而促使人们形成正确的生态价值观。生态审美观是人们对于生态现象的审美价值和生态美的认识、感受与理解,它决定着人们对于生态现象、生态环境的审美评价、审美态度。在中西优秀的文化传统和美学传统中,都把人与自然的和谐统一作为一种审美理想。马克思在《1844年经济学哲学手稿》中,对人与自然的辩证统一关系作了全面阐述,提出了自然主义和人本主义互相结合的重要思想。这是对人与自然和谐共生的哲学观、生态观、美学观的深刻揭示。人与自然的和谐统一,既是生态美形成的前提和基础,也是对生态环境进行审美评价的最基本标准。这也是建立正确的生态审美观所

---

① 参见刘彦顺《近10年来中国生态哲学与生态美学研究综述》,曾繁仁《生态存在论美学论稿》第309页。

要解决的最基本问题。生态美学对生态审美价值和生态美的研究,将会对形成正确的生态价值观起到促进作用。其次,生态美学研究在生态环境建设中可以起到指导作用,建设一个适宜于人们居住、生活、工作的优美环境,始终是生态环境建设追求的目标。因而,环境的美化也就必然成为环境建设的一个重要内容和重要方面。在这方面生态美学大有用武之地。不仅生态审美观所体现的人与自然和谐统一的理念,应成为整个生态环境建设的指导原则,而且可以通过对生态美和生态审美心理的研究,深入探讨生态环境建设的美的规律,以便对生态环境建设进行具体指导①。

   生态美学自身的建设在确定了其哲学基础或观念形态之后,今天已经成为摆在美学工作者和美育工作者眼前的任务。学术界已经敏锐地观察到日常生活的审美化或审美的日常生活化现象,而生态审美意识在大众生活中也在日益增强。在当今的大众文化中,已经出现了向生态靠拢的价值取向。人们的服装,日益以棉、麻、丝、毛等天然材料为贵,化纤材料被视为低档货;人们的家居,要求尽可能采用天然无化学成分的装修材料,青睐天然的木制家具,追求依山傍水,至少也要有些绿色的居住小区;人们的饮食,更是追求各种"天然"、"绿色食品";而在各种专为"美"而生存的化妆品中,生态技术、"纯天然"等更是耳熟能详的广告用语,就连"生态美"这个词,也曾是若干年前名噪一时的某个化妆品牌的名称。可见,"生态美"已然是人们的审美意识中的现实存在。这些为美学建构的可行性提供了现实的基础,生态已然不再是只停留在学术领域的名词。更重要的是,随着生态问题的日

---

① 彭立勋《生态美学:人与环境关系的审美视角》,载《光明日报》2002 年 2 月 19 日。

益严重,人们对生态的认识也日益拓展和深化。如前所述,现在生态已不只是一个生物学的术语,一个自然科学领域的概念,还扩展到了社会学、伦理学、经济学、哲学诸方面,成为包孕着丰富内涵、较集中、深刻地体现了当代人与其生存世界的诸多复杂的矛盾关系的一个名词,这为生态美学的建构提供了一个坚实的学理基础,使从美学角度审视生态问题成为可行之事,乃至必行之事①。

生态对美学的命名,还不仅是从美学的角度审视生态问题,而且,它还是一个通过生态,利用生态的视角,去审视美学本身建构和学科建设的问题。众所周知,美学发展到当代,已陷入一种尴尬境地。西方美学日益面临被后现代思想彻底解构的危险,而中国的情况如曾繁仁教授所说,"长期以来受前苏联的教条主义美学和德国古典美学影响至深。大家所熟知的'典型论'美学更多受到前苏联客观论美学影响,而'实践论'美学则更多受到德国古典美学影响,二者均未摆脱传统的主客二分的认识论模式,难有突破"②。这种情况下,以生态审视美学,利用生态的视角开拓的新视野,为当代中国美学提供一个转换机制的契机,这是生态美学得以诞生的机遇,也是生态美学的责任。但是,生态还是一个尚未完成的范畴,自 1866 年德国生物学家海克尔提出"生态"一词,100 多年来,它一直在不断地深化、不断地发展,迄今众多学者对它也没有一个确切的、统一的定义,这就为我们的生态美研究者设下了种种可能的陷阱,对生态的理解的偏差或分歧,将使我们的生态美学研究产生致命的盲点。其中,最可能发生的,是这两种偏差和错误:第一,难以摆脱人类中心主义的伪生态观和建立在这之上的主体论的生

---

① 马为华、陈立群:《生态美的命名与生态美学的建构》,载"文化研究"网站。
② 曾繁仁《生态存在论美学论稿》第 16 页。

态美学理论。正如我们在前文中所论述的,生态的观念是一种整体的观念,或者说是天人合一的,而以人为本位的人类中心的生态观,是伪生态观,不是真正的生态的观念和思想。比如,国内学术界就有人认为,面对生态思潮对"美学革命"的呼唤,美学自身必须从生态学吸取智慧,而生态美学则应该立足于生成本体论的人本生态观,给生态美学以相应的学理启示和价值诱导。基于人本生态观的美学,可以在生命活动的节律感应中找到审美活动的生态本原,以"自然向人生成"的根本规律确立审美价值的生态尺度,从生态进化和人性生成的高度对精神之美进行本体性定位,并揭示自然之美对于人性生成的生态意蕴。这种生态化的美学,有可能对人类走向生态文明的努力给予更加切实的学理支持,因此理应是 21 世纪中国美学理论走向所面对的重大课题。持这种观点的人认为,在自然向人生成的生态进化运动中,人作为自然迄今所生成的最高成果即主体化的自然,理应是生态价值的终极主体。一切价值都产生于自然界生成为人的生态关联中,因此人也是审美价值的终极主体。从审美活动的生态本原看,人在生命节律活动上的生态需要所要求的尺度,也就是审美价值的生态尺度。而马克思在论及人的生产能够按照美的规律来建造时,明确肯定了体现着人的本质的"内在尺度"(或"内在固有的尺度")与"美的规律"的密切联系:正是由于人的"内在尺度"内在地符合美的规律,经过这一尺度衡量的产品才可能因体现美的规律而成为美。这个"内在尺度",作为体现了人的本质的量和结构,也就是具有人的本质的节律形式。这个节律形式,既表现了人的生命意义,又充溢着人的生命张力。由自然向人生成的生态规律所决定,只有适合于这个内在尺度的生成需要,使之在人的本质的水平上得到激活和调适的节律形式,才对人具有肯定性的生态意义,因而也才是具有审美价值的对象。这正是人本生态观的生态美学的根源所在①。然而,这样一种对生态美学学科建构的认识,恰恰是一个应当引起我们警惕的误区,因为,这种生态美学实际上仍以人为立足点,从人的需要、目的去构建生态概念,去认识和处理生态问题。这种生态观,也承认人和自然有不可分割的关系,承认人不能脱离自然而存在,承认必须保护自然环境,维护生态系统平衡,但是,这一切承认完全是从人的利益出发的,自然只是作为人的物质资源而被爱护的,人与自然之间首要地是一种物质能量的交换关系。这样,自然实际上仍被看作人的工具。而从这种生态观出发,生态美学将也只会强调生态对于人的主体性的张扬的价值,将把生态美也作为人的本质力量的一个反映而收入自己的美学体系。结果,这样的生态美学与以往的美学并无实质上的差别,只是添了一块时尚的招牌。人与自然、主体与客体、物与我之间的矛盾仍旧无法解决,美学仍是笼中的困兽。第二个可能的误区是前学理的直觉的生态观和建立在这之上的抽象的一元论的生态美学理论。所谓前学理的直觉的生态观,是指这种生态观不是从理性的角度出发,对"生态"的内容、基本原则加以阐释,核实它的合理性与合法性,却只是简单地把它归结为由一种至高的道德存在与精神理想启动的一套秩序或法则。这种生态观固然肯定自然有其内在的价值,认为人与自然的地位是平等的,甚或认为自然高于人、人隶属于自然。但这种肯定或承认,并没有经验的实证,也没有学理的证明,而常常只是伦理上的或宗教上的假定,如"万物皆为生命,生命皆当护惜",或"万物皆平等,皆有其价值",这些都是一种情感的或信仰的直觉判断。因而,它说的生态——自然与人的共生、平等、同

---

① 参见曾永成《人本生态观与美学问题》,载《西南民族学院学报(哲学社会科学版)》1999 年第 1 期。

值,常常就落入一种玄虚的推演,或一种情感的偏执。而建立在这一基础上的生态美学,虽然看似克服了人类中心主义、实现了化解主客二元对立的一元统一的目标,但这种统一是抽象的、单一的、片面的。首先,它在根本上没有解决人与自然统一于何处、怎样统一的问题,结果,这一统一常常会变成向人或向自然的倾斜的统一,或复入人类中心主义的窠臼,或重蹈复古主义或古典浪漫主义的覆辙。其次,在这种情况下,由于过于强调自然与人的和谐,把统一看作自然与人的适合,强调自然——人这一系统的平滑运作,强调生态的系统性、平衡性、适宜性,忽略了人与自然的既协调又斗争的矛盾的统一关系,忽略了生态不仅是维持平衡、维持现状,更是为了万物的生存与发展。故而这生态是静止的、单一的,由它出发的审美也只能是对一种理想化的和谐、自由境界的展望,最终沦为对可望不可及的彼岸世界的一种审美乌托邦式的渴慕,并因此将自己与丰富的现实世界区分开来,落入唯审美主义的陷阱。再次,这种生态观及生态美学,还会把生命变成一个片面的、不彻底、不完整的概念。前学理的直觉的生态观与抽象的一元论的生态美学对生命不加辨析,笼统地把它作为自己的理论的立足点,"生命"通常被看作"肉体"的"生命",常常又要从这里生发出"精神生命"等概念。这样,"生命"变成了一种实体性的在场,在所谓"肉体"与"精神"之间,难以找到贯通的桥梁。实质上,"生命"应是生与死的统一,是肯定与否定、有与无的矛盾统一,就其根本而言,它是一种给出,是一种可能性的提供,是一种机遇的赋予,所以它是非实体的、非现成的。而抽象的一元论的美学,就可能把生命变成一种现成的实在,而作为一切生命统一体的生态,就变成了一种固着的、僵化的秩序或体系,束缚了生命自由蓬勃的踊动,扼杀了生命的活力和强力。这样的生态美学,较之古典理性主义美学,并无差别；比之实践美学，且倒退回去了①。

有鉴于此，生态美学界的有识之士业已意识到这点，美学工作者已经开始对生态观念进行一番再阐释，从而为生态美学奠定坚实的根基。比如，有学者就提出了将生态重新阐释，转化为人文学科的范畴的号召，身体力行地在这方面作了开拓性的工作，并且推出"大道形上学"的概念，并提出了这一形上学的两个基本主题："大道一如"，"大化流行"。"大道一如"，就是"天人源本合一、万物源本一体的大道浑然如一的整体性存在"，就是"天人一体、万物一体、同生共运、圆融共舞"；"大化流行"，就是"源泉涌动、万物并作、一气贯通、大化流行"。这实际上是对生态进行了人文学科意义上的再阐释。所谓"大道一如"，天人、万物的"同生共运、圆融共舞"就是指自然万物，包括人，共同处在一个自由存在的本源性世界，这世界的整体性根本上不在于各个个体之间彼此的物质、能量的相互需要、相互利用，而在于万物都是为"自我"而"自如"地生长着的，"万物一体"，"一"于这个"生"。这个"生"，因此并不是一种纯粹的肉体存在，也不是一种实体性的在场，从根本而言，它实质上是一种"让……生"，"使……生"，它给予万物自由生长的空间，它隐遁而去，以开辟万物得以现身的场所，此即"无为而无不为"的真意。所以，这"生"，实即"生生"之"生"，正因为它是"生生"之"生"，它才能容纳众生，一统众生，将众生收摄入自己之中，悉心看护、养育。所以"大道一如"，实即"大道生生"，这是对"生态"之"生"的恰如其分的理解。惟有如此之"生"，才能弥和天人、物我、主客之间的隔阂，保证天人、万物的一体性。所谓"大化流行"，是指在"大道生生"之"生"的守护下万物的呈现。生长，以一种万头

① 马为华、陈立群《生态美的命名与生态美学的建构》，载"文化研究"网站。

259

攒动、又亲密无间的涌动的方式展开。万物是自由的,但并不是分别的、隔离的,整个世界呈现出一派各异又统一的整体节奏旋律。这也就是说,"生态"并不是一种固定的姿态,它不是一种结构、秩序、规则、系统,它本身就是无尽的运作和流动。"态"是非静止的、非实体化的,它不是凝固、封闭着的某一姿势,而是使这一姿势成为可能,同时又要溢出这一姿势、超越这一姿势、化解着这一姿势的界限的那一种东西。中国古典美学中常说的"气韵生动"、"生气远出",指的就是这一点。而从根本上来说,"态"就是"自由"。所谓"自由",不是随心所欲,超越、克服了人或物所固有的局限,而是个体自我决定的适得其所,是个体自主决定的伸展的方向,自我达到的伸展的范围,自我敞开的伸展的域境。"态"的这一"自由",是由"生"给予,因为"生"就是"让……生",而这"让……生"就是"自由",就是"态"。这一意义,用中国古典美学的术语来说,就是"自然"、"天然"、"浑成"。从这一点出发,我们还可以讨论审美价值的问题。在主体论美学中,审美价值源生于客体对主体的需要的满足,在抽象的一元论美学中,自然存在被设定为具有"内在价值",从而具有审美价值。而在生态美学中,"态"建立在"自由"的基础上,其意义与价值均来自其"自身"的"自由",故众态、众物之间没有可比性,均具有不可替代的价值。所谓审美的"无功利性",其根源应即在此。而这扎根于"态"之中的审美无功利性,便体现了对一切个体的无条件的尊重,真正反映了美学作为一个人文学科的特质,体现了一种完全的、彻底的对一切生命、一切存在者的尊重、敬畏、爱护立场。经过大道形上学基础上的这样的再阐释,"生态"这一范畴便具备了说明自然与人如何统一、统一于何处的问题的可能。"生"的"大道生生","态"的"大化流行",分别又一统地描述了这个天人一体、万物一体的本源性世界,在这个基础上，主客、物我、天人的二元对立才有可能真正弥合，而代以天人、万物的共生共运、圆融共舞，一元论的统一便由这一本源性世界的整体存在得到保证、得到落实。在这个基础上，一元论的生态美学才得以成立。同时，建构在这一本源性基础上的生态美学还可能触发这样的契机：它以自己生生不息、周行流布的思想气息冲破传统的实体化思维方式，化僵硬的逻辑推演堆凑的理论体系为真正的活的思维、诗的思维，实现诗与思的统一，化解"美学"的僵化的"学"的建构，演变为活生生的美之"思"。而在这一基础上，传统美学的界线，对所谓"美"的执守，也应逐渐松动，边缘逐步淡化，美学与其他学科、与生活之间将失去严防密守的藩篱，从而，获得它自身真实的生命。并且，以大道形上学为本源基础，生态美学才能真正地完成美学的人文学科特性。在"生态"的大道形上学的重新阐释中，蕴涵着对个体的关怀、重视、包容，包含着对"他者"的存在的坚持和守护。因此，生态美的境域，是一个开放的境域，是思想交锋、多元共存、对话的境域，它将与其他的人文学科一道，守护人的真正的尊严和价值所在。所以，建立在大道形上学基础上的生态美学，还可能为一些传统的美学难题提供一种新的思考途径、新的视角，如自然美的问题、"丑"的问题、美的时间性，等等①。还有学者提出，生态哲学是"后现代科学"的重要组成部分，是人类克服现代性危机的重要思想成果。作为全新的世界观思想体系，生态哲学不仅广泛吸收了现代哲学和社会科学的成果，而且综合了现代科学的最新成就，以新的视角和新的方法重新审视了人类与自然的相互关系，强调事物间内在联系的有机性；强调整体上的动态平

---

① 转引自马为华、陈立群《生态美的命名与生态美学的建构》，载"文化研究"网站；并见刘恒健《生态美学的本源性——生态美：一种新视域》，载《陕西师大学报》2001年第2期。

衡;人不是绝对的主体,自然也是主体,人有自己的价值尺度,自然也有自己的价值尺度。自然的自组织进化是价值发生的基础。自然的价值并不是以人的实际功利目的为尺度,而是进化秩序本身所包含着的。自然的自组织进化过程趋向于适合发展的程序。人的价值只有融入自然价值系统之中才能获得实现。在这样一种生态哲学基础之上的生态美学就是从自然与人共存共生的关系出发,从自然的生命循环系统和自组织形态着眼来确认美的价值,在其逻辑的构成上,是以"生态美"的概念为核心的。在这里生态美不等于自然美,严格来说,它不是一种美形态,而是美的一种基质、一种因子,本质性的因子。美无疑是肯定生命的,但是与以往的生命美学根本不同,生态美学说的生命不只是人的生命,而是包括人的生命在内的这个人所生存的世界的活力,也就是"适生性"。在学科的性质上,持此观点的学者认为,生态美学严格说来也不是众多美学的一种,而是一种视角,不是一般的视角,而是不可或缺的基本的视角。生态哲学是一场运动,意味着人类意识的又一次觉醒,它体现了对人类和地球命运的深切关注。生态哲学的思维是自然有机的、整体的、和谐的新生存意识。建立在新生存世界观基础上的现代生态美学,对人类中心主义的美学观念进行了深刻的追问,它从自然与人共生共存的关系出发来探究美的本质,从自然生命循环系统和自组织形态着眼来确认美的价值,其宗旨是对生态环境问题予以审美观照,重建人与自然的亲和关系①。以生态哲学为基础建构生态美学是可行的,而且前途是光明的。

在我看来,国内学术界对生态美学建构的各种设想和意见都具有可资借鉴的积极意义,而且,通过前面各种视角、方位和层次

---

① 参见刘彦顺《近10年来中国生态哲学与生态美学研究综述》,曾繁仁《生态存在论美学论稿》第309页。

的论述也不难见出,在生态的思想观念的指导下,是可以而且有必要建构一种生态美学体系的。如前所述,以生态存在论哲学美学为基本原则,不仅可以加强生态美学建构的可行性、可操作性,同时还可以规避生态美学建构过程中有可能遇到的误区和弯路。因为,生态美学是在新时代经济与文化状况下提出的人与自然、社会达到动态平衡、和谐一致的处于生态审美状态的存在观,是一种理想的审美的人生。它是机械论哲学向存在论哲学演进的表现,是对"人类中心主义"的突破,是由实践美学到存在论美学的转移。所以,对于生态美学的界定应该提到存在观的高度,其深刻内涵是包含着新的时代内容的人文精神;是对人类当下"非美的"生存状态的一种改变的紧迫感和危机感,更是对人类永久发展、世代美好生存的深切关怀,也是对人类得以美好生存的自然家园与精神家园的一种重建。而之所以建构存在论的生态美学,其原因在于:其一,就横向来看,从20世纪90年代以来"实践美学"与"后实践美学"的讨论一直未取得突破性进展。目前仍处于胶着状态,难以突破,但是,生态美学的产生却是对这场讨论的突破。它作为一种生态存在论美学观,对于"实践美学"的超越和"后实践美学"的形成都具有决定性的意义。其二,就纵向而言,在西方美学史上,美学的"存在论转向"从康德即已开始。康德以前的西方美学大多囿于认识论范围,美与审美离不开"摹仿"、"对称"、"典型"等范畴,康德第一个将"本体论"引入美学,不仅探索此岸世界中的"真",而且追求彼岸世界中的"善",美成为沟通真与善、认识与存在、此岸与彼岸的无目的的合目的性形式,最后使美成为"道德的象征"。也就是说,在康德看来,美是一种既合规律又合目的的"存在方式"。生态存在论美学观就是在生态论存在观哲学基础上产生的新型美学思想。这种生态存在论美学观同传统存在论美学相比:第一,丰富了"存在"的范围——存在论美学的基本范畴是"存在",这里的"存在"并不是抽象的、处于静态的人的本质,而是此时此地人的"此在",也就是人的当下的生存状态;第二,改变了"存在"的内部关系——传统存在论美学虽然借助现象学的理论与方法,试图摆脱二元论与机械论观点,但却没有完全做到。因此,它所说的"存在"是指处于孤立状态的人。生态存在论美学观却与此相反,从系统整体性与建设性出发,力图抛弃现代哲学中主体无限膨胀的理论和个人主义观点,从人与"他者"的平等关系中来确定"自我"的位置,消除对立,平等和谐;第三,进一步拓宽了观照"存在"的视角——在传统存在论美学之中,"存在"被界定为人的此时此地的"此在",时空界限明确。而生态存在论美学,对"存在"的观照视野则大大拓宽了。从空间上看,生态存在论同最先进的宇航科学相联系,从太空的视角来观照地球与人类。从如此辽阔的空间观照人的存在,更加感到人与地球的同生存共命运的休戚与共的关系。从时间上看,生态存在论坚持可持续发展观点,认为人的存在尽管是处于当下状态的"此在",但这个"此在"是有历史的,既有此前多少代人的历史积存,又要顾及到后代的长远栖息繁衍。这样的时空观照就改变了传统存在论美学中"此在"的封闭孤立状态,拓宽其内涵,赋予其崭新的含义。因此,生态存在论美学观同传统存在论美学相比,进一步完善与丰富了它的审美价值内涵①。着眼于这样的生态存在论美学思想,并把它作为一种基本原则,来建构一套包括生态文艺美学在内的美学体系不仅是当务之急,而且是切实可行的。

----

① 参见曾繁仁《生态美学:后现代语境下崭新的生态存在论美学观》,《陕西师范大学学报(哲学社会科学版)》2002 年第 3 期。

（二）生态心理和文化生态

美国加州大学厄湾分校批评理论研究所教授加布理尔·施瓦布（Gabriele Schwab）曾说，"人类基因工程就是人类把自然放到经济、社会领域和相关技术操作的从属地位的明证。现在有一新发起的批评理论，我们一般称之为'生态批评'，它主要研究关系到环境保护问题的全球化的政治设想。生态批评理论包含了一系列在环境危机和环境灾难研究之外的与生态有关的话题。它包括对生态政治运动的批评分析、全球化和生态破坏对人类以及更广泛意义上的物种的健康的影响、对生态基因多样性和自然资源的保护，以及针对生态问题的国家和超越国家的集团政治的发展。从另一种意义上说，生态批评理论是对哲学意义上的人类和自然的概念的历史批评，包括它们对种族和性别社会建构的巨大影响。因而，生态批评理论也牵涉到支持物质性和非物质性的资源可持续发展的可变的类型研究。从这个意义上来说，生态批评理论与包括系统理论和控制论在内的其他理论体系存在交叉，这也是格雷格利·班特逊（Gregory Batesons）所谓的'精神生态'理论（Ecology of Mind）"。施瓦布还引用了阿君·阿卜杜莱的（Arjun Appadurai）的话——"想像、被想像和幻像——这些术语在文化全球化的过程中正在把我们引向一个批评的新阶段：把想像作为社会实践"——来说明，全球化不仅沿着经济和政治的轨迹，而且也循着人们经文化想像创造出来的"蓝图"发展[1]。在这里我们主要探讨的也是生态心理和文化生态的问题，因为生态这一概念已经不仅仅是一个

---

① 加布理尔·施瓦布著，国荣译《理论的旅行和全球化的力量》，载《文学评论》2000 年第 2 期。

环境的问题,也不再仅仅是一个人与自然的关系问题,更不是停留在自然科学的生态学意义上的生态问题,它更是一个文化问题、精神问题,本书称之为生态心理和文化生态问题①。所谓生态文化可以说是指人与环境和谐共处、持续生存、稳定发展的文化,而这里的"文"指人(包括个体人与群体)与环境(包括自然、经济与社会环境)的关系;"化"指育化、教化或进化。自然的人化加上社会的自然化就是生态文化,从神本文化、人本文化到生态文化,是人类社会发展的必然结果。按照美国著名生态心理学家詹姆斯·杰罗姆·吉布森(James Jerome Gibson)的学说,文化——文化生态从来都是不间断地影响人的心理结构的形成②,而现在,想像对任何形式的实践都是至关重要的,它本身就是一个存在的社会事实,而且它还是全球新秩序的重要组成部分。按照阿卜杜莱的观点,大众媒体与迁移的受众之间的互动关系界定了全球化与现代之间的联系的核心内容。在他看来,想像本身既不是完全的无拘无束,也不是彻底的循规蹈矩,而是一个角逐的空间,在这里,团体和个人都在寻求把世界纳入自己的现代实践。在今天的全球化世界中,想像的这种暧昧状态,对重新思考文学、艺术以及其他文化对象的作用是至关重要的,它们是文化复杂性的体现。

美学史上的思想家的论述几乎无一例外地涉及想像对文学艺术的重要作用,甚至不乏将这一作用推崇至极点者。蒙田(Michel De Montaigne)的《论想像的力量》(*On the Power of the Imagine*)、胡

---

① 从本书的角度,我认为"Ecology of Mind"可以翻译为"心理生态"。

② See:J. J. Gibson:*The Senses Considered as Perceptual System*,Boston:Houghton Mifflin,1966;*On Theories for Visual Space Perception*,in *Scandinavian Journal of Psychology*,vol. 11, pp. 67—74,1970;*The Ecological Approach to Visual Perception*,Boston:Houghton Mifflin,1979.

塞尔（Edmund Husserl）的《现象学与想像》（*Phenomenology and Imagination*）、霍布斯（Thomas Hobbes）的《利维坦》（*Leviathan*）以及陆机的《文赋》、刘勰的《文心雕龙》自不必说，就连并不以想像理论而引人关注的叔本华对想像之重视也有其不可忽视的独创性。有人说，19世纪文艺理论与美学最伟大的收获之一就是收获了对想像的重视。在当代，想像的意义被提升到本体论存在论的高度，比如，伊恩·伯鲁马（Ian Buruma）和阿维赛·玛格里特（Avishai Margalit）合著的《西方主义：敌人眼中的西方主义》（*Occidentalism：The West in the Eyes of Its Enemies*）就对萨缪尔·亨廷顿（Samuel Huntington）提出的文明冲突和文明差异观点找到了想像的原因，他们认为冲突是由想像造成的，只要去除想像，冲突也将不复存在①。曾与他人合著《我们赖以生存之喻》（*Metaphors We Live By*）的马可·乔森（Mark Johnson）在他1987年出版的《心理中的形体：意义、想像与理性之形体基础》（*The Body in the Mind：The Bodily Basis of Meaning，Imagination and Reason*）中对想像之本体论存在论意义更是从哲学美学上给予无以复加的肯定。他认为："没有想像，世上万事万物均无意义。没有想像，我们永远无法对我们的经历施以感受。没有想像，我们永远无法获取本体之知识……如今令人惊异的事实是，主流的关于意义与真实的理论竟然没有任何一家对想像予以足够严肃的对待。"②马可·乔森的意义生成理论深受阿恩海姆（Rudolf Arnheim）感知思想影响，他把格式塔原理应用于隐喻的连贯性结构生成之中，拓展概念上的隐喻理论，主张一切思考行为都

① See：Ian Buruma & Avishai Margalit：*Occidentalism：The West in the Eyes of Its Enemies*，Penguin Books，March 1，2004.

② Mark Johnson：*The Body in the Mind：The Bodily Basis of Meaning，Imagination and Reason*，p. 9，University of Chicago Press，1987.

无一例外地与形体行为相关联,心理通过与形体相关联的结构来组织我们的思想和行为。这些结构被马可·乔森称为"映象格"。他说,一个映象格就是一种重现我们感知活动和机体行为的动力图式,它赋予我们的经历和体验以连贯性和结构①。他认为,为使我们的经历获取关联性和意义,并能够理解和推理,我们的行为、感觉和观念必然会有其秩序和图式,心理正是运用隐喻将这些身体之图式映射到抽象的思维之上②。

我们之所以在这里关注想像,不仅因为想像在很大程度上已经被看作批评实践,而且生态美学的内部建设必须关注生态心理活动,而想像,现在在西方批评理论中业已成为一个热点问题。如吉布森所说,想像是一种普遍的结构活动,通过想像我们获取连贯、有序、统一的表现形态。它使我们具备获取活动意义之能力……它是人类思维能力的绝对中枢,人依赖它来发现事物关联,并进行推理和解决问题③。在马可·乔森看来,感知依赖于创造过程,而理性却依赖于人的想像,但是在吉布森那里,感知的生成有赖于生态——外界的文化生态和生态的内在心理。在心理结构的形成上,这与前文论述的"现代性的心理"、"现代人"是一直的④。吉布森最为重要的生态心理学观点是:外在世界(External World),生态环境——包括自然生态环境和文化生态环境——是有结构地存在着的(或被结构着的),感官对这一结构是直接的感知和把

---

① Mark Johnson:*The Body in the Mind*:*The Bodily Basis of Meaning*,*Imagination and Reason*,p. 14.

② Mark Johnson:*The Body in the Mind*:*The Bodily Basis of Meaning*,*Imagination and Reason*,p. 28.

③ See:J. J. Gibson:*The Ecological Approach to Visual Perception*,Boston:Houghton Mifflin,1979.

④ 见上编。

握,而并非以往心理理论所描述的那样:感觉器官向中枢神经传递的是杂乱无章或混沌的信息,这些信息需要经过心理的过程,以有意义的和有记忆的形式进行组织和存储,才能形成所谓感知力。也就是说,感知不需要外在世界的心理再现这样一个中介过程,而想像,不仅不为外界所左右,却甚至能左右外界,结构外在世界。

尽管叔本华关于想像的论述一向并不太为学界所关注,我们似乎仍可以借用其关于天才的想像和非天才想像的区分来对想像作一概念上的厘定。

叔本华对于想像的有意识阐述主要表现在两个方面,一是哲学的,一是文艺的。在哲学认识论上,叔本华是崇直观而抑抽象的,他把直观视作一切知识的来源和最终说明,而思想、概念不过是其象或不象的派生物。想像,由于其在物象中的特性而与概念划出界线:相对于客体而言,它与概念都是一种意识的反映,但是想像的反映却不同于概念的反映,后者过滤了客体所有的可感性,而前者则永远与物象相伴生、共存亡。想像的特性也正是叔本华对直观的规定,他认为"一切原创性思想都产生于物象,这可以解释想像何以是思想的如此不可或缺的工具,而缺乏想像力的头脑又何以是无所成就的"[①]。从他的有关论述可以看出,以物象为核心的想像在叔本华未曾言明的理论中是直觉的。在把想像置于文学艺术活动中予以考察时,我们可以把叔本华的论述划分为文艺鉴赏和创作两部分。在文艺鉴赏中,叔本华认为,把本质上抽象的文学语言转化为具体可观的图象时,必须发挥读者的想像力。他不仅描述了文艺鉴赏的过程,而且揭示了想像与概念、理念的关

---

① See: Michael Tanner: *Schopenhauer*: *The Great Philosophers* (*The Great Philosophers Series*), Routledge, July, 1999.

系;在文学创作活动中,叔本华关于想像的注意力则主要集中在它与天才的关系上。

叔本华认为,当天才作为生命个体时与普通人无异,他专注于当前,并在当前寻找满足,但天才终究是要转化为天才的,即对当前的超越。叔本华发现,在天才实现其作为天才的飞跃时,想像因其自身的特性天然地赋有辅弼天才的功能。叔本华描述说:"有想像力的人就好象能够召唤到精灵一样,精灵们在适当的时候把真理展示给他,而在事物赤裸的实在中这真理的展示却是微弱和稀少的,而且在多数情况下还相当不合时宜。所以那没有想像力的人与他相比,就象黏附在岩石上的贝壳与会自由移动的甚至会飞翔的动物一样,它只能等待那送上门的时机。"①想像使天才的认识变得积极主动,他不必消极地等待客体自身的显示,也不必将视野局限于眼前的现实事物,他可以驾驶想像的翅膀从现实世界飞向柏拉图的理念世界。但是,另一方面,叔本华还留意到,并非所有的想像都能导向理念的天国,超越眼前的事物决不必然意味对现象和意志的彻底摆脱,由此他区别出两类想像,仅仅是心理功能的想像是幻想,而只有能够同时将心理功能提升为哲学功能的想像才是真正的想像,才是具有天才性能的想像,如同面对一个实际的客体,人们可以使用两种相反的观察方式,一种是天才的观照,一种是个体生命欲念中的占有,而直观一个"想像之物"也完全可以是这样相反的两种方式:"用第一种方式观察,这想像之物就是认识理念的一个手段,而传达这理念的就是艺术;用第二种方式观察,这想像之物就被用来建造空中楼阁,这空中楼阁是与私欲、个人趣味相投合的,在顷刻间使人陶醉和欣喜。这时,人们从这些联

---

① See:Michael Tanner: *Schopenhauer*: *The Great Philosophers* (*The Great Philosophers Series*), Routledge, July, 1999.

系在一起的想像之物中所认识的,实际上只是它们的一些枝节。玩这类游戏的人不过是幻想家而已。他轻易地把那些用于独处自娱的形象混同于现实,致使自己与真实生活格格不入。他或许会写下他想像中的情景,这就是各类庸俗小说。在读者幻想自己处于主人公地位而感到这些故事有趣时,这些小说能使与作者意趣相投的人甚至广大的群体得到消遣。"①把欲望的想像与天才的想像相区别,叔本华试图通过对想像的提纯并剔除其幻想的成分而将想像神圣化,使其成为天才专有的心理和哲学的功能。从这一点上加以考察,这里所涉及的想像应该是剔除了幻想成分的想像,是叔本华所论天才想像意义上的"想像"。

在人们定势思维逻辑中,想像、美学和真实、伦理分属两个不同的领域,前两者常被认为属于多变且无序的带有愉悦性质的世界,常与艺术、幻想、小说相连,不像后两者那样带有严肃、系统的道德思考,涉及真实世界的原则和原理,某种程度上属于与人类有关的科学事务②。然而,我认为,在生态世界观方面它们所具备的对人类世界认识的共同性远远超过其相异性。蒙田在随笔《论想像的力量》中曾说"强劲的想像产生事实"③。被叔本华剔除了幻想成分的天才的想像,通过其固有的创造力,有能力打破和改变传统意义上的真实性,诗意与启发、创造与发现并非相互对立的两极,而是通过不同道路和途径结合在一起。

想像力如何结构我们日作夜息的世界的意义? 马莉·沃诺克

---

① See: Michael Tanner: *Schopenhauer*: *The Great Philosophers* (*The Great Philosophers Series*), Routledge, July, 1999.

② Mark Johnson: *The Body in the Mind*: *The Bodily Basis of Meaning*, *Imagination and Reason*, p. 139.

③ Michel De Montaigne: *On the Power of the Imagine*, in *The Essays of Michel De Montaigne*, p. 109, ed. M. A. Screech, Allen Lane, May 1, 1992.

（Mary Warnock）曾对想像问题作公认的权威研究，她在《想像》（*Imagination*）一书中曾对想像问题提出非常有说服力的论述，她说："如果我们的想像在意识之下的层面从事条理感官之混乱经验的工作，那么，在其他层面上，它就可能——就像它已经做的那样，恢复这种混乱。"① 由此我们不难看出，首先，她的这种论断赋予了想像以意义的结构，即马可·乔森所说的映象格，并认为想像可以条理我们的经历和经验；其次，除了这种条理活动具有有序性之外，世界本身是混乱的；再次，这种条理活动是超验的下意识的；第四，既然想像有恢复混乱、打破秩序的能力，它也就必然具备重新整理或改变秩序的能力，也就是说，它可以对我们曾经经历过的所谓真实性重新改变或作另一种诠释。

我们知道，现代哲学承认人类的经验世界和所谓"作为世界本身"的超验世界的差别逐渐缩小的事实，日新月异的现代科学也越来越多地消除了由人类自身观念角度或人类自身认识局限所带来的对物质世界和宇宙的误解②。而且，从人的观点来看研究结果，我们就会发现，世界尽管很精确，但缺乏魅力，缺乏美。实际上它本无所谓纹理、色彩、味道、气味和声音，我们人类自身感官对世界的接受和反映可以描绘和幻生出这些东西并补充这类缺乏，并通过接受和反映来描绘和幻生出这种"无和有的真实性"③。恰如德谟克利特所说，世界原本不过是"原子和空间"④。按照查尔斯·泰

---

① Mary Warnock：*Imagination*，p. 29，London Faber，1997.

② See：Anthony O' Hear：*The Element of Fire：Science，Art and the Human World*，Charpters 2—3，Routledge，1988.

③ Anthony O' Hear：*The Element of Fire：Science，Art and the Human World*，p. 33，Routledge，1988.

④ See：Paul Cartledge：*Democritus：The Great Philosophers（The Great Philosophers Series）*，Routledge，1ˢᵗ edition，July，1999.

勒的观点,人类中心的主张用自身所赋予的情感的、道德的、美学的和精神的真实与价值来超越客观的"真实性",并且,似乎是人通过自身对处于中性状态的客体所进行的感官的经历和经验,自然而然地反映和创造出带有美学和情感色彩的色、味等感官现象,且非人类有意反映和创造①。这是一种非常有代表性的主观性观点,实际上把个体之感受从集体的、普遍的和具有共性的经验王国中剥离出来,只有自我感受得到的,才是真实的甚至才是存在的,它为个体身份的确立提供了依据,即,使这种个体感受在某种程度上具有代表性。这种具有代表性的主观性被安冬尼·欧海耳(Anthony O' Hear)称作"分享的主观性"②,视为人感知世界方式的一种结果。欧海耳解释说,我们不可能从实践中把来自人的感知割裂开来,真实总是通过人的某些观点或其他方面才能显现给我们,迄今为止,科学试图回避这一事实的想法本身实际上正是想像力成功的收获。他质疑客观的科学宣称揭示了"真实性"供人们思考和探究的说法。他认为,有些东西只能属于而且必然属于一部分特定的人,这些人因感受力极强而可以获得自然真实性,他们可以通过他们自己的方式,真正思考世界的真实性③。这一看法与叔本华想像与天才的观点如出一辙。

我们可以接受德谟克利特关于世界原本只是原子和空间的观点,这并非为了迎合我们的经验世界和获得知识的符号世界,产生于人的感受、形象化和记忆的观点。实际上,任何关于自然和人类

---

① Charles Taylor: *Soures of the Self*: *The Making of Modern Identity*, p. 54, Cambridge University Press, 1989.

② Anthony O' Hear: *The Element of Fire*: *Science*, *Art and the Human World*, p. 25.

③ Anthony O' Hear: *The Element of Fire*: *Science*, *Art and the Human World*, pp. 9—14.

生存意义的研究都可以证明,我们日作夜息的生态世界紧紧关联着人类,也必然紧紧关联着人类,超出此,人类不可能获得任何真实性。鸥海耳之所以把它称作"人的世界"①,是因为在他看来,整个世界的意义和价值都确确实实是为人而存在的,也就是说,只有对于人,世界才可能获得意义和价值,如此从心理学的角度来认识整体的外在世界或自然,认识生态环境,而不是将人纳入外在世界的统一体当中,与人类中心主义的一切为人的观点竟无二途。然而,在吉布森那里,这个"人的世界"却恰恰是一个整体的生态的世界,也就是他所说的包括自然生态和文化生态在内的结构了的世界、被人的感知直接把握了的世界。

从沃诺克的论述我们还可以了解到,人的原初经验世界的结构和秩序是经过了想像的整理和过滤的,那么,有一点尤其需要注意,即这种经验应该不仅仅是生理的,比如色彩、味道、气味,等等,它同时也应该是心理的,是道德性的、情感性的、精神性的,是美学的。如约翰·迈克默雷(John Macmurray)所说,在我们关于事物的"最初知识"之中,这一切形成一个经验整体②,在此之外,我们生活其中、工作其中、斗争其中的部分则是世界给予我们的环境,是非本质的存在。而通过马可·乔森的观察,"人的世界"在前概念阶段已经被想像化地整理和排序。他说,想像从整体上看是"我们把精神的再现组织成为有意义的连贯的整体,因而,它就包含我们编构小说情节顺序的能力"③。如此看来,想像就成为意义体的基础,即我们接受、构造和重构意义的能力。在人的原初知识和经验的层

----

① Anthony O'Hear：*The Element of Fire：Science，Art and the Human World*，p. 14.

② John Macmurray：*Interpreting the Universe*，Charpters 1—2，Faber & Faber，1933.

③ See：Mark Johnson：*The Body in the Mind：The Bodily Basis of Meaning，Imagination and Reason*，p. 140.

面上,马可·乔森展示了想像的两种相互分离又相互关联的功能。第一,如前文所说,人对世界的经验由基本的映象格构成,"格式塔结构涵盖相互关联的各个部分,并将它们归类组织成不同统一体,人的经验就此呈现出清晰可辨的秩序"①。这些统一体或程式以循环的形态并作为组成成分,分别来自人在此世界形象化了的存在,即我们的肢体运动,对客观的改造,以及知觉活动等,它们共同的目标是努力集中到我们的心理,并隐喻性地升华为抽象性结构,围绕着这些结构,意义得以组织和生成。特别值得指出的是,马可·乔森所说的统一体或程式不是静态的和二元的,而是动态的和多元的,既具备空间深度又富有时间广度,可以看作周而复始而又各具形态的运动的抽象模式,而不是从赋予形态的生理存在和暂时存在中抽象出来的模式,是充满意味的而非仅是概念的形式,是它们构造人生存和体验世界的方式,并通过这种方式反映世界,因此,尽管马可·乔森的思想受到康德的影响,但在这一点上又与康德式的范畴区别开来。第二,马可·乔森极力强调"隐喻性反映"在结构人的经验时的重要作用。他说,隐喻不仅仅是一个语言现象,语言相对于整个未曾言明的符号整体,只不过是前隐喻阶段,即,通过绘制从一个领域生理或物质真实有意义的秩序,到另一个领域生理或物质真实有意义的秩序的过程,并使之具备清晰的结构,来说明和诠释世界。吉布森根据自己的直接的感知结构的学说对此提出质疑,认为想像所把握的是外在的生态结构,而不是组织精神的再现,但是他赞成流动的结构和多元形态的结构的观点,认为这种多元和动态流动的生态结构形式正是形成生态心理或心理生

---

① See: Mark Johnson: *The Body in the Mind: The Bodily Basis of Meaning, Imagination and Reason*, p. 109.

态的基础①。

莎士比亚对想像的力量也曾有许多经典的颂歌,在《仲夏夜之梦》(A Midsummer Night's Dream)第五幕第一场中忒修斯的一段陈述颇具代表性:"奇怪得不像会是真实。我永不相信这种古怪的传说和胡扯的神话。情人们和疯子们都富于纷乱的思想和成形的幻觉,他们所理会到的永远不是冷静的理智所能充分了解的。疯子、情人和诗人,都是幻想的产儿:疯子眼中所见的鬼,多过于广大的地狱所能容纳;情人,同样是那么疯狂,能从埃及人的黑脸上看见海伦的美貌;诗人的眼睛在神奇的狂放的一转中,便能从天上看到地下,从地下看到天上。想像会把不知名的事物用一种形式呈现出来,诗人的笔再使它们具有如实的形象,空虚的无物也会有了居处和名字。强烈的想像往往具有这种本领,只要一领略到一些快乐,就会相信那种快乐的背后有一个赐予的人;夜间一转到恐惧的念头,一株灌木一下子便会变成一头熊。"②不难看出,当我们所说的真实性变得无形和难以捉摸时,人的身体活动会变得相当关键,可以赋予其形体。如果人的精神的、灵性的、情感的,道德的和其他美学性的直觉力超越自身生理实体而得以表达,那必然是借用了一定的适当的形式。对于人和世界最基本的知觉过程和用以表达的语言来说,这种形式即是诗意的或美学的,恰如托马斯·卡里尔(Thomas Carlyle)所说,"一切属于内心世界的言辞,原初都是想

---

① See:J. J. Gibson:*The Senses Considered as Perceptual System*,Boston:Houghton Mifflin,1966;*On Theories for Visual Space Perception*,*in Scandinavian Journal of Psychology*,vol. 11,pp. 67—74,1970.

② 见莎士比亚著,朱生豪译《仲夏夜之梦》,《莎士比亚全集》第 2 卷,陕西师范大学出版社 2001 年。

像的、诗性的言辞"①。由此我们可以看出想像所具有的诗意的和美学的特性。尽管人未必施以身体活动，但当我们对一个事物投以注意力，必然会伴随一种如同舒展肢体一样的伸延或扩张。隐喻是一种生理事件，映象格经过运动过程集结在一起，成为事件抽象和难以捉摸的注释并形成结构，我们不仅会说出这类结构，而且还要意味深长地体验它，使一个方面的经验与另一个方面的经验连在一起。在上文提到的乔森与他人合作的《我们赖以生存之喻》一书中，乔森与他的合作者描述了通过实验测试意义和秩序获得者的隐喻性转移和变化的结果。这类隐喻最初同样来自对外在生态世界的经验，但它们要伴随承载它的结构进行符合逻辑的发展和延伸，它们会重新被培育成有意识的结构，转变为一种可以表达的经验，是一种重新结构和创造了的更适宜于这个外在生态世界的经验。可以说，它们不仅被经验所构造而且同时构造经验②。

经验当然不会满足于停留在不变的或难以名状的状态，而是要不间断地转变为苏珊·朗格（Susanne Langer）所说的变型的符号形式。③从把人的经验概念化的言辞开始，经过神圣仪式，到与世界达成最为尊贵的美学契约，创造性的想像不断致力于把经验转化为符号。人时而描述其经验，时而有意篡改这些符号，把有序变得无序以期看到或感到不同，这类故意的放纵甚至失足的过程被阿瑟·科斯塔尔（Arthur Koestler）看作人类所有创造力中最根本性的，它因把人从人与世界的契约中解放出来而最不因循守旧，最具创

① Thomas Carlyle：*Past & Present*，cited in George MacDonald：*A Dish of Orts：Chiefly Paper on the Imagination and on Shakespeare*，pp. 9，Sampson Low，Marston，1891.

② See：George Lakoff & Mark Johnson：*Metaphors We Live By*，University of Chicago Press，1980.

③ Susanne Langer：*Philosophy in a New Key：A Study in the Symbolism of Reason，Rite and Art*，chapter 2，Harvard University Press，3ʳᵈ ed.，1957.

造力①。这种手段的创造有可能是幼稚、肤浅和黯然的,比如一些庸俗的幻想,但也可能是深刻的思考,比如科学的想像,也可以是想像的再现,那就是带给我们一种新世界的诗或艺术。在这里,诗或艺术获得了真实性,它是想像创造的世界,它同样是真实的。"有意味的形式"或"符号"自然地回到经验的层面,为人的感知所认可,"人的世界"的形态因人对隐喻性阐释的接受而发生改变。在某种程度上,又如保罗·里格尔(Paul Ricoeur)所言,语言在两种意义上"创造"世界:真实性既带给语言阐释功能又给它创造功能②。我们试图解释和再解释世界的企图始终承载着一种持续不断的辩证关系,而诗和艺术既创造真实,又被真实所创造。

不断地被人的想像活动结构和再结构的"人的世界"作为一个公共领域,在某种意义上被我们适应而获得生存,而有时我们似乎也可以选择或必须选择,不过,在很大程度上这种选择必然是理性的、智慧的或者是实用的,因为作为占据这个世界的生物,人类实践要求有最好的选择③;而根据保罗·里格尔的思想,它也可以是感性的、美学的,正义即将语言和艺术流溢的幸福予以确定④;在同样的意义上,乔森认为创造性想像对产生小说的结构和情节已经发生作用⑤。经过这样的论述,我们可以再一次证明,创造性想像已不再是许多研究所描述的那样难以把握或游离不定,它是人自身对世界负载责任、遵循原则的能力,它是一种可以直觉外形而又产

---

① Arthur Koestler:*The Act of Creation*, p. 27, p. 44, London Pan, 1964.

② Paul Ricoeur:*The Rule of Metaphor*, p. 239, Routledge & Kegan Paul, 1978.

③ Anthony O' Hear:*The Element of Fire*: *Science, Art and the Human World*, pp. 134—135.

④ Paul Ricoeur:*The Rule of Metaphor*, p. 239, Routledge & Kegan Paul, 1978.

⑤ Mark Johnson:*The Body in the Mind*: *The Bodily Basis of Meaning, Imagination and Reason*, p. 162.

生意义的程式,它让人更好地适应世界的愿望成为可能,并因此使人作为人以造福自然的方式生存在这个世界。乔治·斯丁尔(George Steiner)说世界上的事物"等待被发现",而发现之途在于创造活动①。这不仅与中国哲学之中的"道"取得了相同内涵,而且用人与自然整体关系的视角让人适应世界、造福自然,也是由心理探索延伸出的生态思想。

这些重要观点对我们仍然从神学的角度研究自然世界与想像活动也非常有价值,吉布森出生在一个基督教长老会信徒家庭,这使他从事的外在生态世界与心理的研究在某种程度上带有解释世界意义的性质。他在谈到想像问题的心理结构形式时说,"除非想像保持工作和活动,否则,我们绝不可能获得任何连贯而统一的经验和理解"②。在这种相对深邃的理论意义上,想像创造了我们赖以生存的"人的世界",可以说,想像是带给人生活的意义和秩序的使者。他的看法也向基督神学提出了一个根本性问题,即关于创造的本质问题。按照《圣经·创世记》的记载,"起初上帝创造天地。地是空虚混沌,渊而黑暗"。随后上帝创造天地万物以及人,并认为是好的(创1:1,1:2—31)。如此看来,吉布森对人的想像力的强调不仅在本体上对创造观提出挑战,而且,即使退一步说,在承认上帝创造万物与人的前提下,人的、结构"人的世界"的想像力如何与上帝的审美观相一致,如何避免滑向人类中心主义,导入生态神学所批判的误区,仍然是一个需要回答的问题。如果我们承认吉布森的人通过人的想像力构造了人与自然共同创造了"人的世

---

① George Steiner: *Grammars of Creation*, p. 153, London Faber, 2001.

② See: J. J. Gibson: *The Ecological Approach to Visual Perception*, Boston: Houghton Mifflin, 1979; *On Theories for Visual Space Perception*, in *Scandinavian Journal of Psychology*, vol. 11, pp. 67—74, 1970.

界"的观点,那么,唯物论的、客观世界有其自身发展规律和美的规律的观点,显然也不能回答这样的问题。

面对这样一个棘手的问题,任何掉以轻心的解释均有招致诟病的危险。本书作者不揣浅陋,在基督神学信仰上帝这样一个前提下,试图按照基督神学的诠释概念和诠释途径,用一种带有生态意识的设想,提出些许个人看法。我们知道,在《圣经·以赛亚书》中还有上帝"创造坚定大地、并非使地荒凉、是要给人居住"的记载(赛45:18)。即是说,上帝创造的世界应该是,适宜同样作为他的创造物的人生息和居住的世界,也是适宜耶稣基督的世界,也就是生态神学所说的一个天地、神、人和谐生存的世界。上帝在造人的同时还赋予了人多种能力以及各种比如生理的、想像的、灵性的、道德的和美学的反映器官,并由此让人按照一定的方式感知和反映世界。全能的主创造的人,不是仅仅被动地接受和承认这样一个人与世界关系的人,而是可以能动地通过适当的和负载责任的方式反映世界,且使世界真正产生意义,人是能动的人,而反映的方式则包括认识、诠释和艺术等。在这样的意义上,上帝让人为世界增加更多的意义,增加比从世界获得的还要多的意义,并让人以此与世界、与自然界分享,而不是借口尊重自然简单模仿上帝的创造①。从耶稣基督身上人了解到特殊的创造动力,并对之怀揣信仰之情,实际上他赋予人同样的构造世界的看法,他通过圣灵昭示给人,他要昭示给人做的远比最初创造的要多,他要人通过人性的救赎,通过人的想像创造力修缮和重构世界的意义,增加人与自然的

---

① 这与辩证唯物论关于人能动地反映世界的思想相同,不过关于世界与存在的前提不同。更多论述可参阅:Trevor Hart:*Through the Arts*:*Hearing*,*Seeing and Touching the Truth*, in Jeremy Begbie (ed.):*Beholding the Glory*:*Incarnation Through the Arts*, pp. 15—25, Darton, Longman & Todd, 2000.

价值。按照巴特的观点，上帝原初的美学理想在不断地光射人间和得以实现的过程中已经融入这个天地、人、神合一的"人的世界"。这也许可以成为对上述问题在基督神学范围内的一个回答。

上述关于想像的考察主要是关于人作为整体的存在的想像，以及人作为整体与世界的关系，查尔斯·泰勒(Charles Taylor)的《自身之源：现代身份的形成》(Sources of the Self: The Making of Modern Identity)则为我们研究自我和个体的身份与想像的关系提供了启示。在他看来，作为个体的人自我身份的塑成来自于不断追问生活之意义和使生活获得意义的努力。这种努力在人类整体生存想像结构中最终形成对世界的道德性反映。因此，泰勒坚持认为他的思想因关涉人类经验、事务和意义而成为一种精确的现象学理论。同时，最重要的是，他认为人的诗意创造、美感活动或文学艺术，在型塑和再型塑世界真实，在使世界真实的发现获取意义，使人之所以为人等方面，具有无以替代的重要作用。他说，所谓自我，就是发现自身的意义，把握或结构自身在整个人类结构程式中的意义。而且，这种把握和结构是立体的，既是空间的又是时间的，既是现时的又是历时的，既包括活动、感觉和情感，又包括从生到死整个过程中的延展和定位。准确地讲，自我身份的确立就是个体在精神和道德空间中的一种定位或定位过程，自我身份的定位必然参照一定预设的关系和原则，而在泰勒看来，这种预设的关系和原则应该是先在的，而定位过程中对历史文化等偶然因素的选择却变得无足轻重。就此，泰勒提出三个核心的道德问题：什么是我对他者的责任？什么样的人是值得我学习和将要成为的好人？在我与他者交往时什么会促使我尊重他者？以人的能力回答这样的问题需要对诸如好坏、优劣、贵贱等根本问题作明确区分，这些区别和不同可以解释在有形世界人所产生的特殊道德反应，并且人就此认为它是一种"科学的"道德伦理准则而加以遵从①。作为一种现象学研究，我们因此可以说，道德上的问题或罪行来自于本体论意义上对世界所作的本质性界定。然而，本体上的区别在哪里界定？泰勒认为，对合理性或意义的拷问和追求足以确立人在精神世界或道德世界的行为并指导人的生存，对人来讲总体上它是默契的或心照不宣的、与生俱有的，尽管偶尔它会向个体的人的利益或实用的需要屈服。那么，它到底是什么？按照泰勒的解释，它是至善结构中的思维程式，这种程式被人默认并构造人的道德的或精神的经验，并通过基本的和本质的鉴别使人获得对好的或合理性的感知，并且它又会在人的存在和生存过程中更多地得以传递和再构，而这种传递和再构的程式的塑成又应该是整体的、生态的。

在这里，我们暂且放弃泰勒的观点与中国古典哲学中"道"的关系的论述，着眼于本书的框架之内，可以看出泰勒的看法已经非常趋近乔森对映象格认知和实践功能的论述。泰勒的结构也不是宇宙的，它是"人的世界"的部分，它结构人对世界的经历和发现，同时又被这些经历和发现所结构。泰勒说，人通过关联发现生活的意义，而发现依赖于发明或创造的交织，它未必就是绝对的真实，但在整体的"人的世界"会被人作为真实所接受。结构即程式，即意义，它是人无法回避的问题的答案，而除此之外再没有其他的答案可寻②。尽管泰勒没有像乔森等其他上文提到的人一样极力强调想像结构的作用，但我们仍可以看出，想像力是人把自己伸展

---

① Charles Taylor: *Sources of the Self*: *The Making of Modern Identity*, pp. 15—57, Cambridge University Press,1989.

② Charles Taylor: *Soures of the Self*: *The Making of Modern Identity*, p. 18, p. 36, p. 41, Cambridge University Press,1989.

向世界的起点和手段。人创造的适宜"人的世界"发展和前进的价值和思想越多,那么所发现的人类世界的生存条件就越丰富,而且,人所具备的这种创造行为的责任,使人始终可以获得对人类经验世界意义的最佳阐释。

从泰勒对个体自我身份确认的论述我们还不难了解到,在泰勒看来,承载人类生存意义的想像结构仍存在于公众领域,尽管多数是默感的和心照不宣的,但获取仍需要通过各种关联形式。在日常事务中,我们自然而然地面对结构、置身于结构、适应或顺从结构,偶尔也对其进行改变,这是人对世界最为认真和审慎的伦理反映,是人之所以为人的内容之一,是生态的整体的"人的世界"道德与精神的原动力,同时,人与世界关联的另一个至关重要的源泉还依存于想像力的社会性实践,这一点从康德开始纳入"艺术"的范畴。如果暂且不论康德将艺术想像从实践王国和理性王国剥离以及"为艺术而艺术"的理论,那么,我们从以上的论述就可以知道,艺术所富有的对世界的想像性创造,不仅不会妨碍人对生息其中的"真实世界"意义的探讨,而是恰恰相反,艺术想像同样创造意义,并作为其中的一个部分,为人对世界意义进行追问和求索的不懈努力提供帮助①。人的想像表现在文学作品之中,不仅展示了对真实性和意义的求索和思考,同时也创造了真实,一种不能再真实的真实性,戏剧、电影、电视作品等形象艺术自不必说,即使是文学作品所描绘的人物形象和情节,在探寻人生和"人的世界"价值的意义上,谁又能说它不是真实的结构或真实的程式呢? 因此,正如考林·迈克根(Colin McGinn)所言,伦理已毫无疑问地想像化、艺术

---

① See:Christopher New:*Philosophy of Literature*:*An introduction*,Charpter 8,Routledge,1999.

化,而我们关于伦理和道德的知识和认识也被美学化地得以传递①。这也就是为什么在本节开始时我们说想像的内容,文学的、艺术的和美学的,已经构成生态的氛围、生态的环境,而且已经成为批评的实践。

至此,基本上可以说,通过对整体生态世界与人的认识,世界的意义与人的关系的研究,特别是通过对作为人的生理结构形式之一的想像的功能与世界作为生态存在的关联的考察,完成了本部分"向内转"而趋向生态心理与文化生态的意图,但在这里还应该借助玛萨·纳斯褒姆(Martha Nussbaum)的观点再来作一印证,最后以 C. S. 路伊斯(Lewis)的阅读理论作结。因为,本书从下篇开始,论述意图已经逐步趋向于生态美学的内部,而所谓内部,并非本书中篇涉及的,由韦勒克和沃伦提出的文学理论"外部研究"和"内部研究"概念。本书使用的外部研究是指生态美学与其他相关学科及外界环境之间关系的研究;内部研究则是指生态美学对自身理论轨迹、对象内容、方式方法和学科建构的研究。那么,如我们前面所讲,生态美学最应该关注的依然是文学艺术(不管它的内涵有无边界)。

玛萨·纳斯褒姆以致力于研究艺术想像和想像世界,及其在"人的世界"与真实和真理关系而久享盛誉。她 1997 年的著作《修炼人性》(*Cultivating Humanity*),揭示了艺术在培养对人具有本质意义的想像力方面所起到的重要作用。她认为,总体上看来,共鸣性想像能力可以使人对来自他者的动机和选择赋予身临其境之感。按照她的解释,这与文学的作用具有异曲同工之处。它把人置于不同的时间、地点和不同的文化处境之中,更重要的是,它让

---

① Colin McGinn: *Ethics and Fiction*, p. 175, Oxford University Press, 1997.

人进入文学人物的内心世界,感同身受,同呼吸共甘苦;它让人以不同于一个游客走马观花的心情来体会和了解他者的生命和生存。共鸣的精确程度并不重要,重要的反而是人对他者相异性的基本的清醒认识,并且思考和探究他者的内心世界何以关联自己。共鸣,只需让自己通过想像暂时"变为"他者,超越其与作品中的人物可能存在的界限,让同感得以产生,激情得以渲染,仿佛自己以另一种可能体验了世界,以他者之他者感受相异,并因此通过想像向整个想像世界传递自己已知的"真实"世界,来对"人的世界"予以重估和重建①。以著有《橘子不是惟一的水果》(*Oranges Are Not The Only Fruit*)而驰名的当代英国作家詹妮特·温特森(Jeanette Winterson)在她的散文《艺术与生命》(*Arts and Life*)中曾有两段关于想像的论述,兴许可以从一个作者的角度注解我们的探索,她说:"艺术的疗愈力量并非夸大其词的幻想。我极力留住语言,语言因而让我心智正常,具有力量。到现在仍是如此,而且我所知道的痛苦,无一不透过艺术而得到舒缓。对某些人来说,是音乐,对另一些人来说,是绘画,对我来说,最主要的是,不论出现在诗歌或散文中,诗能切穿嘈杂和伤痛,把伤口打开并清理,然后逐渐教导它自我疗愈。""当我被关在家庭和家族为我所划定的小小空间时,是想像力那片无垠的天地,让我得以刮除他人那些假设的表层。书中自有完美的空间,就是这个空间,让读者能逃避地球上的诸般问题。"②《橘子不是惟一的水果》是詹妮特·温特森深受读者欢迎的作品之一,曾风靡英文世界。作品描述了少女洁丝卡和姐妹们因反叛宗教式教育而被迫赎罪忏悔的故事。有关资料和记载表

---

① Martha Nussbaum: *Cultivating Humanity: A Classical Defense of Reform in Liberal Education*, p. 85, p. 97, Harvard University Press, 1997.

② See: Jeanette Winterson: *Arts and Life*, Routledge, 1992.

明,这部作品的主人公原型就是作者本人。有人曾就她的这部作品进行过阅读调查,多数读者反映阅读作品或观看电影有"进入角色"或"我变成了她"的感受,但脱离作品之后又重新回到自己的世界继续自己的信仰和生活①。这也恰好证明了玛萨·纳斯褒姆关于文学共鸣的看法,即感同身受毕竟是短暂的,没有人永远沉浸在小说幻想的情节和描述之中。文学提供了另一种既真实又可能的世界,我们的经验世界由包括文学艺术想像在内的想像的传递变得五光十色和错综复杂,每种想像程式都在为"人的世界"把握意义并同时增加可能性和真实性作贡献。

C. S. 路伊斯对此也有相关论述。他说,好的艺术应该被"接受"而不是被"利用"。这也就是说,我们对文学作品的阅读不应该是功利性的,但我们的想像力,以及通过想像力而产生的情感、道德感和灵性意识,被作家艺术家创造的形象所激活,却使阅读的收获可能多于作者的描述。在路伊斯看来,想像世界和真实世界之间也许存在着固有的或人为的距离,即便是最现实主义的写作也不是告诉我们"世界就是这样",但给人以"好像"就是这样的审美感受或审美愉悦。这似乎是在说,除非读者完全不顾作者的描述或取消艺术与现实的界限,否则就无从创造,或者说,读者或观众的创造仍局限于作品的框架之内。然而,不仅接受美学对阅读和接受的创造予以肯定,现代哲学关于想像与创造的理论,也已经对此提出挑战。尽管读者和观众的想像最终无法完全脱离作品,人的想像最终也无法脱离整体的生态的"人的世界",如同风运行于天空,气环绕着大地,然而谁能否认风与气的真实性? 想像创造着真实,又在真实中被创造;想像是一种可能,又是实现着的可能;想

---

① See:*London Magazine*: *A View of Arts Monthly*, Aug. 1996.

像发生在真实的精神领域和意义的世界,它作为"道"和伦理的载体体现着"人的世界"的意义和秩序[1]。

显然,文学艺术对于以想像为重要特征的人的心理的生态来说,是一种表现形式,人的心理世界与外部世界的生态环境(自然生态和文化生态)是一体的、密不可分的、同生共造的,而整体的世界——生态的世界正由此组成,彼此相连浑然圆融,惟其如此,世界才具有了世界的本质和意义。另外,文化研究法兰克福学派和伯明翰学派的许多重要人物都曾就文化生态的结构形式及其对心理感知的影响发表过见解,但由于本书篇幅及写作构架所限,不再赘述。

---

[1] C. S. Lewis:*An Experiment in Criticism*,p. 88,Cambridge University Press, 1961.

三　生态美学的视野

从以上的论述我们不难看到，生态美学的视野相当开阔，它不仅着眼于自身与自然科学的关系，与其他人文社会科学学科的关系的外部，而且，它本身就是一种把人与自然的存在关系纳入研究视野的思想观念，并成为我们建立生态存在论美学体系的基本原则。同时，具体到生态美学自身的内部建设，它的研究对象或研究内容也在日益丰富和充实，许多学者指出这种丰富和充实的一个重要表现就是文本视域的拓宽，它为生态批评实践的丰富和完善并由此提升为生态美学理论，为引导和开阔生态写作、生态创作的视野并进一步形成生态文学史或重写文学史、重建经典奠定了基础。这些工作的确是非常有意义的，然而本书在这一部分主要论述的却不局限于一般意义上的文学文本的视野，而是放眼另一种生态世界——虚拟时空的生态，并从美学上予以探讨；然后，在第二部分，也就是全书的结论部分，呼吁走向一种以生态存在论为思想基础的美学。

（一）另一种生态

在上一章我们引用了加布理尔·施瓦布的话来阐明生态心理

或精神在整体生态环境中的位置以及它与文化生态的关联,在同一篇文章中,施瓦布还说:"电子媒体的介入,以及大量的被迫或者自愿的全球性人口流动,成为现代人的一个决定性特征。这种文化复杂性也要求我们重新思考那些我们用以描述今天的文化和个人体验的多元性、异质性、不连续性、流动性和构不成对立的相悖性的范式和理论。"①而且他们所从事的一个称作"全球化的力量"的课题的形式也是受到了网络的启发。当然,后一点并不重要,重要的是他们已经将电子媒介和数字化空间纳入了"批评理论"的视野。今天与高科技发展密切相关的是"数字化生存"问题,这却常常被看作是人的一种深度异化。而实际上,数字化固然"把事物生命加以抽象并使之间接化(即通过代码的转换),使常人失去对世界的直感和质感",但数字并没有绝对地站在感性的对立面,"审美活动的生态本性说明了审美节律感应与世界的运动本质的本体联系,而节律感应的基元就在数中"。数字推动了人们对音符的认识和表现,而音乐一方面与一切其他艺术形式相通,另一方面在计算机科学的形成过程中也起了十分重要的作用,可见科学与艺术是可以联袂进步的。文艺审美活动"在利用数字化的成就的同时,也应凭借自己整体性和超越性上的优势,诱导和吸引人们清醒意识到数字化的局限,并用活生生的人性及其内在尺度,去弥补和纠正数字化的偏颇,并引导数字化的进步"②。

美学的生态转向所形成的生态美学思想和价值观,并不忽视虚拟世界的存在和意义,相反,按照生态存在论美学的哲学思想,它必然要把目光投向当代虚拟领域中的审美现象和审美经验,把

---

① 加布理尔·施瓦布著,国荣译《理论的旅行和全球化的力量》,载《文学评论》2000年第2期。
② 曾永成《文艺的绿色之思:文艺生态学引论》第363、364页。

虚拟生态空间美感经验作为研究对象和一种生态现象而纳入生态美学的视野。在这样一种视野的框架范围内,我们有必要按照我们前述对生态存在论美学所作的哲学形态的理解,对以下 4 个概念作进一步阐释,或作符合本书视角的解释:

1. 美学。本书在哲学意义上、在美的本质意义上谈论美学,涉及到政治、经济、社会、科技和人文,与此相关,文中的生态,所指也不仅仅是自然环境,而是指包括自然环境在内的人类生命和生存的状态,是本体论上的美学、存在论上的生态。生态美学作为艺术哲学,研究人如何通过感官来认识世界并发现生存的确切。系性态意义,研究观念如何通过感觉和知觉而碰撞、综合和形成。当生态美学观照艺术实践时,它同时观照艺术生产和消费双方。后媒体展现的感官摄取情景,提供了艺术实践的新类型和艺术生产与消费的新形式,提供了新的生态模式,生态美学研究理应予以关注。

2. 后媒体。如同后现代性相对于现代性一样,本书将出现于现代媒体,如广播、电影、电视等之后的数字技术媒体称作后媒体,包括电脑和一切运用微处理器、数码、镭射、互联网的技术设备、电子娱乐产品,用于生产和消费的多媒体系统、高科技视频系统、遥感系统,以及通过数字手段生产的艺术品、仿生信息产品,和各种含有电子内容的输入、输出和存储设备等等,它是广义的,几乎涵盖了影响当代生活个体和集体生存质量和价值的所有新技术。义器态 CT 一方面,传统媒体、现代媒体和后媒体在时间概念上有了清晰的区分,便于表述;另一方面,作为一个哲学美学概念,它是与特定意识形态结构相关联的技术符码,唤醒了哲学美学对物质与意识关系的重新审视,它所蕴涵的时间与空间概念从本体上解构了以往对存在的理解和解释,打破了关于主体客体的原有认识,重新组合了存在、真实、虚拟。一句话,它已成为后现代社会和后现代语境的主要构成成分和推动力量,因此在意义内涵上可以称为后媒体。

3. 赛博生态空间(Cyber—ecological—space)。指数字技术和全球化网络所创造的虚拟时空、虚拟社会、虚拟生态,它是信息化数字化的时空新观念,本书在它的原始意义上使用这一概念,但它已不仅仅是一个技术概念,同时也是一个哲学美学概念。与此相对应,我们传统意义上时空的生态世界,作为一种存在,被本书称为肉身生态世界。

4. 瞬间失意。一种心理学现象,同时也是一种美学现象。意,指意象。

20 世纪末,尼格罗庞蒂(N. Negroponte)在他风靡全球的《数字化生存》(*Being Digital*)一书中,通过原子与比特的区分,向我们描述了一个数字化的跨越时空的存在,他在回答为什么"要把《数字化生存》作为原子而不是比特来发行"的问题时说,"这本书的每一页都可以轻易地转化为数字形式,而它原本也是从数字化世界中来的"。他还描述了数字化对人类生存的翻天覆地的影响,并且认为"数字技术可以成为带领人们走向伟大的世界共荣与和谐的自然力量"①。很明显,人类科技的发展把我们推入今天这样一个数字化的生存状态,仅就与审美有极大关联的艺术创作和消费来说,数字技术革命已经对传统的艺术本体观念产生了势不可挡的强烈冲击,并对建立在纯粹映象、纯粹文本、纯粹客体或其他形式之上的,包括戏剧、电影、音乐、文学、建筑表现手法等在内的传统美学观念和审美理论形成解构之势,而伴随着数字革命而产生的后媒

---

① N. Negroponte: *Being Digital*, p. 3, p. 230, Alfred A. Knopf, Inc. 1995.

体,及其提供的赛博生态空间不仅在这个强大的数字化革命洪流中扮演着重要角色,而且同时为我们的美学研究带来了新的思考空间和研究领域。那么,后媒体的赛博生态空间中艺术生产和消费以及美感经验具有怎样的特性,它与传统美学理论中精神与物质的、主体与客体的、灵与肉的哲学命题又有怎样的关联呢?

一个由来自不同领域的艺术家和理论家组成的称作"批评艺术合唱团"(The Critical Art Ensemble)的作者群,在《电子骚动》(*The Electronic Disturbance*)中对数字时代社会、政治、经济和文化生态的本质作了鞭辟入里的分析,认为流变性是其特质:"最能表明现今社会状态的词应该是'流变'。曾经毋庸置疑的稳定性标志,如上帝或天性,已经被抛入了怀疑论的黑窟窿,消融着定位了的主体和客体的身份。意义在扩张和浓缩进程中同时流动,天意和理想的自相矛盾旋即展开。动力场和阻力场,在无边界区域暧昧地休眠。"[1]把流变作为当代社会、政治、经济、文化的特性,消解了原有的规定性、标准甚至秩序,这是后现代思想中一股强大的潮流。批评艺术合唱团身体力行,打破规范,允许其作品不计版权地大量复制,将所有现代的文学艺术所倍加珍视和钟爱的价值和品质一股脑地用新的批评方式来摧毁。当然,我们有理由怀疑这种观念形式的合理性和合法性,但是至少我们可以肯定他们对数字时代流变性的界定是有相当道理的。而实际上,这也不过是对海德格尔和巴舍拉(G. Bachelard)的空间观念,哈威(D. Harvey)的时间空间化美学思想,维德勒(A. Vidler)从弗洛伊德(S. Freud)的"怪诞"概念中演绎的看似固定的空间和概念都包含不定的因素的学说,以及德里达的"去中心"论等哲学问题的一种更为形象的

---

① The Critical Art Ensemble: *The Electronic Disturbance*, p. 11, Brooklyn, NY: Autonomedia, New Autonomy Series, 1994.

后现代解读。沃尔特·本雅明(Walter Benjamin)在他逝世前最后一篇作品《历史哲学论纲》(*Thesis on the Philosophy of History*)中对艺术作品的迅速时过境迁发出警告。他说,"每一个不被此刻视为与己相关的过去的意象,都将面临无法挽回的消亡的危险。以往历史学家伴随心脏狂跳而来的喜讯也许就在他开口的瞬间早已消失在虚空之中"①。这一观点在鲍德里亚的口号"航行于超真的地形里"也得以印证②。后媒体是整体流动多变的社会生态系统的一部分,它所带来的新空间尽管有时被称为虚拟生态空间,而实际上它是作为一种存在而存在的,它像季节和气候一样真实,并以各种各样的方式影响我们人类整体生态世界甚至整个宇宙的生态。后媒体所营造的赛博生态空间、虚拟生态空间或虚拟社会生态概念,大大改变了我们日作夜息的肉身生态世界的空间和时间概念。形象地说,数字艺术中时间的存在不同于肉身生态世界时间的存在,它没有光阴荏苒,太阳不需要缓慢升起或落下,迎接夏日温暖的来临不需要熬过冬日寒冷,非线性状态使我们可以在分秒之间从幼年到暮年。时间和空间的数字裂片在这里发生超现实形式的碰撞,我们的肉身经验与数字观念在赛博生态空间裂变,肉身形态在向数字形态转换,促使我们对既有真实概念以及形而上学观念重新思考,与既有时间和空间概念告别。这种转变在今天的生活中已经表现得非常明显,在人们的温饱得到满足之后,工业时代市场对物质生产和消费的需求,正在向信息时代对知识和精神丰富的渴求转变,精神的愉悦和审美的满足已经越来越成为人们日常生活中超过日用品的需求。追求生命的延长、渴望长寿,越来越被追

---

① Walter Benjamin: *Theses on the Philosophy of History*, in *Illuminations*, p. 254, Trans. Harry Zohn, Edited and with an introduction by Hannah Arendt, Pimlico, London.

② See: J. Baudrillard: *The Ecstasy of Communication*, Semiotext(e), 1988.

求生命历程中每一刻的意义和渴望自身价值的实现所取代、所超越。

后媒体的交互性交流与现代媒体单向性的传播相比，把美的生产者和消费者更紧密地联系在一起，使其共同参与美感体验，甚至难分彼此。这样的审美不是静观和沉思，也不是单向性的，而是多元的和动态的，是无边的开放的，生产和消费存在于一种流变的动态关系之中。似乎可以这样说，"审美"更多地是在"感受美"，美感产生于感受的经验而非审视当中。当我们认真察看后媒体艺术生产和消费形式时，我们会发现，后媒体已不再只是一种传播工具，后媒体艺术也不是肉身生态世界艺术品的数字翻版或模拟，我们不能把电脑屏幕上的数字照片等同于洗印照片，数字照片的任意开合，以及放大、缩小、美化和变型，在无质感的空间中可以轻易实现，而艺术生产和消费的身份则相互交织，水乳交融，难以分辨。

赛博生态空间的真实性不仅表现在它的存在在本体论上是真实的，还表现在其中的审美体验同样是真实的。虚拟世界的审美体验紧密关联着生理的美感，或愉悦或痛苦，或快乐或伤心，或喜忧参半或悲喜交加，虚拟生态空间或数码幻觉可以在使用者或参与者（传统概念中的读者、观众或审美主体）身体上生成伴有意识和意义的特殊审美感受。类似的情景，可以在这样的状态下体验：长时间滞留在驾驶模拟器或航空模拟器之中，在生理上你会产生高速奔驰的快感或运动的眩晕、恶心。也就是说，虚拟的存在同样作用于生理和感官，也同样作用于知觉和意识：

第一，关于赛博生态空间里的瞬间失意。为了方便对赛博生态空间审美经验和美感的把握，我们可以使用保罗·维里奥（Paul Virilio）在《消失美学》（*The Aesthetics of Disappearance*）中所提出的一个概念——"瞬间失意"（picnolepsia，又译"走神癫痫"）来进行描述。所谓"瞬间失意"，是指人所经历的一种生理的和认知的缺席状态，是认知形式的不在场或从身体中消失，精神和肉体此时出现分裂。保罗·维里奥说，"这类不在场的情形，可能大量出现……我们将用'瞬间失意'来称它。但是，对于这种状态，实际上是什么也没有真正发生，消失的时间根本就没存在过，每一次过程，在意识不到的情况下，他或她的生命长河中极其微小的片段简单地溜掉。孩子经常成为受害者，而且'年轻的''瞬间失意'状态很快会变得难以（被大人）忍受，大人总是试图提醒他或她，这种他们没有看到——但有实际效用——的情况的发生"①。根据保罗·维里奥的描述，这种情形常常可以从白日梦中观察，或者从剧烈的可以使感官暂时丧失能力的走神状态中观察。许多情况下，一个思想链，一个会话，或者一个姿势在短暂的失意活动出现时中断，之后仍可恢复。保罗·维里奥举例说，瞬间失意常常会突如其来地发生在吃早餐的时候，而握在手里的杯子经常从主人手中脱落、打翻，往往延续几秒，其开始与结束都是突然的。诸感官保持警惕，然而却对外在感受封闭。复原也如开始一样瞬间发生，停住的言谈举止从它们被中断的地方重新拾起，意识的时间自动重新粘合，并且组成连续的表面上无断裂痕迹的时间。

对这种心理现象的捕捉为我们研究赛博生态空间中的美感经验提供了启示。把保罗·维里奥瞬间失意的研究放置在对后媒体的观察，我们可以发现，后媒体技术完全能够在其使用者身上诱导和持续瞬间失意现象。在后媒体的技术、内容和空间之中，认知主体包含在交互状态的瞬间失意情形之中。这样的审美状态形象地

---

① Paul Virilio：*The Aesthetics of Disappearance*, pp. 9—10, Trans. P. Brooklyn Beitchman：NY: Autonomedia, Semiotext(e) Books, 1991.

表明肉身生活的数字式中断。在视频和电脑游戏中,在赛博生态空间中,不在场,可以被看作是一种无害的想像力下降,而对于那些认为创作活动需要中介并把失去自我看作创作方式的艺术家来说,它或许是一种意识的变形。为了评鉴这样一个状态,我们必须认识到瞬间失意是从身体的知觉意识中的生理脱离,但在这种状态下,它对型构意义仍发挥着积极作用。在赛博生态空间,如果其技术内容和界面足够诱导一种审美经历的话,那么,这种不在场状态提供了一种可以构成审美体验惟一特殊形式的潜能,即变异的潜能。赫伯特·马尔库塞在他的《单面人》中将艺术变异潜能描述为一种综合的科技实践,他说:"科技文明在艺术和技术之间打造了一种特殊关系……艺术的合理性,它的投射于现实生活的能量,界定尚未意识到的可能性的能力,从此可以受到正视。它对世界科学技术革命发挥了和正在发挥着积极有效的作用,而不再是既有工业机器的婢女,不再是用以美化商业交易并抚慰其不幸的婢女。艺术将成为一种摧毁这种商业交易和不幸的技术。"①

第二,关于虚拟和肉身之关联。正如马尔库塞所指出的,后媒体赛博生态空间的审美经验不仅关联着,而且深刻影响甚至改变着肉身生态世界的现实生活。我们来观察一下在当代世界少年中风靡的一种游戏《口袋怪兽》(也称宠物小精灵,分游戏机 GAME-BOY 版和电脑模拟器版),通过虚拟世界中生动精灵造型的不断进化,使孩子们废寝忘食地沉浸其中。在这个虚拟的世界中,精灵的进化需要遗传因素,需要努力来完善自己的能力,需要智力和艰苦奋斗来实现目标。这简直就是一幅现实世界的真实图画,是人生

---

① Herbert Marcuse: *One-Dimensional Man*, Boston, MA: Beacon Press, 1964.

的旅程,虚拟世界中的精灵如同肉身生态世界中的人,游戏者渴望进步的人生目标幻化为精灵,在精灵的进化过程中得以实现。精灵的每一次进化,都给少年们带来激动人心的感情波澜,有时是无与伦比的兴奋和快乐,有时是大失所望的沮丧和遗憾,有时是百感交集。这样的虚拟世界,一方面能使孩子们从肉身生态世界繁重的作业负担和学习压力中临时脱离,又能使他们通过自己的操作实现自己的理想和目标,同时使整个人生历程的时间和空间浓缩。所以,在现实肉身生态世界和数字虚拟世界的矛盾中,孩子们奋不顾身地选择了后者。我们再考虑经历另外一种游戏的过程,这种游戏设计的就是搏击和打斗场面,比如 KOF(*King of Fighters*,拳皇,分街机版和 PC 版,而且不断升级),与其说它是对现实真实的逃离,不如说它是一种更为真实的真实,孩子们渴望在虚拟社会成为掌控世界的霸主。为了保持这种从肉身生态世界的逃离和不在场状态,在这样一个场景和氛围中,这种持续的击打和厮杀活动,必然影响其回归到肉身生态世界之后的行为。这种逃离和不在场欲望与审美体验必然相关。如何精确描述这种在场和不在场情形中的审美体验的区别,回答为什么人类(特别是孩子)会有这种无法抵抗的欲望,这种从我们复杂的肉身生态世界综合真实中逃离,而进入一个单纯的真实事物的虚幻模本之中的欲望,无疑应该成为我们当代美学和美育不容忽视的课题。

在这里,我们应该区分总体意义上的审美体验和这种——我们不妨称作——变异的审美体验。变异的审美经验的主要特征在型塑身份和意识时可以起到关键作用,并从而保持生理功能。这种审美体验过去被詹姆士·乔伊斯(James Joyce)描述为"顿悟"(e-piphanies)的一部分,或者其他概念形式,比如"瞬间出场"(pres-

ence)或"高潮时刻"(*sublime*)①。有了这样的前提,一个人可以通过增强或约束中枢系统的方式实现转变。这种变异审美体验具有相当大的人文价值或作用,它在政治、社会和文化语境中可以提供意识形态性的慰藉作用,并且具有积极的和消极的双刃性,研究这样一种美感体验和价值,同样应当引起美学和美育工作者的重视。我认为,从积极的方面来看,我们在这种变异的审美环境中需要的是更多地发现自我而不是失掉自我,是保持与现时的时间和空间的联系而不是失去,是使其在肉身生态世界生态活动中进行的经历有着落而不是使其游离,也就是说,变异的审美体验与肉身生态世界的经历密切相关,套用文艺美学理论的一句老话叫作"文艺来源于生活",赛博生态空间的审美体验同样如此。在肉身生态世界难以营造虚拟世界的审美环境,而瞬间失意的现象却可以在赛博生态空间发生。当然,它又不可能是肉身生活的简单复制和再现,把那句老话套用完整就是还要"高于生活"。很明显,美感体验和形态的最后结构,以及审美价值的实现与肉身生态世界经历的内容和语境紧密相连,但绝不是机械翻版。复制和翻版不可能带来变异的美感,特别是在这样一个流变的时间和空间。查看网上艺术博物馆站点,寻找原作的复制品要比寻找真正的数码艺术品容易得多,后媒体模仿现代媒体甚至传统媒体表现手法的痕迹依然非常明显。如果不充分注意到这一点,积极的变异的审美消费和美感体验在这里仍很难发生。

第三,关于艺术想像与虚拟生态空间。雅克·德里达在《鬼魂

---

① See: R. Scholes and R. M. Kain: *The Workshop of Daedalus: James Joyce and the Raw Materials for "A Portrait of the Artist as a Young Man"*, Northwestern University Press, 1965; A. Nichols: *The Poetics of Epiphany: Nineteenth—century Origins of the Modern Literary Movement*, University of Alabama Press, 1987.

舞》(The Ghost Dance)中说:"当对一个映像的最初感知跟再现之结构发生关系时,我们就开始进入充满幻影的王国。"①虚拟社会存在于空间,存在于无肉身的空间中。艺术映像在其空旷和宁静中幻化出不在场之美感。这种空旷和宁静可以形成一种张力而被感知和发现,现代美学和文艺心理学对这种在场和不在场的审美场景与功能曾经非常关心,比如克莱夫·贝尔(Clive Bell)出版于1914年的《艺术》(Art)一书的第一章《什么是艺术》(What is Art?)中就阐释了审美假设(Aesthetic Hypothesis)概念,而这种艺术的幻影和假设以及在场与不在场的审美关系,对我们当代基于赛博数字空间而进行的美学建设同样具有重要的参考价值。现象学上的空寂无声和不在场其实可以经常被我们体会到。如果我们不间断地连续观看悲剧、惨案或恐怖片,神经高度紧张,或者表情木然地等待数字文件和图像下载,听着电脑的蜂鸣声,紧盯着互联网上缓慢前进的显示下载进度的文件传输指示器时,就很容易发现"空寂"二字的内涵。当然,瞬间的静寂、不在场和沉思后的恍惚远不只是一个有意蕴的暂停。这是一种存在的缺席,一种不在场的在场,一种无形的有,一种认知风暴来临前的沉静。现象学大师加斯敦·巴舍拉的《空间诗学》(The Poetics of Space)"让我们知道我们生活的空间不是一个均质空洞的空间,而是一个充满了质量甚至幻想的空间。是我们最初感知的空间,我们梦中的空间,我们的情感原本就属于其中一部分的空间"。他对亨利·波思科(Henri Bosco)的小说《马利克瓦》(Malicroix)的分析描述了空寂、在场和缺席之间的辩证关系,指出了感觉关系在形成变异美感过程中起到的关键作用。他说,"这是一座平静谦逊的家屋……作者用了大量篇幅,为风暴的

---

① J. Derrida:*The Ghost Dance: An Interview with Jacques Derrida by Mark Lewis and Andreas Payne*,p. 61, Trans. Jean—Luc Svoboda,Public,2,1989.

到来埋下伏笔。当那一刻来临时,诗意的'天气预报'就有了根源和依据。艺术性开始时,他获得了绝对的无声,这种浩瀚的无声伸展成为广袤的空间……没有什么比静寂更能创造无限的空间感。声音赋予空间以色彩,并赠予它音响。而无声却能留给空间以纯净,在这种无声中,我们可以获得巨大、深邃、无边无际的感动。我被其彻底地吸引,而且,很多次被这种肃穆和庄严所震撼和打动……这种平静是有形的。它在夜晚留驻,并由夜晚生成,它是一种实在的、静止的形……家屋已经人性化,在其中我找到了庇护,不受暴风雨侵扰。房子亲近于我,恰如一只狼妈妈,而且,我的心灵一次又一次地嗅到她强烈的母性气味。那个晚上她是我真正的母亲……她是我的所有。我们相依为命"①。

巴舍拉所描述的对文学作品的美感体验在虚拟生态空间关系中更易幻想甚至可以直接发生。比特·费廷(Peter Fitting)在他的论文《电脑虫教程》(The Lessons of Cyberpunk)中讨论威廉·吉布森的作品时,描述了另一种体验。他写道,"直接的、无中介的经验的消失现象,展现于吉布森最为著名的'赛博生态空间交感幻觉'概念之中:'出神入化的数据形象从人类生活中每一台电脑里抽象出来'。操作者在矩阵中身临'真实'之境,感受电脑黑客和其他视频游戏者的延伸;这种经验在迪斯尼电影《电子世界争霸战》(Tron)中以另一种方式变得清晰可见,更加形象。'肉身'生活是沉重和呆滞的,但当Case进入他的世界、他的矩阵时,他经历了一种纯粹的'无形体狂喜'的奔流,这种幻觉的强度取代了'肉'的疼感和快

---

① G. Bachelard:*The Poetics of Space*, pp. 43—45, Trans. M. Boston Jolas, Beacon Press, 1964.

感,本身变成了生与死的实体"①。这两段内容反映出的美感经验尽管有所不同,但是,每一种都卷入了感受的真实和一定的变异瞬间。前者是阿波罗神卓越的灵性,后者则是酒神的狂欢,意识受幻觉引诱而改变了状态。两种经验发生的空间也有根本不同,家屋保持着庇护式的内部空间,赛博生态空间则将沉重而呆滞的肉体移入无肉身的世界。两者的静寂都强调了美感的瞬间,但前者是依赖于现世的力量,而后者则努力摆脱肉身的真实。当然,如前所述,赛博生态空间的体验同样与感官的功能相关联,不可能实现与肉身生态世界的永久分离。

可以看出,虚拟生态空间的审美关系研究,对我们反观文艺美学、文艺心理学特别是艺术想像和美感的判断提供了借鉴,同时,这种存在于虚拟社会、赛博生态空间中的变异美感体验和形式,也呼唤着我们的生态美学予以关注。后媒体带给我们的技术冲击需要美学说话,需要我们建立一种针对后现代社会和后媒体审美特性的生态美学:

第一,后媒体的意识形态意义。我们过去的传播媒介,过去的美学和文艺理论曾经因为型构变形的文艺与政治关系和过分强调其意识形态性,而遭遇所谓西方民主的诟病,但是,我们不能因此就走向另一个极端。事实上,没有任何一种权利和政治不重视和关心媒体和艺术的意识形态作用,意识形态性本来就是美学和美育的题中应有之义。西方知识分子的观点和分析为权利和政治提供了启示,也为哲学美学提出新的课题。虚拟社会同样关联着、影响着肉身生态世界的生活状态和品质,影响着政治和生态。社会生活中不断发生的青少年因沉醉于网吧、痴迷于电子游戏和网恋

---

① Peter Fitting: *The Lessons of Cyberpunk*, in C. Penley and A. Ross (Eds.), *Technoculture: Cultural Politics*, p. 303, Vol. 3, Minneapolis, University of Minnesota Press, 1991.

而造成的一幕幕触目惊心令人心碎的惨剧,已经成为沉重的社会问题,美学和美育对此理应有所作为。

同样是在那本《消失美学》中,保罗·维里奥还发出"视觉机器是为了改变意识"的断言①,我在上文中引述过的马尔库塞对技术和艺术关系的描述,以及现实社会的发展变革本身,都要求我们建立一种针对后媒体技术革命的美学系统。斯图尔特·霍尔(Stuart Hall)说过,后现代"在整个知识体系中无可辩驳地是欧洲或西方中心的",现代性的真实"断然地是一个'西方'现象",因此,在"人类的四分之三尚未进入我们高兴地称作'真实'的时代"时,他不停地警告和劝勉那些主张所谓真实已经垮掉和崩溃的后现代艺术家们振作起来,重塑新的美学和文化精神②。"批评艺术合唱团"也声称,现在是行动起来的时候了,"因为电子世界……尚未完全建立起来,在我们被仅仅作为武器的批评抛弃之前,现在是通过发明创造来利用这种流变的最佳时机"③。的确,后媒体的映像、声音、视频和文本以极不和谐和杂乱无章的音符充斥于流变的网络世界,人类在从肉身向数码转变,从先前关于存在和真实的观念向同样作为存在的虚拟转变,从日用品转向信息,从中心化状态转向去中心,从大叙事转向多样性,个体和集体文化的主要方式越来越从物质的转向精神的。

这些看法给我们今天的生态美学建设提供了信息,当晚期资

---

① Paul Virilio: *The Aesthetics of Disappearance*, pp. 9—10.

② S. Hall: *The Question of Cultural Identity*, In *Moderity and its Future*, pp. 132—133, edited by Stuart Hall, David Held and Anthony McGrew, Open University Press, 1992. Also see: *On postmodernism and articulation: An interview with Sturat Hall*, ed. Lawrence Grossberg, from *Journal of Communication Inquiry*, 1986, 10(2); and Stuart Hall: *Cultural Studies: Two Paradigms*, In *Media, Culture & Society: A Critical Reader*, Sage, 1986.

③ *The Critical Art Ensemble: The Electronic Disturbance*, p. 11.

本主义经历伴随着现代真实概念崩溃的本体位移时,中国美学理论建设更需要前瞻性。在享受现代物质的舒适和自我价值的同时,资本主义世界其实正付出后现代刺痛人心的代价,人类并没获取理想的和谐、宁静与生态平衡。无论西方和东方,无论正在经历还是即将经历,今天的现实都反映出美学某种程度的缺席,在中国社会的过渡时期,我们的文艺理论和美学是否可以绕过险滩,少走弯路,补位缺席呢? 流变状态正在重塑全球生态的均衡,人类生活的意义因信息和映像的符码记录,使我们的生存与这个数字生态空间本质地关联在一起,但是,在这个流变的舞动中,人类仍能谱写和谐的旋律,美学仍然能够担当起型构流变理论的重任。后媒体提供了比现代媒体如广播、广告、电影、电视、电台及其他大众传媒所造就的传统文化意识形态更为广泛的可能性选择,尽管统治性的意识形态很难在这种流变的媒体方式中永久保持其统治地位,但是,在现代媒体和后媒体的语境中,审美对意识领域的主要冲击仍然是一个人的问题。对人类未来多种可能性的困惑,也许会误导我们的非理性本能,也许会羁绊我们幻想和发明的创造力,甚至消蚀人类对未来生存的理想和渴望;后媒体生态和审美的精神与道德上的不确定性,也许会成为艺术世界失去幻想、希望和激情而无所作为的借口,然而,越是在这种情况下,越是需要我们的艺术家、思想家、美学家设想未来并为实现目标而努力,需要我们建立一个安全航行于虚拟生态领域的灯塔。

第二,虚拟生态空间的艺术创造力。马尔库塞所论述的科技文明在艺术和技术之间打造的特殊关系,实际上还指出了艺术实践的根本功能,即在破坏既有意识形态关系的同时建立新文化方向和新美学洞察力的艺术力量。这种艺术力量不仅可能建立后媒体美学关系,而且是后媒体科技中创作的源泉。这种流变状态表明后媒体内容设计者和艺术创作者在文化作品、意识形态和型塑身份方面更为巨大和厚重的社会责任,对艺术创造提出了更高的要求。后媒体设计者仍然要为其内容的自然形式和可能导致的运用后果负责。赛博生态空间的建筑师,如商业领袖、工程师、设计师、艺术家也要为其用户界面和界面使用后果负责,为其符合法律规范的质量负责。一方面应该引导积极的变异审美体验,另一方面,也要避免盲目的工具主义内容导致科技奴隶的产生,应该使赛博生态空间、虚拟社会成为和谐、平衡并促进人类生态发展的存在。

在艺术实践和审美实践中意识到后媒体所营造的社会图景和特性,其实也为艺术和审美提供了更为开放的可能性。在这样一个图景中,后媒体对观念的生态均衡系统和对个体与集体(比如艺术家)的身份塑造是一支非常强劲的力量,后媒体生态美学系统如果能真正落实到我们政治、经济、社会的真实中并能积极参与这些真实性的转变,仍然可以为艺术实践和审美实践提供理论支持,同时,后媒体的技术力量也是广阔的当代艺术资源和更为先进的艺术方法,是更为自由和宽广的创作空间。审美的灵感在数字领域内得以唤醒和张扬,数字理想世界能够形成。既然后媒体生态空间和艺术的出现解构了传统艺术品作为客体的意义,那么,它在挑战运用传统创作方法和技艺从事生产的艺术家甚至可能将他们抛入历史的过去时的同时,也为先锋新潮艺术家甚至从未受过传统艺术手法教育和训练的"闪客"锻造了机遇。数字世界的艺术市场、艺术生产和艺术消费,已经对扫描、处理、发送等停留在对客体艺术品的机械复制的模本发出警告,作为物质交往或买卖的日用艺术作品和艺术活动将逐渐消失,艺术创作将被推向数字符号市场,艺术家也许只能在明显不具有职业性的领域展示自己的作品,明智的艺术家已经开始一只脚留在肉身生态世界，另一只脚跨入数码生态领域，并为实现最终转型而进行尝试。当然，数字生态世界可以为宣传以往真实世界中的艺术作品或艺术活动服务，然而，当艺术作品和消费开始存在于纯粹的数字化领域时，我们也就真正生活在了一个将幻影、思想以及精神作为日用品生产和消费的王国。

存在——肉身生态世界和虚拟生态世界的存在，为我们的文艺理论与美学以及艺术家们提出了复杂的课题，也为我们的生态美学和文艺学的研究和建设提供了新领域、新视野，这同时是我们当代生态美学和文艺学建设的机遇，我们期待这方面研究能够更加深入和扎实，我们呼唤我们的生态美学能够更多地关注这另外一种生态。

（二）走向生态美学研究

如果我们在这里借用赛义德"旅行的理论"（Travelling theory）的说法①，到这一节我们就要结束这一次生态美学"理论的旅行"了。但是，正如我们在开始这次"旅行"前就曾说过的，生态美学的建设刚刚起步，它还有很远很远的路要走。鉴于此，任何试图对生态美学作结论的想法似乎都为时尚早，所以，这一部分与其说是全书的结论，倒不如说是一个"呼吁"，或者一个新的开端。通过全书的论述，我们不难觉察，我们所思考的生态美学的建设从哲学基础、伦理基础或世界观和价值观的研究，到与之平行的其他学科外部关系的研究，再到美学自身内部的构建，是一个复杂、庞大和系

---

① See：Edward Said：*Travelling theory. In The World*，the Test，and the Critic. Harvard University Press，1983.

统的工程,这个工程需要各个方面的努力。美学从诞生到今天,伴随着人类思想的不断提升和人类审美实践的日益丰富多彩,经历了多次转型,也产生了以不同研究对象命名的审美观念和美学学科,如文艺美学、技术美学、生活美学、环境美学等等,而本书着重探讨的生态美学是具有划时代意义的。今天,面对这样一个经济一体化、文化全球化、社会后现代化的人类语境,面对数字革命给整个人类带来的似乎已经超越了人类智力想像范围的发展和变化时,更多的学者对美学体系已经被彻底解构、美学在今天已无话可说、美学转向了穷途末路的看法持肯定态度。这一方面表明我们在认真总结过去的美学,同时也表明我们仍在积极思考美学的今天和未来。我们已经用大篇幅的理论依据和事实依据证明当今美学向生态存在论美学思想的转向,这实际上是一个切实可行性的符合时代发展需要的转向。它的各方面意义我们在文中已经涉及过,无须赘述。在即将为全部书稿划上句号的时候,还是让我们把2002年6月24日《建构中国特色的生态话语——中国首届生态文艺学学科建设研讨会倡议》放在这里,并把它看作是我们的生态审美理想吧:

一.当前,人类历史正处于一个重大变迁时期。人类社会的高速发展,既给现代人带来巨大的利益,同时也带来高度的风险。其中,地球生态状况的严重恶化,就是诸多风险中最大的风险。

生态恶化,不仅仅是自然现象。自然生态的恶化同时还与当代人的生存抉择、价值偏爱、认知模式、伦理观念、文明取向、社会理想密切相关。自然领域发生的危机,有其深刻的人文领域的根源。

关注现实社会,体贴人类心灵,历来是文学艺术精神的核心,当代文学创作已经用不同的方式表达了对生态的关怀,创作出不少优秀的作品。我们的文学理论与批评,再也不能忽视自然的存在、漠视纷至沓来的生态灾难了。在世界生态运动的大背景下,建立具有中国特色的生态话语,已经成为我们文艺理论界的当务之急。

二．当前生态问题的核心与关键,是人与自然的关系。缓冲地球生态系统的危机,首先在于审视并调整人对自然的态度和观念。在人类强大到足以"翻天覆地"时,我们尤其应当明白,人类仍然是地球生态系统众多物种中相互依存的一个物种。与其他物种不同的是,作为主体化的自然,人类是地球村中享有重大权力而又应当承担重大责任的一员。

生态理念似乎已经被人们在日常生活中认可,比如,我们已经开始绿化裸露的大地,绿化坚硬的城市,绿化我们枯燥的社区;甚至连衣物、食物、饮料、涂料等都贴上了"绿色"的标签。在我们看来,首先应当"绿化"的是当代人焦渴浮躁的心灵和象征这一心灵的文学艺术。我们的责任是努力推进自然生态与精神生态的互动。只有人的心灵绿化了,人类的环境才有可能充满生机与活力。

三．人性与自然具有同质性。人类依然是自然之子,大地依然是心灵的依托与文学创作的源泉。

按照马克思、恩格斯的说法,现代社会中自然的衰败与人的异化是同时展开的。人与自然的对立,不仅伤害了自然,同时也伤害了人类赖以栖息的家园,伤害了人类那颗原本质朴的心灵。

守护自然,守护家园,就是守护我们自己的心灵。如果我们不能以审美的、同情的、友爱的目光守护一棵小树、一只麋鹿、一块绿地、一泓溪水、一片蓝天,我们也就不能守护心灵中那片圣洁的真诚、那片葱茏的诗意。

当代文学艺术应当为促进人与自然的和解、人与自然的和谐作出奉献。文学艺术应当走进自然、关爱自然、护佑自然,重振"自然之维"。这不仅仅是指文学艺术创作中题材的选择和风格的营造,更体现出一个文学艺术家的良心和职责。

四．决不能把"全球化"单单看作是"全球经济一体化",更不能为了"全球经济一体化"继续破坏"全球生态一体化",即包括人类在内的自然万物协同共生的一体化。

现代社会生态状况的严重失衡,不但表现在自然生态的失衡,还表现在文化生态、精神生态上的失衡。这一切都证明只有资本和市场还不行,还必须拥有高于资本和市场的"最高使命"和"绝对需要"。我们理解,这就是地球生态系统的完整和健全。

当代文学艺术不应当完全听命于资本和市场的支使,而应当在自然与社会、物质与精神、资本与人性这种种"二元对立"的冲突中,发挥自己独具的调解制衡作用。

五．从 20 世纪 80 年代以来,大量借鉴西方文艺理论对中国文艺学的发展起到了毋庸置疑的推动作用。近期来,通过生态美学、生态批评、生态文艺理论在中国本土自发地萌生,我们欣喜地看到,我们的思考与西方文艺思潮的时间差正在逐步缩小。

在文学艺术古老悠久的传统中,有着无比丰富的"敬畏生命,崇尚自然"的精神资源。东方,特别是中国尤其如此。

正如一些西方学者指出的:世界性的生态危机,其实就是西方主流文化意识形态的危机。在学习西方学者的批判精神、纠正西方文化灾难性倾斜的同时,着力发掘中国生态文化传统的精华,建构一种富有中国特色的生态话语,并以此为基础建设我们的生态文艺学,这不但是必要的,而且必将发生重大而深远的历史意义。

六．生态美学、生态文艺学、生态批评不仅仅是一些概念和规则、推理和论证,不仅仅是一些知识和逻辑;更重要的是一种立场,一种态度,一种情怀,一种人格,一种实践,一种精神,一种生存的方式,一种人生的理想或憧憬。我们建议在我们越来越知识化、结构化、规则化、数量化的大中小学教育中引进生态美学、生态批评、生态文艺学等新的科目,同时也把地球生态的整体观念、把对于自然的敬畏、赞美、关爱、守护导入学校的教学实践中,在绿化师生心灵的同时,也绿化我们的教育。也许,在一个富有生态精神的教育系统内,"专业教育"与"素质教育","实用人才"与"优美人性",才有可能得到有机的整合。

附　录

生态美学：注重人与自然整体和谐

——访北京语言大学比较文学研究所张华博士

记者：近些年来，生态思想、生态观念越来越为大众所熟悉和重视，但据我了解，"生态"的概念首先是一个学术用语，是在学术领域广泛应用后才进入日常生活的。

张华：生态思潮是在人类整体环境出现威胁人类生存的危机这样一个大背景下产生的，是人类防止和减轻环境灾难的迫切需要在思想文化领域的表现，是在具有社会和自然使命的人文学者对拯救地球生态的强烈责任心的驱使下出现的。生态思潮的主要目的是重审人类文化，进行文化批判，在思想层面上探索人类文化的发展模式如何影响人类对自然的态度和行为，及其与环境恶化和生态危机的关系。"生态学"（Ecology）作为一门学科产生于国外，由德国生物学家海克尔（Ernst Haeckel）于19世纪后半叶创立。"eco"源自希腊字 *oikos*，意为家或生活场所；"logy"源自希腊字（*logos*），意为学问，所以生态学为研究生物体与其四周环境间互动的学科，海克尔给"生态学"下的定义即是：关于有机体与周围外部世界的关系的一门学科。1935年，英国生态学家坦斯勒

（A. G. Tansley）提出了生态系统的概念，引入了热力学的能量循环思想，接着美国学者林德曼（Lindemann）又提出了生态金字塔能量转换的"十分之一"定律。20 世纪 50 年代以后，现代生态学家们又吸收了系统论、控制论、信息论的概念与方法，来研究生态系统的结构与功能、生态系统中物质、能量和信息的交换等各种问题，并利用耗散结构理论、超循环理论、协同理论等来进一步研究生态学。1962 年，雷切尔·卡逊的《寂静的春天》问世。20 世纪 70 年代，致力于研究人类面临的共同问题的、由世界各国几十位科学家、教育家和经济学家等在罗马成立的非正式国际协会——罗马俱乐部，发表《增长的极限》等一系列报告，传统意义上的生态学在经历了自然科学和人文社会科学交叉与渗透之后，融汇成现代意义上的生态学，使得生态学具有了哲学性质，具有了世界观、道德观、价值观性质，并广泛应用于哲学、经济、政治、技术、社会、历史、美学、文学、艺术、伦理、法律、宗教等众多学术领域，产生了生态哲学、生态经济学、生态人类学、生态美学、生态社会学、生态心理学、生态伦理学、生态文学、生态艺术、生态批评、生态法学、生态神学，等等，受到了政治、经济、文化和社会生活各个领域的高度重视，受到各界人士和普通民众的普遍关注。可以说，伴随着人类越来越清晰地看到日益恶化的生态危机和生存危机，生态思潮越来越波澜壮阔，波及到人类生活的各个领域，人类社会的各个角落。很多思想家预言，鉴于人类所面临的最严重最紧迫的问题是生态危机和生存危机问题，人类将在较长一个时期内处于生态思潮的时代。

　　生态思想和生态观念的深入人心，不仅与学术领域、思想界推动的生态思潮有关，与世界各国政府以及整个国际社会的提倡和努力也是分不开的，比如，得到全世界一百多个国家的认同的"可持续发展"观念、"21 世纪议程"等就是建立在提高对环境与发展之间关系的高度一致的认识水平之上的。今天，这些观念和理念差不多已家喻户晓。在人们的日常生活中，大众不仅在观念上具有了生态和环保的意识，而且把这种意识与审美、美感结合起来。比如，"原生态"制品、"绿色"食品、"纯天然"护肤品、"生态美"美容坊等已让人耳熟能详，说明"生态美"已经是大众审美意识中的现实存在，"生态"也已经不再是只停留在学术领域的概念或名词。美学研究和美学理论领域已经把日常生活中审美意识的丰富和大众化的审美现象概括为日常生活的审美化或审美的日常生活化，因此，这种大众生活中的生态美意识，或者说从生态和环保的角度进行美的价值取舍，已经成为当代美学关注的重要内容和研究对象了。

记者：也就是说，"生态"之谓是从学术领域走向社会生活，走向大众，又反过来推动学术研究进一步结合实际，并走向深入。我注意到，在你提到的众多与生态有关的学科当中，有生态文学、生态批评和生态美学，而且认为日常生活现实存在的"生态美"意识已经成为当代美学的重要内容和研究对象了，那么，什么是生态美学？它与生态文学、生态批评有怎样的关系？

张华：这是一个相当复杂的问题，学术界也还在探讨和研究。在刚才提到的众多与生态有关的研究领域中，我没有称任何一个为"学科"。就我个人的理解，至少生态文学、生态批评和生态美学都还不能成其为严格意义上的学科，事实上，大学学科设置中也还没有这样的学科，但美学课程在大学哲学系和中文系都有。显然，哲学系的美学偏重于哲学层面上的美学研究，而中文系的美学则主要在文艺学的层面上研究美学，形成文艺美学。文艺美学是中国学术界对世界美学的重要贡献之一，2001年，教育部在山东大学设立了人文社科研究基地"文艺美学研究中心"。

生态美学的提出及其研究被公认为近 10 年来中国美学界对世界美学的最突出贡献。但是,由于是创新和起步阶段,在对这一概念的理解上学术界仍不可避免地存在着分歧,还很难为生态美学下一个定义。在我看来,生态美学应该是突破了主客二分二元对立的认识论思维模式的,是以人与自然整体和谐关系为原则的哲学思想和价值观念,它应该是高于生态实践的精神理念,在哲学层面上它是一种世界观和价值观,在文学艺术层面上,它是艺术哲学,归根结底,生态美学研究的仍然是人的生存问题。近些年来,曾繁仁教授提出的生态存在论美学观很有参考价值。在这一点上,生态美学更接近哲学美学,涉及人与社会、人与宇宙以及人与自身等多重审美关系,但由于文学艺术是颇为广阔的审美对象,是产生美感和进行美育的精神领域,是具有丰富人文内涵的世界,美学必然要予以关注,而以生态的世界观和价值观为原则,以生态的观念、思想为指导去看待和研究文学艺术,又形成文艺学意义上的生态美学,或称生态文艺美学,也有人称作生态文艺理论、生态文艺学。

生态批评,是一种可与精神分析批评、原型批评、形式主义批评、新批评、女性主义批评、新历史主义批评等批评方式并列的新兴的批评方法,兴盛于北美文学批评界并很快为世界所接受。生态批评作为一种批评方法,使用了生态学、环境论和文学的术语,以生态文学为批评对象,以生态意识、生态思想、生态观念作为切入文学艺术作品的视角进行批评。当然,一种批评方法最终形成一门学科的先例在批评史上也有,比较文学就是其一,而且至今很有生命力。生态批评上与作为批评原则的生态美学理论,下与作为生态批评对象的生态文学,共同构造宏观的文学生态研究,或者说构成整体的生态美学系统。

生态文学,应该是具体的文学作品,指明确灌注了生态思想、生态观念的文学文本,如徐刚的《伐木者,醒来》、《中国风沙线》、《世纪末的忧思》、《绿色宣言》、《守望家园》、《拯救大地》、《地球传》、《长江传》等,苇岸的《去看白桦林》、《美丽的嘉荫》、《大地上的事情》等,张炜的《关于乡土》、《融入野地》、《羞涩和温柔》、《三想》、《你的树》、《秋日二题》、《激情的延续》等以及其他作家,如郭耕、莽萍、周晓枫、赵鑫珊等的作品。这仍然是从传统文本的意义上理解文学作品,如果以当代颇具前沿性的"文化文学观"——即打破文学只有小说、诗歌、戏剧"三大件"的文学观念——来看,文学还应当涵盖包括影视、音乐、建筑、网络等在内的一切文化产品,那么,生态文学也就应当是所有明确灌注了生态思想、生态观念的文化产品。总之,应该体现明确的生态世界观和价值观,体现明确的生态思想、生态意识。近些年来,随着生态批评和生态美学研究的开展和深入,大家发现包括我国古典文学、古典哲学在内的许多古代典籍和作品中存在大量的关于人与环境关系的描述,存在一些"生态"智慧、"生态"资源,这是很可喜和具有借鉴意义的研究成果,但我认为,可以用生态批评的方法对这类典籍和作品进行生态批评,却不能把这些典籍和作品一概称作生态文学,就如同不能因古人饮食中含有营养成分就说我们的先辈每天吃"善存"一样。

记者:国外的生态批评和生态美学研究是一个怎样的状况?

张华:国外的生态批评已经有很长的历史,每年都有很多文章和专著发表出版。国外特别是英国的研究更注重实际,这是英国理论界的传统,现代经验主义哲学产生于英国,实证主义哲学在英国也曾相当流行。在英国学习期间,英国的同事们建议我不要过多地把时间用到读书上,而应该多进行考察调研。我听从他们的建议,通过实地考察了解英国的生态保护状况和英国人的生态保护意识,足迹遍及英伦三岛的乡村、田园、农舍和城镇。英国的环保的确搞得很好,生态意识已是全民观念。当然,生态批评对普通民众来讲也还是一个陌生概念,因为它仅限于学术领域。在学术界,他们有颇具影响力的生态批评领袖人物乔纳森·贝特(Jonathan Bate)教授,英国大学注重实际、强调实践和可操作性的教育理念,使理论插上了无形的翅膀,深入人心。乔纳森·贝特主张生态批评如果仅仅针对文学作品中的生态描述发表见解,那将是毫无实际意义的,生态批评应当关注文化和社会现象,表达人文精神和生命关怀。为了践行生态保护,他本人放弃了驾车出行。

我们在研究中发现,国外也有 Ecological Aesthetics(生态的美学)这样的概念,但这个概念在国外特别是英语世界多指景观设计、环境美化、水资源利用、森林保护以及城市建设的构思构图,带有很大的实践操作性,和我刚才所讲的我国学者贡献给世界的生态人文学中的"生态美学"完全是不同的路径,国外生态的美学与环境美学(Environmental Aesthetics)更为接近,因此,西方在谈论生态美学时更多地是在谈生态实践和生态观念的应用,我们所使用的生态美学概念更多地是指高于生态实践的哲学思想和观念,即一种精神理念或美学原则,而正是基于这种不同,我们才说中国美学在20世纪末21世纪初对世界美学的最大贡献莫过于生态美学。

我想补充的是,在今天,学科边界已经相当模糊,学科交叉融合非常普遍。国外许多以往在文学专业的基础上建立起来的文学批评研究中心已纷纷更名为批评理论研究中心,并走出一批引领时代潮流的批评家。早年产生于文学系的英国伯明翰学派所开创的文化研究,也是以开阔的视野看待文学批评的。以前面提到的"文化文学观"来界定文学,不仅会丰富生态文学的内容,相应地,也会使生态批评具有更为广阔的驰骋空间。

记者:国内学术界有关生态美学研究的焦点问题是什么?

张华:我个人认为,国内学术界有关生态美学研究的热点问题很多,但归根结底还是如何看待和处理人与自然的关系问题。近些年来,学术界对二元对立的哲学观念的质疑,关于人类中心主义问题的讨论等,都对生态美学起到了催生作用。但是,在人类文明进程和思想史上打破"上帝中心"并继而打破"人类中心"之后,有人提出"生态中心"的观念,我认为是不科学的,因为生态思想应该是不以任何价值尺度为中心的整体思想,是一种整体的和谐。实际上,这方面的讨论和争论在思想界学术界仍在继续,许多著名学者也都纷纷发表意见。

在经历了人性惨遭践踏的历史教训之后,我国美学界在上个世纪末的美学大讨论中,基本对"美学是人学"达成共识。生态美学显然是反人类中心主义的,当生态美学的思想越来越深入人心之后,坚持美学人学观的学者提出,文艺学美学作为研究文艺的人文学科,是把人和人的心灵世界作为主要研究对象的,文学艺术和美学是人学,它必然是以人为本的。这部分学者认为,如果将生态研究中采取的非人类中心主义立场引入文艺学美学研究,必然与文艺学美学的人本主义立场发生尖锐冲突,从而导致研究的中断或失败。这也是目前生态美学研究的焦点问题之一。我认为,这方面的讨论对所有人文学科都有借鉴作用。

记者:党中央提出构建社会主义和谐社会思想,除"民主法治、公平正义、诚信友爱、充满活力、安定有序"外,还专门有"人与自然和谐相处"的表述,这对生态美学研究具有怎样的意义?

张华:社会主义和谐社会思想对生态美学研究和建设具有重大指导意义。我们的理论创新和实践,需要正确的思想指导。尽管社会主义和谐社会思想主要着眼于社会主义建设的政治层面和社会层面,但作为我国社会建设的指导思想和理论表述,对哲学社会科学学术研究的繁荣和发展必然具有着指导意义,有关"人与自然和谐相处"的表述对生态美学及其他生态人文学研究更具有直接的指导作用和价值。

上面讲到,20 世纪 60 年代以来,人类社会和思想观念发生了巨大的变化。从人类社会方面来说,工业文明的畸形发展,造成了生态环境的重大污染破坏,这在严重危及人类生存发展的同时,也促使人类对现代工业文明进行必要的反思与探索超越之路。我国先后提出了可持续发展战略与科学发展观,并将生态文明作为社会经济发展的重要目标之一,党的十六大在阐述全面建设小康社会的宏伟目标时,把社会更加和谐作为我党要为之奋斗的一个重要目标明确提出来。这必然会推动思想理论观念上的重大变化,使长期以来一直被忽视、被漠视的自然维度进一步进入到当代学术思想的视野之中,使包括生态美学在内的生态人文学得到进一步发展,使生态学在哲学社会科学领域得到进一步应用,同时也必然会推动整个社会和广大人民群众生态观念和生态意识的进一步深化。

就生态美学研究和建设来说,社会主义和谐社会思想为我们更加深入地认识人的本性、人文精神的内涵以及一系列哲学美学问题,不仅提供了时代的条件与前提,同时也提供了更加先进的思想观念。比如,如果我们深入领会社会主义和谐社会思想,就会为我们刚才提到的——关于生态文艺学美学与人文主义精神的关系问题,强调了生态是否就会导致漠视人的生存的问题等——找到一把解决的钥匙。在我看来,人与自然的关系是人的本性中必然的内容,而生态学的基本原则是:人类与自然乃是一种有机关系,应该共存共荣,协调发展。马克思和恩格斯早就有了"自然是人的无机的肉体","社会化的人要合理调节他们与自然的变换"的论断,社会主义和谐社会思想中"人与自然和谐相处"的表述,是马克思主义人与自然关系在当代的新发展。生态美学并没否定人的作用和意义,而是扩大了整体人的内涵,从一种意义上讲,人是自然的一部分,从另外一个意义上讲,自然也是人之所以为人的一个方面,这也就是"自然的人化"和"人化的自然"。可以说,以生态整体为视野的生态美学,应该是具有当代性的人的生存理论,它充分体现了当代世界的新人文精神,它把自然维度纳入人文主义精神的框架之中,蕴涵着新时代人类长远美好生存的重要内涵,是人文主义精神在新时代的延伸和发展。人文精神的光辉,应随着人的内涵向自然的不断延伸而投向非人类的存在物,在此意义上,把具有解构主客二分倾向、强调利他主义、超越狭隘自我的非人类中心主义的生态思想引入文艺学、美学,应该说是切实可行的。

(刊于 2005 年 9 月 5 日《中国教育报》)

参 考 文 献

Alan Bullock：*The Humanist Tradition in the West*，Thames & Hudson，January，1985.

Albert Schweitzer：*The Philosophy of Civilization*：*Part I*，*the Decay and the Restoration of Civilization*：*Part II*，*Civilization and Ethics*，Prometheus Books，September 1，1987.

Aldo Leopold：*Sand County Almanac*（*Outdoor Essays & Reflections*），Ballantine Books，Reissue edition，December 12，1986.

Alfred North Whitehead：*Science and the Modern World*，Free Press，Reissue edition，August 1，1997.

Allen Carlson：*Aesthetics and the Environment*：*the appreciating of nature，art and architecture*，Routledge，2002.

Anthony Giddens：*Modernity and Self—Identity*：*Self and Society in the Late Modern Age*，Stanford University Press，August 1，1991.

Anthony O' Hear：*The Element of Fire*：*Science，Art and the Human World*，Routledge，1988.

Arthur Koestler：*The Act of Creation*，London Pan，1964.

Auguste Comte：*A General View of Positivism*，Robert Speller &

Sons Publisher, 1975.

A. Nichols: *The Poetics of Epiphany*: *Nineteenth—century Origins of the Modern Literary Movement*, University of Alabama Press, 1987.

Bertrand Russell: *Why I Am Not a Christian*: *And Other Essays on Religion and Related Subjects*, Touchstone, October 30, 1967.

Carl Becker: *The Heavenly City of the Eighteenth—Century Philosophers*, Yale University Press, 1932.

Charles Taylor: *Sources of the Self*: *The Making of Modern Identity*, Cambridge University Press, 1989.

Cheryll Glotfelty, Harold Fromm: *The Ecocriticism Reader*: *Landmarks in Literary Ecology*, University of Georgia Press, May 1, 1996.

Christopher Hitt: *Toward an Ecological Sublime*, in New Literary History, 30, 1999.

Christopher New: *Philosophy of Literature*: *An introduction*, Charpter 8, Routledge, 1999.

Clarence Crane Brinton: *Ideas and Men*: *The Story of Western Thought*, Prentice Hall, 2nd edition, June 1, 1963.

Colin McGinn: *Ethics and Fiction*, Oxford University Press, 1997.

C. F. D Moule: *Man and nature in the New Testament*: *Some reflections on Biblical ecology*, Facet books. Biblical series, Fortress Press, 1967.

C. S. Lewis: *An Experiment in Criticism*, Cambridge University Press, 1961.

David L. Schindler: *Editorial*: *Christianity and the Question of*

Postmodernity, see *Communio*: *International Catholic Review*, Summer,1990.

David Rothenberg: *Is It Painful to Think?*: *Conversations with Arne Naess*, *Father of Deep Ecology*, Allen & Unwin (Australia) Pty Ltd; February 19,1993.

David & Eileen Spring (ed.): *Ecology and Religion in History* (*Basic Conditions of Life*), Harper Collins,1974.

Dieter Hessel, **Larry Rasmussen**: *Earth Habitat*: *Eco – Injustice and the Church's Response*, Augsburg Fortress Publishers, September 1, 2001.

Donald Worster: *Nature's Economy*: *A History of Ecological Ideas* (*Studies in Environment and History*), Cambridge University Press, June,1994.

Donella H. Meadows, **Jorgen Randers**, **Dennis L. Meadows**: *Limits to Growth*, Chelsea Green Publishing Company, June 1,2004.

Dunnell R. C.: *Science*, *social science and common sense*: *the agonizing dilemma of modern archaeology*, Journal of Anthropological Research 38:1—25.1982.

Dunnell R. C.: *The Unhappy Marriage of Philosophy and Science and Archaeology*, Paper presented at the 11th International Congress of Anthropological and Ethnological Studies,1983.

Edward Abbey: *Desert Solitaire*, Ballantine Books; Reissue edition, January 12,1985.

Edward Said: *Travelling theory*, In *The World*, *the Test*, *and the Critic*. Harvard University Press,1983.

Eric Charles Rust: *Nature—garden or desert?* (*An essay in en-*

vironmental theology) ,Word Books,1971.

Eugene Odum, Gary W. Barrett: *Fundamentals of Ecology*, Brooks Cole,July 27,2004.

Eugene Pleasants Odum: *Ecology*: *A Bridge Between Science and Society*,Sinauer Associates,March 1,1997.

Eugene F. Rogers: *Jr. Schleiermacher as an Anselmian Theologian*: *Aesthetics*,*Dogmatics*,*Apologetics and Proof*,Scottish Journal of Theology,vol. 51,no. 3,Edinburgh: T & T Clark.

Fasulo: *An Insider's Guide to the UN*,Yale University Press,November 1,2003.

Francis Bacon: *The Major Works* (*Oxford World's Classics*) ,Oxford University Press,September 1,2002 .

Francis Bacon: *Great Instauration and the Novum Organum*, Kessinger Publishing,March 1,1997.

Frederick Karl Kroeber: *Ecological Literary Criticism*,Columbia University Press,November 15,1994.

George Lakoff & Mark Johnson: *Metaphors We Live By*, University of Chicago Press,1980.

George Steiner: *Grammars of Creation*,London Faber,2001.

George C. Williams: *Natural Selection*: *Domains*, *Levels*, *and Challenges*, Oxford Series in Ecology and Evolution, Oxford University Press,June 1,1992.

G. Bachelard: *The Poetics of Space*,trans. M. Boston Jolas,Beacon Press,1964.

Hans Urs von Balthasar: *The Glory of the Lord*: *A Theological Aesthetics*,vol 1, *Seeing the Form*, tran. by Erasmo Leiva—Merikakis,

Edited by Fessio S. J. and John Riches, T. &T. Clark, 1982.

Harold Ditmanson: *The Call for a Theology of Creation*, Dialog 3, Autumn, 1964.

Hartmut Bossel: *Earth at a Crossroads*: *Paths to a Sustainable Future*, Cambridge University Press, June 25, 1998.

Henry David Thoreau: *Walden*, Houghton Mifflin, September 19, 1995.

Henry. Clark: *The Ethical Mysticism of Albert Schweitzer*: *A Study of the Sources and Significance of Schweitzer's Philosophy of Civilization*, Beacon, 1962.

Herbert Marcuse: *One—Dimensional Man*, Boston, MA: Beacon Press, 1964.

Hugh Ross Mackintosh: *Types of Modern Theology*: *Schleiermacher to Barth*, New York, Charles Scribner's Sons, 1996.

Ian Buruma & Avishai Margalit: *Occidentalism*: *The West in the Eyes of Its Enemies*, Penguin Books, March 1, 2004.

Ian L. McHarg: *Design with Nature*, Wiley; New Ed edition, February 6, 1995.

Jeanette Winterson: *Arts and Life*, Routledge, 1992.

Joel Chadabe: *Electric Sound*: *the Past and Promise of Electronic Music*, Prentice Hall, 1st edition, November 6, 1996.

John Arthur Passmore: *Man's responsibility for nature*: *Ecological problems and Western traditions*, 2nd Edition, Duckworth, 1980.

John Seed: *Thinking Like a Mountain*, New Society Publisher, 1998.

Jonathan Bate: *Culture and Environment*: *from Austen to Hardy*,

New Literary History, 30. 3, Summer 1999.

Jonathan Bate: *The Song of the Earth*, Picador, 2000.

Jonathan Culler: *Literary Theory: A Very Short Introduction* (Very Short Introductions), Oxford University Press, New Ed edition, May 1, 2000.

Jonathan Culler: *Structuralist Poetics: Structuralism, Linguistics, and the Study of Literature*, Cornell University Press, August 1, 1976, Cornell University Press, Reprint edition, August 1, 1983.

Jonathan Levin: *On Ecocriticism*, *PMLA* 114. 5, Oct. 1999.

Joseph W. Meeker: *The Comedy of Survival: Literary Ecology and a Play Ethic*, University of Arizona Press, 3rd edition, September 1, 1997.

John Dillenberger, **Claude Welch**: *Protestant Christianity*, Second Edition, Prentice Hall, 2nd edition, January 5, 1988.

John F. Wilson: *Modernity and Religion: A Problem of Perspective*, SR Supplements, vol. 19: *Modernity and Religion*, edited by William Nicholas, published for the Canadian Corportion for Studies in Religion by Wilfrid Laurier University Press, 1987.

John Macmurray: *Interpreting the Universe*, Faber & Faber, 1933.

John Thornhill: *Modernity: Christianity's Estranged Child Reconctructed*, William B. Eerdmans Publishing Company, Grand Radis, Michigan/Cambridge, U. K. , 2000.

J. Baudrillard: *The Ecstasy of Communication*, Semiotext (e), 1988.

J. Derrida: *The Ghost Dance: An Interview with Jacques Derrida by*

Mark Lewis and Andreas Payne, Jean—Luc Svoboda, Public, 2, 1989.

J. G. Sikes: *Peter Abailard*, New York: Russell & Russell, 1965.

J. J. Gibson: *The Senses Considered as Perceptual System*, Boston: Houghton Mifflin, 1966.

J. J. Gibson: *On Theories for Visual Space Perception*, in *Scandinavian Journal of Psychology*, 11, 67—74, 1970.

J. J. Gibson: *The Ecological Approach to Visual Perception*, Boston: Houghton Mifflin, 1979.

Jürgen Habermas: The Philosophical Discourse of Modernity: Twelves Lectures, tran.

Jürgen Moltmann: *Theology of Hope: On the Ground and the Implications of a Christian Eschatology*, Augsburg Fortress Publishers, 1st Fortress Press ed. , October 1, 1993;

Jürgen Moltmann, Margaret Kohl: *In the End—The Beginning: The Life of Hope*, Augsburg Fortress Publishers, May 1, 2003.

Karl Barth: *Church Dogmatics*, vol. IV, Part1. edited by G. W. Bromiley and T. F. Torencen, Edinburg: T & T Clark, 1970.

Kenneth Cauthen: *I Don't Care What the Bible Says: An Interpretation of the South*, Mercer University Press, 3rd edition, March 1, 2003.

Langdon Gilkey: *Catholicism Confronts Modernity: A Prostestant View*, The Seabury Press, New York, 1975.

Lawrence Grossberg: *On postmodernism and articulation: An interview with Sturat Hall*, ed. from *Journal of Communication Inquiry*, 1986, 10(2).

Leonardo Boff: *Ecology & Liberation*, Traslated from the Italian by John Cumming, Orbis Books, Maryknoll, New York, 1995.

Leo Marx：*The Machine in the Garden*, Oxford University Press, Inc. ,1964.

Louis Dupre：*Passage to Modernity*：*An Essay in the Hermeneutics of Nature and Culture*, Yale University Press, Reprint edition, September 15 ,1995.

Louis Dupre：*The Enlightenment and the Intellectual Foundations of Modern Culture*, Yale University Press, June 10 ,2004.

Luke Windsor, **Peter Desain**, ed. : *Rhythm Perception and Production* (*Studies on New Music Research*), Swets & Zeitlinger, August 15 ,2000.

Lynn White：*The Historical Roots of Our Ecological Crisis*, Cheryll Glotfelty & Harold Fromm：*The Ecocriticism Reader*；*landmarks in literary Ecology*, The University of Georgia Press, Athens ,1996.

Mark Johnson：*The Body in the Mind*：*The Bodily Basis of Meaning*, *Imagination and Reason*, University of Chicago Press ,1987.

Mary Warnock：*Imagination*, London Faber ,1997.

Martha Nussbaum：*Cultivating Humanity*：*A Classical Defense of Reform in Liberal Education*, Harvard University Press ,1997.

Michel De Montaigne：*On the Power of the Imagine*, *in The Essays of Michel De Montaigne*, ed. M. A. Screech, Allen Lane, May 1 ,1992.

Michael Tanner：*Schopenhauer*：*The Great Philosophers* (*The Great Philosophers Series*) , Routledge, July ,1999.

N. Negroponte：*Being Digital*, Alfred A. Knopf, Inc. 1995.

Paul Cartledge：*Democritus*：*The Great Philosophers* (*The Great Philosophers Series*) , Routledge, July ,1999.

Paul Ricoeur: *The Rule of Metaphor*, Routledge & Kegan Paul, 1978.

Patrick D. Murphy (ed.): *Literature of Nature: An International Sourcebook*, Fitzroy Dearborn Publisher, 1998.

Patrick D. Murphy: *Ecocriticism* (*A Letter*), PMLA 114. 5, Oct. 1999.

Paul Tillich: *Systematic Theology*, vol. 1, Chicago: University of Chicago Press, 1951.

Paul Virilio: *The Aesthetics of Disappearance*, Trans. P. Brooklyn Beitchman: NY: Autonomedia, Semiotext(e) Books, 1991.

Peter Barry: *Beginning Theory: An Introduction to Literary and Cultural Theory*, Manchester University Press; 2nd edition, September 7, 2002.

Peter Fitting: *The Lessons of Cyberpunk*, In C. Penley and A. Ross (Eds.), *Technoculture: Cultural Politics* Vol. 3, Minneapolis, University of Minnesota Press, 1991.

Peter Henrici: *Modernity and Christianity*, in *Communio* 17, summer, 1990, by Communio: International Catholic Review.

Peter Koslowski: *Nature and Technology in the World Religions*, Kluwer Academic Publishers, December 1, 2001.

Rachel Carson: *Silent Spring*, Mariner Books, October 22, 2002.

Rene Wellek, Austin Warren: *Theory of Literature*(*New Revised Edition*), Harvest/HBJ Book, 3rd edition, 1984;

Robert M. Freedom, etc. : *The Natural and Modified History of Congenital Heart Disease*, Futura Publishing Company, January 1, 2004.

Richard Viladesau: *Theological Aesthtics: God in Imagination*,

Beauty, *and Art*, New York & Oxford: Oxford University Press, 1999.

Roger E. Olson: *The Story of Christian Theology*: *Twenty Centuries of Tradition & Reform*, InterVarsity Press, 1999.

Rolston Holmes: *Environmental Ethics*: *Duties to and Values in the Natural World* (*Ethics and Action*), Temple University Press; Reprint edition, September 1, 1989.

R. Kerridge & N. Sammells(ed.): *Writing the Environment*: *Ecocriticism and Literature*, Zed Books Ltd., 1998.

R. Scholes and R. M. Kain: *The Workshop of Daedalus*: *James Joyce and the Raw Materials for "A Portrait of the Artist as a Young Man"*, Northwestern University Press, 1965.

Seyyed H. Nasr: *Man and Nature*: *The Spiritual Crisis of Modern Man*, Phanes Press, Reprint edition, June 1, 1988.

Stanley Meisler: *United Nations*: *The First Fifty Years*, Atlantic Monthly Press, March 1, 1997;

Steve Grant: *Finding Nature in Literature*, The Hartford Courant 16, Dec. 1998.

Stuart Hall: *Cultural Studies*: *two paradigms*, In *Media*, *Culture & Society*: *a critical reader*, Sage, 1986.

Stuart Hall: *The Question of Cultural Identity*, *In Moderity and its Future*, edited by Stuart Hall, David Held and Anthony McGrew, Open University Press, 1992.

Susanne Langer: *Philosophy in a New Key*: *A Study in the Symbolism of Reason*, *Rite and Art*, charpter 2, Harvard University Press, 3rd edition, 1957.

Sylvia Walsh: *Living Poetically*: *Kierkegaard's Existential Aesthet-*

ics, The Pennsylvania State University Press, University Park, 1994.

The Critical Art Ensemble: *The Electronic Disturbance*, Brooklyn, Autonomedia, New Autonomy Series, 1994.

The Rev. Dr Ruth Page: *The Consistent Christology of Paul Tillich*, Scottish Journal of Theology, vol. 36, 1983.

Thomas G. Weiss: *United Nations and Changing World Politics*, Westview Press; 4th edition, February 1, 2004 .

Thomas Carlyle: *Past & Present*, in George MacDonald: *A Dish of Orts*: *Chiefly Paper on the Imagination and on Shakespeare*, Sampson Low, Marston, 1891.

Trevor Hart: *Through the Arts*: *Hearing, Seeing and Touching the Truth*, in Jeremy Begbie (ed.): *Beholding the Glory*: *Incarnation Through the Arts*, Darton, Longman & Todd, 2000.

Walter Benjamin: *Theses on the Philosophy of History*, in *Illuminations*, Trans. Harry Zohn, Edited and with an introduction by Hannah Arendt, Pimlico, London.

William Blackstone: *Ethics and Ecology*, in W. Michael Hoffman and Jennifer Mills Moore, eds. , *Business Ethics*: *Readings and cases in corporate Morality*. Mcgraw—Hill College, 2nd edition, July 1, 1989.

William F. Jasper, etc. : *The United Nations Exposed*, John Birch Society, April 7, 2001.

W. Luke Windsor, etc. : *Empirical Musicology*: *Aims, Methods, Prospects*, Oxford University Press, July 1, 2004.

Wolfgang Iser: *The Fictive and the Imaginary*: *Charting Literary Anthropology*, Johns Hopkins University Press, 1993.

陈来:《古代宗教与伦理》,生活·读书·新知三联书店1996年。

成复旺:《中国古代的人学与美学》,中国人民大学出版社1992年。

丁磊、李西建:《当代中国美学的前沿》,载《学术月刊》,1995年第9期。

樊宝英:《中国现代美学研究传统的反思》,载《东方论坛》,2002年第3期。

海德格尔:《艺术作品的本源》,见《诗·语言·思》,文化艺术出版社1990年。

海德格尔:《存在与时间》,三联书店1987年。

胡经之:《美学向导》,北京大学出版社1982年。

胡经之:《文艺美学》,北京大学出版社1999年。

何怀宏主编:《生态伦理——精神资源与哲学基础》,河北大学出版社2002年。

黄克剑:《审美自觉与审美形式》,载《哲学研究》,2000年第1期。

姬学友:《真性情涵万里天》,载《文学评论》,1998年第6期。

李春秋、陈春花:《生态伦理学》,科学出版社1993年。

李志宏:《中国当代美学三大基本问题研究辨正》,载《吉林大学社会科学学报》,1998年第1期。

凌晨光:《文化·生态·理论》,载《文艺美学研究》,2003年第2期。

刘恒健:《生态美学的本源性——生态美:一种新视域》,载《陕西师大学报》,2001年第2期。

刘叔成:《美学是人学》,载《汕头大学学报(人文科学版)》,1997年第2期。

刘湘溶:《生态伦理学》,湖南师范大学出版社 1992 年。

刘小枫:《现代性社会理论绪论》,上海三联书店 1998 年。

刘小枫主编:《现代性中的审美精神——经典美学文选》,学林出版社 1997 年。

鲁枢元:《猞猁言说》,社科文献出版社 2001 年。

莽萍:《绿色生活手记》,青岛出版社 1999 年。

彭立勋:《生态美学:人与环境关系的审美视角》,载《光明日报》2002 年 2 月 19 日。

佘正荣:《生态智慧论》,中国社会科学出版社 1996 年。

石高来:《追寻古老的精灵》,载《江苏社会科学》,1998 年第 5 期。

孙周兴选编:《海德格尔选集》,上海三联书店 1996 年。

汪晖、陈燕谷:《文化与公共性》,生活·读书·新知三联书店 1998 年。

苇岸:《太阳升起以后》,中国工人出版社 2000 年。

徐嵩龄主编:《环境伦理学进展》,社会科学文献出版社 1999 年;

郇庆治:《绿色乌托邦》,泰山出版社 1998 年。

郇庆治:《欧洲绿党研究》,山东人民出版社 2000 年。

杨慧林:《神学的公共性与当代神学的人文价值》,载 *Regent Chinese Journal*,2003 年 12 月。

杨通进:《走向深层的环境保护》,四川人民出版社 2000 年;

姚文放著:《文学理论》,江苏教育出版社 1996 年。

姚文放著:《美学文艺学本体论》,社会科学文献出版社 2000 年。

姚文放主编:《文学概论》,南京大学出版社 2000 年。

姚文放:《现代文艺社会学》,江苏文艺出版社 1994 年。

姚文放:《当代性与文学传统的重建》,人民文学出版社 2004 年。

叶平:《生态伦理学》,东北林业大学出版社 1994 年。

余谋昌:《生态学的信息》,辽宁科学技术出版社 1982 年。

余谋昌:《当代社会与环境科学》,辽宁人民出版社 1986 年。

余谋昌:《生态学哲学》,云南人民出版社 1991 年。

余谋昌:《惩罚中的醒悟:走向生态伦理学》,广东教育出版社 1995 年。

余谋昌:《文化新世纪:生态文化的理论阐释》,东北林业大学出版社 1996 年。

余谋昌:《生态伦理学:从理论走向实践》,首都师范大学出版社 1999 年。

余谋昌:《生态哲学》,陕西人民教育出版社 2000 年。

余谋昌:《生态文化论》,河北人民教育出版社 2001 年。

俞孔坚:《景观:文化、生态与感知》,科学出版社 1999 年。

俞孔坚:《理想景观探源》,商务印书馆 1998 年。

俞孔坚:《生物与文化基因上的图式》,中国台北,田园文化出版公司 1998 年。

余英时:《士与中国文化》,上海人民出版社 1987 年。

曾繁仁:《生态美学:后现代语境下崭新的生态存在论美学观》,载《陕西师范大学学报(哲学社会科学版)》,2002 年第 3 期。

曾繁仁:《古希腊的"和谐美"和中国古代的"中和美"》,载《中国文化研究》,2001 年冬之卷。

曾繁仁:《试论生态美学》,载《文艺研究》2002 年第 5 期。

曾繁仁:《生态存在论美学论稿》,吉林人民出版社 2003 年。

曾永成:《人本生态观与美学问题》,载《西南民族学院学报·哲学社会科学版》,1999 年第 1 期。

曾永成:《文艺的绿色之思:文艺生态学引论》,人民文学出版社 2000 年。

张秉真、章安祺、杨慧林:《西方文艺理论史》,中国人民大学出版社 1994 年。

张辉:《审美现代性批判》,北京大学出版社 1999 年。

张辉:《人文学还是不是科学?》,载《读书》,1996 年第 4 期。

张云飞:《天人合一》,四川人民出版社 1995 年。

赵林:《西方宗教文化》,长江文艺出版社 1997 年。

邹其昌《中国美学百年回顾》,载《学术研究》,2000 年第 6 期。

朱光潜:《西方美学史》,人民文学出版社 1963 年。

朱立元:《人文精神:当代美学建设之魂》,载《华中师范大学学报:哲社版》,1996 年第 1 期。

朱立元:《我们为什么需要生态文艺学》,载《社会观察》,《学术季刊》2002 年增刊。

巴尔塔萨著,刘小枫选编,曹卫东、刁承俊译:《神学美学导论》,香港:三联书店,1998 年。

鲍默著,李暐译:《西方近代思想史》,中国台北:联经,1999 年。

彼得·科斯洛夫斯基:《后现代文化》,中央编译出版社 1999 年;

伯尔曼著,梁治平译:《法律与宗教》,生活·读书·新知三联书店1991 年。

波德莱尔著,郭宏安译:《波德莱尔美学论文选》,人民文学出版社 1987 年。

布莱克著,景跃进、张静译:《现代化的动力:一个比较史的研究》,浙江人民出版社 1989 年。

查尔斯·泰勒著,程炼译:《现代性的隐忧》,中央编译出版社 2001 年。

大卫·雷·格里芬:《后现代精神》,中央编译出版社 1998 年。

大卫·布莱奇:《主观范式》,载周宪等编《当代西方艺术文化学》,北京大学出版社 1988 年。

丹尼尔·贝尔著,赵一凡等译:《资本主义文化矛盾》,生活·读书·新知三联书店,1989 年。

费尔巴哈著,荣震华译:《基督教的本质》,商务印书馆 1997 年。

弗雷德里克·詹姆逊:《文化转向》,中国社会科学出版社 2000 年。

歌德著,董问樵译:《浮士德》,复旦大学出版社 1983 年。

汉斯·昆著,包利民译:《基督教大思想家》,香港,汉语基督教文化研究所 1995 年。

黑格尔著,王造时译:《历史哲学》,上海书店 1999 年。

华勒斯坦等:《开放社会科学》,生活·读书·新知三联书店 1997 年。

吉登斯著,赵旭东等译:《现代性与自我认同》,生活·读书·新知三联书店1998 年。

加布理尔·施瓦布著,国荣译:《理论的旅行和全球化的力量》,载《文学评论》,2000 年第 2 期。

杰拉尔德·格拉夫:《理论在文学教学中的未来》,载拉尔夫·科恩主编《文学理论的未来》,中国社会科学出版社 1993 年。

康德著,宗白华译:《判断力批判》,商务印书馆 1985 年。

卡林内斯库著,顾爱斌等译:《现代性的五副面孔》,商务印书馆 2002 年。

克洛德·弗郎西等:《西蒙娜·德·波伏瓦传》,中国妇女出版社1989 年。

L.P.维赛尔著,毛萍、熊志翔译:《活的形象美学:席勒美学与近代哲学》,学林出版社 2000 年。

鲁道夫·奥尼肯著,万以译:《生活的意义与价值》,上海译文出版社 1997 年。

鲁道夫·奥尼肯:《道德与艺术—生活的道德观与审美观》,载刘小枫主编:《人类困境中的审美精神》,东方出版中心 1994 年。

里夫金·霍华德:《熵:一种新的世界观》,上海译文出版社1987 年。

卢梭著,徐继曾译:《漫步遐想》,人民文学出版社 1986 年。

马克思、恩格斯:《马克思恩格斯选集》第 1—20 卷,人民出版社 1995 年。

马克斯·舍勒著,罗悌伦等译:《资本主义的未来》,生活·读书·新知三联书店1997 年。

马克斯·韦伯著,冯克利译:《学术与政治》,生活·读书·新知三联书店1998 年。

迈克·费瑟斯通:《消费文化与后现代主义》,译林出版社2000 年。

莫尔特曼:《俗世中的上帝》,中国台北,雅歌,1999 年。

尼采著,周国平译:《悲剧的诞生》,生活·读书·新知三联书店1986 年。

尼古拉斯·布宁、余纪元编著:《西方哲学英汉对照辞典》,人民出版社 2001 年。

培根著,许宝骙译:《新工具》,商务印书馆 1984 年。

齐格蒙·鲍曼著,郇建立、李静韬译:《后现代性及其缺憾》,学林出版社 2002 年。

施莱尔马赫著,谢扶雅译:《宗教与敬虔》,台北基督教文艺出版社 1991 年。

塔塔尔科维兹著,褚朔维译:《西方美学概念史》,学苑出版社 1990 年。

汤因比、池田大作著,苟脊生等译:《展望二十一世纪》,国际文化出版公司 1984 年。

韦勒克著,章安祺、杨恒达译:《现代文学批评史》,中国人民大学出版社 1991 年。

沃尔夫冈·伊瑟尔:《走向文学人类学》,载拉尔夫·科恩主编《文学理论的未来》,中国社会科学出版社 1993 年。

席勒:《素朴的诗和感伤的诗》,见《西方文论选》(上),上海译文出版社 1979 年。

希利斯·米勒:《文学理论在今大的功能》,载拉尔夫·科恩主编:《文学理论的未来》,中国社会科学出版社 1993 年。

西美尔:《哲学文化》,载刘小枫:《现代性社会理论绪论》,上海三联书店 1998 年。

西美尔著,陈戎女等译:《货币哲学》,华夏出版社 2002 年。

雅斯贝斯著,魏楚雄等译:《历史的起源与目标》,华夏出版社 1989 年。

后　记

　　国外在出版著作时，一般会有一个"鸣谢"（Acknowledgements）部分，而且总是出现在一本书的开始处。我也很想这样做。虽然按照我国图书出版的惯例，我很难在最突出的位置表达我的这种心情，但是，毕竟"后记"还是提供了一次类似的机会。在这里，我就利用这样的机会，首先表达我的感激之意。

　　这本书是我近些年来致力于哲学、宗教比较与跨文化研究之余，向在文艺学、美学领域先行一步把目光转向生态批评实践和生态美学建设的学者和专家们请教和学习的结果。因此，在本书即将付梓之际，我首先想到的是要衷心感谢这些专家和学者们。他们在引介生态观念、生态思想，倡导生态意识、生态精神，研究和建设各类生态学科，构建生态文艺学、美学体系，以及身体力行地从事生态保护运动等方面所做出的积极努力和巨大贡献，是我们宝贵的生态资源和财富，他们非常值得尊敬。我要感谢本书无论从哪一方面也无论在什么位置提到名字的每一个人；同时，也要感谢书中虽然没有提到名字但同样在各个方面、各种领域为实现生态和谐默默奉献的每一个人。他们的工作和奉献，为本书写作提供了理论支持和资料帮助，这也是我在生态美学研究这一蜿蜒曲折、迷雾丛生的道路上摸索的精神动力!

感谢高旭东教授。在他的主持下,作为北京市重点学科建设项目之一的北京语言大学比较文学与世界文学学科得到了长足发展,我的这部书就是在他直接的鼓励、帮助和指导下完成的。工作中他是我的领导,治学上他是我的榜样,在书稿接近尾声时若不是他在进度上一再给予我热情的关心和催促,还真不知要到什么时候才能完成它。当然,还应该感谢北京市重点学科建设项目的资金支持。感谢中华书局,在当今出版业日益市场化的情况下,他们仍能持之以恒地把学术书籍纳入出版计划,实在难能可贵。

感谢我的老师曾繁仁教授。20 年前,他给中文系本科生开设西方美学课,我是他这门课的课代表。当时,在他的指导下,我发表了自己的第一篇学术论文。从那时起,在我的成长过程中,他不断地在治学、做人和生活、工作等各方面给予我谆谆教诲和悉心关怀。每念及此,我都非常感动。他在文艺美学研究领域成就卓著、德高望重,近年来,又致力于生态美学研究和建设,取得了卓越的成就。他的许多有关生态美学的论文和讲稿都给我很大启发,使我受益匪浅。他提出的生态存在论美学观点,是我写作这部学术著作的理论基础或指导原则。这部书稿从最初的酝酿到最后的完成,他均提出了许多宝贵的意见和建议。衷心感谢他长期以来在学术研究以及其他各个方面对我的无微不至的关心、支持、鼓励和帮助!

本书有些章节已经独立成篇在杂志上发表过,但作为一本著作,其各章节之间有着一定的逻辑关联。为便于有兴趣研究生态美学的读者理解,我觉得有必要在这里简单说明一下各部分的逻辑关系。另外应该特别说明的是,由于不少内容是我在课堂上向学生介绍国内有关研究和生态美学建构情况的讲稿,所以很多地方带有明显的归纳、整理和综述色彩,更类似教材或编著的体例。在中央电视台时政新闻部工作的我的妻子刘自力女士,曾就新媒体美学发表过看法,征得她本人同意之后,我将其研究成果收入了本书下编第三部分。

本书在结构上分三部分,即书中的三编。三编的题目中有两编取自乔纳森·贝特的两部书名,即《大地之歌》和《大地之梦》。乔纳森·贝特教授是英国著名生态批评家,也是国际知名的莎士比亚和华兹华斯研究专家。清华大学王宁教授主编的美国《新文学史》(*New Literary History*)中文版第一辑的"生态批评"专栏中共选取了两篇相关的文章,其中第一篇就是乔纳森·贝特教授的《文化与环境:从奥斯汀到哈代》(*Culture and Environment:from Austen to Hardy*)。这一辑《新文学史》选取的有关生态批评的理论文章,对当时初识生态批评的中国理论界影响很大。这篇文章后来也被乔纳森·贝特收入了他的《大地之歌》当中。我在英国伯明翰读书期间,恰逢贝特教授离开原来的利物浦大学移至王瑞大学(Warwick University),这所大学离伯明翰只有不到一个小时的车程,使我得便就有关生态批评的问题向他请教,而当时贝特教授给我最为深刻的印象还是他对生态观念的身体力行。

本书第一部分为上编——大地之声。描述了当代在全球范围内伴随文化及精神危机而来的环境危机、生态危机状况,大地发出呻吟和哀鸣之声,这是生态美学发生的直接动因。我在这里特别指出这些现象的出现有着深刻的思想根源,也就是西方现代性危机。我从美学和文化批评两个重要维度概述了思想界对该危机的种种回应,美学在该危机中的位置以及在现代性进程中美学的任务等,目的是研究生态美学思想发生的时代与思想语境。第二部分为中编——大地之歌。大地的呻吟和哀鸣之声,引起人类来自各个方面的觉悟和反省。自然科学与人文社会科学联手努力,共同拯救这破碎的山河,拯救人类思想、心灵的迷茫和失落。生态意识越来越深入人心,生态思想越来越受到重视,生态美学和其他各门生态学科的建立,使大地看到了希望,纵声歌咏。我用比较研究的视野和方法,系统介绍了生态美学被介绍到中国之后对中国美学产生的影响,研究了中国理论界迅速形成的建构生态美学与世界互动的态势,中国美学界的理论回应和建树,以及中国特色的生态美学思想走向世界和对世界美学的影响。这一编还研究了生态学与美学、生态美学与其他生态人文社会学科的密切关系,探讨了生态美学建立的哲学基础,并逐步转向对生态美学自身发展逻辑的理论研究,为过渡到第三部分,即美学转向的研究,作了理论准备和逻辑铺垫。第三部分为下编——大地之梦。表明大地的期待和向往,大地的理想和愿望。人类尽管在张扬生态观念、倡导生态意识、引领生态思想方面做出了努力和贡献,但是,生态美学的研究和建设还只能算刚刚开始。我认为,在着眼于建构整体的、系统的生态美学体系时,美学研究者除了进行生态美学与其他学科的影响研究,进行生态与文学的关系研究和对过去文学作品生态意识的挖掘之外,还要深入到文学艺术和其他文化现象的内部,如:对生态与人的心理结构以及新出现的虚拟世界的生态环境进行研究等,认为这是美学走向生态美学研究的重要环节和内容。在第三部分对生态美学进行外部研究的同时,对其内部逻辑和发展取向也作了尝试性研究。通过这三部分基本内容,本书大致勾勒出生态美学在整个文艺理论与美学发展历程中的地位、意义和重要作用,并通过自己的分析提出建立生态存在论美学体系的设想。

　　当然,由于本人才识所限,书中难免有不当甚至谬误之处,我诚恳地欢迎读者批评指正。

张　华

2005 年 11 月,于北京。